AF398560

Volker Dützer, geboren 1964, lebt und arbeitet im Westerwald. Die Bandbreite seiner Romane reicht vom lupenreinen Kriminalroman über Science-Thriller bis zur Horror-Kurzgeschichte.

VOLKER DÜTZER

SCHLAFE EIN, MEIN MÄDCHEN

EIN PACKENDER THRILLER,
DER MITREISST

Erstausgabe September 2024

Schlafe ein, mein Mädchen

ISBN 978-3-98998-369-4
E-Book-ISBN 978-3-98998-253-6

Covergestaltung: ArtC.ore-Design / Wildly & Slow Photography
Umschlaggestaltung: ArtC.ore-Design

Unter Verwendung von Abbildungen von
© Sirena issa, © aestock, © Potapov Alexander
Lektorat: Nicola Härms
Satz: dp DIGITAL PUBLISHERS GmbH
Druck und Bindung: Books on Demand GmbH, Norderstedt

Woke up in my clothes again this morning.

Don't know exactly where I am.

I should heed my doctor's warning.

He does the best with me he can,

Shadows in the rain.

(The Police, Shadows in the rain)

Für Jürgen

Ich verdanke dir viel

Zeit zum Leben, Zeit zum Schreiben.

1

21. Oktober, Dreifelden

Funke erwachte mit mörderischen Kopfschmerzen, ohne Erinnerung daran, wo er sich befand oder wie er hierhergelangt war. Träge wanderte sein verschleierter Blick über das Chaos aus Scherben, leeren Weinflaschen und umgestürzten Möbeln. Jeder Gegenstand, der in seinen Fokus geriet, drehte sich um ihn wie ein wild gewordenes Kettenkarussell. Er schloss die Augen und konzentrierte sich auf seinen Atem. Der Schwindel und die Übelkeit legten sich, nur die Kopfschmerzen blieben.

Was zur Hölle war geschehen? Er lag auf der Seite, einen Meter vom offenen Kamin entfernt, und spürte die Hitze des Feuers auf seinem Gesicht. Die Scheite brannten noch, er konnte also nicht lange bewusstlos gewesen sein. Der Holzfußboden war mit Brandflecken und Ascheresten überzogen. Von einem glimmenden Holzscheit stiegen Rauchfäden auf, es stank nach verkohltem Parkett und verschmortem Plastik. Ohne Vorwarnung blitzten Bilder vor seinem inneren Auge auf ... Carola ... das Haus am See ... das animalische Verlangen nach Sex ... und dann ... fugenloses Dunkel.

Die Erinnerung erlosch, als hätte jemand in seinem Kopf das Licht ausgeschaltet. Er blinzelte und schaute sich um. An der Wand neben der Tür zur Diele leuchteten blutige Schlieren und verwischte rote Handabdrücke. Die Glasabdeckung der Wetterstation neben dem Fenster zum Garten war zersplittert. Die Messingzeiger des Chronometers waren um einundzwanzig Uhr vierzehn stehen geblieben, verbogen und eingefroren in der Zeit.

Die Terrassentür stand offen und knarrte in der klammen Brise, die vom Dreifelder Weiher heranwehte. Es roch nach Fäulnis und vermoderndem Schilfgras. Jetzt, gegen Ende Oktober, nachdem das Wasser abgelassen worden war, verwandelte sich der künstlich angelegte See bis zum nächsten Frühling in eine Schlammpfütze.

Langsam erinnerte Funke sich an zusammenhanglose Szenen. Gegen neunzehn Uhr hatte er die Polizeiinspektion in Hachenburg verlassen, um Streife zu fahren. Die eine Hälfte seiner Mannschaft lag mit einem üblen Darmvirus krank im Bett, die andere auf dem Friedhof, nachdem der wahnsinnige Roland Kaminsky Funkes Kollegen Klaus Polaschek und Melanie Saynbach ermordet hatte. Funke schob einen Berg von Überstunden vor sich her und übernahm immer öfter den Streifendienst. Als kommissarischer Leiter der Dienststelle war das nicht seine Aufgabe, aber die einsamen Fahrten passten in seine Pläne.

Gegen zwanzig Uhr hatte Carola angerufen und ihn gebeten, in das Wochenendhaus am See zu kommen. Funke hatte die Unruhe in ihrer Stimme gespürt, sie aber falsch interpretiert. Als er das Holzhaus am Ufer des Dreifelder Weihers betreten hatte, spürte er sofort, dass sie ihn nicht wegen eines leidenschaftlichen Tête-à-Têtes zu sich gerufen hatte. Sie war bleich und verängstigt gewesen. Aber wie jedes Mal, wenn er sich mit ihr an diesem verbotenen Ort traf, wischte ihr Anblick jeden klaren Gedanken fort, weil er ausgehungert nach Leben und körperlicher Liebe war. Bevor sie ihm den Grund ihrer Angst hatte anvertrauen können, hatte er sie ins Schlafzimmer gedrängt. Nach kurzem Zögern hatte sie seine fordernden Küsse erwidert und sich an ihn geklammert wie eine Ertrinkende an ein Stück Treibholz. Stumm und leidenschaftlich hatten sie sich geliebt, als gäbe es kein nächstes Mal.

Seit sechs Wochen trafen sie sich im Wochenendhaus ihres Mannes und liebten sich mit einer Intensität, die Funke erschreckte. Nie zuvor hatte er etwas Ähnliches erlebt, und er spürte, dass Carola ebenso empfand. Bevor er Carola kennenlernte, hatte er nicht mehr zu hoffen gewagt, einem Menschen zu begegnen, der die Dunkelheit in seiner Seele würde vertreiben können. Aber Carola konnte es. Er genoss die Zeit mit ihr wie ein Blinder, der mühsam wieder sehen lernt, und bekam nicht genug von ihr.

Eine halbe Stunde, nachdem sie sich geliebt hatten, war er nach unten in die Küche gegangen, um ... ja, um was zu tun? Er erinnerte sich an den sauberen Duft ihres Haars, an ihr leises Lachen und die Berührung ihrer Fingerspitzen, die ihn stets elektrisierte, an die knarrende achte Stufe der Treppe ... und dann ... an nichts mehr.

Benommen setzte er sich auf. Seine Dienstwaffe entglitt seinen Fingern und fiel polternd auf den Holzboden. Er stierte begriffsstutzig auf die Pistole. Warum hatte er die Waffe gezogen? Und vor allem ... hatte er sie benutzt? Wie war er von der Küche ins Wohnzimmer gelangt? Und wo war Carola?

Er rief ihren Namen, aber seine Kehle war rau wie Sandpapier und brachte nicht mehr als ein Krächzen hervor. Ein Windstoß fuhr durch die offene Terrassentür und ließ das Kaminfeuer flackern.

Schwankend stand er auf, dann sah er Carola. Sie lag auf dem Teppich, keinen Meter von ihm entfernt. Ihre Beine waren angewinkelt und verdreht, der Kopf ihm seitlich zugeneigt. In der Mitte ihrer Stirn klaffte ein blutiges Loch.

2

Funke wich entsetzt zurück und stieß mit der Ferse gegen die Walther P99. Die Pistole schlitterte über den Parkettboden und prallte vom Kaminrost ab wie die Kugel in einem Flipper. Er stürzte aus dem Zimmer und erbrach sich im Bad in die Toilettenschüssel, bis sich sein nun leerer Magen krampfhaft zusammenzog. Erneut kämpfte er gegen eine drohende Ohnmacht an, drehte mit zitternden Fingern den Hahn über dem Waschbecken auf und steckte den Kopf unter den kalten Wasserstrahl. Das ablaufende Wasser färbte sich rosa. Erst jetzt bemerkte er das blutdurchtränkte Heftpflaster an seiner linken Hand. Er hatte nicht die geringste Ahnung, wo und wann er sich verletzt hatte. Vorsichtig entfernte er das Pflaster. Ein tiefer Schnitt, der wieder zu bluten begonnen hatte, zog sich vom Ansatz des Ringfingers zur Handmitte. Neben dem Waschbecken lagen eine angebrochene Packung Heftpflaster und eine Schere. Der Medizinschrank stand offen, als hätte Funke in aller Eile nach Verbandszeug gesucht. An der Spiegeltür klebte Blut.

Er konnte sich an nichts erinnern. Versuchte er es, stieß er auf einen blinden Fleck in seinem Gedächtnis, der sich fremd und taub anfühlte. Funke riss die Zellophanverpackung von einem Mullverband, wickelte die Gaze stramm um sein Handgelenk und zog die Enden mit den Zähnen fest. In einer Schublade fand er eine Rolle Müllbeutel und stopfte panisch alles hinein, was er angefasst hatte.

Aus der Spiegeltür starrte ihn ein hohlwangiges Geschöpf an, mehr Gespenst als Mensch aus Fleisch und Blut. Kein Wunder, dass er so aussah – ihm war noch immer übel wie nach einem Absturz in Milics Kneipe.

Seit er zusammen mit der LKA-Profilerin Helen Stein seine Tochter Nora aus der Gewalt des verrückten Kaminsky befreit hatte, hatte er keinen Tropfen Alkohol mehr angerührt. Vielleicht gerade noch rechtzeitig genug, um umzukehren – vor dem Punkt, hinter dem es keine Rückkehr mehr gab. Er war sicher, dass er auch heute Abend nichts getrunken hatte, dennoch fühlte er sich wie nach einer dreitägigen Sauftour. Die Anzahl der leeren Weinflaschen im Wohnzimmer, die Kopfschmerzen und der Schwindel schienen zu bestätigen, dass er völlig betrunken war. Das würde auch seinen Filmriss erklären. Aber wie war es dazu gekommen? Was hatte Carola ihm mitteilen wollen? Es musste etwas Wichtiges gewesen sein, etwas, das ihr höllische Angst eingejagt hatte. Hatte ihr Mann von der Affäre erfahren, die sie beide abhängig voneinander machte wie eine Droge Dealer und Junkie? Und hatte sie ihre stürmische, aber unbedachte Affäre beenden wollen? Funke schloss die Augen, schlug mit der Faust gegen den Medizinschrank und murmelte: „Nein, nein, nein."

Die rasenden Gedanken führten zu einem Ergebnis, das ihn um den Verstand zu bringen drohte.

Carola war die Ehefrau des aufstrebenden Landespolitikers Holger Wesseling. Er galt als jähzornig und nachtragend. Manche hielten ihn für einen genialen Selbstdarsteller, andere für einen Psychopathen. Wenn er dahintergekommen war, dass seine Frau ihm fortwährend ein Paar mächtige Hörner aufsetzte, war Carolas Furcht nur allzu verständlich. Wesseling war ein Narzisst, er drehte sich nur um sich selbst. All sein Streben galt dem Ziel, Macht zu erlangen. Es gab kein Spiel, bei dem er nicht log und betrog, um den Sieg davonzutragen. Bürgermeister von Hachenburg, ein Landtagsmandat, dann Fraktionsvorsitzender seiner Partei, Staatsekretär und rechte Hand des Innenministers, ein noch höheres Amt war zum Greifen nah. Wenn es ihm einen Vorteil einbrachte, konnte er einen eloquenten, seidenweichen Charme entwickeln, dem auch Carola erlegen war. Schnell war ihr klar jedoch geworden, dass er sie nur geheiratet hatte, weil sie ihm für seine Karriere nützlich war. Sie engagierte sich für wohltätige Zwecke und war es gewohnt, in der Öffentlichkeit aufzutreten. So konnte er mit einer attraktiven Frau an seiner Seite Volksnähe demonstrieren und Pluspunkte bei unentschlossenen Wählern sammeln. Doch schon bald nach der Hochzeit begann Carola die Empfänge, die Partys und Zwangsveranstaltungen zu hassen. Ihre Ehe erwies sich als katastrophaler Fehler. Wesseling war gefühlskalt, egomanisch und stand auf schnellen, harten Sex.

Funke unterstützte eine Selbsthilfegruppe für traumatisierte Minderjährige, die Opfer von Gewaltverbrechen geworden waren – so wie seine Tochter Nora. Carola hatte von seinem Engagement erfahren und finanzielle Unterstützung und mehr Aufmerksamkeit der Medien versprochen. Bereits bei ihrer ersten Begegnung hatte er gespürt, dass sie mehr verband als nur die gemeinsame Arbeit für eine karitative Sache. Sie teilten die gleichen Gefühle und Gedanken, besaßen den gleichen schwarzen Humor und mochten die gleichen Leute. Aus dem flüchtigen Treffen erwuchs schnell Leidenschaft – so brennend, dass sie Funke Angst einjagte.

Er musste überprüfen, ob in seiner Waffe eine Kugel fehlte. Die Vorstellung, er könnte Carola erschossen haben, ohne sich daran zu erinnern, steckte wie ein Messer in seinem Herz. Sie hatte die Hoffnung in ihm geweckt, irgendwann wieder ein normales Leben führen zu können – ohne dass er sich mit Alkohol betäubte, um wenigstens zeitweise die schrecklichen Ereignisse des vergangenen Jahres vergessen zu können, und ohne die quälenden, nie enden wollenden Sorgen um Nora. Niemand konnte sagen, ob die seelischen Wunden, die Kaminsky ihr zugefügt hatte, jemals wieder heilen würden. Der wahnsinnige Serienkiller hatte das aufgeweckte Mädchen, dem alle Türen dieser Welt offen standen, in ein verängstigtes, autistisches Gespenst verwandelt. Funke hatte einen bitteren Preis dafür bezahlt, dass er seine Tochter lebend aus der Hand dieses Psychopathen befreit hatte. In manchen Augenblicken war er davon überzeugt, es wäre besser gewesen, Kaminsky hätte sie umgebracht wie all die anderen Opfer auch. Besser für Nora ... und besser für ihn.

Und plötzlich war Carola wie ein strahlender Stern an seinem düsteren Himmel aufgegangen, ein Komet, der ihm den Weg aus der Dunkelheit der Verzweiflung wies. Während sein Herz alle Bedenken zur Seite schob, hatte sein Verstand sofort erkannt, worauf er sich einließ. Er begann eine Affäre mit der Frau eines gefährlichen Alphatiers, das über Macht, Geld und Einfluss verfügte. Wesseling würde keine Sekunde zögern, ihn zu vernichten, wenn er von dem Verhältnis erfuhr.

Funke drängte die unablässig kreisenden Gedanken zurück und konzentrierte sich auf das Hier und Jetzt. Er musste analytisch vorgehen, wie er es als Ermittler getan hätte, wäre er an den Tatort gerufen worden. Das Letzte, woran er sich erinnerte, war der Gang in die Küche. Was er dort gewollt hatte oder was danach passiert war, gab sein Unterbewusstsein noch nicht frei. Vielleicht würde das aber auch niemals geschehen. Es war denkbar, dass er das Geschehene verdrängte, weil die Wahrheit zu entsetzlich war, um sie ertragen zu können.

Oft genug hatte er Mörder verhört, die – auch wenn sie längst überführt waren – ihre Tat beharrlich leugneten, um sich nicht der eigenen Schuld stellen zu müssen. War er Amok gelaufen, nachdem Carola ihm mitgeteilt hatte, dass es vorbei war? Hatte sie ein letztes Mal mit ihm schlafen wollen, um ihre Affäre dann zu beenden? Funke schloss die Augen und sah einen betrunkenen, verzweifelten Mann, der zu allem fähig war. Einen Mann, der eine geladene Waffe mit sich führte und wusste, wie man sie benutzte.

Er kehrte ins Wohnzimmer zurück. Nichts hatte sich verändert. Seine irrationale Hoffnung, alles würde sich als äußerst real wirkender Albtraum entpuppen, als wahnhaftes Zerrbild eines Alkoholexzesses, erfüllte sich nicht. Carola war tot.

Funke hatte das Gefühl, in einer Nussschale auf einem sturmumtosten Ozean zu treiben. Seinen letzten Gefährten hatte er verloren, und nun hielt er auf den großen Wasserfall am Rand der Welt zu. Er rang den brennenden Schmerz des Verlustes nieder, suchte seine Waffe und überprüfte sie. Im Magazin fehlte eine Patrone, die Mündung roch nach Kordit. Aus der Walther war ein Schuss abgefeuert worden. Er blickte auf seine Armbanduhr, es war kurz vor zehn. Wenn die Uhr der zersplitterten Wetterstation neben der Terrassentür um einundzwanzig Uhr vierzehn stehen geblieben war, musste er etwa vierzig Minuten bewusstlos gewesen.

Er zwang sich, die Leiche zu untersuchen, und bewegte vorsichtig Carolas Kopf. Ihre Haut fühlte sich kalt und leblos an, wie eine weggeworfene Hülle, in der einmal etwas Lebendiges gesteckt hatte, das nun für immer gegangen war. Zwar hinterließ er durch seine Berührung Spuren, aber seine DNA befand sich ohnehin überall im Haus – in der Küche, im Schlafzimmer und auf den Bettlaken. Die KTU würde sein Sperma sicherstellen. Ein Haar reichte aus, um ihn zu identifizieren. Niemals würde er glaubhaft leugnen können, hier gewesen zu sein.

Am Hinterkopf der Leiche gab es keine Austrittswunde, das Projektil steckte demnach noch in Carolas Schädel. Damit hatte er ein ernstes Problem, denn die Kugel konnte zweifelsfrei seiner Waffe zugeordnet werden.

Der Klingelton seines Handys durchbrach jäh die Stille. Funke blickte sich suchend um, seine Uniformjacke hing über einer Stuhllehne. Er zog das Telefon aus der Innentasche, auf dem Display leuchtete die Nummer der Dienststelle auf. Harder schob allein in der Wache Dienst und war vermutlich damit überfordert, die Kaffeemaschine zu bedienen. Funke wischte über den Touchscreen und meldete sich.

„Harder hier. Ich habe versucht, dich über Funk zu erreichen.“

„Ich musste mal für kleine Polizisten“, log Funke.

„Ich bekam gerade einen Anruf rein“, sagte Harder. „Ein Nachbar hat verdächtigen Lärm in Wesselings Wochenendhaus am Dreifelder Weiher gemeldet. Kannst du mal vorbeischauen, wenn du in der Nähe bist?“

Funke schaltete sofort. Harders Anruf war ein Geschenk des Himmels. „Ich bin nur fünf Minuten von Dreifelden entfernt.“

„Gut, dass ich dich doch noch erreichen konnte.“ Harders Stimme klang ölig, mit einem zynischen Unterton. Er ging todsicher davon aus, dass Funke im Wäller Krug einen Absacker nach dem anderen kippte. „Der Mann hat schon zweimal angerufen. Und da es um Wesselings Haus geht ... du weißt ja, dass er ziemlich unangenehm werden kann.“

„Ich kümmere mich darum.“ Funke legte auf.

Er steckte im schlimmsten Treibsand, in den er je geraten war, und sank mit jeder Minute tiefer ein. Es konnte nur eine schlüssige Erklärung für die Ereignisse dieser Nacht geben: Jemand hatte ihn reingelegt und wollte ihn aus dem Verkehr ziehen, indem er ihm einen

Mord in die Schuhe schob. Alles andere war undenkbar, unvorstellbar. Einen Augenblick lang erwog er, Helen Stein anzurufen, die Koblenzer Sonderermittlerin, der er geholfen hatte, Kaminsky zur Strecke zu bringen. Bei einem Kapitalverbrechen würde sich ohnehin die ZKI – die zentrale Kriminalinspektion – einschalten. Wäre er sicher gewesen, dass Helen die Ermittlungen leiten würde, hätte er nicht gezögert, sich zu stellen und zu kooperieren. Aber es gab einen guten Grund, die ZKI nicht einzubeziehen: Georg Starbacher, sein ehemaliger Mentor und alter Weggefährte, war nicht länger Chef der SoKo für Gewaltverbrechen. Die Neuigkeit hatte sich wie ein Buschfeuer verbreitet. Harder konnte kaum schnell genug ausplappern, dass man Helen übergangen und Kriminalrat Berthold Kain zum neuen Teamleiter ernannt hatte. Funke fiel niemand ein, der ihn mehr hasste als Kain. Wenn Kain den Fall untersuchte, hatte er nicht die Spur einer Chance auf eine faire Untersuchung. Kain würde die Gelegenheit nutzen, um mit ihm abzurechnen. Carola war mit Funkes Waffe erschossen worden, nachdem er mit ihr geschlafen hatte. Was lag näher, als daraus eine Beziehungstat zu konstruieren? Wenn Wesseling seinen Einfluss geltend machte und Kain die Ermittlungen führte, konnte Funke sich auch gleich eine Kugel in den Kopf jagen.

Aber wenn er tot war oder die nächsten fünfundzwanzig Jahre in der JVA Koblenz verbringen würde, gab es niemanden, der sich um Nora kümmern konnte. Seine Exfrau hatte sich vor einem halben Jahr aus dem Staub gemacht, um auf Fuerteventura eine Surfschule zu eröffnen. Susanne hatte keinerlei Interesse an einer autistischen Tochter, die wie ein Bremsklotz an ihr kleben würde.

Sie werden dir Nora wegnehmen. Sie werden sie in ein Heim für behinderte Kinder stecken, wo sie unter dem Einfluss von Tranquilizern vor sich hindämmern wird, bis sie eingeht wie eine Blume, die niemand mehr gießt.

Er blickte auf die Tote hinab und fasste einen Entschluss. Ihm graute vor dem Plan, der sich in seinem Kopf zu formen begann, aber ihm blieb keine andere Wahl. Die Leiche musste verschwinden. Anschließend galt es, alle Spuren, die auf ein Verbrechen hinwiesen, zu beseitigen. Keine Leiche, kein Mord. Um Carolas Mörder zu finden, musste er vor allem eins sein: frei. Erst wenn er wusste, wer hinter dem Plan steckte, ihn auszuschalten, konnte er seine Unschuld beweisen. Dazu musste er eine Geschichte konstruieren, die jedem Verhör standhielt.

In Gedanken ging er eine Liste möglicher Feinde durch. Er führte ein zurückgezogenes Leben. Weder beteiligte er sich an Harders Ränkespielen noch hatte er sich bewusst den Hass anderer Menschen zugezogen. Allerdings hatte er im Lauf der Jahre Dutzende Straftäter überführt, von denen einige zu langjährigen Haftstrafen verurteilt worden waren. Wenn der Mord an Carola ein Racheakt war, würde er tief in seiner Vergangenheit graben müssen, um die Wahrheit ans Licht zu bringen.

Die offensichtlichste Lösung des Rätsels war, dass Wesseling ihr gefolgt war. Er musste ihn, Funke, in der Küche überrascht haben, hatte ihn in rasender Wut niedergeschlagen und Carola aus Eifersucht und verletzter Eitelkeit erschossen. Dann hatte Wesseling ihn neben die Leiche gelegt und ihm die Waffe in die Hand gedrückt. Wahrscheinlich steckte er sogar hinter dem Anruf. Ein einfacher, todsicherer Plan, der aufgegangen wäre, wenn Harder nicht allein in der Wache Dienst schieben würde – was Wesseling offenbar nicht gewusst hatte.

Funke begann systematisch, das Haus in den Zustand zurückzuversetzen, in dem er es vorgefunden hatte. Er arbeitete sich vom Schlafzimmer im Obergeschoss chronologisch nach unten vor, so wie die vergangenen Stunden wahrscheinlich abgelaufen waren. Auch in der Diele stieß er auf Spuren eines Kampfes. Am Handlauf des Treppengeländers klebte Blut, auf den Bodenfliesen lagen die Scherben einer zerbrochenen Keramikvase, die Edelstahlspüle in der Küche war mit Blutflecken übersät. Auf dem Boden vor der Anrichte lagen die Scherben einer Weinflasche, eine Pfütze aus Rotwein glänzte wie frisch vergossenes Blut. Er musste die Flasche fallen gelassen und sich an den Scherben geschnitten haben, aber von dem Wie und Wann wusste er nichts mehr.

Er trat in die Diele hinaus und blickte durch die offene Tür ins Wohnzimmer. Die tote Carola hielt einen abgebrochenen Flaschenhals in der starren Hand. Keine Erinnerung, nichts, Filmriss.

Hatte sie um ihr Leben gekämpft? Gegen wen? Gegen ihren Mann? Oder gegen ihn selbst? Er musste auch in Betracht ziehen, dass sie von einem Einbrecher überrascht worden waren. Hatte der ihn bewusstlos geschlagen und neben die Leiche gezerrt, um die Straftat zu verdecken? Ein Totschlag, den der Eindringling im

Affekt begangen hatte? Vielleicht würde er nie erfahren, was geschehen war.

Funke spülte das Blut in den Ausguss, kehrte die Scherben zusammen und warf sie in den Abfalleimer unter der Spüle. Dabei war er sich darüber im Klaren, dass seine hilflosen Versuche, den Mord ungeschehen zu machen, im Angesicht gründlicher polizeilicher Ermittlungen wie ein Kartenhaus in sich zusammenbrechen würden. Er musste daher unter allen Umständen verhindern, dass das Wochenendhaus als Tatort in Betracht kam.

Prüfend ließ er seine Blicke durch die Küche streifen. Auf den ersten Blick deutete nichts auf ein Verbrechen hin. Nur unter dem Einfluss von Luminol und UV-Licht würden die Blutspuren sichtbar werden.

Seit seinem Erwachen war etwa eine halbe Stunde vergangen. Harder wartete wahrscheinlich bereits auf seinen Rückruf und die Bestätigung, dass alles in Ordnung war. Wenn der fuchsgesichtige Schleimer damit bei Wesseling punkten konnte, würde er sich vor Diensteifer überschlagen.

Es fühlte sich seltsam an, auf der anderen Seite des Gesetzes zu stehen – als wäre er in einen Mantel geschlüpft, der ihm nicht passte. Aber er war bereits zu weit gegangen, um noch umkehren zu können. Er hatte Kenntnis von einem Kapitalverbrechen, das er nicht umgehend gemeldet hatte, und hatte einen Tatort verändert. Schon diese Verfehlungen reichten für eine Suspendierung. Berthold Kain, sein alter Widersacher, würde die Gelegenheit nicht ungenutzt verstreichen lassen, ihn kaltzustellen.

Kains Ernennung hatte alle überrascht. In den vergangenen elf Monaten waren im Westerwald vier junge Frauen spurlos verschwunden. Helen hatte ihre Hausaufgaben als Profilerin gemacht und aus den spärlichen Indizien ein Täterbild konstruiert. Es sah ganz so aus, als ob in der Abgeschiedenheit der Provinz erneut ein Serienkiller sein Unwesen trieb, den das Team der SoKo das Phantom nannte.

Funke hatte einen genialen Einfall. Was er über den Fall aufgeschnappt hatte, reichte aus, um ein glaubhaftes Szenario zu entwerfen. Er betrat das Wohnzimmer, steckte seine Waffe in das Holster am Gürtel und hob seine ermordete Geliebte hoch. Sie fühlte sich leichter an, als sie sein sollte, so, als hätte sie mit dem Leben, das aus ihr herausgesickert war, an Gewicht verloren. Ein dünner roter Faden zog sich vom Einschussloch in ihrer Stirn am Nasenbein entlang zum Mundwinkel. Es war kaum Blut ausgetreten, was bedeutete, dass Carola sofort tot gewesen war. Sie hatte nicht gelitten. Entweder war sie aus nächster Nähe erschossen worden oder der Täter war ein geübter Schütze ... ein Polizist vielleicht, der regelmäßig ein Schießtraining absolvierte. Funke biss sich auf die Unterlippe, bis der Schmerz das Undenkbare verdrängte.

Carolas Arme hingen leblos herab. Aus ihrer rechten Hand fiel ein Gegenstand, der im flackernden Licht des Kaminfeuers golden glänzte. Es war ein kleines, mit Aquamarinen und Fayence-Einlagen verziertes Ankh-Kreuz. Funke legte die Leiche ab und hob das Kreuz auf. Er war sicher, dass Carola kein solches Schmuckstück besessen hatte, zumindest hatte er es niemals an ihr bemerkt. Da das Kreuz in ihrer Faust verborgen gewesen war, musste sie es dem Mörder entrissen haben. Vermutlich hatte er es nicht bemerkt. Funke wusste aus den vielen Geständnissen, die er angehört hatte, dass die Täter während des Tötungsaktes eine Art Tunnelblick entwickelten.

Er steckte das Schmuckstück ein und schleppte die Leiche in die Garage. Carolas hellblauer Renault Captur wartete fahrbereit, der Schlüssel steckte. Funke legte die Tote hinter dem Wagen ab und öffnete die Heckklappe. Bevor er Carola in den Kofferraum heben konnte, hörte er Schritte im Haus.

„Hallo? Ist jemand zu Hause?"

Es war die Stimme von Jürgen Harder.

3

Die Luft in der Garage war eisig, trotzdem schwitzte Funke wie ein Malariakranker. Erst jetzt, als er Harders Stimme hörte, wurde ihm klar, was sein Vorhaben bedeutete. Er befand sich in einer physischen und psychischen Ausnahmesituation, die einen raffinierten, fehlerfreien Plan unmöglich machte. Bisher war ihm sein Vorgehen logisch und gut durchdacht erschienen – die Spuren verwischen, die Leiche beseitigen, und schon gab es kein Verbrechen mehr. Was man nicht sehen konnte, existierte auch nicht.

Harder holte ihn in die Wirklichkeit zurück. Funke stand vor dem Kofferraum des Renaults, trug eine Polizeiuniform und war damit beschäftigt, eine Frauenleiche zu verstecken. Es war so surreal, dass er beinahe laut aufgelacht hätte. In seinen dunkelsten Nächten hatte er keinen schlimmeren Albtraum erlebt.

Er schlich zur Tür, die Garage und Küche verband, und schob sie einen Spalt weit auf. Der Lichtstrahl einer Taschenlampe huschte durch die Diele. Harder tappte durch das dunkle Haus. Was zur Hölle hatte der neugierige Schleimer hier verloren? Warum hatte er seinen Posten in der Wache verlassen? Funke rechnete nach. Es musste jetzt ungefähr zweiundzwanzig Uhr dreißig sein. Harders Schicht war seit einer Viertelstunde zu Ende. Diensteifrig, wie er war, wollte er bei Wesseling wahrscheinlich selbst nach dem Rechten sehen.

Funke dachte an Nora. Daran, was sie würde erleiden müssen, wenn er scheiterte. Eine warnende Stimme redete auf ihn ein, dass es niemals aufhören würde. Er würde wieder und wieder reagieren müssen, um die Fehler zu korrigieren, die er unweigerlich begehen würde. Verzweifelt würde er seine Spuren verwischen und damit neue Probleme auslösen, bis die Lawine, die er lostrat, vollends außer Kontrolle geriet. So lief es immer. Es war ein Fußballspiel, bei dem ein Spieler den Ball in die Luft schoss und niemand wusste, wo er landen würde.

Der Gedanke an seine Verantwortung für Nora half ihm schließlich, sich von dem lähmenden Schrecken zu befreien. Sein Kopf wurde klar und kalt wie Eiswasser, und sein Verstand formte einen Plan.

Die Holzgarage war nicht mehr als ein Schuppen. An der Vorderseite befand sich ein aus Brettern gezimmertes, zweiflügeliges Tor. Funke tastete sich an der Wand entlang, bis er den Sicherungskasten fand, und schaltete die Hauptsicherung aus.

Leise schlüpfte er ins Freie. Den dichten Nebel, der vom See heraufzog, als Deckung nutzend, lief er um das Haus herum und näherte sich der Terrassentür. Da die Haupteingangstür von innen verriegelt war, musste Harder den Weg durch den Garten gewählt haben wie er selbst vor knapp drei Stunden. Lautlos betrat Funke das Haus. Harder befand sich in der Küche, Funke sah den Lichtstrahl der Lampe über Wände und Treppengeländer huschen. Harder war nur einen Meter von der Verbindungstür zur Garage entfernt. Wenn er sie öffnete, würde er unweigerlich auf die Leiche stoßen.

Funke zog seine Waffe. „Bleiben Sie stehen! Lassen Sie die Lampe fallen und verschränken Sie die Hände hinter dem Kopf!"

Harder tat, was ihm befohlen wurde. Die Taschenlampe rollte klappernd über die Bodenfliesen und flackerte. Funke hob sie auf.

„Ben? Bist du das?", fragte Harder vorsichtig.

„Umdrehen!"

Der Lichtstrahl traf Harder im Gesicht.

„Jürgen! Was treibst du denn hier?" Funke versuchte verblüfft zu klingen und das Zittern in seiner Stimme zu verbergen.

„Meine Schicht ist zu Ende. Ich war auf dem Nachhauseweg und dachte, ich sehe mal selbst nach dem Rechten."

„Auf dem Campingplatz gab's Ärger. Ich wurde aufgehalten", erklärte Funke hastig. „Nach deinem Anruf bin ich so schnell wie möglich hierhergefahren. Dann sah ich das Licht deiner Taschenlampe und hielt dich für einen Einbrecher."

Harder grinste schief. „Da hab ich ja noch mal Glück gehabt."

Funke steckte seine Waffe ein. Stimmte Harders Erklärung? Funke war nicht besonders scharf auf den Posten des Dienststellenleiters. Eigentlich hatte er sich nur beworben, um zu verhindern, dass Harder zum Chef aufstieg, denn darunter würden alle leiden. Noch immer war nicht entschieden, wer die Wache in Zukunft leiten sollte. Harder benutzte jede Gelegenheit, um Informationen zu sammeln, mit denen er seinen Konkurrenten schaden konnte. Er ließ sich auf dem Feuerwehrfest sehen, engagierte sich in Verbänden und Vereinen und knüpfte Verbindungen, wo immer es ihm nützte. Sein Problem war allerdings, dass die meisten Leute seine plumpen Versuche, sich beliebt zu machen, durchschauten. Er ähnelte einer Nacktschnecke, die auf ihrer eigenen Schleimspur ausrutschte. Trotzdem durfte man ihn nicht unterschätzen.

Harder ging zur Haupteingangstür und spähte neugierig durch die Butzenscheiben. „Ich hab deinen Streifenwagen gar nicht gesehen." Er tippte auf den Lichtschalter. „Der Strom ist ausgefallen. Merkwürdig, der Anrufer sagte, er hätte Licht bemerkt."

„Wahrscheinlich hat er sich geirrt", sagte Funke. „Fahr jetzt nach Hause und hau dich aufs Ohr. Ich schau mich noch mal um, ob ich Einbruchsspuren finde. Morgen früh werde ich Wesseling informieren."

„Komische Sache." Harder näherte sich der Tür zur Garage und streckte die Hand nach der Klinke aus.

Funke entriegelte die Eingangstür und schob Harder hinaus in den Vorgarten. Nie war ihm dessen penetrante Neugier so lästig vorgekommen. „In letzter Zeit treiben sich die Kids abends am See herum. Vielleicht haben sie im Haus nach Alkohol gesucht", sagte er.

„Wäre möglich." Harder schnüffelte in der Luft wie ein Terrier, der Beute wittert. „Wir kriegen einen frühen Winter", plapperte er.

„Ja, und wenn du noch länger hier herumtrödelst, bleibst du im ersten Schnee stecken."

Harder grinste. „Also ... gute Nacht.“

„Gute Nacht.“

Funke wartete, bis Harders VW Golf in die Hauptstraße Richtung Freilingen einbog, dann kehrte er in die Garage zurück und schaltete die Sicherung wieder ein. Er zitterte wie in einem Fieberschub. Zwar reifte ein Plan in ihm heran, aber der funktionierte nur, wenn die Leiche niemals gefunden wurde. Wenn die Frau des prominenten Landespolitikers Holger Wesseling spurlos verschwand, würde die Polizei eine groß angelegte Suchaktion starten. Hundertschaften mit Spürhunden würden die Gegend um den See absuchen. Ein ausgebildeter Leichenspürhund konnte einen Toten selbst unter Wasser aufspüren. Er brauchte also ein narrensicheres Versteck.

Funke begann eine Reihe von Assoziationen durchzuspielen. Die Psychologin, die mit Nora arbeitete, benutzte diese Methode, um mehr Klarheit über den komplizierten Seelenzustand des Mädchens zu erlangen. Leiche ... Grab. Die Verbindung drängte sich geradezu auf. Ein Toter wurde beerdigt. Und auf einem Friedhof nutzte ein Leichenspürhund überhaupt nichts.

Funke wusste nun, was er zu tun hatte. Er kehrte ins Haus zurück, suchte nach Carolas Smartphone und fand es in ihrer Handtasche. Er nahm den Akku heraus und steckte beides in die Hosentasche. Dann wiederholte er das Gleiche mit seinem eigenen Handy. Die Bewegungsdaten jedes Mobiltelefons wurden beim Provider gespeichert. Bei eingeschalteter Datenverbindung zum Netz könnte er auch Schilder am Straßenrand aufstellen, wo die Leiche zu finden war. Eine der ersten polizeilichen Maßnahmen würde die Überprüfung des

Bewegungsprofils von Carolas Handy sein. Da der Fall in seinen Zuständigkeitsbereich fiel, hoffte er, in die Suche involviert zu werden. Damit konnte er einen gewissen Einfluss auf Ermittlungen ausüben ... wenn Kain nicht wäre.

In einer Küchenschublade fand er eine Rolle mit Plastikabfallsäcken. Einen zog er über den Fahrersitz des Renaults und wickelte die Leiche in zwei weitere Säcke. Dann klappte er die Rückbank um und legte Carola in den so vergrößerten Kofferraum.

An der Garagenrückwand hingen mehrere Gartenwerkzeuge. Funke verstaute eine Schaufel, eine Spitzhacke und eine Stehleiter aus Aluminium im Wagen und legte Carola in den Kofferraum. Er öffnete das Garagentor und fuhr los. Die Leuchtziffern am Armaturenbrett zeigten zweiundzwanzig Uhr fünfzig an. Seit Carolas gewaltsamem Tod waren nicht einmal zwei Stunden vergangen.

Funke bog an der Einmündung zur Hauptstraße rechts ab und folgte dem Weg, den Harder genommen hatte.

Vor vier Tagen waren bei einem Verkehrsunfall im Allgäu drei Menschen ums Leben gekommen, alle stammten aus dem kleinen Ort Steinen, der nur etwa vier Kilometer von Dreifelden entfernt lag. Funke stellte sich die buntgemischte Schar aus Rentnern vor, die sich auf einen Wochenendtrip in die Berge begab. Der Ausflug sollte in einer Katastrophe enden. Ironischer Weise war es Harder, der ihn über die Einzelheiten aufgeklärt hatte, weil sich ein entfernter Verwandter von ihm unter den Opfern befand. Morgen würden die Beerdigungen auf dem kleinen Friedhof des Ortes stattfinden. Das bedeutete drei offene Gräber, die darauf warteten, gefüllt zu werden.

Der Friedhof lag abseits der Wohnbebauung unmittelbar an der Bundesstraße 8, die den Ort in zwei Hälften teilte. Funke schaltete das Licht aus und ließ den Renault langsam an den Rückseiten der Bauernhäuser vorbeirollen. Dann stellte er den Wagen unter dem schützenden Blätterdach einer Baumgruppe ab. Minutenlang blieb er in der Dunkelheit sitzen. Ein Hauch von Carolas Parfum schwebte in der Luft. Wenn er in den Rückspiegel blickte, konnte er unter den grauen Müllsäcken die Konturen ihres Körpers erkennen.

Ihm graute vor seinem Vorhaben. Dann jedoch dachte er an Noras leeren Blick und an ihre Furcht, wenn sich Unbekannte ihr näherten. Von fremden Menschen in einem Heim umgeben zu sein, würde sie von einem Albtraum in den nächsten stürzen. Funke öffnete die Wagentür. Es gab kein Zurück mehr.

Die Nacht war totenstill, unterbrochen nur vom gelegentlichen Rauschen eines vorbeifahrenden Autos auf der B8. Ein Fuchs tauchte aus dem Unterholz auf. Als er Funke erblickte, verharrte er auf der Stelle und verschwand dann lautlos wieder zwischen den immergrünen Lorbeersträuchern.

Funke kletterte über das niedrige Eingangstor des Friedhofs. Es war eine mondlose, neblige Nacht, die ihm einerseits Schutz gewährte, seinen Plan aber auch erschwerte. Auf dem Totenacker war es so finster wie in einer Gruft. Er ging den Kiesweg entlang und stieß schnell auf drei frisch ausgehobene Gräber. Eine Weile blickte er in die lichtlosen Gruben hinab und überlegte, welche er wählen sollte. Er hatte das Gefühl, als wäre sein Bewusstsein in den gefühllosen Körper eines Roboters geschlüpft. Das war nicht er, der hier stand und darüber nachdachte, wie er die Leiche seiner ermordeten Geliebten verschwinden lassen konnte.

Schließlich kehrte er zum Wagen zurück, holte Schaufel und Hacke und die Leiter aus dem Kofferraum und beschloss, Carola bis zum letzten Augenblick im Wagen zu lassen.

Er ließ die Leiter in das Grab hinab, das am weitesten vom Weg entfernt lag. Dann kletterte er in die Grube und begann, die Sohle des Grabs etwa vierzig Zentimeter tief auszuheben. Nach zehn Minuten hielt er keuchend inne. Seine Muskeln schmerzten von der ungewohnten Arbeit, sein Herz raste. Er brauchte länger, als er geplant hatte, und war erst nach einer halben Stunde so weit, dass er die Leiche holen konnte.

Der Plastikmüllsack verbarg Carolas Gesicht, als er sie zum Friedhof trug und in die Grube legte. Hastig begann er, eine dünne Schicht Erde über ihren Körper zu schaufeln, dann wurden seine Bewegungen langsamer und er arbeitete stumpf und mechanisch wie eine Maschine. Nur das angestrengte Keuchen seines Atems durchbrach die unnatürliche Stille.

Jedes Gefühl und jeder Gedanke, der in seinem Kopf aufblitzte, erlosch sofort wieder. Er wiederholte einen Satz wie ein Mantra: „Ich tu's für Nora, für Nora, für Nora."

Endlich stieg er die Leiter hinauf, legte sich erschöpft in das kalte, feuchte Gras und blickte in den Himmel, der sich dunkel und schwer wie ein Sargdeckel über ihm wölbte.

Als sich sein rasender Herzschlag beruhigt hatte, warf er Carolas Handy in das Grab und stieg wieder hinab, um den Boden zu glätten. Anschließend beseitigte er an dem Erdhügel neben dem Grab alle Spuren, die verraten könnten, dass sich jemand daran zu schaffen gemacht hatte. Unter dem Wasserhahn am unteren Ende des Friedhofs schrubbte er die Erde von seinen Schuhen, und wusch seine Hände, bis sie krebsrot waren. Leiter, Schaufel und Hacke wickelte er in die restlichen Müllsäcke.

Alles, was er jetzt noch tun musste, war, den Renault irgendwo an der B8 abzustellen und eine Motorpanne vorzutäuschen. Jeder Ermittler würde davon ausgehen, dass Carola Wesseling ein weiteres Opfer des Phantoms geworden war.

Funke ging zum Wagen zurück. Zwar hatte er keinen Mord begangen, und an seinen Händen klebte kein Blut, dennoch wurde ihm klar, dass er nicht länger als Polizist würde arbeiten können. Was er getan hatte, fühlte sich so falsch an wie ein gezinktes Kartenspiel. Sein Leben würde sich drastisch verändern.

Einen Kilometer südöstlich des Friedhofs warf er das Werkzeug und die Leiter in einen Weiher der Westerwälder Seenplatte. Er stellte den Renault an der Einmündung eines Waldwegs ab und lockerte mehrere Kabel an der Zündverteilung. Dann kehrte er zu Fuß nach Dreifelden zurück, allein mit der Nacht und seinen Gedanken.

4

22. Oktober, Koblenz

Die Plastiktüte in Helens Jackentasche knisterte. Wenn ich ein rotes Gummibärchen erwische, ist Blechner ein Serienkiller. Wenn es ein grünes ist, nur ein gewöhnlicher Scheißkerl, der seine Frau verprügelt. Ist es ein gelbes, dann …

„Sag schon, was verkündet das Bärenorakel?" Andreas Kreutz beugte sich auf dem Rücksitz nach vorne und spähte durch die beschlagene Windschutzscheibe.

„Es verrät mir, dass du ein Kebap-Brötchen mit viel Knoblauch gegessen hast."

Kreutz lachte. „Das hält mir Kain vom Leib."

„Kain ist ein Idiot."

„Und unser Chef. Du solltest dich nicht bei jeder Gelegenheit mit ihm anlegen."

„Er hat mich eine traumatisierte Irre genannt."

„Bis jetzt ist es nicht mehr als ein Gerücht."

Bender saß auf dem Beifahrersitz und stopfte sich den letzten Bissen eines Schokoladenmuffins in den Mund. Teigkrümel verteilten sich auf dem Teppichboden des

Zivilstreifenwagens. „Doch, es stimmt, das hat er gesagt", meinte er. „Kain spielt uns gegeneinander aus. Wusstest ihr, dass er unsere Personalakten auswendig gelernt hat? Wenn einer von uns einen Fehler macht – Kain weiß es als Erster. Und er liebt es, darauf herumzureiten."

„Auf jeden Fall hat er ein Problem mit Frauen", sagte Kreutz.

„Woher weißt du das denn?", fragte Helen.

„Ich hab gehört, sein Wechsel nach Koblenz käme einer Strafversetzung gleich. Kain soll eine Prostituierte während eines Verhörs zu hart angefasst haben. Und das im wörtlichen Sinn."

„Hat er sie verprügelt?"

„Man kann es wohl so auslegen", antwortete Kreutz.

„Ich frage mich, was er dauernd in sein kleines schwarzes Notizbuch kritzelt", überlegte Bender.

„Er schreibt auf, wie viele Donuts du verschlingst." Helen schob sich eine Handvoll Gummibärchen hinter die Zähne.

Kreutz kicherte. „Starbacher war mir auch lieber. Aber Kain ist nun mal unser neuer Boss. Eure Hahnenkämpfe belasten das Team."

„Kain belastet das Team. Er ist als Teamleiter ungeeignet, und er weiß, dass ich es auch weiß. Außerdem stinkt sein Rasierwasser wie ein voller Aschenbecher."

„Das kommt von seiner Qualmerei. Er raucht wie ein Fabrikschlot und schwitzt das Nikotin geradezu aus." Bender wickelte einen Drops aus dem Papier.

„Könnt ihr eigentlich nur ans Essen denken?", fragte Kreutz.

„Kaffee wäre nicht schlecht", erwiderte Helen.

„Stimmt." Das Bonbon klapperte zwischen Benders Zähnen.

„Kannst du wirklich die Farbe eines Gummibärchens am Geschmack erkennen?", fragte Kreutz.

„Ja, kann ich." Helens Hand verschwand in ihrer Jackentasche.

„Mach mal."

„Später. Wenn wir Blechner haben."

„Glaubst du, er ist das Phantom?"

„Um das herauszufinden, sind wir hier."

„Und was sagt dein Instinkt?"

„Gar nichts."

Seit dem Desaster am Deutschen Eck vor sechzehn Monaten hielt sie sich mit Spekulationen zurück. Sie ging noch einmal die spärlichen Fakten durch und versuchte, sie in das Raster einzufügen, das sie über Blechner erstellt hatte. Vier Frauen zwischen neunzehn und achtundzwanzig Jahren waren während des vergangenen Jahres so plötzlich und unerwartet verschwunden, als hätte der Erdboden sie verschluckt; das letzte Opfer erst vor wenigen Tagen. Niemand wusste, ob sie noch lebten. Sie waren in einem Gebiet im Westerwald als vermisst gemeldet worden, das annähernd einem Dreieck glich. Die Presse sprach von einem Bermudadreieck des Todes und verbreitete wilde Gerüchte – von einem gerissenen Serienkiller, den man das Phantom nannte, bis zu abstrusen Erklärungsversuchen wie Entführungen durch Außerirdische. Gemeinsam war allen Fällen, dass die Frauen nach einer Autopanne verschwunden waren. Man hatte ihre Wagen an stark befahrenen Bundesstraßen gefunden. Danach gab es kein weiteres Lebenszeichen, auch Leichen waren nie entdeckt worden, obwohl intensiv danach gesucht worden war. Ganze Hundertschaften hatten die angrenzenden Waldgebiete mit Spürhunden durchkämmt.

Die wahrscheinlichste Erklärung war, dass die Frauen Opfer von Sexualverbrechen geworden waren. Helen vermutete, dass der Täter ziellos umherfuhr und auf eine Gelegenheit wartete, zuzuschlagen. Wie immer hatten sich mehrere Zeugen gemeldet, deren Aussagen sich widersprachen. Manche wollten einen Abschleppwagen in der Nähe der verlassenen Wagen beobachtet haben, andere ein Wohnmobil, die dritten einen Laster mit roter Plane. Eine brauchbare Personenbeschreibung hatte niemand geliefert.

Helen tippte auf die Version mit dem Wohnmobil. Sie passte ins Profil. Vermutlich bot der Täter seine Hilfe an, überwältigte die Frauen und brachte sie in ein Versteck, wo er sich mit ihnen beschäftigte, bis er seine perversen Triebe befriedigt hatte. War er ihrer überdrüssig, ermordete er sie und vergrub die Leichen auf seinem Grundstück. Vielleicht lebte er auf einem Gehöft abseits der Dörfer, und sie fanden deshalb nicht die geringste Spur.

Eine zweite Theorie lautete, dass er mit einem Wohnmobil oder einem Camper kreuz und quer über Land fuhr und die Leichen Hunderte Kilometer entfernt vom Tatort beseitigte. Wenn das zutraf, konnten sie suchen, bis sie schwarz waren.

Ewald Blechner war ins Visier ihrer Ermittlungen geraten, weil zwei der verschwundenen Frauen zu seinen Kundinnen gehört hatten. Er hatte eine Gefängnisstrafe wegen Vergewaltigung und schwerer Körperverletzung abgesessen. Ungefähr zum selben Zeitpunkt, als das erste Opfer verschwand, hatte er eine kleine Autowerkstatt im Koblenzer Stadtteil Kesselheim eröffnet. Er war mehrfach verhört worden, ohne dass man ihm etwas nachweisen konnte. Vor seiner Verhaftung war er Mitglied einer Rockergang gewesen, hatte aber nach seiner Entlassung den Kontakt zu der Bande abgebrochen. Sein Lebenswandel ergab nun ein positives Bild. Blechner lebte mit einer fünfzehn Jahre jüngeren Frau zusammen, die ihm eine Tochter geschenkt hatte. Das Mädchen war inzwischen vier Jahre alt. Nach Aussagen der Nachbarn kümmerte er sich liebevoll um die Kleine. Die Autowerkstatt warf Gewinn ab, alles deutete darauf hin, dass er aus seinen Fehlern gelernt hatte.

Bis jetzt. Vor zwei Stunden hatte sich eine aufgeregte Nachbarin bei der Koblenzer Polizei gemeldet und behauptet, Blechner habe am frühen Morgen eine Leiche auf dem verwilderten Grundstück hinter seiner Werkstatt vergraben.

Kreutz riss Helen aus ihren Gedanken. „Worauf warten wir? Zugriff?"

Sie zögerte. Zwar wusste sie so gut wie nichts über den Unbekannten, aber die wenigen Anhaltspunkte reichten, um ein grobes Bild zu erstellen. Die meisten Serienmörder ließen sich in ein Raster einfügen, das Rückschlüsse auf Motiv, die Psyche des Täters und sein Umfeld erlaubte. Blechner passte nicht in das Profil, das sie erstellt hatte.

Aber Kain war anderer Meinung. Subtiles Profiling interessierte ihn nicht. Er besaß nicht das geringste Gespür für Zwischentöne und traf autoritäre Entscheidungen, für Kritik war er taub. Aus irgendeinem Grund hatte er sich auf Blechner eingeschossen. Möglicherweise, weil er der einzige Verdächtige war, den sie vorweisen konnten. Kain stand unter Druck. Er musste der Öffentlichkeit einen Täter präsentieren, schließlich hatte er Helen den Posten des Teamleiters vor der Nase weggeschnappt.

Vielleicht landete Kain ja einen Zufallstreffer und Blechner war tatsächlich ihr Mann. Sie mussten dem Hinweis der Nachbarin zumindest nachgehen. Helen zog blind ein einzelnes Gummibärchen aus der Tasche und probierte es. Grün, dachte sie. Kain irrt sich.

Sie hatte den silbergrauen Passat unter den ausladenden Zweigen einer Ulme abgestellt, wo er vor neugierigen Blicken geschützt war. Auf der anderen Straßenseite lag hinter einer mannshohen Mauer Blechners Werkstatt. Das Tor der Einfahrt zum Hof stand offen. Helen zählte die Motorhauben von einem Dutzend billiger Gebrauchtwagen. An der Rückseite des Hofs standen Ölfässer und Gitterboxen mit ausrangierten Autoteilen. An einer stabilen Eisenstange, die in einen Betonklotz eingegossen worden war, hing eine Kette mit einem Karabinerhaken. Die Kette eines Wachhundes ... was fehlte, war der Hund.

„Okay, gehen wir rein", sagte Helen.

Bender stöhnte.

„Was ist los, Horst?", fragte Kreutz.

„Mein Magen spielt verrückt. Ich hab das Gefühl, als ob es mich heute erwischt."

„Quatsch", sagte Helen. Überzeugt klang es nicht.

Kreutz öffnete die Wagentür. „Horst kann bloß kein Blut sehen, und wenn's nur ein Tropfen ist. Dann muss er kotzen."

Bender ignorierte die Stichelei. „Was will die denn hier?", fragte er stattdessen.

Helen ließ die Seitenscheibe herab. Eine fette Frau um die fünfzig mit wasserstoffblondem Haar und solariumverbrannter Haut kam über die Straße auf sie zu. Sie trug einen grell geblümten Morgenmantel, Lockenwickler im Haar und paffte eine Zigarette.

„Sieh da, ein fleischfarbenes Gummibärchen", sagte Kreutz. „Horst, willst du mal probieren?"

Bender kicherte. „Nee, danke."

Helen stieg aus dem Wagen. Ihr Haar kräuselte sich in der feuchtkalten Luft. Vom Höhenzug des Westerwalds wehte ein eisiger Wind über das Rheintal und schickte erste Boten des nahenden Winters.

„Haben Sie ihn?", keuchte die Frau aufgeregt.

„Wen denn?"

„Sie sind doch von der Polizei, oder? Seh ich doch sofort." Neugierig musterte sie das Innere des Wagens.

„Gehen Sie wieder ins Haus", sagte Helen.

„Er ist es! Ich hab's gewusst. Mir können Sie's ruhig sagen."

„Noch wissen wir gar nichts."

Die Frau wies mit ihrer Zigarette auf den verwilderten Garten, von dem ein Teil durch die Einfahrt zu sehen war. „Hab genau gesehen, wie er sie da hinten verbuddelt hat. In 'nem Plastiksack hat er sie übern Hof geschleift und in das Loch geschmissen. Ganz gruselig ist mir geworden." Sie sog an ihrer Zigarette und hustete. „Glauben Sie, die anderen Frauen liegen auch dort?" Sie raffte ihren Morgenmantel enger um die Schultern. „Will man sich gar nicht vorstellen."

„Sie sollten jetzt besser in Ihre Wohnung gehen, sonst erkälten Sie sich bei dem Mistwetter noch", sagte Helen ärgerlich.

Die Frau überhörte ihre Aufforderung. „Wie der schon aussieht. So 'nen gemeinen Zug hat der im Gesicht. Sein Motorrad ist so laut, dass man 'nen Herzschlag kriegen kann, wenn er vom Hof fährt. Ich hab gehört, Blechner war früher Rocker oder so was. War bestimmt bei den Hells Angels." Sie tippte Helen auf die Brust. „Ihr habt doch so Programme bei der Polizei. Damit kann man doch rausfinden, ob einer ein Mörder ist oder ..."

„Gehen Sie jetzt. Sie behindern die Ermittlungen!"

Sie warf die Kippe auf den Gehweg und trat sie umständlich aus. „Jaja, schon gut. Gibt's eigentlich 'ne Belohnung?"

Bender stieg aus dem Wagen. „Zehntausend Euro", sagte er, „wenn Sie brav sind und jetzt verschwinden."

Sie riss die Augen auf. „Zehntausend?"

„Nur für Zeugen, die unsere Arbeit nicht behindern", erklärte Helen.

Das Funkgerät knisterte. Karsten Engelhardt meldete sich und bestätigte, dass er auf Position war. Helen blickte die Straße hinunter. Engelhardt ließ zweimal die Lichthupe aufblitzen. Der schwarze Vectra stand hundert Meter entfernt an einer Bushaltestelle, um Blechner den Fluchtweg abzuschneiden.

Die Nachbarin redete immer noch weiter. „Ich hab Geschrei gehört ... aus Blechners Wohnung."

„Wann?", fragte Helen.

„Vor 'ner Viertelstunde. Die Frau hat geschrien wie am Spieß."

„Okay. Verschwinden Sie jetzt oder ich lasse Sie zu Ihrer eigenen Sicherheit abführen." Sie wandte sich an Bender. „Du nimmst den Vordereingang und bewachst das Treppenhaus. Wir sehen uns die Werkstatt an."

Bender tippte sich an die Schläfe. „Mach ich."

„Aber unternimm nichts ohne uns. Wenn du das Gefühl hast, nicht allein klarzukommen, ruf uns sofort."

„Okeydokey." Bender überquerte die Straße in seinem Watschelgang.

Wenn er nicht endlich abnimmt, verstopft ihm noch ein Donut die Herzkranzgefäße, dachte Helen. Sie mochte Bender, auch wenn er ein Vielfraß war. Wenn es um Recherche ging, machte ihm so schnell keiner etwas vor.

Sie überprüfte ihre Waffe und beeilte sich, Kreutz einzuholen, der bereits durch die Lücke in der Ziegelmauer lief und den Hof betrat. Das Grundstück grenzte rechts an die Flanke eines Mietshauses, links hinter dem Wohnhaus befand sich ein Schuppen mit einem Wellblechdach, der als Reparaturwerkstatt diente.

Blechner wohnte im ersten Stock, nach Helens Informationen stand das Erdgeschoss leer. Irgendetwas war faul an der Sache. Fühlte sich Blechner tatsächlich so sicher, dass er unter den neugierigen Blicken seiner Nachbarn eines seiner Opfer vergrub? Oder steckte etwas völlig Harmloses hinter seiner Buddelei?

Sie näherten sich der Werkstatt, durch die verdreckten Scheiben des Rolltors fiel diffuses Licht. Helen zog ihre Waffe. Kreutz drückte die Klinke der Blechtür herunter, von der in großen Flocken blaue Farbe blätterte.

Auf einem Schild stand: Ewald Blechner, Karosseriearbeiten, Achsvermessung, TÜV.

All die winzigen Details nahm Helen übernatürlich scharf und klar wahr. Sie befand sich in einem Zustand absoluter Anspannung und Aufmerksamkeit, in den sie jedes Mal fiel, wenn sie mit der Waffe im Anschlag einen unbekannten Raum betrat. Alles konnte dahinter lauern – grausam verstümmelte Mordopfer oder ein Verrückter mit einer Machete, der Tod hatte viele Gesichter. Lange hielt man die Adrenalinflut in den Adern nicht aus. War alles vorbei, fühlte man sich ausgepumpt wie nach einem Marathonlauf.

Kreutz zog langsam die Tür auf. Lemmy Kilmister röhrte aus einem Kofferradio. Bis auf einen Opel Corsa, der auf einer Hebebühne stand, war die Werkstatt leer. Vor einer zweiten Bühne hatte sich auf dem Betonboden eine Lache ausgebreitet, die im Zwielicht schwarz wie Motoröl glänzte. Aber es war kein Öl. Helen sog den unverkennbaren, kupfernen Geruch von Blut in die Nase.

Kreutz durchquerte die Werkstatt und schaltete das Radio aus. Helen bückte sich und untersuchte den Fleck. Sie tauchte die Fingerspitze in die geronnene Flüssigkeit und schnupperte daran. „Ich gehe jede Wette ein, dass das Blut ist."

„Jemand, der so viel Blut verloren hat, steht nicht wieder auf. Sieht so aus, als ob die Nachbarin doch nicht übertrieben hat", entgegnete Kreutz.

Auch am Gestell der Bühne und an der Front eines verbeulten VW-Pritschenwagens klebte Blut.

„Wir observieren ihn seit drei Wochen", sagte Helen. „Kannst du dir vorstellen, dass Blechner vor unseren Augen eine Leiche vergräbt und wir merken nichts davon?"

„Ich kann mir 'ne Menge verrücktes Zeug vorstellen."

„Sehen wir uns im Garten um."

Kreutz' Handy summte. Er meldete sich und nickte. „Wir kommen." Er ging auf Helen zu. „Das war Horst. Er hat Blutspuren im Treppenhaus entdeckt."

Sie verließen die Werkstatt und liefen an der Mauer entlang auf das Wohnhaus zu. Die verzogene Eingangstür mit der gelben, von einem Drahtgitter verstärkten Milchglasscheibe schleifte über den Boden. Helen schlich die Stufen hinauf bis zum ersten Treppenabsatz. Es roch nach Heizöl und Mäusedreck. Sie wischte sich die schweißnassen Hände an den Hosenbeinen ab und presste die Finger um den Griff der Walther P99.

Bender wartete vor der Wohnungstür. Er wies auf die Spur von Blutstropfen, die sich die Stufen hinaufzog und unter der Tür verschwand.

„In der Werkstatt war auch überall Blut", flüsterte Kreutz.

Aus der Wohnung drang Lärm, Glas zerbarst klirrend, ein schwerer Gegenstand wurde umgeworfen. Eine Frau schrie gellend auf.

Helen drückte auf den Klingelknopf und hämmerte gegen die Eingangstür. „Herr Blechner! Öffnen Sie, hier ist die Polizei!"

Der Lärm hörte auf wie mit einer Schere abgeschnitten, es war gespenstisch still. Helen glaubte ein leises Klicken zu hören.

„Er schlägt sie tot, ich sag's Ihnen!"

Fluchend fuhr Helen herum. Die blondierte Nachbarin stand auf dem Treppenabsatz. Sie hatte ihren Morgenmantel gegen ein pinkfarbenes T-Shirt und eine knallenge Hose mit Leopardenmuster getauscht und reckte den Kopf, um besser sehen zu können.

„Horst", seufzte Helen. „Würdest du bitte die Personalien der Dame aufnehmen und ihr klarmachen, dass sie hier nichts zu suchen hat?"

Bender ging zur Treppe, um die neugierige Frau nach unten zu bringen. Sie wich ihm geschickt aus und erklomm die letzten Stufen. Bevor sie weiterplappern konnte, hörte Helen das Klicken zum zweiten Mal, gefolgt von einem metallischen Schnappen. Sie kannte dieses Geräusch. Jemand klappte den Lauf einer Schrotflinte zu.

„An die Wand! Weg von der Tür!"

Helen und Kreutz drückten sich zu beiden Seiten der Eingangstür an die Wand. Begleitet von einem ohrenbetäubenden Knall erschien in der Etagentür wie hingezaubert ein ausgefranstes Loch, Pressspäne und Holzsplitter wirbelten wie Schrapnelle durch die Luft, ein Fenster im Treppenhaus zerplatzte in einem Scherbenregen.

„Alle okay?", rief Helen.

Kreutz kauerte neben einem Wandfeuerlöscher und hob die Hand zum Zeichen, dass er unverletzt war. Helen sah zur Treppe hinüber. Blechners Nachbarin stand auf der obersten Treppenstufe. Sie war kalkweiß, ihr mit einem pinkfarbenen Lippenstift bemalter Mund öffnete sich und klappte lautlos wieder zu. Ein Splitter, groß wie ein Gemüsemesser, steckte dicht unter ihrem Schlüsselbein. Ein dünner Blutfaden rann an ihrem Busen herab.

Bender quollen die Augen aus den Höhlen. Er starrte wie hypnotisiert auf das Blut.

„Der Mistkerl hat eine Schrotflinte“, schrie Kreutz. „Wir brauchen ein SEK!“

In der Wohnung war es wieder totenstill. Plötzlich kreischte eine Frau in Todesangst auf.

„Wir können nicht auf das SEK warten“, rief Helen. „Tut mir leid, wenn ich euch den Morgen versaue, aber wir müssen da rein. Horst, ruf einen Krankenwagen. Und schaff endlich die Frau hier raus!“ Zu Kreutz sagte sie: „Ich gebe dir Deckung, du trittst die Tür ein. Sie dürfte nicht mehr viel aushalten.“

„Helen, wir haben noch nicht mal Schutzwesten.“

„Die Frau da drin hat auch keine.“

So war es immer. Es fing harmlos an und endete in einem Desaster. Das Gummibärchenorakel hatte sich geirrt. Warum konnte nicht ein einziges Mal etwas glatt laufen?

„Wenn er eine doppelläufige Flinte benutzt, hat er noch einen Schuss“, sagte Kreutz.

„Fifty-fifty.“ Helen grinste irre. Die Anspannung drohte ihre Mundwinkel zu zerreißen.

Die Frau in der Wohnung bettelte, flehte und schrie. Die Panik in ihrer Stimme verriet Todesangst. Dann fiel der zweite Schuss.

Kreutz trat die Tür ein. Helen schlüpfte in die dämmrige Diele. Ihr Herz raste wie verrückt und pumpte Adrenalin durch ihre Adern. Ein Schatten huschte an ihr vorbei. Kreutz’ Augen leuchteten weiß und körperlos in der Dunkelheit.

An der Tür gegenüber klebten drei Buchstaben: Bad.

Kreutz angelte einen Schirm aus einem Blechständer und drückte mit dem Griffende die Klinke herunter. Die Tür schwang leise knarrend auf. Helen registrierte flüchtig eine Dusche mit schief sitzenden Schiebetüren, einen Hängeschrank mit angelaufenem Spiegel über dem Waschbecken und ein winziges Milchglasfenster. Wäsche quoll aus einem Flechtkorb.

Drei weitere Türen zweigten von der Diele ab, die mittlere stand offen. Graues Tageslicht fiel durch ein Fenster auf vergilbte Küchenschränke, einen Tisch und zwei Stühle, eine Anrichte und einen Kühlschrank, der nicht zum Rest der Einrichtung passte. Die elektronische Anzeige der Kaffeemaschine leuchtete rot. Alles wirkte friedlich und normal. Aber das war es nicht. Nur wenige Meter entfernt wartete der Tod.

Wählen Sie eine Tür. Das ist Ihr Preis: eine Ladung Schrot ins Gesicht.

Helen entschied sich für die linke Tür. Sie gab Kreutz ein Zeichen, dann wiederholten sie den Trick mit dem Regenschirm. Sie tastete nach dem Lichtschalter, eine trübe Glühbirne unter der Decke flammte auf. Auf dem Bett lag Blechners Frau. Zumindest ging Helen davon aus, dass sie es war, denn ihr Gesicht fehlte. Ihr Kopf war explodiert wie eine Wassermelone, nachdem Blechner ihr aus nächster Nähe in den Kopf geschossen hatte. Blut und Hirnmasse klebten an der Rau-fasertapete hinter dem Bett und an der Decke. Das Schlafzimmer sah aus, als hätte es ein Verrückter mit roter Farbe angemalt.

Helen wandte sich entsetzt ab. Blieb noch die letzte Tür. Sie hörte das charakteristische Schnappen der Schrotflinte. Blechner hatte nachgeladen und klappte den Lauf zu.

Etwas fehlte. Helen dachte angestrengt nach, aber ihr Kopf war völlig leer. Der Gedanke war präsent gewesen, als sie die Wohnung betreten hatte, aber das Adrenalin hatte ihn davongespült.

„He, Blechner! Legen Sie die Waffe auf den Boden! Direkt neben die Tür. Dann ziehen Sie sich an die Fensterwand zurück und nehmen die Hände hinter den Kopf."

Niemand antwortete.

„Wir wissen, dass Sie da drin sind. Wir geben Ihnen eine Minute, dann kommen wir rein."

„Das ist Wahnsinn, Helen", flüsterte Kreutz. „Wir brauchen ein SEK. Ein Scharfschütze kann ihn gefahrlos durch das Fenster erledigen."

Konzentriert musterte sie die Zimmertür. Sie konnten die Regenschirmnummer nicht wiederholen, weil die Tür sich zur Diele hin öffnen ließ. Das fehlende Puzzleteil stand plötzlich klar vor ihren Augen: das Kind! Wo war das Mädchen?

„Wenn Ihre Tochter bei Ihnen ist, schicken Sie sie heraus! Sie wollen doch nicht, dass dem Mädchen etwas geschieht", rief Helen.

Angesichts der Leiche im Schlafzimmer war diese Vermutung nicht mehr als eine kühne Hoffnung. Aus dem Zimmer drang ein Rumpeln, als ob Möbelstücke verschoben wurden. Dann herrschte wieder Stille. Helen lauschte mit angehaltenem Atem. Da war kein Schluchzen, kein Weinen, keine Kinderstimme. Und wenn er ihr den Mund zuhält?, schoss es ihr durch den Kopf. Sie sah Nele vor sich, die Schwester, die sie nicht hatte beschützen können. Ihr Gesicht schwebte so deutlich vor ihr, als würde sie noch leben.

„Wir kommen jetzt rein."

Stille.

„Haben Sie mich verstanden, Herr Blechner?"

Sie nickte Kreutz zu. In dem Dämmerlicht leuchtete sein Gesicht kalkweiß wie der Vollmond. Er griff nach der Klinke und zog sie auf. Blechner schoss. Helen hechtete in die Küche, aber nichts geschah. Keine Ladung Schrot, die sich in der Diele verteilte wie tödliche Schrapnelle, kein Todesschrei von Kreutz. Einen Wimpernschlag lang sah sie ihr Spiegelbild im Garderobenspiegel. Ein bleiches Gesicht, das nur aus übergroßen Augen bestand.

Sie lehnte sich an den Türrahmen und riskierte einen Blick in das letzte Zimmer. Die Schrotflinte lag auf dem Boden, vom Abzugshahn der Waffe zur Türklinke hin zog sich eine fast unsichtbare Angelschnur. Blechner stand wie die Figur eines Scherenschnittes vor dem Fenster, die Schrotladung hatte ihm das Kinn weggerissen. Seine Hände waren mit Blut verschmiert, als hätte er sie in einen Topf mit roter Farbe gesteckt. In einer fast würdevollen Geste kippte er nach hinten und fiel. Helen hörte den Aufprall, dann herrschte wieder Stille.

Wo war das Mädchen?

5

Funke erwachte schweißgebadet aus einem Albtraum, in dem er von Leichen verfolgt wurde, die sich durch die fette Friedhofserde an die Oberfläche gruben.

Durch die Ritzen der Jalousie sickerte trübes Morgenlicht, in der Küche gluckerte die Kaffeemaschine. Seine dreckverschmierte Uniform lag vor dem Bett, wo er sie vergangene Nacht abgestreift hatte.

Er setzte sich auf die Bettkante und fuhr sich mit den Fingern durch das verschwitzte Haar. Sein Kopf schmerzte, ihm war übel – Anzeichen für einen handfesten Kater. Es war also kein böser Traum gewesen. Alles war geschehen, die Pistole, Carola, das offene Grab.

Auf dem Weg zum Bad warf er einen Blick in die Küche und murmelte ein „Guten Morgen."

Nora reagierte nicht. Auf den ersten Blick wirkte sie wie ein normales sechzehnjähriges Mädchen. Sie war schlank und zierlich und hatte sein dunkelbraunes Haar geerbt, das ihr glatt über die Schultern fiel. Sie trug ein T-Shirt mit der Aufschrift Life is fun und war damit beschäftigt, den Esstisch vor dem Fenster zu decken. Damit endete die Normalität. Seit ihrer Befreiung aus der Gefangenschaft des verrückten Kaminsky hatte sie kein einziges Wort gesprochen.

Noras Rettung hatte Funke selbst vor dem Ende bewahrt. Er war auf dem besten Weg gewesen, sich zu Tode zu saufen, aber ihr unverhofftes Überleben änderte alles. Er hatte wieder eine Aufgabe und sah einen Sinn in seinem Dasein. Doch die anfängliche Hoffnung, Nora könne bald wieder ein normales Leben führen, hatte sich nicht erfüllt. Niemand wusste, was Kaminsky mit ihr angestellt hatte und welche hypnotischen Blockaden er in Noras Kopf errichtet hatte. Als seine Schuld erwiesen war, hatte er sich in die Luft gesprengt und Funkes Freund und Kollegen Polaschek mit in den Tod gerissen. Funke bedauerte nicht nur Polascheks Tod, sondern vor allem, dass er die Wahrheit nicht mehr aus Kaminsky hatte herausprügeln können. Kaminsky hatte Noras Seele in einer Weise zerstört, die es für die behandelnden Ärzte unmöglich machte, vorherzusagen, ob die Wunden jemals wieder heilen würden. Wenn Funke mit ihr einkaufen ging oder einen Stadtbummel unternahm, hatte er das Gefühl, in Gesellschaft einer beweglichen Puppe zu sein.

Er hatte einen Platz in einer psychiatrischen Tagesklinik gefunden, die ganz in der Nähe lag und vielversprechende Therapieansätze verfolgte. Morgens brachte er Nora in die Klinik und holte sie nach Schichtende wieder ab. Wenn sein Dienst ihn daran hinderte, übernahm die Putzfrau, die er seit einem halben Jahr beschäftigte, die Aufgabe, Nora nach Hause zu bringen. Erst nach drei Wochen und unzähligen missglückten Versuchen hatte das Mädchen die Gegenwart der Frau akzeptiert. Inzwischen war Nora zu-mindest in der

Lage, sich teilweise selbst zu versorgen. Funke versuchte, so viel Zeit wie möglich mit ihr zu verbringen, aber die Unterbesetzung der Wache forderte ihren Tribut. Das Gefühl, allein gelassen zu werden, versetzte Nora regelmäßig in Panik, die in katatonischen Angstzuständen endete.

Ihr ständiger Begleiter war der Golden Retriever, den Funke seit seinem letzten Fall nicht mehr losgeworden war. Er hörte inzwischen auf den Namen Joker und schien sich seiner Aufgabe, als Noras Freund, Beschützer und Kuscheltier zu agieren, bewusst zu sein. Joker war das einzige Wesen, das auf einer geheimnisvollen Ebene Zugang zu Noras innerer Welt fand. Der Hund lag auf seiner Matte vor dem Küchenfenster und hob neugierig den Kopf, als Funke in der Diele auftauchte.

„Ich geh duschen", sagte Funke, ohne eine Antwort zu erwarten.

Im Bad schrubbte er sich die Erdreste von den Händen und entdeckte in seiner Armbeuge die blau unterlaufene Einstichstelle einer Injektionsnadel. Ihm kam ein Verdacht. Noch war es nicht mehr als ein warnendes Prickeln im Nacken, aber er war sicher, dass er den Eingang zu dem Labyrinth gefunden hatte, in dessen Zentrum Carolas Mörder hockte. War es möglich, dass ihn jemand auf diese Weise betrunken gemacht hatte?

Eilig kleidete er sich an und trank eine Tasse Kaffee. Er hatte verschlafen und war spät dran. Nora mochte weder Veränderungen noch Abweichungen von ihrem Tagesablauf. Sie saß auf einem Küchenstuhl, die Hände im Schoß gefaltet, den Blick auf einen Punkt jenseits der Wirklichkeit gerichtet. Ihre gepackte Tasche stand neben ihr auf dem Boden. Sie wartete, bis Funke seine

Jacke übergestreift hatte, und stand dann wie ferngesteuert auf. Joker wich nicht von ihrer Seite. Funke hatte durchgesetzt, dass der Hund Nora in die Tagesklinik begleiten durfte, und dem Retriever schien es dort zu gefallen. Was Nora von der Therapie hielt, wusste niemand.

Funke brachte Hund und Tochter zur Pforte, wo er mit der Leiterin der Klinik zusammentraf. Sie begrüßte Nora und reichte ihr die Hand, doch das Mädchen wich vor ihr zurück. Berührungen ließ sie nur von Joker, Funke und Swetlana, der Putzhilfe, zu.

„Es geht ihr schon viel besser", sagte die Klinikleiterin.

Funke fragte sich, worin die Verbesserung liegen sollte. Wenn sie vorhanden war, konnte er sie nicht bemerken. Er hielt die Aussage für eine nett gemeinte Floskel. Die Ärztin schien seinen skeptischen Blick zu bemerken. „Wir waren uns einig, dass es Zeit braucht. Sie müssen sich in Geduld üben."

Funke nickte abwesend. Das erklärten ihm die Ärzte seit einem Jahr. Er verabschiedete sich von Nora und dem Hund und ging zu seinem Wagen. Bevor er zur Wache fuhr, hatte er noch etwas zu erledigen. Es konnte kein Zufall sein, dass der Anruf in der vergangenen Nacht genau zur richtigen Zeit erfolgt war. Hätte das Klingeln seines Handys ihn nicht geweckt, wäre Harder sofort nach Dreifelden gefahren und hätte ihn neben der Leiche entdeckt. Der Plan des Mörders wäre aufgegangen.

Funke stellte den Streifenwagen am Rand des Uferwegs am Dreifelder Weiher ab und befragte die Anwohner. Niemand hatte am gestrigen Abend etwas bemerkt, weder Streit noch Lärm. Und keiner der

Nachbarn hatte die Polizei angerufen. Nachdenklich kehrte er zu seinem Wagen zurück und fuhr nach Hachenburg.

Harder saß bereits auf seinem Platz und hackte mit zwei Fingern auf die Tastatur seines Computers ein. Funke durchquerte die Wache und schloss die Tür seines Büros hinter sich. Ihn überkam das surreale Gefühl, am falschen Platz zu sein. Blicklos starrte er aus dem Fenster und hing düsteren Gedanken nach. Ein-, zweimal war er so weit, den Hörer abzunehmen und Helen Stein anzurufen, alles zu gestehen und reinen Tisch zu machen.

Aus dem Vorraum drang plötzlich das Dröhnen einer fremden und zugleich vertrauten Männerstimme herüber und riss Funke aus seinen Grübeleien. Er ging nach vorne und fand seine Ahnung bestätigt. Die sonore Stimme von Holger Wesseling, allzu bekannt aus Nachrichtensendungen und Talkshows, schallte durch die Wache. Er erschien also höchstpersönlich, um seine Frau als vermisst zu melden. Wollte er von vorneherein jeden Verdacht von sich ablenken, indem er in die Offensive ging? Dazu gehörte eine gehörige Portion Kaltschnäuzigkeit, die Wesseling allerdings besaß. Er war ein talentierter Selbstdarsteller, der aus jedem öffentlichen Auftritt eine Show machte. Vermutlich stammte seine Vorliebe, Politik zu einem inszenierten Spektakel zu machen, aus seiner Lehrzeit in den USA. Wesseling war mit dem sprichwörtlichen goldenen Löffel im Mund aufgewachsen, sein Vater hatte ihm ein Betriebswirtschafts- und Politikstudium in Harvard spendiert. Durch seine gezielten Provokationen und die markigen Sprüche war er ständigen Anfeindungen ausgesetzt. Er war es gewohnt, angegriffen zu werden, und verstand es, sich brillant aus jeder Affäre zu ziehen. Funke hegte den Verdacht, dass Wesseling ständig Streit suchte, weil er ihn genoss. Es war seine Art, sich auf die Brust zu trommeln wie ein Gorilla, oder um einen Gegner, der ihm ohnehin unterlegen war, zu einem Pistolenduell zu fordern.

Funke ging über den Korridor und blieb vor der Tür zum Wachraum stehen. Hatte er die Nerven, dem vermeintlichen Mörder seiner Geliebten gegenüberzutreten? Er nickte sich selbst zu. Er war ein harter Hund, stoischer als ein Bernhardiner und – wenn es sein musste – bissiger als ein Dobermann. Wesselings Stimme ließ das papierdünne Sperrholz der Verbindungstür vibrieren. „Holen Sie mir sofort Ihren hochtrabenden Chef. Aber ein bisschen plötzlich.“

Funke sah Harders diensteifriges Grinsen vor sich. „Aber gerne. Möchten Sie in der Zwischenzeit etwas trinken? Einen Kaffee vielleicht?“

„Müssen Sie Funke vom Mond runterholen? Ich habe keine Zeit für solche Faxen.“

Funke öffnete die Tür. Harder hielt die Hände in Brusthöhe vor sich wie zwei Pfötchen und wieselte davon. Im Durchgang zu den Büros prallte er mit Funke zusammen.

Wesseling stand vor dem Tresen, der die Büroplätze vom Vorraum abtrennte, und trat unruhig von einem Bein aufs andere. Funke fragte sich, warum er sich mit seinen Beziehungen nicht direkt an die Koblenzer ZKI gewandt hatte. Er war gebürtiger Hachenburger und ließ keine Gelegenheit aus, seine Heimatverbundenheit zu zeigen. Obwohl er inzwischen einen zweiten

Wohnsitz in Mainz angemeldet hatte, verbrachte er die Wochenenden meistens in seiner Villa im Hachen-burger Umland. Wollte er den Anschein erwecken, die lokalen Behörden nicht zu übergehen?

Er trug Anzug, Weste und Krawatte, darüber einen schiefergrauen Regenmantel. Funke war ihm nur zweimal begegnet, als Wesseling sich die Ehre gegeben hatte, auf einer von Carolas Wohltätigkeitsveranstaltungen zugunsten von minderjährigen Missbrauchsopfern zu erscheinen. Er war fast einen Meter neunzig groß, schlank und breitschultrig. Mit seinen hellblauen Augen und dem dichten blonden Haar versprühte er den spitzbübischen Charme eines großen Jungen, dem man nicht lange böse sein konnte. Kein Wunder, dass Carola sich in ihn verliebt hatte. Bei der weiblichen Wählerschaft kam Wesseling besonders gut an. Auffällig war die hakenförmige Narbe in seinem linken Augenwinkel, die sich bis zur Mitte der Wange zog. Carola hatte Funke erzählt, dass sie von einem Autounfall stammte, den Wesseling in seiner Jugend verursacht hatte. Wenn er lachte, verzerrte sie sein Gesicht und teilte es in zwei ungleiche Hälften. Bei seinen zahlreichen Fernsehauftritten sorgte er stets dafür, dass er nur von halb rechts gefilmt und seine linke Seite abgedunkelt wurde. Vergeblich hatte er mehrere Spezialisten für plastische Chirurgie aufgesucht, um die entstellende Narbe entfernen zu lassen. Daher beschränkte er sein Lächeln in der Öffentlichkeit auf ein schiefes, jungenhaftes Grinsen.

Im Augenblick war davon allerdings nichts zu bemerken. Er starrte Funke wütend an. „Endlich wird man hier bedient“, dröhnte er, „ich dachte schon, ich müsste in der Wache übernachten.“

Funke bewahrte ein Pokerface. „Wie kann ich Ihnen helfen?“

„Ich will, dass Sie meine Frau suchen.“

„Aus welchem Grund?“

Wesseling glotzte ihn an, als hätte Funke etwas unfassbar Dämliches gesagt. „Sie ist spurlos ver-schwunden, hat sich in Luft aufgelöst.“ Er reckte den Arm und blickte auf seine Uhr. „Ich gebe um neunzehn Uhr einen Empfang in der Staatskanzlei in Mainz, bei dem ihre Anwesenheit dringend erforderlich ist.“

„Sie wollen also eine Vermisstenanzeige aufgeben?“

„Mensch, Funke, lassen Sie doch die Formalitäten. Ich habe weiß Gott wichtigere Dinge zu tun.“

Es interessiert ihn überhaupt nicht, was mit Carola passiert ist, dachte Funke. Er führt sich auf, als hätte er ein wertvolles Schmuckstück verloren, das ich für ihn wiederbeschaffen soll.

„Wir wollten Sie heute Morgen anrufen, aber Sie sind uns zuvorgekommen“, schnatterte Harder. „In Ihr Wochenendhaus am Dreifelder Weiher wurde vergangene Nacht eingebrochen.“

Wesseling fuhr herum. „Eingebrochen?“

„Wir wissen nicht, ob etwas fehlt“, erklärte Funke. „Nachbarn haben uns alarmiert, weil sie Lärm gehört haben. Wir fanden die Terrassentür offen vor, im Haus jedoch war niemand. Ich muss Sie bitten, mich dorthin zu begleiten.“

Wesseling blickte ungeduldig auf seine Armbanduhr. „Dann erledigen wir das sofort. Ich muss weiter nach Mainz.“

Funke widersprach nicht. Wesseling war es gewohnt, die Leute herumzukommandieren. Im Augenblick wollte Funke ihn in dem Glauben lassen, er habe die Befehlsgewalt. In gewissem Maße war er tatsächlich sein Vorgesetzter, immerhin fungierte Wesseling als rechte Hand des Innenministers. „Wie Sie wünschen, Herr Staatssekretär."

Ein beängstigendes Déjà-vu überfiel Funke, als er vor dem Wochenendhaus am See aus dem Streifenwagen stieg. Wesselings schwarzer Benz stand bereits vor der Einfahrt. Der Fahrer lehnte an der Motorhaube und rauchte. Er musste über die schmalen Straßen hierhergeflogen sein, zumindest aber hatte er sämtliche Tempolimits missachtet. Sein Boss war bereits ins Haus gestürmt.

Als Funke die Diele betrat, polterte Wesseling gerade die Stiege vom Obergeschoss herab. „Auf den ersten Blick fehlt nichts", sagte er.

„Wir konnten auch keine Einbruchsspuren feststellen", erklärte Harder.

Funke war nervös. Er befürchtete, eine belastende Spur zu entdecken, die er in der Nacht zuvor übersehen hatte. Wesseling dagegen benahm sich in keiner Weise auffällig. Wenn er wirklich Carolas Mörder war, dann war er soeben an den Tatort zurückgekehrt. In den allermeisten Fällen löste das bei den Tätern heftige Gefühle aus, die sich nicht so leicht unterdrücken ließen. Funke beobachtete ihn genau. Entweder war er als Schauspieler eine Granate oder er hatte wirklich keine Ahnung, was in der vergangenen Nacht geschehen war.

„Könnte es sein, dass Ihre Frau hier war und vergessen hat, die Terrassentür abzuschließen?", fragte Funke.

„Ja, das wäre möglich. Carola ist gegen sechzehn Uhr in Hachenburg losgefahren. Sie wollte einkaufen und eine kleine private Party vorbereiten, die wir am Sonntag im engsten Freundeskreis geben werden."

„Sie haben sie also gegen sechzehn Uhr zum letzten Mal gesehen?"

„Ja, zum Teufel." Er schob Harder zur Seite, betrat die Küche und öffnete die Verbindungstür zur Garage. „Ihr Wagen ist nicht da."

„Würden Sie uns bitte Typ und Kennzeichen nennen?"

Wesseling gab Harder die gewünschten Auskünfte und stürmte ins Wohnzimmer, wo er sich misstrauisch umsah. Sein Blick streifte den hellen Fleck an der Wand, wo die Wetterstation gehangen hatte. Funke hatte sie zusammen mit dem Werkzeug in den Weiher an der B8 geworfen. Wesseling schien das Fehlen der Station nicht zu bemerken.

Funke sah sich unauffällig nach Harder um. Vermutlich steckte er seine Nase wieder in Dinge, die ihn nichts angingen. „Wohin könnte Ihre Frau gefahren sein?", fragte er.

Wesseling zuckte mit den Schultern. „Ich weiß es nicht. Sie hat sich seitdem nicht wieder gemeldet."

„Blieb sie öfter über Nacht weg, ohne Sie darüber zu informieren?"

„Nein. Das kam noch nie vor. Begreifen Sie allmählich, warum ich beunruhigt bin?"

„Es ist ganz natürlich, dass Sie sich um Ihre Frau sorgen." Funke drohte an den Worten zu ersticken. „Aber wir können eine Suche nur einleiten, wenn wir sicher sind, dass Gefahr für Leib und Leben besteht. Jeder Mensch ..."

„... hat das Recht, seinen Aufenthaltsort frei zu wählen, ich weiß, ich weiß. Haben Sie mal über die Möglichkeit nachgedacht, dass meine Frau Opfer einer Entführung geworden ist?"

„Ging denn ein Erpresserschreiben bei Ihnen ein?"

„Nein. Aber das kann ja noch kommen."

„Wir werden auf jeden Fall nach dem Wagen suchen", sagte Funke. Ihm kam eine Idee, wie er Harder loswerden konnte. „Jürgen, fahr sofort los und such die nähere Umgebung nach einem hellblauen Renault ab."

„Wie kommst du zur Wache zurück?"

„Lenz soll mich abholen. Wenn du den Wagen findest, unternimm nichts. Ruf mich erst an."

„Mach ich." Harder tippte sich an die Dienstmütze und spritzte aus dem Haus.

Funke wandte sich an Wesseling. „Und Sie sind sicher, dass Ihre Frau auf direktem Weg von Hachenburg nach Dreifelden gefahren ist?"

„Das hatte sie zumindest vor." Er stemmte die Hände in die Hüften und drehte sich im Kreis. „Irgendwie habe ich das Gefühl, das sie hier war und wieder losgefahren ist. Der Renault hat seine Macken. Ich hatte ihr geraten, den Wagen in einer Werkstatt überprüfen zu lassen. Sie sollten die Tankstellen und Autohäuser im Umkreis checken."

Funkes Nerven vibrierten wie eine Hochspannungsleitung. Ohne es zu ahnen, lieferte Wesseling ihm eine Steilvorlage.

„Die meisten Vermissten tauchen nach ein, zwei Tagen wieder auf. Vielleicht hatte Ihre Frau nur eine Autopanne und hat die Nacht in einer Pension verbracht.“

„Und warum hat sie sich dann nicht bei mir gemeldet?“, knurrte Wesseling. „Ihr Dorfpolizisten seid doch alle gleich. Ich werde in Koblenz anrufen. Ich will, dass Kriminalrat Kain die Untersuchung leitet.“

„Das steht Ihnen natürlich frei, aber auch die ZKI wird nicht anders vorgehen als wir. Und solange kein Kapitalverbrechen vorliegt, ist die Polizei in Hachenburg zuständig.“

Wesseling stand genau dort, wo Carola gelegen hatte. Abgesehen davon, dass er verärgert war, weil sein Terminplan durcheinandergeriet, erschien er Funke kalt wie ein Fisch. War er so abgebrüht oder verdächtigte Funke ihn zu Unrecht?

„Verstehen Sie mich bitte, ich muss Ihnen diese Frage stellen … gab es einen Streit zwischen Ihnen und Ihrer Frau?“

„Nein. Wir streiten nie.“

Das war eine glatte Lüge. Sie taten nichts anderes.

„Würden Sie sagen, dass Sie eine gute Ehe führen?“

Wenn Wesseling seine Absicht erriet, ihn zu provozieren, verstand er es meisterhaft, seine Gereiztheit zu verbergen. „Das geht Sie nichts an.“

„Die meisten Gewaltverbrechen sind Beziehungstaten“, fuhr Funke ungerührt fort.

„Sie reden einen Haufen dummes Zeug, Funke.“

„Ich versuche mir ein Bild zu machen. Kam Ihnen Ihre Frau in letzter Zeit verändert vor? Fürchtete sie sich vor etwas? Vor jemandem?"

Wesseling fuhr herum. „Was soll diese Fragerei?"

„Ich versuche herauszufinden, ob es ein Motiv für ein Verbrechen gibt."

„Nein, nichts von alledem. Das hätte ich bemerkt. Meine Mitarbeiter haben mir von keiner Bedrohung berichtet – keine Hassmails, keine Erpressungsversuche, keine Beschimpfungen in sozialen Netzwerken, nichts."

„Ich will Sie nicht beunruhigen, aber es bleibt noch eine andere Möglichkeit, wenn sie auch nicht sehr wahrscheinlich ist."

„Sie meinen diesen Kerl, der angeblich drei Frauen entführt hat. Das Phantom."

„Vier. Inzwischen gehen wir von vier Opfern aus. Seit ein paar Tagen wird eine junge Frau aus Enspel vermisst."

„Verdammt, Sie könnten recht haben. Ich sagte Ihnen ja, dass der Renault immer wieder Ärger machte. Ja, es könnte passen." Er fuhr sich mit der Hand über den Mund. „Oh mein Gott."

„Es ist nur eine Vermutung, mehr nicht."

„Was werden Sie jetzt unternehmen?"

„Wir suchen nach dem Wagen Ihrer Frau. Natürlich können wir auch über Radio und Lokal-TV eine Suchmeldung rausgeben, aber ich schätze, das wäre Ihnen nicht recht."

Wesseling keuchte, es sollte wohl ein Lachen dabei herauskommen. „Mein Gott, in Ihnen steckt ein Funke

Hoffnung. Ein Dorfpolizist, der mitdenkt." Er lachte kollernd über sein Wortspiel.

Funke klappte sein Notizbuch zu. „Die soll es geben."

Wesseling reichte ihm eine Visitenkarte. „Halten Sie mich auf dem Laufenden. Rufen Sie mich jede Stunde an, auch wenn es nichts Neues gibt."

„Okay."

Wesseling trampelte aus dem Haus. Funke folgte ihm auf den Hof hinaus. Sein Handy klingelte. Es war Harder.

Funke hörte eine Minute zu und beendete dann das Gespräch. „Wir haben den Renault gefunden."

„Was? So schnell?", fragte Wesseling überrascht.

„Er steht an der B8 zwischen Steinen und der Abzweigung Steinebach in der Einmündung eines Wirtschaftswegs."

„Steigen Sie ein."

Wesselings Chauffeur raste ohne Rücksicht auf Tempolimits über die schnurgerade Straße Richtung Steinen. Funke warf einen Blick auf den Kiesweg, der zum Friedhof führte. Der Parkplatz war mit Fahrzeugen vollgestopft, auch an den Straßenrändern parkten Autos bis weit hinter die Ortsgrenze.

„Scheint 'ne Beerdigung zu sein", sagte der Fahrer. Er quetschte die Limousine durch die schmale Fahr-bahnlücke.

„Heute werden die Opfer des Busunglücks begraben", bestätigte Wesseling.

Funke erhaschte einen kurzen Blick auf den überfüllten Friedhof. In einer Stunde begannen die Totengräber mit ihrer Arbeit. Niemand würde auf die Idee kommen, dass in drei Gräbern vier Leichen lagen.

Der Chauffeur bog in die B8 ein und raste Richtung Altenkirchen.

„Da ist Harder", sagte Funke.

Der Fahrer bremste ab und brachte den Benz neben dem Renault zum Stehen. Hastig stieg Wesseling aus. „Haben Sie sie gefunden?"

Harder schüttelte den Kopf. Er ging zur Front des Wagens und hob die Motorhaube an. „Der Schlüssel steckte. Sieht so aus, als ob es ein Problem mit dem Verteilerkopf gibt."

„Ich habe ihr gesagt, sie soll ein deutsches Fabrikat kaufen und nicht diesen französischen Schrott", schimpfte Wesseling.

„Der Defekt wurde meiner Meinung nach absichtlich herbeigeführt", erklärte Harder.

Wesseling fuhr herum und blaffte Funke an. „Wieso stehen Sie noch hier herum? Unternehmen Sie endlich etwas!"

„Wir werden alles tun, um Ihre Frau zu finden." Ja, werden wir, dachte Funke. Fast alles. Er schwitzte trotz der kühlen Oktoberluft. Sein Plan ging auf, ein simpler, mörderischer Plan. Trotzdem stand ihm der schwierigste Teil noch bevor. Ihm blieb nun nichts anderes übrig, als die ZKI in Koblenz zu informieren ... und damit seinen schlimmsten Feind ins Boot zu holen.

6

Helen beugte sich über die Fensterbrüstung. Blechner lag mit verdrehten Gliedern auf dem Dach einer dunkelgrauen Limousine. Zwei Männer stiegen aus dem Wagen, einer von ihnen war Kriminalrat Berthold Kain.

Unten wurde die Eingangstür aufgestoßen, Bender stolperte auf die Straße hinaus, sah den Toten und übergab sich auf die Motorhaube.

Helen nahm die Bilder in sich auf wie den in Stücke zerhackten Film eines wahnsinnigen Regisseurs. Was hatte Blechner zu seiner extremen Reaktion veranlasst? Dass er unter Beobachtung der Polizei stand, konnte dafür nicht ausreichen. Sie hatten ihn tagelang observiert und keine Veränderung in seinem alltäglichen Verhalten bemerkt, nichts, was auf einen erweiterten Suizid hindeutete. Es musste etwas geschehen sein, was den Druck auf ihn so sehr erhöht hatte, dass er keinen Ausweg mehr gesehen hatte. Aber wo war das Kind?

Kreutz sprach aus, wovor sie sich fürchtete. „Ob er das Mädchen im Garten vergraben hat? War es das, was die Nachbarin beobachtet hat?"

Kain legte den Kopf in den Nacken und verzog den Mund zu einem angedeuteten Lächeln. Die Leiche auf dem Autodach schien ihn völlig kalt zu lassen. Ein Toter und ein verschwundenes Kind waren ein gefundenes Fressen für ihn. Starbacher hätte ihr Deckung verschafft und die Sache geregelt, Kain dagegen würde in der Katastrophe eine Chance sehen, seine eigene Position zu stärken.

„Wir müssen den Garten absuchen." Helen wandte sich um und verließ die Wohnung, Kreutz folgte ihr.

Vor der Wohnungstür stießen sie auf die Nachbarin. Sie lehnte in einer Ecke des Treppenabsatzes an der Wand und stierte sie mit flackernden Augen an.

„Alles in Ordnung?" Kreutz rüttelte sie an der Schulter. „Der Notarzt ist gleich da."

Helen lief an ihr vorbei die Stufen hinab. „Neugier hat schon viele Katzen umgebracht", rief sie zu der Frau hoch. „Ich hatte Sie aufgefordert, sich in Sicherheit zu bringen."

Den anderen gegenüber gab sie sich cool. Noch funktionierte sie wie eine gut geschmierte Maschine. Aber in einer der kommenden Nächte würde ihr Unterbewusstsein die Nadel wieder auf Start setzen und die grausame Platte immer wieder abspielen. So lange, bis sie das Blut und die Gewalt verarbeitet hatte. Starbacher hatte sie nach ihrem letzten Fall überreden wollen, eine Therapie zu machen. Helen hatte abgelehnt. Nachdem sie den irren Kaminsky zur Strecke gebracht hatte, hatte sie sich geschworen, nie wieder die Praxis eines Psychotherapeuten zu betreten und Dinge zu verraten, die niemanden etwas angingen. Sie musste eben allein damit klarkommen, das hatte sie immer getan.

Berthold Kain erwartete sie bereits. Er lehnte gelassen an der Motorhaube und paffte die unvermeidliche Zigarette. Gerüchte kursierten, denen zufolge er ein Hypochonder war, angeblich konsultierte er wegen jeden Pickels einen Facharzt. Sie fragte sich, wie er seinen exzessiven Zigarettenkonsum damit in Einklang brachte. Wie sein Verhalten schien auch er selbst voller Gegensätze zu stecken.

Kain klatschte in die Hände. „Großartige Arbeit, Frau Stein. Das bricht Ihnen den Hals."

„Befriedigt Sie das?"

„Ungemein. Ihr legendärer Ruf als Profilerin dürfte damit ruiniert sein."

„Es war ein Routineeinsatz", mischte sich Kreutz ein. „Niemand konnte vorhersehen, dass Blechner ausrasten würde."

Kain stieß sich vom Wagen ab und kam in leicht geduckter Haltung auf sie zu, den Kopf zwischen die Schultern gezogen wie ein Footballspieler vor dem Aufprall des Gegners. Wie immer war er tadellos gekleidet. Er trug einen rauchblauen Anzug mit Weste, ein blütenweißes Hemd und eine silberfarbene Krawatte. Um ihn herum schwebte die abstoßende Mischung aus kaltem Zigarettenrauch und herb-süßlichem Rasierwasser. Unwillkürlich wich Helen vor ihm zurück.

„Ich bin anderer Meinung", sagte er. „Aber da ich um Ihre Eigensinnigkeit weiß, habe ich zur Einschätzung von Blechners labiler Psyche Unterstützung mitgebracht. Leider zu spät, wie ich sehe."

Helens Blick wanderte zu Kains Begleiter, der sich bis jetzt im Hintergrund gehalten hatte.

„Wenn ich Sie beide bekanntmachen dürfte? Frau Stein, das ist Alexander Meinhard – ein absoluter Experte in Sachen Gewaltverbrechen. Es dürfte kaum jemanden geben, der tiefer in die Psyche von Serienmördern eingedrungen ist als er. Unser Gast konnte bereits bei der Aufklärung einer ganzen Reihe von Gewaltverbrechen behilflich sein. Herr Meinhard – Helen Stein, LKA-Profilerin mit einem Hang zur Impulsivität.“

„Gast?“, fragte Helen stirnrunzelnd.

„Herr Meinhard möchte sich anschauen, wie Sie arbeiten – obwohl ich vermute, er hat bereits genug gesehen. Sie werden ihn jeder Hinsicht unterstützen, haben wir uns verstanden?“

„Sie ziehen einen Laien hinzu?“

„Laie ist wohl kaum die richtige Bezeichnung für eine solche Koryphäe. Herr Meinhard hat ein Dutzend Bestseller über Serienkiller und ungewöhnliche Verbrechen geschrieben. Er kennt jeden einzelnen Fall.“

„Bestseller? Sie meinen ... er ist ein Schreiberling?“

„Reißen Sie sich zusammen, Frau Stein. Herr Meinhard ist –“

„Stumm?“, fiel sie ihm ins Wort.

Meinhard lächelte schmal. Er war etwa fünfundvierzig Jahre alt, schlank und hatte wässrig blaue Augen, die in Kontrast zu seinem silbergrauen Haar standen, das er streng gescheitelt trug. Er hielt sich steif und unnatürlich gerade wie ein Besenstiel. Wahrscheinlich hatte er Probleme mit dem Rücken. Gegen Kains aufgesetztes Gehabe wirkte er jedenfalls kühl wie ein englischer Lord. Er machte Eindruck, ohne sich anstrengen zu müssen. Sein Händedruck war fest und selbstsicher.

„Ich bin der deutschen Sprache mächtig, Frau Stein, keine Sorge. Eigenlob ist nur nicht meine Sache."

„Mmpf", machte Helen. Dunkel erinnerte sie sich, Meinhard vor Kurzem in einer Talkrunde im Fernsehen gesehen zu haben. „Sind Sie nicht der Typ, der dieses krude Zeug über Okkultismus und seine Bedeutung für die niederen Triebe im Menschen geschrieben hat?"

„Mein neues Buch beschäftigt sich mit gewissen Aspekten des Übersinnlichen. Das ist richtig."

„Was wollen Sie dann bei uns? Wir jagen keine Geister."

Meinhard blieb höflich und gelassen, was Helen nur noch mehr herausforderte. „Davon gehe ich aus, Frau Stein. Ich weiß Ihre Arbeit sehr zu schätzen. Ihre Erfolge sind mir bekannt. Vielleicht können wir voneinander lernen."

Sie schob sich zwei Gummibärchen in den Mund und kaute wütend. „Wohl kaum."

„Warten wir es doch ab. Ich verspreche Ihnen, mich nicht aufzudrängen."

„Von Blechner werden Sie jedenfalls nicht mehr erfahren, was ihn zu dieser Wahnsinnstat brachte."

„Ich befürchtete bereits, dass Ihr überschäumendes Temperament Sie zu einer vorschnellen Handlung veranlasst", ätzte Kain, „was sich nun leider bestätigt hat."

„Warum haben Sie mir dann überhaupt die Leitung des Einsatzes übertragen? Oder wussten Sie mehr über Blechner als ich? Wenn ich rauskriege, dass Sie

Informationen zurückgehalten haben, mach ich Sie fertig. Ich –"

„Helen." Kreutz berührte sie an der Schulter.

„Fass mich nicht an."

„Vielleicht sollten wir uns alle erst einmal beruhigen", mischte sich Meinhard ein. „Negative Emotionen behindern nur das klare Denken."

Kreutz zupfte erneut an Helens Jackenärmel.

„Was ist?"

„Wir müssen das Kind suchen."

„Gleich." Helen schüttelte ihn ab. Meinhards unerschütterliche Ruhe reizte sie. Er wilderte in ihrem Revier. Das Profiling war ihr Spezialgebiet. Dass Kain einen blutigen Laien – einen blasierten C-Prominenten – hinzuzog, war eine gezielte Provokation. Sie drehte Kain den Rücken zu. „Horst, besorg eine Schaufel und eine Hacke. Es gibt Arbeit."

Bender war aschgrau und zitterte. „Wäre ich ein bisschen weiter links gestanden, hätte das Arschloch mich erwischt."

„Reißen Sie sich zusammen. Sie sind Polizist und für solche Situationen trainiert worden", sagte Kain kalt. „Bevor Sie Löcher graben, will ich wissen, was Sie sich davon erhoffen, Frau Stein."

„Was glauben Sie denn? Eine Kinderleiche finden. Kommen Sie mit. Sie sind doch sicher genauso gut ausgebildet worden wie Horst. Der Anblick wird Sie schon nicht umhauen."

Ohne eine Antwort abzuwarten, stapfte sie mit Bender und Kreutz im Schlepptau auf die Einfahrt zur Werkstatt zu.

Die hintere Grenze des Hofs bildete eine mit Efeu überwucherte Steinmauer. Dahinter erstreckte sich eine brachliegende Wiese bis zum Rheinufer. Verkrüppelte Obstbäume und wilde Brombeer- und Haselnusssträucher wechselten einander ab. An der Mauer lehnte eine Schaufel, an der feuchte Erdklumpen klebten. Schnell stießen sie auf einen flachen Hügel aus frisch aufgeworfener Erde.

„Er hat sich nicht mal die Mühe gemacht, seine Spuren zu verwischen." Kreutz schloss seine Hände um den Schaufelstiel.

Bender wischte sich mit einem Taschentuch den Schweiß von der Stirn. „Weil es keinen Sinn mehr machte. Er hat alles genau geplant. Erst bringt er seine Frau und das Kind um und dann sich selbst."

„Aber warum?", überlegte Kreutz.

Helen drehte sich zu dem Mauerdurchbruch um, durch den sie gekommen waren. Kain und Meinhard standen auf der anderen Straßenseite. Meinhard schien gestenreich etwas zu erklären, während Kain den Kopf schüttelte.

„Schau dir die beiden an – Eitelkeit und Arroganz. Was will dieser Meinhard bei uns? Irgendwas stimmt da nicht. Ich kann es riechen wie Kains Nikotingestank."

„Kain steht unter Druck", sagte Kreutz. „Er muss der Öffentlichkeit einen Täter liefern, und zwar schnell. Also hat er sich Meinhard geholt, um Blechner auseinanderzunehmen."

„Glaubst du, sie haben ihn verhört, ohne uns mit einzubeziehen?", fragte Helen.

„Sieht fast so aus", antwortete Kreutz.

„Wenn sie ihn in die Enge getrieben haben, würde das den erweiterten Suizid erklären", meinte Bender.

„Okay, sehen wir nach, was Blechner vergraben hat. Manchmal hasse ich meinen Job." Kreutz stieß das Schaufelblatt in die lockere Erde. Schweigend grub er, bis das Loch etwa einen halben Meter tief war und die Schaufel von einer Kunststoffplane abrutschte.

„Da ist irgendwas." Keuchend kratzte er Erdklumpen von der feucht glänzenden Plane.

Helen beugte sich vor. „Warte."

Sie stieg in die flache Grube hinunter. Kreutz hatte einen Plastikmüllsack freigelegt. Den Umrissen nach zu urteilen, steckte kein Mensch in ihm – es sei denn, Blechner hatte ihn zuvor in handliche Stücke zerteilt. Oder es handelte sich um den Körper eines Kindes.

Helen schlitzte den Sack mit einem Taschenmesser auf.

„Scheiße, und dafür die ganze Plackerei." Kreutz ließ sich platt auf den Erdhügel fallen.

In dem Plastiksack lag der Kadaver eines großen schwarzen Hundes, vermutlich eines Labradors. Der Schädel des Tiers war auf der linken Seite eingedrückt und blutverschmiert.

„Scheint so, als hätte Blechner seinen Hund überfahren", sagte Helen.

Bender nickte. „Die Töle ist ihm ins Auto gerannt, als er in die Werkstatt fuhr. Er hat den Hund hier vergraben, um sich die Kosten für den Abdecker zu sparen. Daher stammen auch die Blutspuren im Treppenhaus. Als er den Hund hierherschleppte, muss er sich die Hände besudelt haben."

Helen richtete sich auf und stieß den angehaltenen Atem aus. Obwohl sich die Spannung löste, raste das Adrenalin noch immer durch ihren Körper. So war es jedes Mal.

„Aber wo ist das Mädchen?", fragte Bender.

„Wir müssen das Gelände absuchen", sagte Kreutz.

„Hol Kain. Er soll entscheiden, wie es weitergeht", erwiderte Helen.

„Was treibt der überhaupt?" Kreutz wischte sich die Hände an den ohnehin verschmutzten Hosenbeinen ab.

„Ich schätze, die Drecksarbeit überlässt er anderen."

„Ich geh ihn holen." Bender stapfte auf die Mauerbresche zu.

Helen sah sich auf dem verwilderten Grundstück um. Es bot eine Menge Verstecke für ein Kind. Vielleicht hatte sich das Mädchen irgendwo verborgen – traumatisiert und verstört von der Gewalt. Sie streifte ziellos durch das hüfthohe dürre Gras. Der Rhein floss fünfzig Meter entfernt träge vorbei Richtung Norden. Seine Ufer verschwammen im aufziehenden Nebel. Sie kniff die Augen zusammen. Unter einem vom Wind bizarr geformten Apfelbaum stand mit der Öffnung nach unten ein großer Karton. Jemand hatte auf die Seiten mit einem schwarzen Filzstift Fenster mit angedeuteten Gardinen und kindlich-naiven Blumen gemalt. Helen kniete sich vor den Karton und klappte die improvisierte Tür auf. Das Innere war leer.

„Helen. Sieh doch", rief Kreutz.

Aus einem Brombeergebüsch tauchte ein etwa vierjähriges blondes Mädchen auf. Es trug ein blassblaues Kleid und hielt einen Strauß aus wilden Chrysanthemen und Herbstkrokussen in der Hand. Ohne Helen zu beachten, lief es auf die Grube zu und blieb stehen. Es hob den Arm und warf die Blumen in die Grube. Seine Augen waren so leer wie zwei in Löschpapier gestanzte Löcher.

Kain erschien in der Mauerlücke und musterte das Mädchen interessiert, so wie einen Schmetterling, den er mit einer Nadel aufspießen und seiner Sammlung einverleiben wollte.

„Informieren Sie das Jugendamt", sagte er. „Und dann sehen Sie zu, dass Sie etwas aus dem Kind heraus-kriegen. Wir müssen wissen, was sich hier abgespielt hat."

Helen blickte an Kain vorbei. Meinhard stand auf der anderen Straßenseite und telefonierte. „Was soll die Nummer mit diesem Schmierfink? Sie glauben doch nicht wirklich, dass er etwas Sinnvolles beisteuern kann?"

„Nein, natürlich nicht. Alexander Meinhard ist eng mit Holger Wesseling befreundet. Und der ist direkt dem Innenminister unterstellt und hat bei ihm einen Stein im Brett. Ich konnte dem Staatssekretär kaum eine Bitte abschlagen, Sie verstehen? Sehen Sie es mal so: Vielleicht findet er mit seinen unorthodoxen Methoden eine Spur, die uns entgangen ist."

„Mit Voodoo?"

Kain zuckte mit den Schultern. „Wenn es uns weiterhilft, kann er von mir aus einen Regentanz aufführen."

„Okay. Sie sind offen, ich bin es auch. Sie haben Blechner verhört, ohne mich zu informieren, stimmt's?"

„Es war eine kleine Darbietung für unseren Gast, Frau Stein. Wir müssen ihn bei Laune halten."

„Mit einem Amoklauf", sagte Helen kopfschüttelnd.

„Sie haben es nicht vorhergesehen – und ich auch nicht. Mag sein, ich habe Blechner ein bisschen hart angefasst. Aber immerhin ging aus der erneuten Befragung seines Umfelds hervor, dass es eine Reihe von Auffälligkeiten in seinem Verhalten gab, die sich mit den Anhaltspunkten decken, die Sie in Ihrem Profiling erarbeitet haben.“

„Was soll das heißen, Sie haben sein Umfeld befragt?“

„Meinhard bat um ein zwangloses Gespräch mit Blechners Frau. Er wollte unbedingt die Beziehung analysieren, weil er der Meinung ist, die Motive des Täters hängen unmittelbar mit seiner kranken Sexualität zusammen. Wo er nicht ganz unrecht hat.“

„Sie haben was?“ Helen konnte es nicht fassen. „Haben Sie ihr von seinem Vorleben erzählt?“

„Das war unvermeidlich.“

„Unvermeidlich? Sie haben die Katastrophe selbst ausgelöst! Blechner hatte seine Strafe abgesessen und ist nach Koblenz gezogen, um sich ein neues Leben aufzubauen. Und er hat sich seit damals nichts mehr zuschulden kommen lassen. Seine Frau wusste nichts von seiner Vergangenheit. Er bat uns, sie aus der Sache herauszuhalten, was wir auch getan haben. Seine Familie war sein ganzer Halt.“

„Die Wahrheitsfindung hat in einem solchen Fall Vorrang“, erwiderte Kain.

„Ist Ihnen immer noch nicht klar, was Sie angerichtet haben?“, sagte Helen. „Wahrscheinlich wollte die Frau sich von Blechner trennen und das Kind mitnehmen, nachdem sie erfahren hat, dass er ein verurteilter Sexualstraftäter ist. Sie haben ihm den Boden unter den Füßen weggezogen und ihn zu dieser Wahnsinnstat getrieben, Sie Vollidiot!" Sie drehte sich um und lief quer über den Hof auf den Passat zu.

„Frau Stein!"

Kains Stimme kam aus weiter Ferne. Helen überquerte die Straße, stieg in den Wagen und schlug die Tür zu. Flüchtig registrierte sie Bender. Er saß aschfahl auf dem Beifahrersitz und nuckelte an einer Cola.

„Alles klar?", fragte sie.

„Scheiße, nein. Wenn ich ein paar Zentimeter weiter rechts gestanden hätte, wäre ich jetzt tot."

„Spann mal aus, nimm dir ein paar Tage frei. Wir sind alle ein bisschen nervös."

„Ich mach das nicht mehr mit. Lieber lass ich mich in den Innendienst versetzen."

„Das wirst du schön bleiben lassen. Horst, wir brauchen dich."

Bender trank glucksend die Coladose leer und zerquetschte sie mit seinen dicken Fingern. Sein Handy klingelte. Er meldete sich und reichte es an Helen weiter. „Hast du immer noch kein Diensthandy?"

„Nee."

Sie hörte schweigend zu und legte dann auf. Jemand klopfte an die Seitenscheibe. Sie drückte auf den Knopf für den elektrischen Fensterheber.

„Wenn wir uns jetzt alle wieder wie erwachsene Menschen benehmen, könnten wir unsere Ermittlungen fortsetzen", sagte Kain. Mit keinem Wort ging er auf ihre Beleidigung ein. „Es gibt Neuigkeiten, die Sie interessieren dürften. Es widerstrebt mir, Ihnen recht zu geben, aber es sieht so aus, als wäre Blechner tatsächlich nicht das Phantom gewesen."

Helen starrte ihn mit offenem Mund an. Dass Kain einen Fehler eingestand, erlebte sie zum ersten Mal.

„Eine weitere Frau wurde als vermisst gemeldet. Sie verschwand offenbar zur selben Zeit, zu der Blechner im Präsidium war. Das wäre dann Nummer fünf, wenn man die Vermisste aus Enspel mitzählt. Die Abstände zwischen den Taten nehmen schnell ab, er verliert die Kontrolle.“

„Das gleiche Muster?“, fragte sie.

Kain nickte. „Ein verlassener Wagen mit einer Motorpanne, keine Spur der Besitzerin.“

„Es wird Zeit, dass wir das Schwein schnappen“, sagte Helen. „Gerade kam die Meldung über einen Leichenfund an der B49 bei Neuhäusel herein. Es könnte sein, dass es sich um ein Opfer des Phantoms handelt. Es wäre das erste, das wir finden.“

Kain sah auf seine Armbanduhr. „Das wird uns endlich weiterbringen. Überlassen Sie die weitere Arbeit hier der KTU und fahren Sie an den Fundort. Ich schicke Ihnen ein Team der Gerichtsmedizin. Und nehmen Sie Meinhard mit.“

„Das können Sie nicht von mir verlangen.“

„Sie werden tun, was Wesseling wünscht. Sonst sind Sie draußen, Frau Stein. Haben wir uns verstanden?“

Helen schluckte einen Fluch hinunter. „Okay.“

„Fein.“

„Weiß man schon, wen es diesmal erwischt hat?“, fragte sie.

„Carola Wesseling, die Frau von Wesseling. Ich werde persönlich nach Hachenburg fahren und die Suche koordinieren. Wenn wir die Frau in achtundvierzig

Stunden nicht lebend gefunden haben, können wir uns alle einen neuen Job suchen.“

7

„Wollen Sie wirklich mitkommen, um sich eine Frauenleiche anzusehen?", fragte Helen.

„Ich möchte mir ein Bild von Ihrer Arbeitsweise machen", antwortete Meinhard. „Ich weiß, dass Sie am liebsten allein vorgehen, Frau Stein. Ich verspreche Ihnen, mich nicht einzumischen, sondern nur zu beobachten."

„Wozu soll das gut sein?"

„Ich sammle Stoff für ein neues Buch. Sie sind eine der besten Profilerinnen in Deutschland – und im Übrigen genauso, wie Sie mir beschrieben wurden: zielstrebig und hartnäckig, eine ausgezeichnete Jägerin mit wachen Instinkten ..."

Sie warf ihm einen raschen Seitenblick zu. „Wollen Sie mich anmachen?"

„... aber auch impulsiv und reizbar", beendete er den Satz, „im Tierreich ein typischer Wesenszug von Beutemachern."

„Wer hat Ihnen denn den Blödsinn erzählt?"

„Denn Sie haben einen Fehler", fuhr Meinhard ungerührt fort, als halte er eine Lesung aus einem seiner Bücher.

„Und welchen?"

„Sie sind so auf Ihre Beute fixiert, dass Sie die Konkurrenz nicht bemerken."

„Sie meinen Kain? Keine Sorge, den habe ich längst auf dem Schirm."

Hatte sie Meinhard falsch eingeschätzt? Zumindest hatte er im Gegensatz zu Kain gute Manieren und verfügte über eine wache Beobachtungsgabe.

Er lächelte entwaffnend „Wir könnten vieles voneinander lernen."

„Glaub ich nicht."

„Vielleicht ändern Sie Ihre Meinung noch."

„Okay. Sie waren bei Blechners Verhör dabei – obwohl Sie dort nichts zu suchen hatten. Verraten Sie mir eins: Hat Kain ihn in die Enge getrieben?"

„Ist das nicht der Sinn eines Verhörs?"

„Nicht, wenn ein Familiendrama mit tödlichem Ausgang die Folge ist."

„Männer wie Blechner sind nicht therapierbar. Er steuerte auf den Abgrund zu – so oder so. Meiner Meinung nach wird zu viel Täterschutz betrieben und zu wenig für die Opfer getan."

„Auch Verbrecher haben Rechte."

„Erklären Sie das den Hinterbliebenen."

Sie hatte den Passat auf dem Parkplatz vor dem Präsidium abgestellt und lief zu ihrem roten Fiat Spider. Aus der Stadt herauszukommen und den Sportwagen über leere Landstraßen zu jagen, würde den Ärger über

Kain und den lästigen Schreiberling aus ihrem Kopf verjagen.

Meinhard nahm auf dem Beifahrersitz Platz. Er hatte sich kaum angeschnallt, als Helen ein Magnetblaulicht auf das Dach knallte und mit halsbrecherischem Tempo auf die Pfaffendorfer Brücke zuraste. Meinhard tastete nach dem Haltegriff über der Beifahrertür.

„Geben Sie mir eine Chance, Frau Stein. Ich verspreche Ihnen, nicht im Weg zu stehen. Oder befürchten Sie, ich könnte etwas entdecken, das Sie übersehen haben?"

„Sie überschätzen sich. Das ist Ihr Fehler."

Wütend trat sie das Gaspedal durch, weil er den wunden Punkt zielsicher getroffen hatte. Vielleicht war er ja tatsächlich besser als sie. Hielt sie ihn deshalb für ein blasiertes Arschloch? Eigentlich hatte sie bis jetzt keinen Grund dazu. Ihr war klar, dass sie ihn nicht leiden konnte, weil Kain ihn angeschleppt hatte. Alles, was von Kain kam, widerte sie an.

„Was reizt Sie eigentlich so an diesem Fall?", fragte sie.

„Eine der verschwundenen Frauen war eine gute Freundin."

„Nur eine Freundin? Oder steckt mehr dahinter?"

„Nicht was Sie denken. Sie war die Frau eines guten Freundes. Mir lässt ihr Verschwinden keine Ruhe, und ich möchte mithelfen, sie zu finden."

„Wann verschwand sie?"

Der Spider raste mit eingeschaltetem Blaulicht durch die Gasse aus Fahrzeugen, die sich vor ihr bildete. Helen liebte den Kitzel der Gefahr und den Rausch der Geschwindigkeit.

„Im März dieses Jahres“, antwortete Meinhard.

„Silvia Schrey“, stellte sie fest.

„Exakt.“

„Und warum haben Sie sich erst jetzt dazu entschlossen, der Polizei mit Ihrem Fachwissen unter die Arme zu greifen?“

„Ich habe bereits damals meine Hilfe bei der Suche nach Silvia angeboten, aber es gab … nun, Meinungsverschiedenheiten mit dem ermittelnden Beamten. Ich hielt ihn für unfähig, den Fall zu bearbeiten. Er informierte das LKA zu spät und setzte zu wenig Mittel ein, um Silvia zu finden. Hätte er rechtzeitig mit der Suche begonnen, würde sie vermutlich noch leben.“

„Wer war der Ermittler?“

„Ein Dorfpolizist namens Funke. In der Tat ein unbelehrbarer Kerl, und faul obendrein.“

„Funke“, wiederholte Helen langsam.

„Ganz recht. Der Mann ist Ihnen bekannt?“

„Ich hab den Namen mal gehört.“ Sie wechselte das Thema. „Glauben Sie eigentlich an den Quatsch über Okkultismus, den Sie schreiben?“

„Ich versuche, diese Dinge wissenschaftlich zu analysieren.“

„Kann man etwas untersuchen, das es nicht gibt?“

„Vor allem interessiert mich die Wirkung von religiösem Wahn auf Psychopathen. Der Glaube kann enorme Kräfte freisetzen.“

„Und zufällig verkauft sich das gruselige Zeug auch noch gut, wie?“

Meinhard lächelte. „Wir müssen alle von irgendetwas leben.“

Sie verließen Koblenz und fuhren auf die Ausläufer des Westerwalds zu. Kurz vor der Abfahrt Neuhäusel staute sich der Verkehr an einer Baustellenampel. Helen fuhr an den wartenden Fahrzeugen vorbei und stoppte vor einer Absperrbake. Ohne auf Meinhard zu warten, sprang sie aus dem Wagen und hechtete über die rot-weiße Bake. Ein Streifenpolizist führte sie zu einer zwei Meter tiefen Baugrube. Meinhard folgte ihr in einigem Abstand. Sie versuchte ihn zu ignorieren. Das Letzte, was sie brauchen konnte, war ein neugieriger Besserwisser, der sie mit Fragen und Belehrungen belästigte. Ihr Ärger wuchs, und das störte ihre Konzentration. War Meinhard wirklich nur an ihrer Arbeitsweise interessiert oder hatte Kain ihr vielleicht einen Wachhund auf den Hals gehetzt?

Die Arbeiten ruhten, drei Bauarbeiter in orangefarbenen Overalls diskutierten aufgeregt miteinander. Helen trat an den Rand der Grube. Das Team der Gerichtsmedizin war bereits eingetroffen. In einen weißen Schutzanzug gehüllt, stapfte Dr. Bischoff auf dem lehmigen Boden herum. Einer seiner Helfer fotografierte einen halb in der Erde verborgenen menschlichen Körper.

Helen kletterte auf einer Leiter in die Baugrube hinab. Bischoff begrüßte sie mit einem knappen Nicken. „Eine weibliche Leiche, Alter etwa fünfundzwanzig bis dreißig Jahre. Wie lange sie schon im Boden liegt, kann ich noch nicht sagen. Ich schätze, ungefähr ein halbes Jahr.“

Die Vorderseite des Kopfes war vom Gewicht der Erde eingedrückt worden, dennoch waren die Gesichtszüge gut zu erkennen. Ledrige Haut bedeckte den Schädel, an dem noch Strähnen rotblonden Haars klebte.

„Der luftdichte Abschluss in der Tonerde hat den Verwesungsprozess verlangsamt", erklärte Bischoff.

„Irgendwelche Hinweise auf die Todesursache?", fragte Helen.

Bischoff schob die Überreste eines vermoderten Kleidungsstücks zur Seite. „Kann ich noch nicht eindeutig sagen. Auf jeden Fall fehlt etwas Entscheidendes."

„Es fehlt etwas?"

„Ihr Herz. Ob es post mortem entfernt wurde oder ob die Verletzung zum Tod führte, lässt sich nach der langen Liegezeit nur schwer klären. Sehen Sie die Einkerbungen an den Rippen?"

Helen kniete sich neben die teilweise freigelegte Leiche. Es waren genügend Gewebereste vorhanden, um zu erkennen, was Bischoff meinte. Deutlich erkannte sie das Loch in der Brust der Toten.

„Das sind Schnittspuren eines scharfen Gegenstands, sie stammen von einem Messer oder einem Skalpell."

Um den Hals der Toten wand sich eine silberne Kette mit einem auffälligen Anhänger. Vorsichtig löste Helen sie ab und reinigte das Schmuckstück von der rötlichen Erde. Es war ein Anhänger mit blauen Fayence-Einlagen in Form eines Skarabäus.

„Ein seltenes Stück", sagte Bischoff.

„Kann man wohl sagen. Es könnte uns helfen, die Tote zu identifizieren." Sie steckte den Skarabäus in einen durchsichtigen Plastikbeutel. „Warum wird die Straße an dieser Stelle überhaupt aufgerissen?"

Der Gerichtsmediziner winkte einen Mann mit tonnenförmiger Brust und feuerrotem Bart heran, der sich als Baustellenleiter vorstellte. „Der Untergrund hat sich abgesenkt", erklärte er.

„Passiert das oft?"

„Nein, nicht oft. Aber es gibt Stellen, an denen der Boden trotz Verdichtung im Lauf der Zeit immer wieder nachgibt. Vielleicht gibt's hier drunter einen unterirdischen Hohlraum oder Wasserlauf."

„Wann wurde die Straße denn zuletzt an dieser Stelle repariert?"

„Im Frühjahr. Ist also noch gar nicht lange her."

Helen stieg aus der Baugrube. Nachdenklich betrachtete sie den Skarabäus. Vielleicht konnte der neunmalkluge Meinhard ja Schlüsse aus dem Schmuckstück ziehen, die ihr verborgen geblieben waren. Sie sah sich nach ihm um. Der Schriftsteller stand wie versteinert am Rand der Grube. Offenbar war er den Anblick von Leichen nicht gewöhnt.

„Eine Frauenleiche, zwischen zwanzig und dreißig", sagte sie. „Wir könnten es mit einem Ritualmord zu tun haben. Der Täter hat ihr das Herz aus der Brust geschnitten. Genaueres wissen wir erst nach der Obduktion."

Meinhard starrte wie paralysiert auf die Tote.

„Alles in Ordnung mit Ihnen?", fragte Helen.

Langsam erwachte er aus seiner Starre. Er war aschfahl, sein Blick fiel auf den Anhänger in dem Asservatenbeutel. „Wo... woher...", er rang sichtlich um Fassung, „woher haben Sie das?"

„Die Tote trug es. Kommt der Skarabäus Ihnen bekannt vor?"

Er kniff die Lippen zu einem harten Strich zusammen. „Nein, tut mir leid. Entschuldigen Sie, ich war in

Gedanken. Weiß der Gerichtsmediziner schon, wie lange die Leiche hier gelegen hat?"

„Etwa sechs Monate. Aber das ist nur eine vorläufige Schätzung."

Helen ging in Gedanken die Liste der verschwundenen Frauen durch. Sie kannte die Namen und Daten auswendig.

„Der 6 .März 2017", sagte sie.

Meinhard nickte verkrampft. „Bei den sterblichen Überresten dürfte es sich um die Leiche von Silvia handeln."

Helen trat an den Rand der Baugrube. Wahrscheinlich hatte er recht. Das Datum der letzten Straßensanierung fiel mit Silvia Schreys Verschwinden zusammen. Also war er deshalb so verstört – weil er unversehens vor den Überresten seiner Bekannten stand. „Scheiße", fluchte sie. „Wir haben ein Problem."

Er blickte sie fragend an.

„Ich weiß jetzt, warum wir die Leichen der anderen Opfer nicht finden."

„Erklären Sie mir das?"

„Das liegt doch auf der Hand."

„Ich verstehe nicht ganz ..."

„Okay, ich erklär's Ihnen. Passen Sie auf."

8

Wesseling demonstrierte seine Macht. In Funkes Beisein telefonierte er mit dem Polizeipräsidenten von Koblenz und dem Innenminister. Der Minister erklärte Funke persönlich, was er von ihm erwartete und welche Konsequenzen ihm drohten, falls ihm der geringste Ermittlungsfehler unterlief. Anschließend fuhr Wesseling ohne erkennbare Gefühlsregung weiter nach Mainz, so als wäre nicht seine Frau verschwunden, sondern ein exotischer Kanarienvogel entflogen.

Funke kam zu dem Ergebnis, dass Wesseling nichts von der Affäre gewusst haben konnte. Andernfalls hätte er ihm niemals erlaubt, die Suche nach Carola zu leiten. Es bedeutete aber auch, dass er nicht der Mörder war, denn Eifersucht schied als Motiv damit aus. Funke tappte mit seiner Suche nach dem Täter weiter im Dunkeln.

Er trommelte zwei Dutzend Leute zusammen und ließ sie das Unterholz rings um die Fundstelle des Renaults nach Spuren durchkämmen. Eine halbe Stunde, nachdem Wesseling abgefahren war, hielt ein dunkelgrauer 7er BMW am Straßenrand. Kain stieg aus dem Wagen, zündete sich eine Zigarette an und schlug den Kragen seines Wintermantels hoch. Harder eilte katzbuckelig herbei.

Es war Funkes erste Begegnung mit Kain seit fünfzehn Jahren. Sein flachsblondes Haar war dünner geworden und wich an den Schläfen zurück, ein Netz aus Falten überzog seine Wangen. Trotzdem sah er mit seinen Hamsterbacken und den aufgeworfenen Lippen jünger aus als er war. Bilder blitzten hinter Funkes Stirn auf. Kain, aschfahl mit blutbesudelten Händen, eine junge Polizistin mit gebrochenen Augen, der Fischgestank des Sassnitzer Hafenbeckens und die erschreckende Erkenntnis, dass Berthold Kain nicht der Mensch war, den er zu kennen geglaubt hatte.

Wie würde er nach all den Jahren auf das Wiedersehen reagieren? Die Umstände waren denkbar schlecht, Kains Hass auf ihn wahrscheinlich ungebrochen. Schon als junger Mann war er ein mieser Verlierer gewesen. Er wollte immer und überall der Erste sein und jedes Spiel gewinnen. Verlor er, schlug er blindwütig um sich. Wen er dabei traf, war ihm egal. Funkes einziger Trumpf war die Tatsache, dass er der bessere Polizist war, was Kain schon vor langer Zeit schmerzlich hatte akzeptieren müssen.

„Hi, Bert." Funke streckte die Hand aus, aber Kain ignorierte sie.

„Ist das ihr Wagen?", fragte er.

Harder nickte diensteifrig. „Wir haben den Renault bereits erkennungsdienstlich behandelt. Außerdem –"

Kain schnitt ihm das Wort ab. „Was hast du bisher unternommen?", fragte er Funke.

Er suchte in Kains Augen vergeblich nach dem Freund, dem er einst das Leben gerettet hatte. Seine Hoffnung, Kain könnte sich im Lauf der Jahre geändert haben, zerschlug sich. „Wir suchen das Gebiet um die Fundstelle nach Spuren ab", sagte er. „Alle Streifen im Umkreis halten Ausschau nach der Vermissten, die Dienststellen sind informiert. Außerdem habe ich aus Koblenz einen Hubschrauber mit Wärmebildkamera angefordert."

„Ich übernehme. Fahr in dein Büro und mach, was du immer machst."

„Carola Wesseling ist in meinem Zuständigkeitsbereich verschwunden. Der Innenminister ..."

„... hat mir die Leitung der Suche übertragen. Du bist draußen."

Er will mich nicht in seiner Nähe haben, weil es ihn nervös macht, wenn ich ihm auf die Finger sehe, dachte Funke. Nichts hat sich geändert, wir machen da weiter, wo wir aufgehört haben. Aber ich muss wissen, in welche Richtung Kain ermittelt und welchen Spuren er nachgeht. „Wenn wir zusammenarbeiten, erhöht sich die Chance, sie lebend zu finden. Ich schätze, daran sind wir beide interessiert", sagte er.

Kain warf die halb gerauchte Kippe in eine Pfütze. „Wenn ich deine Hilfe brauche, lasse ich es dich wissen." Er zeigte auf Harder. „Dein Kollege kann mir zur Hand gehen ... falls du ihn entbehren kannst. Ihr habt sicher eine Menge zu tun hier in der Provinz."

Funke ignorierte Kains Sarkasmus. „Du wirst jemanden brauchen, der die Gegend kennt."

„Ich habe Verstärkung aus Koblenz angefordert. Wir werden jeden Stein im Westerwald umdrehen … so lange, bis wir Carola Wesseling gefunden haben."

Funke legte den Kopf in den Nacken. Ein Polizeihubschrauber überquerte im Tiefflug den Wald. „Wir haben nicht mehr viel Zeit, um Spuren zu finden. Es wird Schnee geben."

„Schnee Mitte Oktober? So ein Unsinn."

„Keine Seltenheit in der Gegend."

„Ich beabsichtige, Carola Wesseling bis zum Abend aufzuspüren – falls mich kein Dorfpolizist von der Arbeit abhält."

„Okay. Du weißt ja, wo du mich findest, falls du nicht weiterkommst."

Funke ging zu seinem Streifenwagen und wartete auf die Rückmeldungen der Einsatzkräfte – die nicht kamen, nicht kommen konnten. Er beobachtete Kain durch die Windschutzscheibe. Sein alter Feind stolzierte umher wie ein Pfau, rauchte und beschränkte seine Anweisungen darauf, Harder als Wadenbeißer loszuschicken, wenn ihm etwas nicht schnell genug ging. Fehlen nur ein Halsband und eine Leine, dachte Funke. Er beobachtete, wie Harder zum Mannschaftswagen flitzte und mit Kaffee zurückkehrte, den Kain immer literweise soff.

Funke konzentrierte sich auf Harder. Etwas stimmte mit ihm nicht. Dass er heimlich jede Möglichkeit benutzte, um dem Posten des Dienststellenleiters näher zu kommen, war ihm nur allzu klar. Aber in den letzten Tagen hatte er das Gefühl, dass seine Siegesgewissheit zunahm. Wieso war er an Wesselings Wochenendhaus vorbeigefahren, obwohl er wusste, dass Funke die

Meldung bereits überprüfte? Hatte er gewusst, dass Funke sich in dem Haus am See aufhielt? War der Anruf nur ein Vorwand gewesen, um sicherzugehen, dass sein Plan aufging? Er versuchte, sich Harder als eiskalten Mörder vorzustellen, der ihn niederschlug und Carola dann mit seiner Dienstwaffe erschoss. Nein, Harder liebte Ränkespiele. Es entsprach seiner Art, sich nach oben zu schleimen, aber einen Mord traute er ihm nicht zu.

Kain wippte auf seinen teuren Slippern und redete gestikulierend auf Harder ein. Der nickte unterwürfig und hielt seine Pfötchenhände vor die Brust.

„Fehlt nur noch, dass er um einen Knochen bettelt", murmelte Funke. Er stieg aus dem Wagen und suchte sich einen Baum, um sich zu erleichtern. Als er den Reißverschluss seiner Hose hochzog, hörte er Stimmen.

„Wo sind die Sachen jetzt?" Das war Kain.

„Im Kofferraum meines Streifenwagens", antwortete Harder.

„Holen Sie die Beweismittel und bringen Sie sie unauffällig zu meinem Wagen. Ich kümmere mich darum."

„Und Sie sind sicher, dass der Staatsanwalt die Ergebnisse vor Gericht verwenden darf? Ich meine, ich hätte Funke als meinen Vorgesetzten informieren müssen."

„Nicht, wenn Sie glauben, dass er sich verdächtig gemacht hat. Wie sind Sie überhaupt auf ihn gekommen?"

Funke drückte sich an den Baumstamm und schob sich vorsichtig auf das Gebüsch zu. Durch die Zweige sah er Harder und Kain. Harder verzog den Mund zu einem schleimigen Grinsen. „Ich halte eben die Augen offen. Wesselings Frau tauchte in den vergangenen Wochen ziemlich oft in unserer Wache auf. Erst hab ich gedacht, es geht nur um die Wohltätigkeitsveranstaltungen, für die sich auch Funke engagiert. Aber dann wurde ich misstrauisch, weil er öfter mit ihr unterwegs war – immer allein."

„Carola Wesseling sammelt Gelder für Opfer von sexueller Gewalt. Wieso bringt sich Funke da so ein? Dem ist doch sonst auch alles egal, Hauptsache, der Alkoholpegel in seinem Blut sinkt nicht unter die kritische Marke", sagte Kain.

„Seit seine Tochter wiederaufgetaucht ist, trinkt er nicht mehr."

„Seine Tochter? Was ist mit ihr?"

„Sie ist ein Wrack, seit ein halb verrückter Killer sie in seinen Fingern hatte. Wenn Sie mich fragen, die wird auch nicht mehr."

„Interessant", sagte Kain. „Ich lasse die Sachen untersuchen. Und Sie besorgen mir Material für eine DNA-Analyse."

„Hab ich schon. Liegt alles im Kofferraum Ihres Wagens."

„Für einen Dorfpolizisten sind Sie ein ziemlich ausgeschlafener Kerl", sagte Kain gönnerhaft.

Harder kicherte. „Man tut, was man kann. Und ich habe Ihr Wort, dass Sie sich für mich einsetzen?"

„Machen Sie sich darum keine Sorgen. Wenn Sie liefern, zahle ich. Ich fahre nach Koblenz zurück. Halten Sie hier die Stellung und schauen Sie Funke auf die Finger."

„Mach ich."

Die beiden Männer gingen auseinander. Funke hatte ein Problem.

9

Helen blätterte in dem vorläufigen Obduktionsbericht der Gerichtsmedizin. Inzwischen kannte sie jedes Detail auswendig. Außer ihr saßen Bender, Kreutz und Engelhardt an dem großen Besprechungstisch. Benders Magen knurrte, Kreutz trank seinen vierten Kaffee. Alle warteten auf Kain. Helen tastete in ihrer Jackentasche nach Gummibärchen und steckte sich gedankenverloren drei Stück in den Mund.

Meinhard hielt sein Versprechen und verschmolz mit dem Hintergrund wie ein Schatten. Den Schock, unverhofft vor den Überresten seiner Bekannten zu stehen, schien er überraschend schnell überwunden zu haben. Konzentriert und methodisch arbeitete er sich durch Kopien der Fallakten. Verstohlen studierte Helen sein Gesicht. Meinhard presste die Lippen aufeinander und zog scheinbar angewidert die Mundwinkel herab. War das sein normaler Gesichtsausdruck oder drückte seine Haltung Abscheu vor den Verbrechen aus, in die er versunken war? Oder galt seine Missbilligung dem Mann, der im Fall der vermissten Silvia Schrey den einzigen Verdächtigen laufen gelassen hatte: Ben Funke.

Kain hatte das komplette Team für zwölf Uhr in den Besprechungsraum zitiert. Jetzt war es halb eins. Kreutz gähnte, Engelhardt blickte laufend auf die Uhr. Endlich wurde die Tür aufgerissen und Kain stürmte herein. Er klatschte einen Plastikordner auf den Tisch, schickte Bender frischen Kaffee holen und erwähnte mit keinem Wort, welche neuen Erkenntnisse es zum Fall Carola Wesseling gab. Er zog sich einen Stuhl heran und setzte sich. „Wenn Sie uns nun mit den Ergebnissen der Gerichtsmedizin vertraut machen würden, Frau Stein?"

Mechanisch schlug sie die Akte auf. „Die Liegezeit der Leiche lässt sich nur schwer bestimmen", begann sie. „Aber die Bauarbeiten an der B49 fallen mit dem Zeitpunkt zusammen, an dem eins der Opfer des Phantoms verschwand. Wir gehen vorläufig davon aus, dass es sich bei der Toten um Silvia Schrey handelt. Sie verschwand am 6. März an der B414 in der Nähe von Lautzenbrücken. Ihr verlassener Wagen wurde in der Einmündung eines Waldwegs entdeckt. Das Gebiet um den Fundort wurde großräumig abgesucht, wie üblich kamen Leichenspürhunde zum Einsatz. Gefunden hat man nicht die geringste Spur. Heute wissen wir, warum."

„Haben wir die Möglichkeit eines DNA-Abgleichs?", fragte Kreutz.

„Wir arbeiten daran, uns Material zu beschaffen."

„Konnte die Gerichtsmedizin klären, woran die Frau gestorben ist?", fragte Kain.

„Die Leiche wies mehrere Knochenbrüche auf, die auf stumpfe Gewalteinwirkung hindeuten. Der Täter hat das Opfer über einen längeren Zeitraum gequält, bei zwei Brüchen hatte bereits der Heilungsprozess eingesetzt. Damit sind sie nicht die Todesursache."

„Und die wäre?", fragte Kain.

Helen sah Meinhard an, der sie mit seinen blassblauen Augen aufmerksam beobachtete. „Das Herz fehlt", antwortete sie.

Bender stellte eine neue Ladung Plastikbecher auf den Tisch und verschüttete Kaffee auf der Tischplatte. „Wie, fehlt?", fragte er.

„Es ist nicht da. Jemand hat es ihr aus der Brust geschnitten. Es gibt Spuren eines scharfen Gegenstands an Brustbein und Rippen – vermutlich stammen sie von einem Messer oder einem Skalpell."

„Ein Ritualmörder. Das hat uns noch gefehlt", stöhnte Kreutz.

„Es könnte ein Hinweis auf einen psychisch gestörten Täter sein", gab Helen zu. „Solange wir keine weiteren Opfer finden, wissen wir nicht, ob er seine Taten jedes Mal auf die gleiche Weise ausführt. Aber wir sollten davon ausgehen."

„Wie kommt er auf die Idee, die Leiche auf einer Straßenbaustelle zu verstecken?", überlegte Kreutz. „Das ist ... irgendwie ... genial."

Helen nickte. „Und macht es uns fast unmöglich, die anderen Opfer zu finden. Die Baustelle an der B49 ist von dem Ort, an dem Silvia Schrey verschwand, zweiundvierzig Kilometer entfernt. Er hat die Leiche durch den Westerwald spazieren gefahren, bevor er sie auf der Baustelle vergraben hat."

„Wenn Ihre Vermutung richtig ist, könnten die restlichen Leichen überall liegen", sagte Kain. „Weiß jemand, wie viele Straßenbaustellen es in den letzten zwölf Monaten im Westerwald gab?“

„Zu viele, um die Straßen alle wieder aufreißen zu lassen“, sagte Kreutz. „Gibt es eine Möglichkeit, den Untergrund auf organisches Material hin zu scannen?“

„Nein“, entgegnete Helen. „Ich habe mich bereits erkundigt. Es gibt Metalldetektoren, Hohlraumscanner und jede Menge anderen Kram. Aber nichts, mit dem man Leichen aufspüren könnte.“

„Er hat also Kenntnis von Straßenbauvorhaben“, warf Kain ein.

„Nicht unbedingt“, sagte Helen. „Wenn er dauernd unterwegs ist, weiß er, wo gerade gebaut wird.“

„Aber nicht, wann die abschließende Asphaltdecke aufgebracht wird“, erwiderte Kain. „Er wird kaum das Risiko eingehen, eine Leiche auf einer Baustelle zu verstecken, wenn er nicht genau weiß, dass am nächsten Morgen geteert wird. Nur dann kann er sichergehen, dass niemand auf die Idee kommt, im Boden herumzustochern.“

„Wir haben Glück gehabt, dass der Untergrund bei Neuhäusel abgesackt ist. Sonst wären wir nie auf die Tote gestoßen“, sagte Kreutz.

Zum ersten Mal mischte sich Meinhard ein. „Sie haben sicher ein Täterprofil erstellt, nicht wahr, Frau Stein?“

„Der Mann, den wir suchen, ist zwischen zwanzig und dreißig, lebt alleine und zurückgezogen. Er pflegt nur wenige soziale Kontakte. Entweder hat er unregelmäßige Arbeitszeiten oder geht überhaupt keinem festen Job nach.“

„Woraus schließen Sie das?“

„Er verwendet einen großen Teil seiner Zeit darauf, nach potenziellen Opfern zu suchen. Die neuen Informationen lassen auch den Schluss zu, dass unser Mann Straßenbauarbeiter sein könnte oder in einem Planungsbüro arbeitet. Inzwischen wissen wir, dass er den Frauen bewusst Schmerzen zufügt und sie einer Art Ritual unterzieht, bei dem er ihnen das Herz entfernt. Das bedeutet, wir haben es mit einem Mann zu tun, der unter einer Psychose leidet oder an einer anderen bipolaren Störung. Vielleicht opfert er die Herzen ja dem Herrn der Finsternis. Das würde dann in Ihr Fachgebiet fallen.“

„Sie sollten es nicht ausschließen.“

Helen setzte zu einer bissigen Antwort an, aber Kain schnitt ihr das Wort ab. „Das ist kein besonders detailliertes Profil.“

„Wir wissen nicht genug über den Kerl. Vielleicht kann Herr Meinhard ja mal zeigen, was er draufhat.“

„Alles zu seiner Zeit“, antwortete der Schriftsteller.

„Haben Sie Angst, danebenzuliegen?“, stichelte Helen.

„Man kann mit einer Einschätzung ruhig so lange warten, bis man genügend Informationen beisammen hat.“

„Schluss jetzt mit den Streitereien“, knurrte Kain.

„Wir gehen bis jetzt von vier Opfern aus“, mischte sich Kreutz ein. „Alle Frauen verschwanden, nachdem sie eine Autopanne hatten. Das Gebiet gleicht einem unregelmäßigen Dreieck mit den Spitzen im Westen bei Altenkirchen und im Osten etwa bei Herborn. Im Süden scheint Limburg die Grenze zu sein. Die verlassenen Wagen wurden entlang der Bundesstraßen 8, 49, 414 und 292 gefunden.“

„Gab es Hinweise auf eine Manipulation der Fahrzeuge?", fragte Meinhard.

„An einem Wagen fehlte das Relais der Kraftstoffpumpe. Das führte dazu, dass das Auto nach dem Verbrauch des Benzins in der Leitung nach ein paar Kilometern liegen blieb. Bei den anderen Wagen war es zu Problemen mit dem Verteilerkopf oder der Elektronik gekommen."

„Keine der Frauen hat Hilfe bei einem Pannendienst gesucht", erklärte Helen.

„Gründe dafür?", fragte Kain.

„Sie kamen nicht mehr dazu, weil sie schnell Hilfe erhielten", antwortete Helen.

„Der Täter wusste also, dass die Wagen liegen bleiben, und ist den Opfern hinterhergefahren, um dann sofort eingreifen zu können. Daraus folgt, dass er sie zuvor manipuliert haben muss", überlegte Kreutz.

„Das war einer der Hauptverdachtsmomente, die auf Blechner passten", sagte Kain.

„Wir sollten uns nicht zu schnell auf diese Theorie festlegen", sagte Helen. „Der Zufall könnte eine größere Rolle spielen, als wir annehmen."

„So etwas wie Zufall existiert nicht", dozierte Meinhard. „Wir haben es mit einem Mann zu tun, der es gewohnt ist, exakt zu planen, und der etwas von Motoren versteht."

„Für mich sieht es eher so aus, als ob er ziellos durch die Gegend fährt", erwiderte Helen stirnrunzelnd. „Die Statistik stützt diese These. Nehmen wir an, er fährt jeden Tag mehrere Bundesstraßen in dem betreffenden Gebiet ab. Die Chancen, dass er im Abstand von ein paar Wochen auf eine Frau mit einer Autopanne trifft, stehen nicht schlecht."

„Die Pannenstatistik ist rückläufig", sagte Kain. „Er könnte ewig herumfahren, um ein passendes Opfer zu finden."

„Wenn Sie die Berichte gelesen hätten, wüssten Sie, dass alle Frauen relativ alte Autos gefahren haben, kein Modell war jünger als sieben Jahre. Das Risiko einer Panne steigt mit dem Alter eines Fahrzeugs deutlich an."

Kain starrte sie finster an.

„Er braucht nicht unbedingt Fahrzeugbau studiert zu haben, um einen Motor zu manipulieren", warf Kreutz ein. „Vielleicht arbeitet er als Aushilfe an einer Tankstelle oder in einer Werkstatt. Dort kann er sich die Kenntnisse angeeignet haben."

„Wir haben sämtliche Tankstellen an den infrage kommenden Bundesstraßen überprüft, die Tankwarte und Mitarbeiter unter die Lupe genommen – ohne Ergebnis."

Meinhard schrieb eifrig mit.

„Es gibt zwei Zeugen, die eine Art Wohnmobil an einem der Tatorte gesehen haben wollen", fuhr sie fort.

„Eine Art Wohnmobil?", fragte Meinhard.

„Wie immer weichen die Aussagen in den Details stark voneinander ab. Es könnte sich um einen umgebauten alten Feuerwehrwagen oder einen VW-Bulli handeln. Oder er fährt einen Lieferwagen. Wenn der beobachtete Wagen dem Täter gehört, stützen die Aussagen meine Annahme, dass er ziellos umherfährt, bis er auf ein Opfer trifft. Ich vermute, er lebt sogar in dem Ding."

„Gibt es sonst noch irgendwelche Fakten?“, fragte Meinhard.

Helen zog ein einzelnes Blatt aus ihren Unterlagen und reichte es dem Psychiater.

Jessica Gerschner, 23, 28. November 2016, B8, Schenkelberg

Silvia Schrey, 25, 06. März 2017, B414, Lautzenbrücken

Karin Schönberger, 24, 31. August 2017, B255, Niederahr

Elfie Georg, 28, 17. Oktober 2017, L292 Herschbach

„Dazu kommt dann möglicherweise noch Carola Wesseling“, sagte sie. „Die Zahlen hinter den Namen beziehen sich übrigens auf das Alter der Opfer.“

„Wenn Wesselings Frau wirklich das fünfte Opfer ist, verkürzt sich die Zeit zwischen den Verbrechen rapide – zwei Morde innerhalb einer Woche. Er steht unter Druck und muss immer wieder töten“, gab Meinhard zu bedenken.

„Wenn sie zu der Serie gehört. Vielleicht ist sie einfach nur durchgebrannt.“

„Das halte ich für unwahrscheinlich. Die Auffindesituation ihres Wagens spricht dagegen.“

„Sollten wir nicht mit einer Einschätzung warten, bis wir genügend Fakten haben?“, ätzte Helen.

„Frau Stein! Würden Sie bitte fortfahren?“

Sie konnte es sich einfach nicht verkneifen, Meinhard vorzuführen. Widerwillig gestand sie sich ein, dass er sie mühelos durchschaut hatte. Sie war sauer, weil ein Laie in ihrem Revier wilderte – und damit vielleicht sogar Erfolg hatte.

„Die Fundorte der verlassenen Wagen befinden sich immer entlang ausgedehnter Waldstücke. Vielleicht bringt er seine Opfer über Wirtschaftswege zu seinem Versteck. Wir haben allerdings keine verwertbaren Reifenspuren gefunden, die diese These stützen.“ Sie kramte in ihren Unterlagen und hielt den Asservatenbeutel mit dem Skarabäus hoch. „Und dann haben wir noch das hier. Es stammt von der Toten, die wir gefunden haben.“

„Ein ungewöhnliches Schmuckstück“, sagte Kain.

„Wir durchsuchen die Datenbanken nach Fällen, in denen ein Skarabäus eine Rolle spielt. Bis jetzt ohne Erfolg.“

Kreutz stöhnte. „Wir suchen nach der Nadel im Heuhaufen.“

„Gibt es eigentlich schon Details zum Verschwinden von Carola Wesseling?“, fragte Helen.

„Sie wird seit gestern Abend vermisst“, erwiderte Kain. „Die Umstände sprachen zunächst dafür, dass das Phantom wieder zugeschlagen hat. Inzwischen legen Hinweise jedoch den Verdacht nahe, dass es sich um eine Beziehungstat handelt. Offenbar benutzt ein Trittbrettfahrer die Vorgehensweise des Serienmörders, um von sich selbst abzulenken.“ Kain beugte sich vor und blickte todernst in die Runde. „Um eins klarzustellen: Alles – ich wiederhole alles –, was mit dem Fall Carola Wesseling zu tun hat, und sei es die geringste Kleinigkeit, landet zuerst bei mir. Ist das allen klar?“

Verhaltenes Nicken. Bender hatte ein ungemein interessantes Detail seines Daumennagels entdeckt.

„Wie Sie alle wissen, ist Holger Wesseling Staatssekretär im Innenministerium“, fuhr Kain fort. „Er kann uns eine Menge Ärger machen. Und eine SoKo, die ich leite, wird ihm keinen Anlass dafür liefern. Habe ich mich deutlich genug ausgedrückt? Das gilt vor allem für Sie, Frau Stein. Ich wünsche keine Alleingänge, verstanden? Wenn ich bei Wesseling wegen irgendeiner Ermittlungspannen zu Kreuze kriechen muss, können Sie sich einen Job als Kaufhausdetektivin suchen.“

„Frau Stein wollte uns gerade einen Vorschlag machen“, sagte Meinhard. „Nicht wahr, Frau Stein?“

Hatte er ihre Gedanken gelesen? Seit Tagen formte sich ein Plan in ihrem Kopf. Mit jedem Detail, das sie entwickelte, erkannte sie deutlicher, was sie zu tun hatte. Der Mann, den sie suchten, bevorzugte als Opfer attraktive Frauen zwischen zwanzig und dreißig, alle waren blond gewesen. Sie selbst passte genau in sein Beuteschema. Die einfachste Möglichkeit, ihn zu schnappen, war, ihm eine Falle zu stellen – mit ihr als Lockvogel. Es wunderte sie, dass außer ihr noch niemand darauf gekommen war. Vielleicht hatten sie den Gedanken ebenfalls erwogen, aber sie hielten sich zurück, weil sie wussten, was sie durchgemacht hatte.

Denn schon die Vorstellung, sich freiwillig erneut der Gefahr auszusetzen, in der Gewalt eines Psychopathen zu landen, jagte ihr eine Höllenangst ein. Seit ihr klar geworden war, dass dies womöglich der einzige Weg war, den Täter zu fassen, hatte sie keine Nacht mehr durchgeschlafen. Noch war sie nicht im Kleiderschrank oder einem Verhau aus alten Koffern und Decken auf dem Speicher aufgewacht, so wie vergangenes

Jahr. Aber sie spürte, dass sie nicht weit davon entfernt war.

Verdammt, sie war Ermittlerin, eine toughe Profilerin, keine Klosterschülerin, die ein Schatten an der Wand zu Tode ängstigte. Dennoch krampfte sich ihr Herz furchtsam zusammen, als sie zu sprechen begann. „Es gibt eine Möglichkeit, das Phantom zu schnappen. Wir müssen ihn auf frischer Tat erwischen."

„Du willst ihm eine Falle stellen", sagte Kreutz.

Plötzlich redeten alle durcheinander.

„Ruhe", rief Kain. „Ihre waghalsigen Aktionen sind mir bekannt, Frau Stein, und auch das, was meistens dabei herauskommt. Ich sage darum: nein."

Helen holte tief Atem. Der verpatzte Einsatz am Deutschen Eck kam ihr in den Sinn. Damals hatte sie ein junges Mädchen als Köder eingesetzt, das bei der Aktion sein Leben verloren hatte. Nicht noch einmal würde sie andere in Gefahr bringen, um Erfolg zu haben. Außer ihr selbst gab es niemanden, der das Opfer spielen konnte.

„Wir müssen ihm eine Falle stellen. Und darum ... werde ich im Westerwald eine Autopanne haben."

„Ich habe mich über Sie erkundigt, Frau Stein", sagte Meinhard. „Sie sind bereit, sehr hohe Risiken einzugehen. Das kann zu einer Gefahr für das ganze Team werden."

„Manchmal ist das der einzige Weg, der zum Ziel führt", gab sie bissig zurück.

„Oder in die Katastrophe", antwortete Meinhard kühl.

„Der Täter wird nicht aufhören", sagte Helen. „Die Abstände zwischen den Verbrechen nehmen ab. Unser

Mann steht unter Druck, das haben Sie selbst gesagt. Ich bin sicher, dass er bei nächster Gelegenheit wieder zuschlagen wird. Aber diesmal wird er sich das falsche Opfer aussuchen, nämlich mich."

„Wie soll das konkret vor sich gehen?", fragte Kain.

„Ganz einfach: Ich werde meinen Wagen am Straßenrand abstellen und die Motorhaube hochklappen. Dann heißt es warten. Natürlich bin ich über Funk ständig mit euch verbunden. Am Wagen wird ein Peilsender befestigt, ebenso werde ich einen Sender am Körper tragen. Wir brauchen mindestens drei Zivilstreifen, die mir folgen oder sich in der Nähe aufhalten. Sobald er zuschlägt, haben wir ihn."

„Das könnte gefährlich werden", sagte Bender.

„Es kann überhaupt nichts schiefgehen."

„Das hab ich schon mal gehört", murmelte Kreutz.

Kain rieb sich das Kinn und warf Meinhard einen schnellen Blick zu.

„Es gibt da noch einen Punkt, über den wir nicht gesprochen haben", sagte Meinhard. „Frau Stein, fühlen Sie sich mental überhaupt in der Lage, den Lockvogel zu spielen?"

„Was wollen Sie damit sagen?"

„Nach meinen Informationen waren Sie in psychologischer Behandlung, um ein traumatisches Erlebnis aufzuarbeiten, das der Situation gleicht, in die Sie geraten könnten."

„Ich bin in vollem Umfang diensttauglich. Wie kommen Sie dazu, in meiner Vergangenheit herumzuschnüffeln?"

„Sie befanden sich sechsunddreißig Stunden in der Hand eines Serienmörders und erwachten ohne jede

Erinnerung daran nackt auf einer Autobahnraststätte. Halten Sie es wirklich für ratsam, eine ähnliche Ausgangslage erneut zu provozieren? Vermutlich wird mir jeder Psychologe beipflichten, dass Sie ein zu hohes Risiko eingehen.“

Helen sprang wütend auf. „Ich bin okay. Das hat mit diesem Fall nicht das Geringste zu tun.“

„Niemandem ist geholfen, wenn Sie im entscheidenden Moment zusammenklappen oder erstarren wie das Kaninchen vor der Schlange“, beharrte Meinhard.

„Ich werde nicht zusammenklappen.“ Ihre Stimme kippte über, und das ärgerte sie maßlos. Sie spürte das Zittern ihrer Hände, das kalte Gefühl, als würden Eiswürfel in ihrem Bauch herumschwimmen.

„Ist Ihr riskanter Vorschlag vielleicht ein Versuch, zu beweisen, dass Sie Ihre Panikattacken im Griff haben?“, fragte Kain.

„Nein, verdammt noch mal. Ich habe keine Panikattacken!“

„Ich halte das auch für keine gute Idee, Helen“, warf Kreutz ein.

Sie kniff wütend die Augen zusammen. „Was wird das hier? Ich werde diesen Job so gut durchziehen, wie ich jeden Job erledige.“

„Der Plan an und für sich ist gut, aber ich frage mich, ob nicht doch besser jemand anders den Köder spielt“, sagte Meinhard kopfschüttelnd. „Sie sind sehr impulsiv, Frau Stein. Das könnte in der Tat zu einem Problem werden.“

„Das wird es nicht … und außerdem – wer soll es denn sonst machen? Wollen Sie sich mit einer Perücke an die Straße stellen und mit dem Hintern wackeln, bis das

Phantom anhält? Es ist mein Plan. Ich übernehme das Risiko."

Kain beugte sich vor. „Noch mal fürs Protokoll. Es ist Ihre Entscheidung, Frau Stein. Wenn es schiefgeht, tragen Sie die Verantwortung."

Sie spürte einen faustgroßen Kloß in der Kehle. Der schnelle Blick zwischen Kain und Meinhard ... sie hatten sie reingelegt. Sie konnte jetzt keinen Rückzieher mehr machen, ohne sich bis auf die Knochen zu blamieren und Meinhards Zweifel zu bestätigen.

„Ja", sagte sie. „Das ist es, was ich meinte."

Kain raffte seine Unterlagen zusammen und bemühte sich offensichtlich, ein Grinsen zu unterdrücken. „Sehr schön. Arbeiten Sie die Einzelheiten aus und lassen Sie uns so schnell wie möglich mit der Aktion beginnen."

Furcht regte sich in ihrem Bauch, kroch hinauf in ihren Kopf und breitete sich aus wie ein lähmendes Gift.

10

23. Oktober, Dämmerung

Funke hatte sich nicht geirrt. Der Donnerstag brachte den ersten Frost. Nach einer klaren, kalten Nacht stand der Vollmond schimmernd wie eine Silbermünze über dem Horizont. Knochenbleiche Lichtflecke mit Rändern so scharf wie mit einem Skalpell ausgeschnitten, wechselten sich mit tiefschwarzer Dunkelheit ab. Funke schabte eine Eisschicht von der Frontscheibe des alten VW Passat und brachte Nora und Joker in die Tagesklinik.

Er hatte nur wenig Schlaf gefunden. In wirren Träumen hatte ihn Kain gezwungen, mit bloßen Händen Tote auszugraben. Unentwegt beschäftigte ihn die Frage, welches Detail er übersehen haben könnte. Harder musste auf etwas gestoßen sein, das ihn misstrauisch gemacht hatte ... aber worauf?

In einer Endlosschleife ging er jede Minute durch, die vergangen war, seit er neben Carolas Leiche aufgewacht war. Funke war sicher, dass er alle Spuren beseitigt hatte, die ihn mit ihrem Verschwinden in

Verbindung bringen konnten. Immer wieder spielte er auch ein mögliches Verhör durch. Er wusste, welche Fragen Kain stellen würde, und hatte die Geschichte, die er präsentieren würde, wieder und wieder auf Schwachstellen überprüft. Er hatte an alles gedacht, nur besaß er für die Tatzeit kein Alibi. Offiziell war er Streife gefahren, doch gab es keine Zeugen dafür. Wegen des chronischen Personalmangels hatte er seine Runde allein gedreht – was ihm die Chance verschafft hatte, Carola heimlich zu treffen. Niemand wusste von ihrem Verhältnis, sie waren vorsichtig gewesen. Und trotzdem musste es etwas geben, das er übersehen hatte. Worüber war Harder gestolpert? Ausgerechnet Harder, der im Dunkeln seinen eigenen Hintern nicht fand.

Funke beschloss, noch einmal zum See zu fahren. Er stellte den Passat in einem Waldstück am Ufer ab und machte sich auf den Weg zum Wochenendhaus. Durch die unverschlossene Garage gelangte er ins Haus und stand wenige Augenblicke später im halbdunklen Wohnzimmer. Über dem Wald im Osten erschien der erste Streifen Tageslicht. Funke ließ sich von seinem Instinkt treiben und wanderte durch das leere Haus. Er fand nichts, was seinen Verdacht erregte, und versuchte sich damit zu beruhigen, dass Harder wahrscheinlich einem Hirngespinst nachging. Im Grunde konnte er dabei nur gewinnen. Wenn Harders Anschuldigungen sich als Ausbund seiner Fantasie herausstellten, würde er in Kains Augen seine Glaubwürdigkeit einbüßen.

Funke kehrte zum Wagen zurück und fuhr nach Hachenburg in die Dienststelle. Als er das große Büro betrat, saß Harder grinsend hinter seinem Schreibtisch. Er triumphierte geradezu und konnte seine Siegesgewissheit kaum verhehlen.

„Mächtig gute Laune am frühen Morgen, was?", begrüßte Funke ihn.

„Morgen, Ben. Du hast Besuch."

Aus dem dunklen Rechteck des Durchgangs, der zu Funkes Büro führte, trat Berthold Kain. Er war in Begleitung eines dicken Polizisten mit strohblondem Haar. Funke erinnerte sich dunkel, dass er zu Helens Team gehörte. Sein Name war Bender. Er sah übernächtigt und bleich aus. Kain dagegen wirkte rosig wie ein frisch gebadetes Ferkel.

Funke nickte seinem alten Feind knapp zu. „Gibt es neue Erkenntnisse zum Verschwinden von Carola Wesseling?"

Kain verschränkte die Arme hinter dem Rücken. „In der Tat. Die gibt es."

Harders Grinsen wurde breiter. Funke wunderte sich, dass dessen Mundwinkel nicht bis zu den Ohren einrissen. „Gehen wir in mein Büro", sagte er.

„Wir nehmen den Verhörraum", schlug Kain vor.

„So was haben wir hier nicht."

„Das machen wir immer im Archiv", platzte Harder dazwischen.

„Nach dir", sagte Kain.

Im Archiv roch es nach vergilbtem Papier und staubigen Aktendeckeln. An den Wänden reihten sich altersschwache Rollschränke aneinander. Durch ein vergittertes Fenster fiel trübes Tageslicht. In der Mitte des Zimmers standen ein Tisch und vier Stühle, die nicht zusammenpassten.

Harder knipste das Licht an und gab sich penetrant fröhlich. „Möchten Sie etwas trinken, Herr Kain? Kaffee? Oder ein Mineralwasser?"

Kain winkte ab und setzte sich an das Kopfende des Tisches. Der dicke Bender trat von einem Bein aufs andere. „Wo geht's denn hier zur Toilette?", fragte er gepresst. Er sah krank aus, Schweißtropfen perlten auf seiner Stirn.

„Den Gang links entlang und dann die Treppe hinunter", sagte Harder.

Bender hielt sich die Hand vor den Mund und watschelte in einem seltsam anmutenden Entengang den Korridor hinunter. Kain blickte ihm stirnrunzelnd hinterher. „Setzen Sie sich, Herr Harder", sagte er zu Funke. „Du auch, Benjamin."

Funke hasste es, wenn ihn jemand mit seinem eigentlichen Vornamen ansprach. „Mach's nicht so spannend. Was habt ihr herausgefunden?"

Kain ging nicht auf seine Frage ein. „In welcher Beziehung stehst du zu Carola Wesseling?"

„Bevor ich diese Frage beantworte ... könnte ich erst mal etwas über den Zweck dieser Unterredung erfahren?"

„Dir wird vorgeworfen, am Abend des 21. Oktober Carola Wesseling ermordet zu haben. Wenn du einen Rechtsbeistand hinzuziehen willst, hast du jetzt Gelegenheit dazu."

Funke glotzte Harder an, der seinen Blick ausdruckslos erwiderte. Sein Gesicht war so leer wie eine geweißte Raufasertapete. Er spielte mit einem braunen Papierumschlag, den er vor sich auf den Tisch gelegt hatte. Funkes Gedanken überschlugen sich. Sie können dir nichts nachweisen. Sie haben ja nicht mal eine Leiche. Bleib cool. Sein Blick wanderte hinüber zu Kain. Er war ein Blender, ein mittelmäßig begabter Polizist, der seine Laufbahn seinen guten Beziehungen verdankte … und dem Umstand, dass Funke all die Jahre den Mund gehalten hatte … kein Gegner für ihn. „Das ist lächerlich. Alle Spuren deuten darauf hin, dass Carola Wesseling ein Opfer des Phantoms geworden ist.“

„Ich wiederhole meine Frage: Willst du einen Rechtsbeistand hinzuziehen?“

„Ich habe niemanden getötet. Ich brauche keinen Anwalt.“ Es fühlte sich gut an, das zu sagen. Es war die Wahrheit.

„Dann beantworte meine Frage: In welcher Beziehung stehst du zu Carola Wesseling?“

„Ich bin ihr ein paarmal begegnet. Ich engagiere mich für minderjährige Opfer von Gewaltverbrechen und bat um ihre Unterstützung – die sie mir auch zusagte. In der Folge haben wir uns mehrfach getroffen. Sie erzählte mir von verschiedenen Hilfsprojekten, an denen sie arbeitet. Frau Wesseling wollte meine Tochter kennenlernen, die durch eine Entführung traumatisiert wurde.“

„Wo fanden diese Treffen statt?“

„An unterschiedlichen Orten – in der Tagesklinik, in der Nora untergebracht ist, in einem Café am Alten Markt in Hachenburg … und in Wesselings Wochenendhaus am Dreifelder Weiher.“

„War ein solches Treffen auch für den Abend des 21. Oktober geplant?“

„Nein.“

„Wann hast du Frau Wesseling zum letzten Mal gesehen?"

„Bei einer Veranstaltung am 17. Oktober im Vogtshof in Hachenburg. Sie hatte mich als Gastredner eingeladen."

„Und am vergangenen Dienstagabend war kein Treffen vereinbart?"

„Nein."

„Wo warst du an diesem Tag in der Zeit zwischen zwanzig Uhr und zweiundzwanzig Uhr dreißig?"

Harder kratzte an einem Fleck auf der Tischplatte herum. Welche Rolle spielte er? Was wusste er?

„Ich bin um neunzehn Uhr zu einer routinemäßigen Streifenfahrt aufgebrochen. Wir sind chronisch unterbesetzt, also greife ich meinen Leuten ab und zu unter die Arme, wenn es geht." Sein Ärger auf Harder wuchs. „Was soll die Fragerei? Wir wissen doch beide, wie das Spiel läuft. Warum kürzen wir die Sache nicht ab und du legst deine Karten auf den Tisch?"

Kain lehnte sich zurück und verschränkte die Arme vor der Brust. Es gab nur einen Grund, warum er die Sache in die Länge zog: Er genoss es, und er wollte, dass es möglichst lange dauerte. „Und du bleibst bei deiner Aussage, dass euer Verhältnis rein geschäftlicher Natur war?", bohrte er nach.

„Ja."

Kain legte seinen Aktenkoffer auf den Tisch, ließ die Schlösser aufschnappen und legte einen dünnen Plastikordner auf den Tisch, in dem er zu blättern begann. „Du besitzt einen Hund? Einen Golden Retriever?", fragte er.

Funke nickte. Harder schob den Umschlag hin und her. „Der Wagen von Frau Wesseling wurde kriminaltechnisch untersucht. Auf einer Wolldecke, die auf dem Rücksitz lag, wurden Hundehaare sichergestellt. Die KTU kann feststellen, ob die Haare von deinem Hund stammen."

„Ich bestreite nicht, dass der Hund in ihrem Wagen mitfuhr. Ich traf Frau Wesseling beim Spazierengehen am See. Sie bat mich, mit in das Wochenendhaus zu kommen, weil sie meine Meinung zu einer Rede interessierte, die sie halten wollte, um Geldgeber für eines ihrer Projekte zu überzeugen. Wir fuhren in ihrem Wagen dorthin, mein Hund lag auf dem Rücksitz."

„Wann war das?"

„Am Montag vor zwei Wochen."

„Was geschah am Dienstagabend?", fragte Kain.

„Gegen einundzwanzig Uhr fünfundfünfzig erreichte mich ein Anruf von Harder. Ein Nachbar hatte verdächtigen Lärm in Wesselings Wochenendhaus gemeldet. Ich fuhr hin und war etwa gegen zweiundzwanzig Uhr vor Ort."

„Hast du das Haus betreten?"

„Nein."

„Und du bemerktest auch nicht die offene Terrassentür?"

„Nein. Ich fuhr am Haus vorbei und wendete. Die Terrassentür liegt auf der Rückseite des Hauses, also konnte ich sie von der Straße aus nicht sehen."

„Und du hieltest es nicht für nötig, das Grundstück genauer in Augenschein zu nehmen?"

„Dazu gab es keinen Grund. Alles war ruhig."

Kain wandte sich an Harder. „Wie beschrieb der Anrufer den angeblichen Lärm? Klang es wie ein zu laut eingestellter Fernseher? Oder waren es andere Geräusche? Vielleicht Stimmen, die erregt miteinander stritten?“

„Er sagte, es höre sich an wie ein Streit“, bestätigte Harder.

„Und konnte er die Stimmen identifizieren?“

„Es handelte sich um einen Mann und eine Frau. Der Mann schien sehr wütend zu sein. Er sagte sinngemäß: ‚Wenn du zu ihm zurückgehst, bring ich dich um, du Miststück.‘“

Funke biss sich auf die Unterlippe. Er hätte Harder mehr auf die Finger sehen sollen. Aber eigentlich war es ihm egal gewesen, womit der Schleimer seine Zeit verbrachte. Er hatte ihn unterschätzt, ihn und Kain.

„Ich denke, jetzt wäre ein guter Zeitpunkt für ein Geständnis“, sagte Kain.

„Glaubst du wirklich, ich hätte Carola Wesseling getötet? Aus welchem Grund?“

„Wir haben gerade ein sehr überzeugendes Motiv gehört: Eifersucht. Sie hatte sich auf eine Affäre mit dir eingelassen, aber ihr wurde schnell klar, dass sie einen verhängnisvollen Fehler begangen hatte. Sie bestellte dich am Dienstagabend in das Wochenendhaus, um dir mitzuteilen, dass sie die Affäre beenden würde. Du konntest es nicht ertragen, dass sie bei ihrem Ehemann bleiben wollte, und gerietest in Streit mit ihr.“

„Ich habe gestern Morgen Wesselings Nachbarn befragt“, erwiderte Funke. „Niemand hat in der fraglichen Nacht einen Streit bemerkt oder die Polizei alarmiert.“

„Der Anruf ist in dieser Dienststelle angenommen worden“, sagte Kain.

„Wurde er auch aufgezeichnet?“

Harder wurde knallrot. „Äh … nein. Wie du weißt, ist das aus Datenschutzgründen nur bei Notrufen erlaubt.“

„Und war das etwa kein Notruf?“

Kain lehnte sich zurück. „Wie hast du es gemacht? Hast du sie erwürgt, sie erstochen? Oder hast du sie mit deiner Dienstwaffe erschossen? Denn die hattest du ja dabei, schließlich warst du auf Streife, als dich ihr Anruf erreichte. Deshalb gabst du auch vor, Dreifelden in ein paar Minuten erreichen zu können, nachdem Harder dich informiert hatte. Denn du warst ja bereits dort.“

„Du hast nicht den geringsten Beweis für deine Behauptungen.“

„Du bist ein erfahrener Polizist“, fuhr Kain unbeirrt fort. „Du kennst die Ermittlungsmethoden und die Möglichkeiten der modernen Forensik. Dir war sofort klar, dass die Leiche verschwinden musste, denn die Gerichtsmedizin würde Spuren sicherstellen, Spuren, die unweigerlich zu dir führen. Was lag da näher, als dem Serientäter, den wir suchen, ein weiteres Opfer unterzuschieben? Du brauchtest nichts weiter zu tun, als die Leiche zu verstecken und den Renault an der B8 abzustellen. Ein nahezu perfekter Plan, hättest du nicht wie alle Mörder ein Detail übersehen.“ Kain blätterte in seinen Unterlagen und zog ein einzelnes Blatt hervor. „Das sind die Verbindungsdaten deines Smartphones vom Dienstag. Das Bewegungsprofil belegt, dass du zum Zeitpunkt des Anrufs von KK Jürgen Harder in Dreifelden warst."

Funke erstarrte. Er hatte daran gedacht, Carolas Handy auszuschalten und auch sein eigenes, um zu verhindern, dass die Polizei über die Bewegungsprofile von seiner Fahrt zum Friedhof erfuhr. Aber zuvor war sein Telefon die ganze Zeit eingeschaltet gewesen.

Kain nickte Harder unmerklich zu. Der öffnete den Umschlag und legte in ordentlichen Reihen Fotografien auf den Tisch. Funke und Carola ... am See, vor dem Wochenendhaus, auf einer Bank am Uferweg ... Händchen halten, Küsse austauschen, das volle Programm. Harder hatte ihn die ganze Zeit über observiert. „Jürgen, du verdammtes Schwein", murmelte Funke.

Harders Ohren färbten sich purpurrot. Er schwieg und hielt den Blick starr auf die Fotos gerichtet.

Kain entnahm seinem Aktenkoffer einen Asservatenbeutel mit einem blutigen Stück Zellstoff. Daneben legte er einen Bericht der Gerichtsmedizin und stellte Funkes Kaffeetasse auf den Tisch. „Ich habe hier eine DNA-Analyse. Verglichen wurden die Spuren an dieser Tasse und das Blut an diesem Stück einer Küchenrolle."

Das war es also, was Harder gefunden hatte: Ein lausiger Fetzen Küchenpapier, den Funke wahrscheinlich hastig um seine verletzte Hand gewickelt hatte, nachdem er sich an der Flasche geschnitten hatte, und den er anschließend, nachdem er ein Pflaster über die Wunde geklebt hatte, in den Mülleimer geworfen und vergessen hatte. Während er mit Wesseling geredet hatte, musste Harder die Küche durchstöbert haben. Kain hat recht, sie machen alle einen Fehler, dachte er. Erst jetzt verstand er, was der Satz wirklich bedeutete.

„Benjamin Funke, wegen des dringenden Tatverdachts, Carola Wesseling ermordet zu haben, sind Sie vorläufig festgenommen.“

Harder grinste. Und Kain feixte, als wäre das Ganze ein großer Spaß.

11

Die Warnlampe am Armaturenbrett leuchtete auf, der Tank war fast leer. Seit den frühen Morgenstunden fuhr Helen ziellos durch das Dreieck im Westerwald, in dem vier Frauen verschwunden waren. Wenn ihr Instinkt Alarm schlug und sie eine passende Stelle gefunden hatte, würde sie den Spider am Straßenrand abstellen, die Motorhaube hochklappen und warten. Zwei Zivilstreifenwagen folgten ihr in wechselndem Abstand. In dem dunkelblauen Opel Vectra saß Andreas Kreutz, in dem Kombi Karsten Engelhardt. Begleitet wurden sie jeweils von zwei weiteren Polizisten. Helen hatte darauf bestanden, dass außerdem SEK-Einsatzkräfte auf Motorrädern unterwegs waren, die sie immer wieder überholten und sich auf Umwegen zurückfallen ließen, um sich ihr abwechselnd wieder zu nähern. Geschehen war ... nichts.

In der Nacht zuvor hatte sie kaum Schlaf gefunden. Erinnerungen an die Zeit der Gefangenschaft in Kaminskys Schacht drängten sich immer wieder in die surrealen Bilder. In ihren Albträumen wurde sie von Männern mit Tiermasken verfolgt, vor deren

Berührung sie sich entsetzlich fürchtete. Ihr Speichel bewirkte auf unheimliche Weise, dass sie sich langsam auflöste und schließlich im Nichts verschwand.

Die Angst der Nacht hielt den ganzen Tag über an, auch wenn sie von acht erfahrenen Polizisten begleitet und überwacht wurde. Sie stand über Funk in Kontakt mit Engelhardt und Kreutz, außerdem war am Spider ein Sender angebracht, der ständig ihre Position übermittelte.

Am Morgen hatte ein heftiger Herbstregen eingesetzt, in den sich immer öfter Schneeflocken mischten. Selbst um die Mittagszeit war es kaum heller als während der Dämmerung. Helen spähte angestrengt zwischen den hin und her kratzenden Scheibenwischern hindurch. Ihre Augen brannten vor Müdigkeit.

Sie war überzeugt, dass ihr Plan gelingen könnte. Nach einer intensiven Diskussion war allen Beteiligten allerdings auch klar geworden, dass es Tage, wenn nicht Wochen dauern konnte, bis es zu einem zufälligen Zusammentreffen mit dem Killer kam. Tage und Wochen, die sie frierend und durchnässt an den Straßenrändern des windigen Westerwalds verbringen würde. Konnte sich dieser Verrückte kein lauschigeres Plätzchen für seine Untaten suchen? Verglichen mit dem warmen Rheintal ähnelte der Westerwald selbst im Sommer einer öden Tundra.

Helen neigte den Kopf und sprach in das versteckte Mikrofon am Kragen ihrer Jacke. „Ich muss tanken.“

Es knackte und rauschte in dem winzigen Ohrhörer. „Okay. Warte mal … wir sind auf der B8. Die nächste Tankstelle liegt in Steinen. Bis dorthin ist es noch knapp einen Kilometer.“

In den Regenschleiern tauchten die blauen Werbeschilder einer Tankstelle auf. Helen bog ab und hielt vor einer Zapfsäule. Im Außenspiegel sah sie, wie der Vectra vorbeifuhr. Kreutz nickte ihr unmerklich zu, dann verschmolz der Wagen mit den Regenschleiern.

Nicht nur der Tank des Spiders war leer, auch Helens Reserven waren erschöpft. Es war kurz nach achtzehn Uhr. Sie hatte seit dem Morgen nichts mehr gegessen, außerdem verspürte sie ein dringendes Bedürfnis.

Sie stieg aus dem Wagen und blickte sich um. Das helle Licht des Verkaufsraums versprach Wärme, einen Kaffee und ein belegtes Brötchen. Bender wäre nach dieser Irrfahrt halb verhungert, dachte sie. Bevor sie in Koblenz losgefahren waren, hatte sie ihn auf dem Parkplatz vor dem Präsidium getroffen. Er fehlte bei der Aktion gegen das Phantom, weil Kain ihn als persönlichen Adjutanten abkommandiert hatte. Ausgerechnet Bender, überlegte sie. Er wusste noch nichts über seine Aufgaben an Kains Seite, aber das Ziel kannte er: Hachenburg. Es ging also um Wesselings verschwundene Frau. Seltsam, dass Kain jeden Zusammenhang mit der Mordserie bestritt, obwohl alle Indizien darauf hindeuteten.

„Super o… oder Diesel?"

Helen prallte beinahe mit einem schlaksigen jungen Kerl zusammen, der wie aus dem Nichts hergezaubert vor ihr stand. Er trug einen hellblauen Overall, der ihm zwei Nummern zu groß war. Er hatte klare graugrüne Augen und Sommersprossen, das zerzauste rotblonde Haar stand ihm wirr vom Kopf ab.

„Was?", fragte sie zerstreut.

„Die… iesel o… oder Su… uper?" Er deutete mit dem Kinn auf den Spider, die Hände in den ausgebeulten Taschen der Arbeitshose versenkt. Auf seinem Overall war ein Name eingestickt: Achim Veit.

„Das ist okay. Lassen Sie ihn ruhig machen."

Ein grauhaariger Mann um die fünfzig, ebenfalls in Arbeitskleidung, überquerte den Tankstellenhof und nickte ihr freundlich zu.

„Super", sagte Helen.

Der jungenhafte Mann schraubte eifrig den Tankdeckel ab und steckte den Zapfhahn in den Stutzen.

Helen folgte dem Grauhaarigen in den Verkaufsraum und studierte die Auswahl an Backwaren. Sie entschied sich für ein verschrumpeltes Käse-Schinken-Croissant und einen Becher Kaffee. „Seit einer Ewigkeit gibt's keinen Service mehr an Tankstellen", sagte sie.

„Achim ist ein bisschen …", die Kasse piepste, „zurückgeblieben. Es macht ihm Spaß, den Leuten zu helfen. Und mir macht es Spaß, ihm bei der Arbeit zuzusehen."

„Von mir aus." Sie nippte an dem Kaffee. „Gibt's hier eine Toilette?"

„Zur Tür raus und dann links."

Sie bezahlte ihre Einkäufe. „Ich lass das so lange hier stehen, okay?"

„Klar doch."

Sie verließ den Verkaufsraum und suchte das Hinweisschild zu den Toiletten. Veit war damit beschäftigt, die Windschutzscheibe mit einem Gummiwischer zu bearbeiten. Er bemerkte ihren Blick, grinste dämlich und winkte ihr mit dem Wischer zu.

Helen drückte die Tür zu den Toiletten auf. Der Westerwald war ein seltsames Fleckchen Erde. Manche

Gegenden waren ihr unheimlich, ebenso wie die Menschen. „Achtzig Jahre Inzucht müssen sich eben irgendwann bemerkbar machen", murmelte sie.

„Was hast du gesagt?" Das war Kreutz' Stimme im Ohrhörer.

„Nichts für fremde Ohren. Ich schalt euch mal 'nen Moment ab. Die kleine Helen muss mal."

Als sie wieder ins Freie trat, beugte sich Veit über die geöffnete Motorhaube. Helen holte den Kaffee und das Croissant aus dem Verkaufsraum und ging zum Wagen zurück.

„Ö… öl ist auch in O… Ordnung."

„Prima, danke."

Sie suchte in den Taschen ihrer Jeans nach Kleingeld, fand einen Fünf-Euro-Schein und reichte ihn Veit. Er wischte sich die Hände an einem Lappen ab, der noch schmutziger war als seine Finger, und nahm den Geldschein vorsichtig entgegen. Und grinste. Seine Augen funkelten lustig. „Ich b… bin Achim."

Helen nickte. „Hab ich mir schon gedacht. Hast du gut gemacht." Wie redete man mit so einem? Hoffentlich machte er sie nicht noch an. Aber Veit dachte nicht daran. Er schlug die Motorhaube zu und trat verlegen von einem Bein auf das andere. „Schö… önes Auto."

„Mmh." Helen stieg ein, platzierte den Kaffeebecher in der Mittelablage, schloss die Tür und fuhr los. Im Rückspiegel sah sie Veit. Irgendwie sah er traurig aus und stand verloren da in seinem zu groß geratenen Overall.

Sie fuhr weiter Richtung Freilingen. Inzwischen war es stockdunkel. Bei den schlechten Sichtverhältnissen stieg die Gefahr, dass das Team sie aus den Augen verlor, auch wenn der Sender ihre Position ständig an Kreutz übermittelte. In den dichten Waldgebieten schien die Finsternis aus dem Boden zu sickern wie schwarze Ölfarbe.

Zwei Kilometer von der Tankstelle entfernt führte die Straße steil in den Ort Freilingen hinab. Helen passierte Hinweisschilder auf eine Baustelle und war im Ortskern gezwungen, einer Umleitung zu folgen. Ihr ursprünglicher Plan hatte vorgesehen, durch das Sayntal über Bendorf nach Koblenz zurückzukehren. Stattdessen entfernte sie sich nun von ihrem Ziel.

Helen schaltete die Scheibenwischer auf die höchste Stufe und hielt nach weiteren Umleitungsschildern Ausschau. Sie holte einen übergroßen Holztransporter ein, dessen Hinterreifen schlammiges Wasser auf ihre Frontscheibe spritzten und ihr die Sicht nahmen. Sie drosselte das Tempo, ließ den Spider zurückfallen und starrte angestrengt in die Dunkelheit. Zwei Minuten später stotterte der Motor zum ersten Mal.

„Seid ihr noch an mir dran?"

Niemand antwortete, der Funk blieb stumm. Kein statisches Rauschen, nichts. Sie erinnerte sich daran, dass sie die Funkverbindung unterbrochen hatte, als sie die Toilette der Tankstelle betreten hatte. Ärgerlich schnalzte sie mit der Zunge und fummelte an dem Kabelgewirr unter ihrem Sweatshirt. Endlich fand sie den winzigen Schalter und drückte ihn.

„... bis ... du ... elen?"

„Andi? Bist du das? Ich kann dich nicht verstehen."

Es knisterte und knackte im Ohrhörer. Ein Funkloch in dieser Einöde war das Letzte, was sie gebrauchen konnte. „Karsten?"

„… umle … bi … Hel …“

Wahrscheinlich waren Kreutz und Engelhardt der Umleitung gefolgt, die sie selbst offenbar verpasst hatte.

Der Motor des Spiders stotterte zum zweiten Mal.

Helen trat das Gaspedal durch. Der Wagen reagierte, doch dann ließ seine Leistung rapide nach. Kontrollleuchten glommen am Armaturenbrett auf, die Scheinwerfer erloschen. Der Motor fiel aus. Sie drückte auf den Schalter der Warnblinkanlage und ließ den Spider am Straßenrand ausrollen. Er schaffte es bis zur Einmündung eines Wirtschaftswegs, bevor er stehen blieb.

„Verdammt, lass mich jetzt nicht hängen!“

Die latente Furcht, die seit dem Morgen in ihren Eingeweiden lauerte, kroch höher und presste mit kalter Hand ihr Herz zusammen. Es konnte kein Zufall sein, dass der Wagen ausgerechnet hier liegen blieb. Oder doch?

„Andi, Karsten! Könnt ihr mich hören?“

Es knackte und knisterte. „Hele… kön … schl… Signa…“

Sie schloss die Augen und atmete tief ein und aus. Es konnte nichts passieren, überhaupt nichts. Es konnte nichts schiefgehen.

Wo waren die verfluchten Motorräder? Seit ihrem Halt an der Tankstelle hatte sie keines mehr gesehen. So viele verdammte Straßen konnte es in diesem nebligen Niemandsland doch nicht geben! In spätestens fünf Minuten musste eines der Begleitfahrzeuge die Stelle passieren.

Auf der Frontscheibe hatte sich ein dichter Wasservorhang gebildet, das Glas beschlug von ihrem Atem.

Helen drückte auf den Schalter des Fensterhebers, aber er reagierte nicht, die Elektronik war ausgefallen.

Und wenn sie den Umleitungsschildern gefolgt und auf dem Weg nach Koblenz waren? Dann befanden sie sich bereits an der Auffahrt zur B413 bei Selters. Bis sie bemerkten, dass sie sie verloren und die Strecke in entgegengesetzter Richtung zurückgelegt hatten, würde mindestens eine halbe Stunde vergehen.

Helen tastete nach der Walther P99. Sie trug ein Schulterholster, das unter der dicken Steppjacke nicht zu erkennen war. Der kalte Griff fühlte sich gut an und vermittelte ihr ein Gefühl der Sicherheit.

Wenn man Robinson hieß und auf Einsamkeit stand, ist das kein schlechter Ort zum Überwintern, dachte sie. Auf der kurvigen Landstraße herrschte kaum Verkehr. Sie schätzte, dass seit ihrer Panne etwa zehn Minuten vergangen waren. Seitdem hatte sie kein anderes Fahrzeug gesehen.

Sie bückte sich und zog an dem Griff, der die Motorhaube entriegelte. Dann stieg sie aus, schlug den Kragen ihrer Jacke hoch und rieb die klammen Hände aneinander. Die Temperatur war gesunken und lag nur noch knapp über dem Gefrierpunkt. Helen klappte die Motorhaube hoch und blickte ratlos auf das Durcheinander von Kabeln, Leitungen und ölverschmierten Motorteilen. Sie hatte nicht die geringste Ahnung, wie so ein Auto funktionierte oder warum es im Augenblick nicht funktionierte. Zum ersten Mal bereute sie ihre Abneigung gegen Handys. Vielleicht lastete ein Fluch der Telefongötter auf ihr, denn die Dinger gingen regelmäßig kaputt, kaum dass sie eins gekauft hatte. Sie versuchte es noch einmal über Funk, diesmal antwortete niemand mehr. Helen beruhigte sich damit, dass Kreutz den Spider jederzeit über Satellit orten konnte. Er musste längst bemerkt haben, dass der Wagen sich nicht mehr bewegte.

Sie war Polizistin, verflucht, eine kaltschnäuzige Ermittlerin, die sich nicht beim ersten Anzeichen von Gefahr in die Hosen machte. Der Mann, den sie jagte, war kein Phantom, sondern ein krankes Schwein, das mindestens vier junge Frauen bestialisch ermordet hatte. Sie hatte auf eine Chance gehofft, ihn zu schnappen, und die bekam sie jetzt. Es gab überhaupt keinen Grund, warum sie nicht mit ihm fertig werden sollte, bis Verstärkung eintraf. Sie war gut ausgebildet, bewaffnet, und der Überraschungsvorteil lag auf ihrer Seite.

Das Zischen von Reifen auf dem regennassen Asphalt und das tiefe Dröhnen eines Dieselmotors ließen sie herumfahren, zwei starke Scheinwerfer blendeten sie. Sie schirmte die Augen mit der Linken ab und blinzelte in die plötzliche Helligkeit. Neben dem Spider hielt ein kantiger, als Camper umgebauter alter Feuerwehrwagen. Der rote Lack blätterte in großen Flocken ab, Rost breitete sich wie ein Krebsgeschwür auf dem ungeschützten Blech aus. Mit einem asthmatischen Husten verstummte der Motor. Es war gespenstisch still. Helens Hand bewegte sich automatisch auf das Schulterholster zu. Im letzten Moment unterdrückte sie die Bewegung, um den Unbekannten nicht auf die Pistole aufmerksam zu machen.

Die Fahrertür öffnete sich, und ein Mann in einem blauen Arbeitsoverall stieg aus dem Wagen. „Ha... hast du Prob... bleme?"

Unmerklich ließ sie den Arm sinken und stieß den angehaltenen Atem aus den Lungen. Es war der Junge von der Tankstelle. Mochte er auch zurückgeblieben und linkisch sein, ein gerissener Serienkiller war er mit Sicherheit nicht. Sie schätzte ihn auf Anfang zwanzig, eher jünger. Er war drahtig, reichte ihr nur bis zur Schulter und wog vermutlich nicht mehr als Funkes Köter. Selbst alleine und unbewaffnet würde sie jederzeit mit ihm fertig werden, falls er die Gelegenheit nutzen sollte, um ihr an die Wäsche zu gehen.

„Er wurde immer langsamer, dann ging der Motor aus." Sie strich sich eine nasse Haarsträhne aus der Stirn. „Wo kommst du denn so plötzlich her?"

„Fei... eiera ... abend." Er wischte sich die Hände an der Hosennaht ab, wie er es schon bei der Tankstelle getan hatte. „Soll ich ma nachguck... gucken?"

Helen nickte und sah auf ihre Armbanduhr. Kreutz und Engelhardt waren längst überfällig, und auch von den beiden Motorrädern fehlte noch immer jede Spur.

Veit ging zum Spider und beugte sich über den Motor. Ihr fiel auf, dass er ein Bein nachzog und leicht hinkte.

„Is bestimmt der Vertei... teiler", sagte er. „Fiatprob... blem." Er strich sanft über den feuerroten Kotflügel. „Schö... önes Auto", sagte er.

Helen trat ungeduldig von einem Bein aufs andere. Ihr war kalt, die Zehen in ihren Cowboyboots schienen bereits abgestorben zu sein. Sie nieste lautstark.

„Ge... gesundheit!" Veit grinste. Er hatte eine breite Lücke zwischen den schief gewachsenen Schneidezähnen. Mein Gott, gab es im Westerwald keine Zahnärzte?

„Kriegst du das wieder hin?", fragte sie.

„Ja... ah. Hab ich scho... schon oft gemacht." Er zog an einem Kabel und lehnte sich noch weiter in den Motorraum. Plötzlich stieß er einen leisen Schrei aus.

„Was ist passiert?"

Er hinkte ins Licht der Scheinwerfer. „Is nicht schlimm."

Helen erschrak. Der Junge hatte sich den linken Handrücken aufgerissen. Die Wunde blutete stark.

„Hab Pfla... laster im... im Auto", sagte er. „Inner Schublade unter der Spü... püle."

„Warte."

Helen ging um den Camper herum. An der geteilten Hecktür war ein Ersatzrad befestigt, eine Aluminiumleiter führte auf das Dach hinauf. Sie zog einen Flügel der Tür auf und kletterte in den Wagen. Es gab eine Sitzbank, einen winzigen Tisch, eine Art Klappbett und eine spartanische Küchenzeile mit einem runden Waschbecken. Unter dem Becken sah sie den Griff einer Schublade.

In der Dunkelheit leuchtete ein Augenpaar auf, ein leises Scharren und Rascheln drang unter der Sitzbank hervor. Es war eine Katze. Sie war schwarz wie Holzkohle und lugte misstrauisch unter dem Tisch hervor.

Helen wandte sich der Spüle zu. Bevor sie die Schublade aufziehen konnte, spürte sie einen kalten Luftzug, etwas legte sich um ihre Kehle. Jemand zog ihr die Füße weg, sie stürzte, und das Ding um ihren Hals zog sich mit einem Ratschen zu. Sie stieß mit der Stirn auf den staubigen Boden und spürte ein schweres Gewicht auf ihrem Rücken.

„Beweg dich nicht. Wenn du dich wehrst, bring ich dich sofort um. Wenn du stillhältst, darfst du leben."

Instinktiv kämpfte sie gegen den Angreifer an. Das Ding um ihren Hals klickte einmal, zweimal und begann ihr die Luft abzuschnüren. Ein Kabelbinder! Wenn das Arschloch einmal fest daran zog, würde sie in wenigen Augenblicken tot sein. Mühsam rang sie die aufsteigende Panik nieder. Kreutz und Engelhardt mussten jeden Moment hier sein. Sie mussten einfach!

„Schön brav."

Er packte ihre Arme, bog sie auf den Rücken und fesselte sie mit einem zweiten Kabelbinder. Und er stotterte nicht mehr. Veit rutschte auf ihren Beinen nach unten und schlang eine weitere Fessel um ihre Knöchel. Dann drehte er sie grob auf den Rücken. Helen konnte kaum glauben, wie viel Kraft in dem halbwüchsigen, schmalen Körper steckte. Mit geübten Griffen tastete er sie ab und entdeckte das Holster mit der Waffe. Er nahm sie heraus, untersuchte sie neugierig und steckte sie hinten in den Hosenbund. Dann fand er den verkabelten Sender. Er riss die Kabel ab und warf den Sender in das Spülbecken.

„Du bist Polizistin."

Sie nickte.

„Du suchst... mich!"

„Ja."

Er grinste. „Ich würde sagen, du hast mich gefunden."

Veit rollte sie zur Seite. Aus dem Augenwinkel sah Helen, wie er eine Klappe von der Größe und Form eines Sarges im Boden öffnete. Er stieß sie hinein und schlug den Deckel über ihr zu.

12

„Ich habe Carola Wesseling nicht getötet", sagte Funke.

Aber stimmte das wirklich? Ihm fehlte noch immer jede Erinnerung an den Zeitpunkt der Tat. Verdrängte sein Unterbewusstsein die Schuld? Nein, er hatte Carola geliebt, vielleicht zu sehr geliebt. Als sie ihm die Tür geöffnet hatte, war sie verstört und voller Angst gewesen. Aber er hatte nur an Sex gedacht. Wenn er ihr einen Augenblick zugehört hätte, wäre alles anders gekommen. Sie würde noch leben. So gesehen, trug er die Schuld an ihrem Tod, auch wenn er sie nicht selbst erschossen hatte.

Und nun würde das Verbrechen ungesühnt bleiben. Harder hatte dafür gesorgt, dass er keine Gelegenheit mehr haben würde, ihren Mörder zu fassen. Die Beweise, die Kain auf den Tisch legte, waren erdrückend. Jeder Richter würde ihn für schuldig befinden. Wenn er Glück hatte, kam er mit Totschlag davon, denn er hatte die Tat nicht geplant. Ein cleverer Anwalt würde auf eine Affekthandlung plädieren. Das würde ihm zehn Jahre Knast einbringen. An alles hatte er gedacht, nur Harder hatte er nicht auf der Rechnung gehabt.

„Überleg dir gut, was du dem Untersuchungsrichter erzählst. Ein Geständnis wird sich strafmildernd auswirken“, sagte Kain. Er stopfte die Beweismittel in seinen Aktenkoffer und stand auf. „Wo steckt dieser Idiot?“ Er wandte sich an Harder. „Sehen Sie nach, wo Bender abgeblieben ist.“

„Kann ich Sie denn mit dem Verdächtigen allein lassen?“

„Nur keine Sorge.“

Funke ballte unter der Tischplatte die Fäuste. Harder würde einen hohen Preis für seinen Verrat bezahlen. Irgendwann.

Harder wich Funkes bohrenden Blicken aus und eilte zur Tür. Wahrscheinlich war er froh, aus der Reichweite von Funkes Armen zu kommen. Er trat auf den Gang hinaus und schloss die Tür hinter sichE

„Du legst dich ja mächtig ins Zeug“, sagte Funke.

„Ich mache nur meine Arbeit.“

„Ja. So wie damals.“

Kains Mundwinkel zuckten nervös.

„Ich hab nie jemandem etwas erzählt von dem Einsatz“, sagte Funke langsam. „Ich frage mich oft, warum ich den Mund gehalten habe.“

„Und hast du eine Antwort gefunden?“ Kain ging vom Tisch weg zum Fenster, als wollte er möglichst viel Raum zwischen sich und Funke bringen. Er lief angespannt auf und ab.

„Wir waren beide jung und noch ziemlich grün hinter den Ohren. Sie hätten dich rausgeworfen, wenn ich geredet hätte.“

„Ich habe mir nichts vorzuwerfen.“

„Wirklich nicht? Die Sache scheint dich heute noch nervös zu machen. Weißt du, Berthold ... das Schlimmste war nicht, dass du sie hast krepieren lassen. Es war die Befriedigung in deinen Augen, als sie starb. Ich erinnere mich noch genau daran. Da war etwas in deinem Gesicht, das mir eine Höllenangst eingejagt hat." Er überlegte einen Moment und schüttelte den Kopf. „Nein, keine Angst. Es war Ekel, Abscheu."

„Bist du jetzt fertig?"

„Dafür hat Harder doch gesorgt – fix und fertig."

Kain drehte sich zu ihm um, sein Blick streifte den seinen für eine Sekunde.

„Da ist es wieder."

„Was?", fragte Kain.

„In deinem Gesicht, in deinen Augen. Ich kriege eine Gänsehaut, wenn du mich ansiehst."

„Unsinn. Es ist dein eigener Kopf, der dafür verantwortlich ist. Das Wissen, dass du einen Menschen getötet hast." Kain blickte ungeduldig auf die Uhr. „Wo bleibt dieser Idiot?"

„Oh, Harder macht alles sehr gründlich. Wenn ich es recht bedenke, seid ihr euch ziemlich ähnlich. Ihr werdet euch hervorragend verstehen, wenn er erst Chef von dem Laden hier ist."

Kain steckte die Hände in die Hosentasche und wanderte vor der Fensterwand auf und ab.

„Macht es dich unruhig, wenn du mit mir allein bist?", fragte Funke.

„Nein."

Funke lachte ohne eine Spur von Humor. „Ich wette, du hast all die Jahre auf eine Gelegenheit gewartet, mir zu zeigen, dass du der bessere Polizist bist. Der toughe, harte Kain." Er stand langsam auf. Kain wich vor ihm zurück und stieß mit dem Rücken gegen den Heizkörper.

„Du hasst mich, weil ich den Mund gehalten habe, nicht wahr? Du kannst es nicht ertragen, dass es jemanden gibt, der die Wahrheit kennt. Der in dein schwarzes Herz geschaut und erkannt hat, wer du wirklich bist."

Kain schlug sein Sakko zurück. Er trug seine Dienstwaffe an einem Holster am Gürtel. „Ich könnte behaupten, du hättest mich angegriffen."

„Ja, könntest du."

Sie starrten sich eine Weile an. Plötzlich wurde die Tür aufgerissen. Der dicke Bender tupfte sich mit einem Taschentuch den Schweiß von der Stirn. „'Tschuldigung, der Magen. Ich hab mir wohl was eingefangen."

Kain sackte in sich zusammen und verlor jegliche Körperspannung. Funke wettete, dass seine Knie zitterten. Kain ging zum Tisch und schnappte sich seinen Aktenkoffer. „Legen Sie Funke Handschellen an. Dann bringen Sie ihn raus zum Wagen", schnauzte er. „Und halten Sie gefälligst Abstand." Er machte einen Bogen um Bender und zog sich zur Tür zurück. „Wenn Sie wieder Mist bauen, schleife ich Sie über den Polizeisportplatz, bis Ihre verfetteten Herzkranzgefäße explodieren."

Bender wurde noch eine Spur blasser. Er fummelte die Handschellen von seinem Gürtel und legte sie Funke an. „Gehen Sie vor."

Funke verließ das Archiv, durchquerte das Großraumbüro und hielt auf den Ausgang zu. Es war totenstill. Merz und Schröder saßen wie Puppen vor ihren Bildschirmen, den Blick starr geradeaus gerichtet.

Harder war abgetaucht. Wahrscheinlich bereitete er seine Siegesfeier vor.

Bender zog die Außentür auf und schob ihn auf den Hof hinaus. Eiskalter Regen fiel aus den tief am Horizont dahinjagenden Wolken. Funke hielt die Nase in den Wind. Noch vor dem Abend würde es Schnee geben.

Vor der Zufahrt zum Gelände der Dienststelle lauerte eine Horde Reporter. Als das Schiebetor zur Seite glitt, stürmten sie auf den Hof wie ein Lynchmob. Blitzlichter flammten auf, jemand hielt ihm ein Smartphone unter die Nase.

„Herr Funke, sind Sie der Mörder von Carola Wesseling?"

„Ist der Staatssekretär schon informiert?"

„Haben Sie ein Geständnis abgelegt?"

„Stimmt es, dass einer Ihrer eigenen Mitarbeiter Sie überführt hat?"

„Können Sie uns Ihr Motiv verraten? War es Eifersucht?

„Wo kommt diese Meute her?", brüllte Kain. „Wir sind doch hier nicht in Hollywood."

„Hatten Sie eine Affäre mit Carola Wesseling?"

„Das gibt eine prächtige Presse", sagte Funke lächelnd.

Blitzlichter flammten auf und hielten sein Lachen für die Ewigkeit fest. Er drehte sich zu Kain um. „Wesseling wird über deinen Erfolg begeistert sein."

Kain wehrte einen aufdringlichen Fotografen ab und drückte Funke auf den Rücksitz des BMW. Dann schlug er die Tür zu und warf Bender die Autoschlüssel zu. „Sie fahren. Bringen Sie uns raus aus diesem Irrenhaus."

Bender ließ sich ächzend auf den Fahrersitz fallen und fummelte den Schlüssel ins Schloss. Kain umrundete den Wagen, wurde aber von den Reportern aufgehalten.

„Wie macht sich Kain denn als Chef?", fragte Funke. „Kommt Helen mit ihm klar?"

„Wollen Sie mich verarschen?", entgegnete Bender. „Sie haben doch erlebt, wie er die Leute behandelt. Es vergeht kein Tag, an dem er nicht einen aus dem Team fertigmacht. Ich frage mich, wann Helen ihm die Augen auskratzt oder ihn einfach über den Haufen schießt. Oder ich mach's."

„Kain hat ein Problem mit Frauen, vor allem mit solchen, die mehr draufhaben als gut auszusehen. Vielleicht nützt Ihnen das etwas."

Bender sah in den Rückspiegel und nickte. „Ich werde dran denken. Und was wollen Sie für den Tipp? Soll ich Sie laufen lassen?"

„Das wäre kein schlechter Anfang."

„Tut mir leid. So viel ist Ihr Wissen auch nicht wert."

„Wie wär's damit? Ich bin unschuldig."

„Das wird ein Richter entscheiden." Bender wiegte den Kopf. „Mensch, Funke. Musste es ausgerechnet Carola Wesseling sein? Sie war so beliebt wie Prinzessin Diana. Sie haben die Mutter Theresa des Westerwalds in eine schmutzige Affäre verwickelt und auch noch umgebracht. Die Presse wird Sie für den Mord vierteilen."

„Totschlag, wenn schon."

„Von mir aus auch Totschlag. Mann, Mann, in Ihrer Haut möchte ich nicht stecken."

„Lassen Sie mich mit Helen telefonieren."

„Warum?"

„Jemand muss sich um meine Tochter kümmern. Außerdem könnte ich ein bisschen Hilfe gebrauchen."

„Vergessen Sie's. Bei der Beweislage glaubt Ihnen nicht einmal der Papst."

Kain riss die Wagentür auf und ließ sich auf den Beifahrersitz fallen. „Quatschen Sie nicht rum. Fahren Sie endlich los!"

Der schwere 7er BMW fegte vom Hof und ließ die Meute der Reporter zurück.

„Bedank dich bei Harder", sagte Funke, „er kann einfach nicht die Klappe halten."

„Diesmal wird er es bereuen."

Funke lehnte den Kopf an die Nackenstütze. Es war ein schwacher Trost. „Ich muss telefonieren."

„Später."

„Jemand muss sich um Nora kümmern", sagte er.

Kain warf einen ärgerlichen Blick in den Rückspiegel. „Wer zum Teufel ist Nora?"

„Meine Tochter. Ich hab dir doch von ihr erzählt. Sie ist auf Hilfe angewiesen."

„Bender, übernehmen Sie das."

Der dicke Polizist rieb sich den Bauch und unterdrückte ein Rülpsen. „Mach ich."

„Nora vertraut nur mir und Swetlana, die bei mir saubermacht."

„Das ist dein Problem", sagte Kain, „nicht meins."

„Wohin geht die Reise?", fragte Funke.

Kain ließ die Schlösser seines Aktenkoffers aufschnappen. „JVA Koblenz. Du wirst dem Untersuchungsrichter vorgeführt."

Bender steuerte den BMW über Nebenstraßen aus der Stadt hinaus. Auf den Höhen des nördlichen Westerwalds mischten sich Schneeflocken in den Regen. Kain studierte seine Akten. Wahrscheinlich hatte er nur keine Lust, sich auf ein Gespräch einzulassen. „Mensch, Bender, das ist keine Lustfahrt. Warum nehmen Sie nicht die Autobahn?", fragte er ungeduldig.

„Wenn ich über die B9 fahre, stehen wir mindestens eine Stunde auf der Europabrücke. Da gibt's seit einem Jahr 'ne Riesenbaustelle."

Funke sah aus dem Seitenfenster. Bender folgte der Umleitung bei Freilingen und nahm dann Kurs auf Montabaur. Sechs Kilometer hinter der Kreisstadt näherte sich der BMW dem Steilstück der B49. Hier oben auf der windigen Höhe ging der Regen in ein heftiges Schneetreiben über, dazu gesellte sich dichter Nebel. Binnen weniger Minuten war der Asphalt mit einer schmierigen weißen Schicht bedeckt.

„Sie haben doch Winterreifen aufgezogen?", fragte Bender.

„Im Oktober? Stellen Sie sich nicht so an wegen der paar Flocken", blaffte Kain. „Wenn Sie mir eine Beule in den Wagen fahren, dürfen Sie das Blech mit der Kniescheibe richten."

Bender trat auf die Bremse, der BMW kam schlitternd zum Stehen. Am Armaturenbrett leuchtete ein Weihnachtsbaum aus bunten Warnlichtern auf. „Hier geht's nicht weiter", sagte er.

Funke blickte zwischen den Vordersitzen hindurch und witterte eine Chance. Wenn Kain ihn in der JVA ablieferte, war er verloren. Bender hatte recht. Carola war durch ihre offene Art und ihre wohltätige Arbeit so beliebt gewesen wie das Christkind. Niemanden würde die Wahrheit interessieren, Hauptsache, die Polizei konnte einen Täter präsentieren. Seine einzige Chance bestand in der Flucht, und besseres Wetter dafür konnte er sich kaum wünschen.

Mehrere Lastzüge standen auf der steil ansteigenden Straße quer. Ein Schneepflug der Straßenwacht raste mit blinkenden Warnlichtern vorbei und klatschte eine Welle aus schmutzigem Wasser und Schnee gegen die Scheiben.

Kain ließ das Seitenfenster herab und knallte ein Magnetblaulicht auf das Dach. Bender kurbelte am Lenkrad und scherte aus der Reihe der wartenden Fahrzeuge aus. Er sah teigig und bleich aus, auf seiner Stirn perlten erneut Schweißtropfen. Wenn er nicht mehr weiterfahren konnte und Kain das Steuer übernehmen musste, würde es zu einem ungeplanten Stopp kommen, der die Chance zur Flucht bedeuten konnte.

„Was zur Hölle haben Sie vor?", fragte Kain.

„Ich fahr um den Stau herum. Es gibt eine Ausweichstrecke."

Bender wendete und fuhr einen Kilometer zurück, dann bog er rechts ab nach Bad Ems.

Funkes Sinne waren so scharf wie ein Skalpell. Bender war der Schwachpunkt. Es war nur eine Frage der Zeit, bis er nicht mehr weiterkonnte.

Der BMW folgte einer kurvenreichen, schneebedeckten Straße. Bender war nicht der Einzige, der die Ausweichstrecke benutzte, sie krochen langsam bergan, bis die Blechschlange zum Stehen kam. „Da vorne hat's gekracht", sagte er.

Die Warnblinklichter mehrerer Fahrzeuge blitzten durch das Schneetreiben, ein Linienbus stand quer zur Straße und drohte den Hang hinabzurutschen.

„Ich habe Sie gewarnt, Bender.“

„Lass ihn in Ruhe“, sagte Funke. „Es ist nicht seine Schuld, dass es schneit.“

„Halt dich da raus. Er kennt die Strecke und die Witterungsverhältnisse. Das Chaos war vorhersehbar.“

Bender wischte sich den Schweiß von der Stirn. Er sah noch elender aus als vor einer halben Stunde.

„Vielleicht solltest du fahren“, schlug Funke vor.

„Soll ich auch noch den Chauffeur spielen? Bringen Sie uns aus diesem Chaos heraus, Bender, und zwar schnell.“

Bender ließ die Seitenscheibe einen Spalt herab und sog die frische Luft in seine Lungen. Dann scherte er aus der Schlange aus, fuhr hundert Meter über die linke Fahrspur und bog in eine abfallende Straße ein. „Wir fahren über Nassau, Bad Ems und Lahnstein“, erklärte er. „Unten im Tal geht der Schnee in Regen über.“

Funke rutschte unauffällig in die Mitte der Rücksitzbank. Kain schien wieder in seine Unterlagen vertieft zu sein. Er beugte sich vor und wühlte in seinem Aktenkoffer, der offen im Fußraum stand. Ärgerlich schnalzte er mit der Zunge, löste den Sicherheitsgurt und ignorierte die elektronischen Warnsignale. Sein Jackett straffte sich und gab den Blick auf seine Dienstwaffe frei, die an einem Holster im Gürtel steckte. Funke beobachtete Bender und wartete auf seine Chance.

Die Serpentinen ins Lahntal hinunter schienen dem dicken Polizisten den Rest zu geben, er hielt sich wiederholt die Hand vor den Mund, sein Gesicht war grün und käsig.

Fünfzehn Minuten später erreichten sie Nassau. Bender lenkte den BMW durch einen Kreisverkehr und bog in die B260 ein. Die Bundesstraße führte am Fluss entlang über Bad Ems nach Lahnstein. Von dort waren es nur noch wenige Kilometer bis Koblenz.

Im windgeschützten Flusstal war von dem überraschenden Wintereinbruch nichts mehr zu spüren. Der Regen hatte nachgelassen, über der Lahn waberte Nebel. Sie ließen die Kurstadt hinter sich und bewegten sich auf die Mündung des Flusses in den Rhein zu. Funkes Nervosität stieg, er lauerte auf eine Gelegenheit.

Bender verschaffte sie ihm fünf Minuten später. Er stöhnte, rieb sich den Magen, wischte sich den Schweiß von der Stirn.

„Wenn Sie mir den Wagen vollkotzen, können Sie ihn mit einer Zahnbürste sauber machen. Reißen Sie sich zusammen, Mann", schnauzte Kain.

Während Funke angestrengt darüber nachdachte, wie er bei einem Fahrerwechsel die Handschellen loswerden konnte, steuerte Bender mit der Linken den BMW und wühlte mit der rechten Hand in der Mittelkonsole. „Mensch, ist mir übel", stöhnte er. Ein Tablettenröhrchen purzelte auf den Wagenboden und rollte unter den Sitz. „Mist, elender." Bender bückte sich nach den Tabletten. Der Wagen scherte nach links aus, Kain griff ins Steuer und riss es herum.

Der dicke Polizist schreckte hoch, packte das Lenkrad und steuerte den BMW in eine Haarnadelkurve. Mit dem Daumen kickte er den Plastikkorken von dem Glasröhrchen und steckte es in den Mund.

Kain schrie eine Warnung, Funke duckte sich hinter den Fahrersitz. Ein monströser Traktor tauchte aus den Nebelschwaden auf. Quer zur Fahrbahn lag ein umgestürzter Anhänger, aus dem Tankaufsatz sickerte eine grün-braune Flüssigkeit. Bender trat auf die Bremse, aber auf der schmierigen Schicht begann der BMW auszubrechen und krachte in den Anhänger. Die Frontscheibe verwandelte sich in ein Gitternetz aus blinden Glasfragmenten. Kain knallte mit dem Schädel gegen die Seitenscheibe, Funke schlug hart mit Kopf und Schulter gegen den Fahrersitz. Der Aufprall war stark genug, um die Airbags auszulösen.

Bender stieß röchelnd die Fahrertür auf und wankte in den Nebel hinaus. Funke hörte, wie er sich explosionsartig übergab. Ein bestialischer Gestank nach Gülle drang in das Wageninnere.

Funke klappte die Lehne des Fahrersitzes nach vorne. Jeder Atemzug schmerzte in seiner Brust, sein linker Arm fühlte sich taub an. Er beugte sich zwischen den Sitzen hindurch und kippte den bewusstlosen Kain nach vorne, wo er mit dem Gesicht in den erschlafften Airbag fiel. Dann zog er die Pistole aus dem Holster und rüttelte ihn an der Schulter. „He, Kain! Aufwachen!"

Von draußen drangen würgende Geräusche durch den Nebel. Bender lehnte sich an die verbeulte Motorhaube und kotzte sich die Seele aus dem Leib.

Kain stöhnte und schlug die Augen auf. Funke hielt ihm die Waffe an die Schläfe. „Schließ die Handschellen auf. Beeil dich!"

Kain blinzelte ihn böse an, Blut strömte aus einer Platzwunde über der Augenbraue und nahm ihm die

Sicht. Funke verstärkte den Druck des Pistolenlaufs. „Mach schon!"

Träge fummelte Kain an seinem Gürtel herum. „Du kommst nicht weit", murmelte er. „Gib lieber gleich auf."

„Überlass das mir."

Endlich steckte Kain den Schlüssel ins Schloss, die Handschellen klickten, Funke war frei. Kain verdrehte die Augen und verlor erneut das Bewusstsein.

Funke kletterte aus dem Wagen. Der Gestank nahm ihm den Atem. Aus einem Riss im Tank des Transporters lief leise plätschernd noch immer Gülle auf den Asphalt. Leute redeten durcheinander, jemand schrie vor Schmerz. Bender glotzte ihn mit offenem Mund an. „He, Sie. Funke, was machen Sie da?" Er wankte mit totenbleichem Gesicht auf ihn zu.

Funke richtete die Walther auf ihn. „Tut mir leid. Legen Sie Ihre Waffe auf den Boden und schieben Sie sie her. Ganz langsam!"

„Sie machen alles nur noch schlimmer."

„Das sagen sie alle. Her mit der Pistole."

„Kain bringt mi-mi-mich um."

„Wird's bald?"

Benders Dienstwaffe schlitterte über den Asphalt. Die Beifahrertür des BMWs wurde aufgestoßen, Kains Hand erschien am Dachholm.

„Bleib im Wagen oder ich muss dir eins überziehen." Funke kickte die Pistole von der Straße, die mit lautem Platschen in der Lahn landete. Bender lehnte an der Motorhaube, sein Gesicht war aschgrau.

Funke hetzte in den Nebel hinein. Der Traktor war mit einem Tieflader zusammengestoßen, dessen Auflieger in der engen Linkskurve die Gegenseite geschnitten und den Tank aufgeschlitzt hatte. Hinter dem Heck des Lastwagens bot sich Funke ein chaotisches Bild. Die Fahrer der nachfolgenden Fahrzeuge hatten nicht mehr rechtzeitig bremsen können. Die Folge war ein Blechknäuel aus verkeilten Autos und Kleintransportern. Ein dunkelroter Audi war ungebremst in das Heck des Lasters gerast und in Brand geraten. Fetter schwarzer Qualm vermischte sich mit den Nebelschwaden. Zwei Männer versuchten hektisch, die Flammen mit Handfeuerlöschern zu ersticken. Helens sarkastische Feststellung kam ihm in den Sinn: „Ein Funke reicht aus, und alles fliegt in die Luft." Manchmal kam es ihm tatsächlich so vor, als ob er das Unglück anzog, so wie ein Magnet Eisenspäne anzieht.

Funke lief auf das Ende des Staus zu und passierte mehrere Fahrzeuge, die von ihren Besitzern verlassen worden waren. Motoren liefen, Fahrertüren standen offen. Wenn es ihm gelang, einen der Wagen zu stehlen, hatte er eine echte Chance.

Ein stämmiger Mann in einer karierten Holzfällerjacke stellte sich ihm in den Weg. „Helfen Sie mir! Meine Frau ist im Wagen eingeklemmt."

Der Mann zerrte ihn zu einem blauen Kleinwagen. Funke wurde sich bewusst, dass er immer noch seine Polizeiuniform trug. Jeder war auf ihn fixiert, erhoffte sich Hilfe von ihm. „Wir haben alles unter Kontrolle. Die Kollegen sind unterwegs, der Notarzt trifft jeden Moment ein."

„Stehen bleiben!"

Funke fuhr herum. Kain tauchte in den Nebelschwaden auf. Sein Gesicht war blutverschmiert und zu einer hasserfüllten Grimasse verzerrt. Er hielt eine Waffe in der Hand und gab einen Warnschuss ab. Der Mann in der karierten Jacke zuckte zusammen und verschwand blitzschnell hinter dem Anhänger eines Lasters.

Funke starrte in die Mündung der Pistole. Kain musste eine zweite Waffe im Handschuhfach mitgeführt haben. Funke zweifelte nicht daran, dass er das Chaos nutzen würde, um mit ihm abzurechnen. Doch dazu kam es nicht. Eine blonde Frau, die aus mehreren Platzwunden im Gesicht blutete, irrte schreiend durch den Nebel und rempelte Kain an. Funke nutzte die Ablenkung und sprang über die Leitplanke. Er schlitterte über nasses Gras, rollte einen Hang hinab und stürzte über eine Stützmauer, die das tiefer liegende Flussufer von der Landstraße trennte. Der Aufprall presste ihm die Luft aus den Lungen. Getrieben sprang er auf und lief im Schutz der Mauer flussabwärts.

Aus dem Nebel tauchte die Dausenauer Staustufe auf. Wenn es ihm gelang, die andere Seite des Flusses zu erreichen, konnte er seine Verfolger vielleicht abschütteln.

Die Prellungen an Brustkorb und Schulter schmerzten bei jedem Atemzug, aber Funke rannte, als sei der Teufel hinter ihm her. Ein verwischter Schatten sprang von der Mauer und landete auf dem Uferweg. Ohne Vorwarnung zerriss ein Schuss die unheimliche Stille nach der Explosion und hallte wie Kanonendonner über das Flusstal. Funken sprühten auf, ein Querschläger sirrte bedrohlich nahe an seinem Kopf vorbei.

„Bleib stehen! Wir kriegen dich sowieso!"

Es war Kains Stimme. Er würde nicht ruhen, bis er ihn erledigt hatte.

Das Schleusenwerk war noch fünfzig Meter entfernt. Funke stieß zwei Mülltonnen um und schleuderte sie quer über den Uferweg. Aus dem Augenwinkel sah er, dass Kain auf dem glatten Kopfsteinpflaster ausgerutscht war und fluchend auf die Beine kam.

Funke rannte die Stufen zur Staustufe hinauf. Eine Kugel jaulte an ihm vorbei und zupfte an seinem Jackenärmel. Ungeachtet der drohenden Gefahr hetzte er den Laufgang entlang, der sich über den Fluss zog. Wieder peitschte das Echo eines Schusses durch die Stille. Funke ließ sich platt auf den Gitterrostboden fallen.

Das Schleusenwerk bestand aus drei Betonpfeilern, die hoch aus der Lahn ragten und den Fluss in zwei Wehre unterteilten, durch die das Wasser schäumend zu Tal rauschte. Fünf Meter unter Funkes Füßen befand sich die Schleusenkammer, mit deren Hilfe die Schiffe den Höhenunterschied auf dem Weg zur Flussmündung in Lahnstein bewältigen konnten. Er hoffte, dass auf der anderen Seite eine ähnliche Treppe nach unten führte wie die, über die er auf das Schleusenwerk gelangt war. Er spannte die Muskeln an, stieß sich vom Boden ab und spurtete auf das Ende der Brücke zu. Kaum hatte er den ersten Pfeiler erreicht, als die Gitterroste unter seinen Füßen zu vibrieren begannen.

„Bleib stehen oder ich schieße!" Kain drückte ab.

Funke hechtete hinter eine Stahlstütze, war aber nicht schnell genug, um der Kugel zu entgehen. Das Projektil riss eine tiefe Furche in seine linke Seite. Er streifte die Lederjacke ab und presste die Hand auf die verletzte Seite, Blut quoll zwischen seinen Fingern hervor.

Kain kam wachsam näher. Aus der Platzwunde über seiner Augenbraue sickerte Blut und behinderte seine Sicht. Er wischte es mit dem Handrücken fort und hielt die Waffe mit der Linken. „Ich will die Pistole sehen“, rief er. „Leg sie auf den Boden und schieb sie zu mir her. Langsam!“

Kain war ein Feigling. Vielleicht hätte er den Mut aufgebracht, Funke in den Rücken zu schießen, aber er war nicht dazu in der Lage, ihn kaltblütig niederzuknallen.

„Du wirst mich erschießen müssen.“

„Wenn du's so haben willst.“

„Sie werden dir eine Menge Fragen stellen. Unsere Vergangenheit wird ans Licht gezerrt werden – deine Vergangenheit.“

„Glaubst du wirklich, das interessiert jemanden? Du bist nur der Mann, der Carola Wesseling ermordet hat, und ich bin derjenige, der dich geschnappt hat.“

„Ich habe sie nicht getötet. Jemand hat mich reingelegt. Und ich werde ihn finden.“

Kain lachte. „So, reingelegt haben sie dich. Der große Unbekannte, wie? Merkst du nicht, wie lächerlich das klingt? Hinter allem steckt eine dunkle Verschwörung. Wie oft hast du diesen Satz schon gehört, wenn du ein Verhör geführt hast?“

„Mir war sofort klar, dass ich schlechte Karten hatte. Und ich wusste, dass du die Ermittlungen leiten würdest. Was hättest du an meiner Stelle getan?“

„Ich bin nicht an deiner Stelle.“

„Gib mir eine Chance, meine Unschuld zu beweisen.“

„Glaubst du tatsächlich, ich lasse dich laufen?“

„Vielleicht war es Wesseling. Er ist für seinen Jähzorn bekannt. Nachdem er erfahren hatte, dass ich mit Carola eine Affäre habe, ist er uns gefolgt. Er hat mich niedergeschlagen und in seiner gekränkten Eitelkeit seine Frau getötet. Es war ein Kinderspiel, mich als Täter zu präsentieren. Ich wette, dass Harder in der Sache drinsteckt.“

„Vergiss es. Wo ist die Leiche?“

Funke schüttelte den Kopf. „Ich weiß es nicht.“ Schützend hielt er die Lederjacke vor sich und begann langsam vor Kain zurückzuweichen.

„Bleib stehen!“

„Du wirst nicht schießen. Damals hattest du nicht den Mut dazu, und du hast ihn noch immer nicht.“

„Du bist bewaffnet und hast nichts zu verlieren. Als ich dich gestellt habe, hast du die Nerven verloren und geschossen. Ich musste dich töten.“

Funke sah über das Geländer. Fünf Meter unter ihm brodelte das Wasser der Lahn durch die geöffneten Schleusentore.

Kain packte die Walther mit beiden Händen und zielte auf einen Punkt über Funkes Augen. „Geh da rüber!“ Er deutete mit dem Pistolenlauf auf das flussabwärts gewandte Geländer und kam langsam näher. „Die Pistole! Wird’s bald?“

„Da kommt Bender“, sagte Funke, „willst du mich wirklich vor Zeugen abknallen?“

Kain riskierte einen raschen Blick über die Schulter. Funke nutzte den Moment der Ablenkung, wirbelte die Jacke wie einen Morgenstern herum und schlug Kain die Waffe aus der Hand. Kain war schmächtig und untrainiert, aber er wehrte sich wutentbrannt. Funke merkte schnell, dass er von der Schussverletzung und den Prellungen geschwächt war. Er kassierte zwei schwere Treffer im Gesicht und einen Tritt in die Rippen, der ihn an den Rand einer Ohnmacht brachte. Kain presste den Ellenbogen gegen seine Kehle und drückte ihn über die Brüstung. Tief unter der Brücke rauschte die Lahn über das Wehr.

„Niemand wird je etwas erfahren. Niemand, hast du das verstanden? Gute Reise, Ben." Kain schmetterte ihm die Faust gegen die Schläfe und stieß ihn über das Geländer.

Das Wasser war kalt und hart wie eine Eisenplatte. Die Strömung riss ihn vom Wehr fort und trug ihn flussabwärts. Funke ruderte verzweifelt mit den Armen. Nach einer Minute wurden seine Beine in dem eiskalten Fluss taub und gefühllos. Entsetzt stellte er fest, wie schnell ihn die Kraft verließ. Hilflos drehte er sich in dem reißenden Fluss und stieß mit dem Kopf gegen einen Eisenpfahl, an dessen oberem Ende ein Hinweisschild Schwimmer vor dem Schleusenbereich warnte. Dann versank er wie ein Stein in dem aufgewühlten, schwarzen Wasser.

13

Die willensstarke LKA-Ermittlerin Helen Stein gab es nicht mehr. Sie hatte sich aufgelöst wie ein alter Knochen in einem Fass voll Salzsäure. Die Enge, der Gestank von Angst und Tod und die Dunkelheit lösten eine Panik aus, die sie überschwemmte wie ein nachtschwarzer Tsunami. Ihr Verstand setzte zeitweise aus. Sie schien vergessen zu haben, wie man einen klaren Gedanken fasste.

Nachdem Helen schon einmal sechsunddreißig Stunden in der Gewalt eines wahnsinnigen Serienkillers verbracht hatte, war sie nach schlaflosen Nächten an beängstigenden Orten aufgewacht – im Schlafzimmerschrank hinter einer schützenden Wand aus Decken und Kissen, in einem Winkel des Speichers oder in dem Schuppen neben Funkes Wohnwagen hinter einem Verhau aus Gartenhacken und Maschendraht. Ihre geschundene Seele hatte diese Verstecke gewählt, um sich vor den Erinnerungen zu schützen, die in den Tiefen ihres Unterbewusstseins schliefen. Nur langsam hatten ihre nächtlichen Streifzüge nach Kaminskys Tod aufgehört. Was sie nun erlebte, ließ die Schrecken der Vergangenheit erneut hervorbrechen. Sie mischten sich mit Urängsten vor Schmerz, Dunkelheit und Tod.

Helen hatte jedes Zeitgefühl verloren. Wenn die Angst zu groß wurde, um sie noch ertragen zu können, fiel sie in eine katatonische Starre, nur um kurz darauf wieder von der alles beherrschenden Furcht geweckt zu werden. So musste es sich anfühlen, wenn man bei lebendigem Leib in einem Eisblock eingefroren worden war.

Der alte Feuerwehrwagen rumpelte durch ein Schlagloch. Helen stieß mit der Stirn gegen den Boden der Blechkiste, der Schmerz holte sie zurück in die Wirklichkeit. Wie lange waren sie bereits unterwegs? Zehn Minuten oder eine Stunde? Sie wusste es nicht. Die Chancen, dass Kreutz oder Engelhardt ihre Spur aufgenommen hatten, schätzte sie nicht besonders hoch ein. Hoffentlich hatten sie inzwischen wenigstens den verlassen Fiat Spider gefunden. Sie mussten sich dem gleichen Szenario gegenübersehen wie bei den anderen verschwundenen Frauen: ein Wagen mit einer Motorpanne und nicht der geringste Hinweis auf den Verbleib des Opfers.

Vermutlich würde die KTU nicht einmal Reifenspuren sicherstellen können. Auf dem Asphalt hatte der umgebaute Feuerwehrwagen keine Abdrücke hinterlassen, und der Schneeregen würde alle anderen Spuren in der Einmündung des Wirtschaftswegs zerstören.

Als hätte Veit ihre Gedanken erraten, bremste er scharf und bog von der Straße ab. Helen wurde gegen die Seite der Kiste geschleudert und prallte mit der Schulter gegen das Blech. Der Wagen schaukelte mit ächzenden Stoßdämpfern und reduziertem Tempo weiter. Offenbar näherten sie sich dem Ziel.

Wut stieg in ihr hoch und drängte die Panik zurück. Wie hatte sie so blind sein können? Sie hatte sich von Veits linkischem Auftreten täuschen lassen. Der zu groß geratene Overall, das Stottern und seine gespielte Beschränktheit waren nichts weiter als eine clevere Maskerade gewesen. Hinter dem bemitleidenswerten, zurückgebliebenen Jungen, dem der nette Tankwart eine Chance gab, ein paar Euro zu verdienen, steckte ein eiskalt planender und brutaler Killer.

Ihr Zorn und der Ärger über ihre katastrophale Fehleinschätzung setzten neue Kräfte in ihr frei. Sie hob den Kopf, blinzelte und versuchte zum ersten Mal, ihre Umgebung in Augenschein zu nehmen. Die Kiste war gerade groß genug, um nicht zu ersticken. Sie lag auf dem Bauch, die Hände auf den Rücken gefesselt, die Fußgelenke waren ebenfalls fixiert. Der Kabelbinder schlang sich noch immer um ihre Kehle und schnitt tief in ihre Haut. Seine Existenz erinnerte sie daran, dass Veit sie aus einem einzigen Grund entführt hatte: um sie zu quälen und dann zu ermorden. Sie dachte an die Leiche an der B49, der er das Herz aus der Brust geschnitten hatte. Ob die Frau noch gelebt hatte, als er das Skalpell ansetzte?

Rasch überdachte sie ihre Chancen. Veit hielt alle Trümpfe in der Hand. Wenn sie sich wehrte, brauchte er nur an dem Kabelbinder um ihren Hals zu ziehen, und sie würde binnen Sekunden ersticken. Er wusste, was er tat, und er machte es nicht zum ersten Mal. Das hatte er bereits eindrucksvoll bewiesen.

Der Wagen holperte durch ein Schlagloch. Helen hörte, wie Wasser und Steine gegen das Blech unter ihr spritzten, und schlug erneut mit der Stirn gegen den

Boden. Bunte Sterne tanzten in der Dunkelheit vor ihren Augen. Wenn der Wagen auf ein größeres Hindernis stieß, würde es die Kiste wie einen Pappkarton zusammendrücken. Sie wollte noch nicht sterben, nicht in dieser stinkenden Blechkiste. Sie schrie wütend auf und trampelte mit den Stiefeln gegen die Wände ihres Gefängnisses. Der Wagen schaukelte, etwas stieß gegen die Unterseite und beulte den Boden ein. Plötzlich sah Helen einen schwachen Lichtschein. Sie versuchte sich auf den Rücken zu drehen und kämpfte gegen die Platzangst an. Zwischen Kiste und Wagenboden hatte sich ein Spalt aufgetan, durch den unregelmäßiges Licht blinkte. Es stank durchdringend nach verbranntem Diesel und moderigem Waldboden. Sie kniff die Augen zusammen und spähte durch den Riss. Undeutlich sah sie Kies, Pfützen und Gebüsch vorbeiziehen.

Der Motor dröhnte auf. Veit schaltete zurück, der Wagen verlor an Geschwindigkeit, und Helen rutschte in der Kiste nach unten. Der Weg stieg plötzlich steil an.

Sie brauchte quälend lange Minuten, bis sie ihre Drehung vollendet hatte und auf dem Rücken lag. Etwas zu unternehmen, und sei es auch noch so sinnlos, weckte ihre Lebensgeister. Sie hob den Kopf und versuchte, mit der Stirn den Deckel anzuheben, aber er war fest verriegelt. Schwach hoben sich mehrere Luftlöcher vom Schwarz der Umgebung ab. Sie brauchte einen Plan, und zwar sehr schnell. Ihre einzige Chance war, Veit zu überraschen, wenn er die Kiste öffnen würde. Doch dazu musste sie wenigstens ihre Bewegungsfreiheit zurückgewinnen.

Der Motor heulte auf, als Veit weiter zurückschaltete. Helen zog die Beine an, soweit dies möglich war, und trat mit voller Kraft gegen das untere Ende der Kiste. Der Riss verbreiterte sich, das Blech hing jetzt auf der linken Seite eine Handbreit herab. Angestrengt lauschte sie einen Augenblick, aber nichts geschah. Der alte Feuerwehrwagen rumpelte weiter, das Motorengeräusch übertönte ihre Ausbruchsversuche. Mit gezielten Tritten bearbeitete sie das Blech, bis der Spalt groß genug war für ihr Vorhaben. Sie rutschte nach unten, streckte die Füße durch den Spalt und nutzte die scharfe Kante des abgerissenen Blechs als Messer. Zwei Minuten später hatte sie den Kabelbinder an ihren Fußknöcheln durchgescheuert. Nun musste sie sich wieder auf den Bauch drehen, um die Fessel um ihre Handgelenke zu lösen, aber sie bekam keine Gelegenheit mehr dazu.

Der Wagen stoppte und fuhr dann ruckend wieder an. Trüber Lichtschein kroch durch den Spalt und enthüllte rötliche Erde, Pfützen und grobes Kopfsteinpflaster. Mit quietschenden Bremsen kam der Wagen endgültig zum Stillstand. Das Motorengeräusch verstummte, eine Tür wurde geöffnet und wieder zugeschlagen, Stiefel knirschten auf nassem Kies. Helen suchte die beste Ausgangsposition für ihren Überraschungsangriff. Wenn Veit den Deckel anhob, musste sie herausschnellen wie ein Springteufel aus der Kiste.

Sie hörte, wie die Hecktüren geöffnet wurden, und spannte die Beinmuskeln an, bis sie vor Anstrengung wie zwei übergroße Sprungfedern vibrierten. Der Riegel wurde zurückgeschoben, die Klappe flog auf. Das Licht einer Taschenlampe blendete sie. Helen trat mit aller Kraft zu. Ihre Stiefel trafen auf Widerstand. Der Lichtstrahl huschte über Einbauschränke und eine

Sitzbank und riss das aufgerissene Maul der Katze aus der Finsternis, dann fiel die Lampe klappernd zu Boden und verlosch. Veit gab einen überraschten Laut von sich. Ein Poltern, das Knacken von überlastetem Holz, ein blecherner Gegenstand, der scheppernd zu Boden fiel. Die Katze fauchte und huschte als verschwommener Schatten vorbei. Helens Hände waren noch immer auf den Rücken gefesselt, trotzdem schaffte sie es, aus der Kiste zu klettern. Veit musste irgendwo vor ihr sein, sie hörte ihn schnaufen und fluchen. Die offene Hecktür lockte als blasses Rechteck in dem stockdunklen Wageninneren.

Helen stand schwankend auf und benutzte Kopf und Schultern als Rammbock. Wütend legte sie ihr ganzes Körpergewicht in den Stoß. Sie traf Veit im Magen und schob ihn durch den Mittelgang auf die Hecktür zu. Er grunzte erstickt und ging zu Boden, kam aber schneller wieder auf die Beine, als sie gedacht hatte. Seine Faust wischte an ihrem Kinn vorbei und traf ihre Schulter. Die Wucht des Schlages ließ sie zurücktaumeln, ihr linker Arm fühlte sich plötzlich taub an.

Veit setzte nach und schlug zu. Helen spürte, wie ihre Unterlippe aufplatzte und Blut über ihr Kinn tropfte. Dass er es wagte, ihr ins Gesicht zu schlagen, fachte ihre Wut an. Sie senkte den Kopf, um ihren Angriff von eben zu wiederholen. Doch diesmal war Veit gewarnt. Er ließ sie ins Leere laufen und schnappte nach dem Ende des Kabelbinders, der sich um ihren Hals schlang. Mit brutaler Gewalt zog er die Schlinge zu. Die entsetzliche Atemnot zwang Helen in die Knie. Der Kabelbinder grub sich schmerzhaft in ihren Kehlkopf, nicht weit genug, um sie augenblicklich zu erwürgen, aber tief genug, um jede Gegenwehr zu brechen. Todesangst raste durch ihren Körper und erfasste ihr wie verrückt pumpendes Herz. „... losma...en!", krächzte sie.

Veit dachte nicht daran. Er schleifte sie durch den Mittelgang und warf sie wie einen Müllsack über die Ladekante. Helen prallte mit der Schulter auf das Kopfsteinpflaster und schürfte sich die Wange auf. Veit war sofort über ihr, packte sie an den Handgelenken und zog sie über das Pflaster. Undeutlich erkannte sie ein altes Haus mit schiefen, vom Alter geschwärzten Fachwerkbalken. Eine nackte Glühbirne über der Eingangstür verbreitete trübes Licht. Sie sah Eggen und Traktorenteile, eine windschiefe Scheune und eine alte Viehtränke. Überall waren Katzen – schwarze, getigerte und gefleckte. Sie saßen auf dem Pflaster, hockten auf den verrosteten Landwirtschaftsmaschinen und den Fensterbrettern und beobachteten scheinbar teilnahmslos die Szene. Wahrscheinlich sahen sie nicht zum ersten Mal zu, wie Veit ein Opfer in seine Behausung schleppte.

Er stieß die Eingangstür auf. Der verzogene alte Blechrahmen schabte kreischend über abgewetzte Fliesen. Veit zerrte Helen durch einen Flur, in dem es nach Knoblauch und Katzenpisse stank. Vor einer Tür aus groben Brettern legte er sie ab, entriegelte drei überdimensionale Schlösser und drehte einen altmodischen Stromschalter. Licht enthüllte ausgetretene Stufen, die steil in die Tiefe führten.

Helen war kaum noch bei Bewusstsein. Sie bekam genug Sauerstoff, damit ihr Hirn überleben konnte, aber für irgendeine Art von Gegenwehr reichte die Kraft nicht.

Veit ging rückwärts die Treppe hinab und schleifte Helen in den Keller hinab. Dunkle Holzbalken, Fachwerk und Wände aus roh behauenen Bruchsteinen glitten an ihr vorbei. Die Wände waren mit Moosen und Flechten überzogen, es roch feucht und moderig. Der Gang folgte mehreren Biegungen, bis er vor einer weiteren mit Schlössern gesicherten Tür endete. Im Gegensatz zum Rest des Hauses waren die Verriegelungen gut gewartet. Frisches Fett glänzte auf dem polierten Stahl.

Veit entriegelte die Tür und zerrte Helen hinter sich her durch die Öffnung. Vier Steinstufen führten in einen großen Kellerraum hinab, der von zwei modernen Leuchtstoffröhren unter der Gewölbedecke erhellt wurde. Es gab ein Bett mit einem eisernen Rohrgestell und einer blau-weiß gestreiften, dreckigen Matratze, einen Plastikeimer mit Wasser und eine Campingtoilette. In der Mitte des Raumes stand ein grob gezimmerter Holztisch, der mit dem gestampften Lehmboden verwachsen zu sein schien. Sein Fuß bestand aus einem einzigen, massiven Baumstumpf.

Veit zerrte Helen zu dem Bettgestell. Um eins der Vierkantrohre, die als Pfosten dienten, hatte er eine verchromte Stahlkette geschwungen und mit einem Vorhängeschloss gesichert. Er schloss die Schelle am Ende der Kette um ihren linken Fußknöchel und sicherte sie mit einem zweiten Schloss. Dann stieß er Helen auf die Matratze und verschwand durch die Tür, durch die sie gekommen waren.

Helens Furcht erreichte den Siedepunkt. Zum ersten Mal war sie sicher, dass sie die nächsten Stunden nicht überleben würde. Der Kerl würde sie langsam ersticken lassen. Doch kurz darauf kehrte Veit zurück und knipste den Kabelbinder um ihren Hals mit einem Seitenschneider durch. Frischer Sauerstoff strömte in ihre Lungen, gierig rang sie nach Luft. „Warum tust du das?", fragte sie röchelnd. Ihre Kehle schmerzte, als hätte sie Abflussreiniger getrunken.

Veit blickte sie lange an. „Du bist das Herz, das für mich schlägt", sagte er.

„Gib mir zu trinken."

Wieder sah er sie lange an. „Du brauchst nicht trinken", sagte er endlich.

„Warum nicht?"

„Weil du sterben wirst. Tote trinken nicht."

14

Der alte Stadtstreicher entdeckte alle nur vorstellbaren Dinge am Flussufer, Treibgut, das sich bei Hochwasser in den überhängenden Zweigen der Weiden verfing oder an die Uferböschungen gespült worden war. Manchmal war etwas Brauchbares darunter. An einem Tag im März hatte er einmal ein Fahrrad aus der Lahn gezogen und auf dem Flohmarkt für dreißig Euro verkauft.

Aber noch nie hatte er eine Leiche entdeckt. Vorsichtig näherte er sich dem leblosen Körper. Hier unten am Wasser war die Luft noch kälter als auf der höher gelegenen Straße. Es hatte zu regnen begonnen, einzelne Schneeflocken fielen aus dem bleigrauen Himmel. Er fröstelte und zog den fadenscheinigen Mantel enger um den Leib.

Die Lahn schwappte glucksend um die Beine des Toten. Kopf und Oberkörper ruhten auf dem trockenen Kiesufer. Der Stadtstreicher tappte um die Leiche herum – ein Mann, Mitte bis Ende dreißig, schlank, dunkelhaarig, aus dem Drei-Tage-Bart tropfte Wasser.

Er lag auf dem Bauch, das Gesicht zur Seite gedreht ... und er trug eine Polizeiuniform.

Nachdenklich schob der Alte die Unterlippe vor und blickte sich verstohlen um. Dann hielt er seine eigene abgelaufene Sohle gegen die Schuhe des Toten – gute, schwarze Boots aus teurem Leder. Zufrieden grunzte er. Vielleicht hatte der Bulle noch mehr lohnende Dinge bei sich. Er hatte sowieso keinen Nutzen mehr davon. Sicher war der arme Teufel von der Schleusenanlage fünfhundert Meter flussaufwärts gestürzt und im Fluss ertrunken. Das passierte ab und zu. Dass er eine Uniform trug, machte ihn auch nicht wieder lebendig. Dem Sensenmann war es egal, welchen Beruf man ausübte.

Ächzend drehte er die Leiche auf den Rücken und untersuchte die Innentaschen der Polizeilederjacke. Er fand einen Geldbeutel mit zweihundert Euro Bargeld und einen Dienstausweis, der auf den Namen Benjamin Funke ausgestellt war. Hastig steckte er das Geld ein und stopfte das Portemonnaie in die Jacke zurück. Dabei fiel sein Blick auf das Hemd des Toten. Es war eingerissen und mit Blut verklebt. Noch immer sickerte Blut in den Stoff. Tote bluteten nicht! ...

Der Alte ließ sich auf die Knie herab und tätschelte die bleichen Wangen des Mannes. „He, Kumpel! Aufwachen! Die Seereise ist zu Ende." Er verpasste ihm eine leichte Ohrfeige. Die Augenlider flatterten, der Polizist begann zu husten und würgte schmutziges Flusswasser hervor.

„Mann, da haste aber Glück gehabt. Biste vom Wehr geplumpst, was?" Seine Hand verschwand in der Manteltasche und kam mit einer Flasche Mariacron wieder zum Vorschein. Er stützte den Kopf des Fremden und flößte ihm den Weinbrand ein. „Ganz schön kalt für'n Bad in der Lahn, Jungchen."

Der vermeintlich Tote trank hastig, verschluckte sich und hustete. „Wo ... bin ich?" Verwirrt blickte er sich um.

„Bad Ems. Schönes Städtchen ... wenn man Kohle hat."

„Haben Sie mich aus dem Fluss gezogen?"

„Kann man so sagen. Haste noch mal Glück gehabt."

„Danke."

Der Polizist zog mit klammen Fingern sein Sweatshirt hoch.

„Uiuiui. Würd ich mal 'nem Doktor zeigen. Haste Räuber und Gendarm gespielt, was?" Er kicherte.

Der Polizist fror und klapperte mit den Zähnen. Es grenzte an ein Wunder, dass er noch lebte. Der Versuch, mit seinen Händen die Füße zu erreichen, um das Wasser aus seinen Stiefeln zu kippen, ließ ihn vor Schmerz aufstöhnen. „Fühlt sich an, als hätte ich mir die Rippen gebrochen."

„Die Malbergklinik is nich weit. Kannste zu Fuß hingehen."

„Ich kann keinen Arzt aufsuchen."

„Haste was ausgefressen? Bist doch'n Bulle, Mann!"

Benommen schüttelte er den Kopf. „Das ist eine lange Geschichte."

„Mhm." Der Penner ließ die Cognacflasche in seine Manteltasche gleiten. „Erst ma' musste aus den nassen Klamotten raus. Und die Uniform musste auch loswerden, wenn de mich fragst."

„Ja. Seh ich genauso. Danke übrigens für Ihre Hilfe ... und für den Cognac."

„Willste noch einen?“

„Ja, gerne.“

Er reichte ihm die Flasche, der Bulle nahm einen tiefen Zug.

„Am anderen Ufer gibt's 'ne Ärztin. Cox heißt se. Da geh ich schon mal hin, wenn's überall zwickt. Rheuma, verstehste?“

„Ich kann nicht ...“

„Klar kannste. Hör erst ma' zu. Die Cox verarztet auch unsereinen. Macht se umsonst. Und Fragen stellen tut se auch nich.“

Funke kam mühsam auf die Beine. „Cox?“

„Ja. Über die Brücke und dann dreihundert Meter flussaufwärts. Kannste nich verfehlen.“ Er griff in seine Hosentasche und reichte Funke die zweihundert Euro. „Hier. Die gehörn dir. Wusst ja nicht, dass de noch lebst. Tote brauchen keine Kohle.“

Der Bulle nahm die Geldscheine entgegen und gab ihm einen Fünfziger zurück. „Für Ihre Hilfe. Ich brauche andere Kleidung.“

„Da wüsst ich schon was.“

„Dann lass mal hören.“

Der Alte ließ den Schein flink in seiner Manteltasche verschwinden. „Geh über die Brücke. Auf der anderen Seite is ein kleiner Secondhandladen, direkt am Lahnufer. Da kauf ich auch schon mal was. Vor allem fragt keiner.“ Er tippte sich an die Schläfe. „Mach's ma' gut, Sheriff. Bestell der Krämerseele einen Gruß vom alten Sokrates.“

Funke sah dem Stadtstreicher nach. Der Alte stieg die Uferböschung hinauf, zog einen klapprigen Einkaufswagen hinter einem Transformatorhäuschen hervor und verschwand im Nebel.

Vielleicht hatte ihn das Glück doch noch nicht ganz verlassen. Er beeilte sich, die Brücke über die Lahn zu erreichen. Entsetzt stellte er fest, wie schwach er war. Er wusste nicht, wie viel Blut er verloren hatte und wie schwerwiegend seine Verletzung war. Von der Staustufe in Dausenau bis nach Bad Ems waren es zwei Kilometer – in der eiskalten Lahn eine gefährlich lange Strecke. Aber irgendein arbeitsloser Schutzengel musste seine schützende Hand über ihn gehalten haben, denn schließlich hatte er es lebend bis ans Ufer geschafft.

Dankbar für den Nebel und das dämmerige Spätoktoberlicht, schleppte Funke sich über die Brücke und fand auf Anhieb den Secondhandladen. Er erstand Jeans, halbhohe abgewetzte braune Stiefel, die ihm passten, als hätte er sie sein Leben getragen, und eine verschrammte schwarze Lederjacke mit weißen Streifen entlang der Ärmel.

„Haben Sie Interesse an einer Polizeiuniform?", fragte er den Ladenbesitzer.

Der zögerte und musterte ihn misstrauisch.

„Schönen Gruß von Sokrates."

„In Ordnung. Aber nicht mehr als dreißig Euro."

Funke leerte seine Hosentaschen und stieß auf das seltsame Ankh-Kreuz, das er am Tatort gefunden hatte. Nachdenklich steckte er es in die Innentasche der neuen Lederjacke. Das Kreuz hatte er völlig vergessen, dabei war es seine einzige Spur. Er bezahlte und schob zusätzlich einen Fünfziger über den Tisch. „Ich bin nie hier gewesen."

Der Händler nahm das Geld und wünschte ihm viel Glück.

Über Hinterhöfe und einsame Seitenstraßen gelangte er zur Adresse der Ärztin, die ihm der Stadtstreicher genannt hatte. Mehrmals musste er eine Pause einlegen, jeder Atemzug stach wie ein Messer in seiner Brust. Die Schusswunde blutete noch immer, ihm war schwindelig, heiß und kalt zugleich. Und er steckte tief in der Klemme. Verletzt und ausgepumpt, ohne Zufluchtsort und Geld, standen seine Chancen schlecht. Wenn er seine Kreditkarten benutzte, würde er eine leuchtende Spur hinterlassen. Vielleicht ging Kain davon aus, dass Funke ertrunken war, aber solange man seine Leiche nicht gefunden hatte, würde er die Suche nach ihm nicht einstellen. Er musste sich etwas einfallen lassen, und zwar schnell.

Gegen achtzehn Uhr erreichte Funke ein stuckverziertes Haus am östlichen Lahnufer. Auf einem schlichten weißen Schild stand:

Dr. Elinor Cox
Ärztin für Allgemeinmedizin, Naturheilpraxis

Er drückte die Eingangstür auf und schlüpfte durch den Türspalt. Im Treppenhaus roch es nach gekochtem Blumenkohl und Bohnerwachs. In einem der oberen Geschosse stritten ein Mann und eine Frau und warfen sich Beleidigungen an den Kopf. Eine Tür wurde zugeworfen, die Stimmen wurden leiser.

Plötzlich drehte sich das Treppenhaus um Funke. Mit letzter Kraft stieg er in den ersten Stock hinauf und schob die Tür zur Praxis auf. Der Empfangstresen war nicht besetzt, eine einzelne Lampe spendete sanftes Licht. In einer Voliere neben dem Tresen saß ein Graupapagei und beäugte ihn neugierig. Im Wartezimmer hinter der Glaswand dudelte leise ein Fernseher.

„Die Praxis ist geschlossen."

Funke wandte sich um. Aus einem der Behandlungsräume trat eine Frau von etwa dreißig Jahren. Sie war einen halben Kopf kleiner als er, drahtig und agil, und trug das dunkelblonde Haar zu einem Pferdeschwanz gebunden. Ihr Gesicht löste in ihm ein Déjà-vu aus. Er hatte das Gefühl, ihr schon einmal begegnet zu sein. Ihre Augen hatten die Farbe von wildem Honig. Im Augenblick jedoch waren sie gerötet, so als hätte die Frau geweint.

„Was ist denn mit Ihnen passiert? Sind Sie unter einen Bus geraten?", fragte sie.

„So was Ähnliches. Sind Sie Dr. Cox?"

„Ja, bin ich."

„Sie wurden mir als Ärztin für ... besondere Fälle empfohlen."

Leicht belustigt zog sie eine Augenbraue hoch. „Und Sie glauben, Sie sind ein besonderer Fall? Wie ein Stadtstreicher sehen Sie nicht gerade aus."

Er suchte in den Taschen der Lederjacke nach seiner Brieftasche. „Keine Sorge. Ich ... kann Sie bezahlen." Wieder erfasste ihn heftiger Schwindel. Halt suchend stützte er sich auf den Empfangstresen.

Sie hielt ihm die Tür auf. „Okay. Kommen Sie rein."

Funke folgte ihr und schleppte sich zu einer Behandlungsliege. Er streckte die Schultern, um die Lederjacke abzustreifen, und stöhnte vor Schmerz auf. „Sieht so aus, als müssten Sie mir beim Ausziehen behilflich sein.“

Sie half ihm aus der Jacke und dem Sweatshirt und knipste die Lampe über der Liege an. Sein Oberkörper war mit Schürfwunden und Prellungen übersät, die Schusswunde blutete schwach und brannte wie Feuer. Seine Zähne klapperten wie in einem Fieberschub. Zwar trug er neue Oberkleidung, aber seine Unterwäsche und die Socken klebten nass an seinem ausgekühlten Körper.

„Legen Sie sich auf den Rücken.“

Er gehorchte ihr, während die Welt sich Übelkeit erregend schnell um ihn drehte. Der billige Fusel des Penners brannte in seinem leeren Magen.

Prüfend sog sie die Luft durch die Nase. „Wie viel haben Sie getrunken?“

„Einer Ihrer Patienten hat mich aufgelesen und mir einen Schluck zum Aufwärmen eingeflößt.“

Mit geübten Griffen tastete sie seinen Brustkorb ab. „Sie sind bis auf die Knochen nass.“

„Ich nahm ein unfreiwilliges Bad in der Lahn.“

„Wie lange haben Sie im Wasser gelegen?“

„Eine halbe Stunde, vielleicht auch länger. Au!“

„Sie haben sich zwei Rippen gebrochen. Das muss geröntgt werden. Haben Sie Schmerzen beim Atmen?“

„Ja.“

Kritisch musterte sie die Schusswunde. „Wie ist das passiert?“

„Man sagte mir, Sie würden keine Fragen stellen.“

„Schusswunden sind meldepflichtig. Ich kann Ihre Verletzungen hier nicht ausreichend behandeln, dazu müssen Sie in ein Krankenhaus.“

„Einen Kuraufenthalt muss ich im Augenblick leider verschieben. Flicken Sie mich zusammen, so gut es geht."

„Okay, das ist Ihre Entscheidung. Machen Sie mich nicht dafür verantwortlich, wenn Sie an einer Lungenblutung sterben."

„Keine Sorge."

Funke biss die Zähne zusammen, als sie die Wunde desinfizierte und einen Druckverband anlegte.

„Sie haben Glück, dass die Kugel Sie nur gestreift hat. Empfindlich sind Sie jedenfalls nicht."

„Hab schon Schlimmeres überstanden."

„Normalerweise heilen Rippenbrüche von selbst – wenn keine Komplikationen hinzukommen. Trotzdem muss ich Ihnen dringend raten, den Brustkorb röntgen zu lassen. So, fertig. In meiner Praxis kann ich nichts weiter für Sie tun."

„Wie wär's mit einem Schmerzmittel?"

Sie kramte in einer Schublade und reichte ihm eine Packung Novalgin und ein Glas Wasser. „Sie müssen aus der nassen Unterwäsche raus, sonst holen Sie sich eine Lungenentzündung."

Funke zitterte vor Kälte und Erschöpfung. Dr. Cox musterte ihn abschätzend. „Ich habe Sie hier noch nie gesehen. Sie sind keiner von den Obdachlosen aus der Umgebung."

„Noch nicht. Aber bald werde ich wohl dazugehören."

„Warten Sie hier."

Sie verschwand durch eine Nebentür und kehrte nach einer Weile mit trockener Unterwäsche zurück. „Die Sachen stammen aus der Altkleidersammlung. Viele Obdachlose sind dankbar für eine warme Jacke oder andere Dinge des täglichen Lebens, die sie dringend brauchen. Aber das werden Sie schon noch merken."

„Warum tun Sie das?"

„Warum tue ich was?"

Sein Arm beschrieb einen Kreis. „Das alles. Wieso behandeln Sie die Penner, obwohl Sie keinen Cent dafür bekommen?"

„Nennen Sie diese Menschen nicht so. Viele von ihnen sind ohne Schuld auf der Straße gelandet und schämen sich, einen Arzt aufzusuchen, weil sie ihn nicht bezahlen können. Unser Gesundheitssystem grenzt Arme aus. Aber nicht für jede kleine Hilfe, die man gewährt, muss man gleich ein Honorar in Rechnung stellen."

„Mit dieser altruistischen Einstellung stehen Sie aber ziemlich alleine da. Was sagen denn Ihre Kollegen dazu?"

„Ich entscheide, wem ich helfe. Das geht niemanden etwas an."

Funke zog seine durchnässten Socken aus. Der Schmerz in seinem Brustkorb brachte ihn an den Rand einer Ohnmacht. Er würde keine hundert Meter weit kommen und brauchte dringend ein Versteck.

Besorgt runzelte Dr. Cox die Stirn. „Sie sind sicher, dass Sie in kein Krankenhaus wollen?"

„Ja. Woher kennen Sie sich so gut mit Schussverletzungen aus?"

„Ich habe einige Jahre in Afrika gearbeitet. Dort sieht man so etwas jeden Tag." Sie half ihm mit den Socken. „Und nun entschuldigen Sie mich. Ohne eine

Röntgenaufnahme kann ich mehr nicht für Sie tun." Sie verließ den Behandlungsraum.

„Danke", murmelte Funke. Er biss die Zähne zusammen, schluckte zwei Schmerztabletten und streifte das Sweatshirt über. Noch immer hatte er keine Ahnung, wohin ihn sein nächster Schritt führen sollte. Er nahm die Lederjacke in die Hand, ließ sich vorsichtig von der Liege gleiten und öffnete die Tür zum Empfangsraum.

Dr. Cox stand mit dem Rücken zu ihm an den Tresen gelehnt und verfolgte eine Nachrichtensendung im Fernsehen. Der Sprecher gab gerade eine detaillierte Beschreibung von ihm durch. Ein Fahndungsfoto wurde eingeblendet, Kains Gesicht erschien daneben. Der Kriminalrat las von einem Blatt ab: „Der flüchtige Gewaltverbrecher ist bewaffnet und gefährlich. Er wird nicht zögern, von der Schusswaffe Gebrauch zu machen. Informieren Sie umgehend eine Polizeidienststelle, wenn Sie Angaben zu seinem Aufenthaltsort machen können ..."

Dr. Cox drehte sich zu ihm um. Funke wich unwillkürlich zurück, als er den Ausdruck ihrer Augen sah. Sie schien keine Angst vor ihm zu haben – im Gegenteil, ihm schlugen Zorn und Angriffslust entgegen.

„Hören Sie, ich kann das erklären."

Sie antwortete nicht, bückte sich hinter den Empfangstresen und richtete eine Pistole auf ihn, eine Neun-Millimeter-Glock, handlich und leicht, aber dennoch absolut tödlich. „Die meisten Obdachlosen sind zufrieden, wenn sie versorgt werden", sagte Dr. Cox. „Manchmal sind aber auch Schweine unter ihnen, Abschaum wie Sie zum Beispiel."

Abwehrend hob er die Hände. „He, passen Sie mit dem Ding auf. So was kann leicht ins Auge gehen."

„Ich kann damit umgehen, keine Angst. Wie wär's damit: Sie haben versucht, mich zu vergewaltigen, und ich musste mich verteidigen?" Ihr Finger krümmte sich um den Abzug. „Lassen Sie die Jacke fallen. Ich will Ihre Hände sehen!

Funke gehorchte.

In ihren goldbraunen Augen glitzerten Tränen. „Was hat Ihnen Carola getan?"

„Nichts. Ich habe diese Frau nicht getötet."

„Warum laufen Sie dann vor der Polizei davon? Trauen Sie Ihren eigenen Kollegen nicht zu, die Wahrheit herauszufinden?"

„Das ist kompliziert. Jemand will mir einen Mord anhängen, und er ist clever. So clever, dass er ein Netz aus Beweisen geknüpft hat, aus dem ich mich nicht mehr befreien kann, wenn ich mich stelle."

Sie deutete mit dem Pistolenlauf auf eine schmale Tür. „Hören Sie auf zu quatschen. Los, rein da!"

Er tastete hinter seinem Rücken nach der Türklinke. „He, ich werde Ihnen nichts tun. Lassen Sie mich einfach gehen und vergessen Sie, dass ich hier war."

„Wird's bald?"

Funke wich in die Toilette zurück. Dr. Cox sprang vor wie eine Raubkatze, zog die Tür zu und verriegelte sie.

Fieberhaft überdachte Funke seine Möglichkeiten. Instinktiv spürte er, dass sie auf eine Lügengeschichte nicht hereinfallen würde. Versuchen musste er es trotzdem. „Sie machen einen Fehler", rief er.

Dr. Cox antwortete nicht. Er hörte ihre Stimme und begriff, dass sie die Polizei informierte.

„Sie haben mir gesagt, dass Sie Menschen helfen, die schuldlos in Not geraten – so wie die Obdachlosen. Geben Sie mir die Chance, meine Unschuld zu beweisen."

Offenbar hatte sie ihr Telefonat beendet. „Wer war es denn dann? Der große Unbekannte?", rief sie.

„Ich weiß es nicht, ich kann mich einfach nicht erinnern. Sie sind doch Ärztin, Sie kennen sich mit Amnesien aus. Warum kann ich mich an die Nacht nicht erinnern?"

„Die Polizei wird gleich hier sein."

„Warum tun Sie das? Erst verarzten Sie mich, und dann liefern Sie mich der Polizei aus!"

„Da wusste ich noch nicht, wer Sie sind."

„Was ändert das?"

„Carola Wesseling war meine Schwester!", schrie sie.

Funke stöhnte innerlich auf. Wann würde diese verfluchte Pechsträhne enden? Ausgerechnet Dr. Elinor Cox war Carolas Schwester. Carola hatte eine Schwester erwähnt, die Medizin studiert hatte, aber er hatte nur halb zugehört, wie immer.

„Ich habe Carola nicht ermordet. Ich habe sie geliebt. Sie wollte ihren Mann verlassen. An dem Abend, als sie starb, hatte sie große Angst. Sie wollte mir erzählen, warum, aber sie kam nicht mehr dazu. Der Täter hat mich überwältigt und Carola mit meiner Waffe erschossen. Wenn Sie mich der Polizei ausliefern, wird er niemals dafür verurteilt werden."

Auf der anderen Seite war es still. Hörte sie ihm noch zu?

„Er hat etwas am Tatort verloren. Schauen Sie in der Tasche meiner Jacke nach. Geben Sie mir wenigstens das Kreuz. Es ist meine einzige Spur."

Er presste das Ohr an das Türblatt. Die Außentür quietschte in den Angeln. Schritte hallen durch das Treppenhaus, jemand öffnete die Tür zur Praxis, Stimmen näherten sich. Verzweifelt sah er sich in der Toilette nach einem Fluchtweg um. Schließlich riss er das kleine Fenster auf und warf einen Blick hinaus. Er befand sich im zweiten Stock, zwei Meter unter ihm lag das Dach einer Garage. Lieber brach er sich die restlichen Knochen als aufzugeben. Mit schmerzverzerrtem Gesicht kletterte er nach draußen und klammerte sich an ein rostiges Regenfallrohr. Dann wurde ihm plötzlich schwarz vor Augen und er ließ los.

15

„Es ist mir egal, ob Sie keine Leute zur Verfügung haben. Ich will keine Ausreden mehr hören. Suchen Sie die Lahn ab, jeden Zentimeter, wenn es sein muss. Finden Sie Funke! Tot oder lebendig, aber finden Sie ihn!"

Kain unterbrach das Gespräch und wählte eine neue Nummer. Er presste ein Taschentuch auf die Platzwunde über der Augenbraue und stürmte den Gang im dritten Stock des Koblenzer Polizeipräsidiums entlang. Sein schwarzer Regenmantel wehte wie ein Unheil bringendes Segel hinter ihm her. Meinhard bemühte sich, mit ihm Schritt zu halten.

„Ja ... eine Ringfahndung ... ja, einer von uns ... Kriminalhauptkommissar Benjamin Funke ... Nein, er kann noch nicht weit sein ... Woher soll ich wissen, was er vorhat? Ich will Kontrollen und Straßensperren von Nassau bis Koblenz ... es ist mir egal, wie Sie das anstellen."

Kain tippte eine neue Nummer ein und wartete. Entweder war Funke tot oder er hatte einen teuflischen Schutzengel. Noch fehlte jede Spur von ihm. Die Wasserschutzpolizei suchte die Lahn mit Booten ab, die

Ringfahndung lief an, das Netz zog sich zu. Vor einer Stunde war der SWR mit einem mobilen Aufnahmestudio aus Mainz vorgefahren und hatte einen Fahndungsaufruf aufgezeichnet, der stündlich in den Nachrichten gesendet wurde. Lokale Fernsehsender beteiligten sich an der Aktion.

Und dann Bender! Er musste sich um den Fettsack kümmern. Der Idiot verlangte nach einer Lektion, die er nie mehr vergessen würde.

„Wieso zur Hölle muss ich hier alles allein erledigen?", brüllte Kain, obwohl außer Meinhard niemand da war, der ihm zuhören konnte.

Er erreichte die Tür seines Büros. Bevor er eintreten konnte, klingelte erneut sein Handy. Es war Andreas Kreutz, der die Lockvogelaktion leitete. „Kain hier." Er hörte schweigend zu. „Wie, weg?"

„Wir wissen nicht, was passiert ist", antwortete Kreutz.

„Der Wagen war mit einem GPS-Sender ausgerüstet. Wie zum Teufel konnten Sie das Signal verlieren?"

„Da war diese schlecht ausgeschilderte Umleitung. Wir vermuten, dass Helen irrtümlich eine falsche Route genommen hat. Bevor wir reagieren konnten, brach das Signal plötzlich ab."

„Habe ich es denn nur mit Dilettanten zu tun?"

Wenn der Stein etwas passiert war, fiel die Sache möglicherweise auf ihn zurück. Zwar hatte sie aus eigenem Antrieb gehandelt – wofür er gesorgt hatte –, aber er hatte die Aktion genehmigt. Vorschnell, wie ihm jetzt klar wurde. Und wenn er Funke nicht wieder einfing ... Der Teamleiter einer Sonderkommission war ein kleines Licht. Wesseling wurde schnell ungeduldig. Er besaß Macht und Einfluss, um einen Sturm auszulösen, der dieses Licht ausblasen konnte.

„Wir haben ihren Wagen inzwischen gefunden", erklärte Kreutz. „Von Helen fehlt jede Spur."

„Nehmen Sie diese verdammte Tankstelle auseinander. Verhören Sie den Besitzer und alle Angestellten. Ich will wissen, was dort vorgefallen ist. Wahrscheinlich ist der Täter dort beschäftigt und hat bei jedem Tankstopp die Möglichkeit, Motoren zu manipulieren."

„Wir brauchen Unterstützung, um Helen zu suchen."

„Die kann ich Ihnen nicht besorgen. Wir haben selbst alle Hände voll zu tun."

„Aber ..."

„Wenden Sie sich an die örtliche Polizei."

„Die können auch keine Leute entbehren, weil sie nach Carola Wesseling suchen. Wie sollen wir ohne Verstärkung Straßensperren errichten? Wir brauchen einen Helikopter mit Wärmebildkamera."

Kain presste das Taschentuch auf die Platzwunde und schob die Bürotür mit der Schulter auf. Er handelte zu impulsiv, weil er wütend war. Wütend auf Funke, der es gewagt hatte, ihn vorzuführen wie einen Anfänger. Wütend auf den Idioten Bender, der die Katastrophe ausgelöst hatte. Nun musste er sich mit gleich zwei Riesenproblemen herumschlagen. Wenn der vorlauten Stein etwas passierte, würde man ihn zur Verantwortung ziehen. Er konnte Kreutz nicht einfach abwimmeln. „Also gut, ich werde versuchen, Unterstützung zu bekommen. Sie sollen Ihren Hubschrauber haben. Aber trommeln Sie jeden verfügbaren Mann im Westerwald zusammen." Er legte auf und ließ sich in seinen Sessel fallen.

Meinhard lief nervös auf und ab.

„Was ist hier los?"

Kain fuhr überrascht auf. Mit kräftigen Stößen trieb Georg Starbacher seinen Rollstuhl voran und stoppte dicht vor Kains Füßen. „Ich will sofort wissen, was passiert ist."

„Helen Stein ist verschwunden. Wahrscheinlich wurde sie Opfer des Phantoms", sagte Meinhard.

„Wer sind Sie denn?"

„Ein externer Berater", sagte Kain.

Starbachers Bulldoggengesicht lief dunkelrot an. „Berater? Was wird hier eigentlich gespielt? Wer hat grünes Licht für diese brandgefährliche Lockvogelaktion gegeben?" Er drehte seinen Rollstuhl und spießte Kain mit seinem Blick auf. „Das waren Sie. Gnade Ihnen Gott, wenn Helen etwas zugestoßen ist."

„Bei allem Respekt", mischte sich Meinhard ein, „es war Frau Steins Plan. Sie hat ihn entwickelt, es war ihr Vorschlag, den Köder zu spielen."

Kain nickte. „Helen Stein ist eine erfahrene Ermittlerin. Sie kannte die Gefahr." Er zuckte mit den Schultern. „Ich konnte ihren Enthusiasmus leider nicht bremsen. Sie wissen selbst, wie starrköpfig sie ist. Wenn sie sich einmal eine Sache in den Kopf gesetzt hat, hält sie nichts und niemand mehr davon ab. Außerdem war die Aktion bestens vorbereitet. Wenn Sie einen Prügelknaben suchen, schlagen Sie auf die Versager ein, die Frau Stein begleitet und überwacht haben."

Starbacher schob ungeduldig seinen Rollstuhl vor und zurück. „Was haben Sie bisher unternommen, um sie zu finden?", fragte er.

„Dieselben Schwachköpfe, die sie aus den Augen verloren haben, sollen sie auch suchen."

„Das ... das ist alles?"

„Ich habe nicht mehr Leute."

„Kümmern Sie sich gefälligst selbst darum. Helen gehört zu Ihrem Team!"

„Ich bin hier leider unabkömmlich."

„Das werden wir ja sehen." Starbacher wirbelte seinen Rollstuhl herum. „Halten Sie sich zur Verfügung. Ich werde alles Nötige veranlassen."

„Irre ich mich oder sind Sie als Pensionär hier nicht mehr weisungsbefugt?", rief Kain.

„Warten Sie's ab!" Starbacher trieb seinen Rollstuhl zum Lift.

„Verschwenden Sie Ihre Energie nicht an Nebensächlichkeiten. Die ganze Aufregung wird sich als falscher Alarm entpuppen", sagte Meinhard.

„Und wenn nicht?"

„Sie ist gut ausgebildet und hart im Nehmen. Was soll ihr schon passieren?"

Kain ärgerte sich über Meinhards unangebrachte Zuversicht. Er hatte gut reden, schließlich trug er keine Verantwortung für das Desaster. Er hätte Wesselings Drängen nicht nachgeben sollen. „Können Sie den Stoff für Ihr verdammtes Buch nicht woanders sammeln?", fragte er missmutig. „Warum musste es ausgerechnet dieser Fall sein? Warum die Stein?"

Meinhard schlenderte zum Fenster und blickte auf die unter Regenschleiern liegende Stadt. „Sie ist nun mal die Beste."

„Der Plan sah nicht vor, dass jemand verletzt oder getötet wird."

„Ihr Wunsch war es, der Stein die Krallen zu stutzen, damit sie ihre Bestrebungen einstellt, Ihnen Konkurrenz zu machen. Ich habe Ihnen geholfen, dafür erwarte ich Ihre Unterstützung. Eine Hand wäscht die andere. Ich glaube im Übrigen noch immer, dass Blechner das Phantom war. Also kann ihr gar nichts passieren. Wahrscheinlich hatte sie nur eine Autopanne und hat sich im Wald verirrt, während sie Hilfe suchte. Sie wissen doch, wie Frauen sind.“

Kain lehnte sich zurück und presste ein neues Taschentuch auf die Wunde. „Woher nehmen Sie eigentlich Ihre verdammte Selbstsicherheit? Sie irren sich wohl nie, was?“

Meinhards Brillengläser funkelten im künstlichen Licht. „Das gehört nicht zu meinen Gepflogenheiten.“

„Die Affäre kann mir schaden.“

„Das werden wir nicht zulassen.“

„Mit Worten können Sie gut umgehen. Aber wie gut können Sie die Psyche von Straftätern wirklich einschätzen? Ich muss wissen, was Funke vorhat. Also zeigen Sie mal eine Kostprobe Ihrer messerscharfen analytischen Fähigkeiten.“

„Sie haben mir Informationen über Funke versprochen. Noch ist der Mann mir völlig unbekannt.“

„Ich habe Ihnen seine Personalakte besorgt, das muss reichen. Ein Rendezvous kann ich leider nicht arrangieren.“

Meinhard schritt auf und ab. „Funke behauptet, er wäre unschuldig. Seine einzige Chance besteht darin, das zu beweisen. In seiner momentanen Lage dürfte das äußerst schwierig, wenn nicht unmöglich sein. Er ist ein Außenseiter, der keine Freunde hat. Ein Trinker, der unter dem Druck der Fahndung Fehler begehen wird. Wir brauchen nur ein wenig Geduld, dann wird sich Ihr kleines Problem von selbst erledigen.“

„Vielleicht ist er ja in der Lahn draufgegangen“, überlegte Kain. „Ich weiß, dass ich ihn erwischt habe. Bei den winterlichen Temperaturen übersteht er keine zehn Minuten im eiskalten Wasser.“

„Ich würde ihn nicht vorschnell abschreiben. Funke hat schon so manchen Absturz überlebt.“

Kain trommelte einen nervösen Wirbel auf die Armlehne. „Wenn ich nur wüsste, wo ich ansetzen soll.“

„Das liegt doch auf der Hand: Funkes größte Sorge gilt seiner traumatisierten Tochter. Nehmen wir an, er sagt die Wahrheit und er ist tatsächlich nicht der Mörder von Carola Wesseling. Aber ihm war sofort klar, dass er keine Chance auf einen fairen Prozess hat, weil die Frau vermutlich mit seiner Dienstwaffe erschossen wurde und Sie die Ermittlungen leiten. Zumindest wäre das eine Arbeitshypothese. Geht er ins Gefängnis, steht seine Tochter ohne ausreichende Betreuung da. Er war also gezwungen, das Verbrechen zu vertuschen. Funke ist Polizist und weiß, wie man das anstellt.“

„Aber er hat nicht mit Harder gerechnet.“

„Sagt man nicht, sie machen alle einen Fehler?“

„Und wie hilft uns das weiter?“, fragte Kain.

„Der Schlüssel ist Funkes Tochter. Lassen Sie ihn wissen, dass das Jugendamt ihm das Sorgerecht entziehen wird und er jede Chance verspielt, sie jemals wiederzusehen, wenn er sich nicht stellt. Benutzen Sie Nora Funke als Köder.“

Kain nickte nachdenklich. „Ich glaube“, sagte er, „ich habe Sie unterschätzt.“

Meinhard deutete eine Verbeugung an und lächelte. „Sie wären nicht der Erste."

Kain griff nach seinem Handy und wählte Harders Nummer. „Kain hier. Ich will, dass Sie die Tagesklinik im Auge behalten, in der Funkes Tochter untergebracht ist. Er wird versuchen, sie zu sich zu holen … Was? … Dann nehmen Sie sie mit aufs Revier. Und sorgen Sie dafür, dass Funke davon erfährt … Dann machen Sie es eben selbst. Glauben Sie, der Posten des Dienststellenleiters fällt Ihnen in den Schoß?" Er legte auf und lächelte zufrieden.

Sekunden später klingelte sein Handy. Kain meldete sich und hörte schweigend eine Minute zu. „Wo?", fragte er. „Wie heißt diese Ärztin?" Er kritzelte eine Adresse auf die Schreibtischunterlage und legte auf. „Wir haben ihn", sagte er triumphierend. „Setzen Sie sich mit Kreutz in Verbindung. Ich will, dass Sie bei dem Verhör des Tankstellenpersonals anwesend sind."

„Zu welchem Zweck?", fragte Meinhard.

„Ich kann nicht überall sein. Wenn Sie sich irren, schwebt die Stein in Lebensgefahr. Ich wollte ihr einen kleinen Dämpfer verpassen, aber sie nicht diesem Psychopathen ausliefern. Ihr Tod nutzt niemandem. Es war Ihre Idee, sie in die Enge zu treiben, bis sie sich als Köder anbietet. Muss ich Sie daran erinnern, dass dieser Vorschlag Ihre Eintrittskarte war? Sie wollten an dem Fall Phantom mitarbeiten, um aus erster Hand Stoff für Ihr Buch zu sammeln – bitte, jetzt bekommen Sie die Gelegenheit dazu. Sie behaupten doch, die Psyche von Serienkillern zu kennen wie kein Zweiter. Überzeugen Sie mich also von Ihrer Brillanz. Finden Sie Helen Stein!"

16

„Das Relais der Kraftstoffpumpe fehlt. Der GPS-Sender ist auch weg." Engelhardt klappte die Motorhaube des Spiders zu.

Kreutz schlug den Kragen seiner Jacke hoch und trat von einem Fuß auf den anderen. Der Regen war inzwischen in Schnee übergegangen, eine matschige weiße Schicht bedeckte die Einmündung des Wirtschaftswegs. „Dann waren die Pannen doch bewusst herbeigeführt."

Engelhardt sah sich um. „Wenn das so weiterschneit, finden wir keine Spuren mehr. Wir brauchen dringend die KTU."

„Ist unterwegs." Schnaufend sog Kreutz die kalte Luft durch die Nase. Sie hatten mindestens zwei unterschiedliche Fußspuren entdeckt, die kleinere stammte wahrscheinlich von Helen, die größere passte zu einem Männerstiefel oder einem derben Arbeitsschuh. Der aufgeweichte Waldboden war von Reifenspuren durchzogen, vom Abdruck eines Mofareifens bis zum Profil eines Traktors. In den Vertiefungen sammelten sich Wasser und Schnee und zerstörten die subtileren

Spuren, die sie mit bloßem Auge nicht erkennen konnten.

Kreutz rieb die Hände aneinander, um sich zu wärmen. Er wandte sich an den Streifenpolizisten, der sie begleitete. „Warten Sie hier und weisen Sie die Spurensicherung ein, wir fahren zu der Tankstelle zurück."

„Glauben Sie, der Wagen von Frau Stein wurde dort manipuliert?"

„Genau das will ich herausfinden."

Kreutz wendete und steuerte den Vectra die kurvige Landstraße zurück nach Freilingen.

Engelhardt schlug mit der flachen Hand auf das Armaturenbrett. „Wir müssen etwas unternehmen, verdammt. Jede Minute, die wir vertrödeln, kann Helen das Leben kosten."

„Wenn wir handeln, ohne vorher nachzudenken, erreichen wir gar nichts."

Was sollten sie auch tun? Es war, als ob sich Helen in Luft aufgelöst hatte. Die Kollegen vom SEK waren auf ihren Motorrädern wegen des schlechten Wetters nach Koblenz zurückgekehrt. Kreutz hatte sämtliche Dienststellen im Umkreis informiert und um Unterstützung gebeten. Jeder Polizist im Westerwald, der entbehrlich war, suchte nach Helen, Dutzende Streifenwagen waren im Einsatz. Kain hatte Wort gehalten, ein Helikopter mit Wärmebildkamera überflog ein Gebiet in einem Radius von zwanzig Kilometern rings um den Ort, an dem sie Helens Spider gefunden hatten. Trotzdem glich die Aktion der sprichwörtlichen Suche nach der Nadel im Heuhaufen, denn sie wussten nicht, wonach sie eigentlich suchen sollten. Sie kannten noch immer nicht den Wagentyp, mit dem der Täter unterwegs war, und wussten nicht, wohin er Helen gebracht hatte.

Kreutz warf einen Blick auf die Uhr am Armaturenbrett. Es war kurz nach halb acht. Ein stürmischer Wind fegte die Schneeflocken fast waagerecht über das hügelige Land. Wer konnte, hatte sich ins Warme verkrochen.

„Diesmal hat Helen zu viel riskiert", sagte Engelhardt dumpf.

„Quatsch nicht solchen Blödsinn. Wir werden diese verfluchte Tankstelle auseinandernehmen, bis wir wissen, was hier gespielt wird. Und wir werden Helen finden. Lebend. Ist das klar?" Kreutz spürte die Angst seines Partners. Und so etwas wie Trauer. Als wäre Helen schon tot. Er empfand ebenso, aber er wehrte sich dagegen, die Hoffnung aufzugeben. Auch wenn es keiner von ihnen zugeben wollte, Helen war der Liebling des Teams, ohne sie lief nichts. Sie konnte launisch sein wie eine Katze und fuhr ihre Krallen aus, wenn ihr etwas nicht passte. Trotzdem nahm ihr niemand all die kleinen Wutausbrüche und Alleingänge übel. Sie war ein hervorragender Jäger, der fast immer die richtige Spur verfolgte. Mit ihrem Instinkt und ihrem Mut hatte sie sich den Respekt des ganzen Teams erworben. Helen war der unangefochtene Boss gewesen, bis Kain aufgetaucht war.

Engelhardt sprach seine Gedanken aus. „Helen ist die Seele des Teams und so was wie unser Maskottchen. Ich weiß, sie bringt sich mit ihrer großen Klappe immer wieder in Schwierigkeiten, aber sie hat's einfach drauf. Ich lasse nicht zu, dass dieses Schwein ihr etwas antut."

Kreutz nickte stumm. Jeder von ihnen kannte den Drang, Helen zu beschützen. Dieses Gefühl hatte nichts mit den Balzkämpfen verknallter Narren zu tun. Das Team funktionierte, weil sie sich aufeinander verlassen konnten und füreinander einstanden. Und das galt für Helen in ganz besonderem Maß. Sie war der Boss – und irgendwie auch ihre kleine Schwester, die sie gegen jeden Feind verteidigen würden. „Sie hat recht, Kain macht alles kaputt. Er zerstört den Zusammenhalt der Gruppe.“

„Kain kann nur herumschreien und Befehle erteilen. Er wird damit keinen dauerhaften Erfolg haben. Du wirst sehen, in ein paar Monaten sind wir ihn wieder los“, sagte Engelhardt.

„Hoffentlich irrst du dich nicht.“ Wenn sie Helen nicht rechtzeitig fanden, würde alles noch viel schlimmer werden.

Die Antriebsräder des Vectra drehten an dem Steilstück hinter der Baustelle durch, nur langsam krochen sie den Berg hinauf.

Engelhardt zündete sich eine Zigarette an. „Lass dir Zeit. Wir müssen sowieso auf diesen Schreiberling warten.“

„Auf Meinhard?“

„Anweisung von Kain.“

Die blauen Leuchtreklameschilder der Tankstelle tauchten im Schneetreiben auf. Kreutz stoppte den Vectra vor dem hell erleuchteten Verkaufsraum.

„Ist der geflogen?“ Engelhardt deutete auf einen weißen Audi. Meinhard lehnte an der Motorhaube und rauchte eine Zigarette. Er trug einen schwarzen Gabardinemantel, in seinem grau melierten Haar glitzerten

Schneeflocken. Die Kälte schien ihm nichts auszumachen.

„Ich mag den Kerl nicht", sagte Kreutz.

„Gibt's dafür einen besonderen Grund?"

„Nenn es von mir aus Instinkt. Ich kann's nicht leiden, wenn man Freundschaften ausnutzt, um sich Vorteile zu verschaffen."

„Du meinst Wesseling?"

„Genau den."

„Wieso steckt Meinhard überhaupt seine Nase in unseren Fall?"

Kreutz zuckte mit den Schultern. „Hast du doch gehört – angeblich sammelt er Stoff für ein neues Buch und will mal in den harten Polizeialltag reinschnuppern. Vielleicht will er sich selbst auch nur beweisen, dass er besser ist als wir."

Engelhardt stieg aus. „Von mir aus. Er soll zeigen, was er draufhat. Hauptsache, er hilft uns, Helen zu finden."

Meinhard trat seine Kippe aus und kam auf sie zu. „Herr Kain bat mich, bei dem Verhör –"

„Wir wissen Bescheid", fiel ihm Kreutz ins Wort. „Kommen Sie mit, aber lassen Sie uns die Fragen stellen."

Sie betraten den Verkaufsraum. Ein rothaariger Bursche Anfang zwanzig lümmelte auf einem Drehstuhl hinter dem Verkaufstresen. In seinem Gesicht blühten mehr Pickel als Primeln in einem Blumenbeet im Frühling. Er blätterte gelangweilt im Playboy, seine Cowboyboots ruhten auf einem Rollhocker.

Kreutz wies sich aus. „Wir möchten den Besitzer sprechen."

Der Junge streifte den Dienstausweis mit einem lässigen Blick. „Um was geht's denn?"

„Um Kidnapping und Mord. Wenn dein Chef nicht in zwanzig Sekunden vor mir steht, halten wir uns an dich", blaffte Engelhardt.

Das wirkte. Er steckte die Zeitung in den Ständer zurück und verschwand durch eine Tür hinter dem Tresen.

„Ob der abhaut?"

„Glaub ich nicht", antwortete Kreutz. „Aber geh ihm lieber nach."

Engelhardt folgte dem Jungen.

Ein untersetzter Mann um die fünfzig in einem blauen Arbeitsoverall betrat den Verkaufsraum durch die Vordertür. „Polizei?", fragte er misstrauisch. „Worum geht es?"

„Gegen achtzehn Uhr hat eine dunkelblonde Frau hier getankt – um die dreißig, schlank, mit Pferdeschwanzfrisur. Sie fuhr einen auffälligen roten Fiat Spider, älteres Baujahr."

Der Tankstellenbetreiber nickte. „Stimmt. Sie hat etwas zu essen gekauft und ist dann weitergefahren."

„Das ist alles?"

Der Mann überlegte. „Ja. Halt ... sie war noch auf der Toilette."

„Ihren Ausweis bitte."

Der Tankwart klopfte die Taschen seines Overalls ab. „Einen Augenblick." Er kramte in den Schubladen unter dem Tresen und reichte Kreutz seinen Personalausweis. Der gab die Daten an eine Kollegin im Präsidium weiter. „Das volle Programm. So schnell es geht." Er steckte sein Handy ein und gab dem Tankwart den Pass zurück. In Koblenz würde sich nun ein Team mit ihm beschäftigen. War er jemals erkennungsdienstlich behandelt worden? War er vorbestraft oder lagen Anzeigen gegen ihn vor? In spätestens einer Viertelstunde würden sie alles über Norbert Schlabach wissen – ob er Schweinebraten mochte, Frauen hasste und welche Sorte Kondome er benutzte.

„Sie bezahlte also und fuhr wieder ab. Sonst geschah nichts?", fragte Kreutz.

Schlabach zuckte mit den Schultern. „Nicht dass ich wüsste. Während sie auf der Toilette war, hat Achim nach dem Öl gesehen und die Frontscheibe ihres Wagens geputzt."

„Achim?"

„Achim Veit. Ich hab ihn als Aushilfe angestellt." Er tippte sich an die Stirn. „Er stammt aus dem Ort und ist ein bisschen zurückgeblieben. Hat 'ne Menge Pech im Leben gehabt, darum hab ich ihm 'ne Chance gegeben. Er hat zwar nicht viel im Kopf, aber man kann sich auf ihn verlassen."

Kreutz warf Meinhard einen fragenden Blick zu. Der Schriftsteller war erbleicht, als hätte er ein Gespenst gesehen.

„Alles in Ordnung mit Ihnen?"

Meinhard nickte. Er schien plötzlich Mühe zu haben, sich zu konzentrieren.

„Was hat Veit genau gemacht?", fragte Kreutz den Tankwart.

Schlabach strich sich unentwegt über das Kinn, er war nervös. „Na ja, Achim ist manchmal ein bisschen aufdringlich", sagte er.

„Hat er Kunden belästigt?"

„So kann man das nicht nennen. Es macht ihm Spaß, die Wagen zu betanken, die Scheiben zu putzen und nach dem Öl zu sehen. Autos sind das Einzige, von dem er wirklich etwas versteht. Aber die Leute merken natürlich, dass er nicht ganz dicht ist. Er stottert und redet dämliches Zeug.“

„Hat er auch der blonden Frau seine Hilfe angeboten?“

„Ja. Ich hab ihr noch zugerufen, dass alles okay ist. Achim wirkt manchmal ein bisschen … unheimlich auf Fremde. Aber er ist harmlos.“

„Wo hält Achim Veit sich jetzt auf?“

„Er hat vor zwei Stunden Feierabend gemacht.“

„Ich brauche seine Adresse.“

„Ich hab ihm eine kleine Wohnung vermietet.“ Schlabach deutete auf die Tür hinter dem Tresen. „Über einer der Garagen im Hof. Eigentlich ist es nur ein Zimmer mit Bad. Der Junge weiß ja nicht wohin, seit sein Alter das Haus angezündet hat. Wenn er nicht arbeitet, ist er meistens unterwegs. Er hat einen alten Feuerwehrwagen vom Schrottplatz geschleppt und jede freie Minute daran rumgebastelt. Da hat er echt was drauf.“

Kreutz schnippte ungeduldig mit den Fingern. „Den Schlüssel zur Wohnung. Schnell! Sie rühren sich nicht vom Fleck.“

Der Tankwart nickte lahm und nahm einen Schlüssel aus einem Blechkasten neben der Tür. „Achim ist harmlos. Hat er wirklich was angestellt?“

Kreutz schnappte sich den Schlüssel. „Mehr als nur vollgetankt!“ Er stürmte auf den Durchgang zu. Meinhard folgte ihm. Noch immer wirkte er schockiert.

„Ist wirklich alles in Ordnung mit Ihnen?", fragte
Kreutz. „Kain reißt mir den Kopf ab, wenn Ihnen etwas
passiert."

Meinhard fuhr sich mit der Hand über die Augen. „Ja,
alles bestens.."

„Es ist wegen Blechner, nicht wahr?"

Meinhard blickte ihn fragend an.

Kreutz zuckte mit den Schultern und grinste. „Ich
schätze, Ihr Gastspiel bei uns hat sich doch gelohnt.
Hoffentlich haben Sie Ihre Lektion gelernt."

„Welche Lektion?"

„Man sollte sich nie zu früh auf einen Verdächtigen
festlegen. Es versperrt den Blick auf die Alternativen.
Machen Sie sich nichts draus. Sie haben sich geirrt, na
und? Sie sind nun mal kein Polizist."

Meinhard starrte ihn böse an. „Sind Sie nun zufrieden?"

„Ich verstehe nicht."

„Ach nein? Ich habe mich Ihnen aufgedrängt und bla-
miert. Das ist es doch, was Sie denken, und es erfüllt Sie
mit Genugtuung, nicht wahr?"

„Warum sollte es?" Kreutz schüttelte den Kopf. „Sie
mögen ja ein erfolgreicher Autor sein, aber Sie haben
nicht die geringste Ahnung von Polizeiarbeit. Es geht
hier nicht darum, wer Recht behält, sondern um ein
Menschenleben. Um das von Helen." Er trat dicht an
Meinhard heran. „Und ich werde alles tun, um sie zu
finden. Alles, verstehen Sie?"

„Sie sind im Begriff, denselben Fehler zu begehen, den
Sie mir vorwerfen", sagte Meinhard.

„Ich wüsste nicht, wieso."

„Nun, sind Sie fixiert – auf Achim Veit."

„Blödsinn." Kreutz drehte sich um und lief auf den Hof hinaus. Engelhardt überprüfte gerade den Ausweis des rothaarigen Jungen.

„Wir haben ihn!" Kreutz berichtete in knappen Worten vom Gespräch mit dem Tankwart.

„Ich hab dem Alten gleich gesagt, der hat nicht alle Zündkerzen im Motorblock", sagte der Junge. „Was hat er gemacht? Ein Mädchen abgemurkst?"

„Wie kommst du darauf?"

„Weiß nicht, der hat so'n irren Blick. Alle im Ort haben Schiss vor Veit. Der gehört doch in die Klapse. Aber mein Alter musste ja unbedingt den Gutmenschen raushängen lassen."

Kreutz drehte sich zu Meinhard um. „Sind Sie immer noch nicht überzeugt?"

„Nein."

Engelhardt zog seine Waffe. „Gehen Sie in die Tankstelle zurück und warten Sie dort, bis wir Sie rufen."

„Meinen Sie nicht, dass Sie zu impulsiv handeln?", fragte Meinhard. „Hinter Veit kann sich eine völlig harmlose Person verbergen."

„Ja. Und Jack the Ripper half alten Damen über die Straße."

Kreutz sah sich um. Zwei Leuchtstoffröhren tauchten den Hof in silbriges Licht. Auf der anderen Seite des Hofes erhob sich ein schmuckloses graues Wohnhaus, an das sich mehrere Garagen anschlossen. Auf dem Flachdach befand sich ein kastenförmiger Aufbau, zu dem eine steile Betontreppe hinaufführte.

Sie schlichen mit gezogenen Waffen die Treppe hinauf, überquerten das Dach und näherten sich der Wohnung. Hinter keinem der Fenster brannte Licht.

Engelhardt beugte sich über das Geländer und blickte in den Hof hinab. Ein rostroter Toyota und ein Traktor standen in der Verlängerung der Garagenfront, aber kein Feuerwehrwagen.

Sie postierten sich rechts und links neben der Eingangstür. Die beiden hatten solche Standardsituationen schon so oft durchgespielt, dass es keiner Absprache mehr bedurfte. Dass Helen nicht dabei war, fühlte sich wie ein Phantomschmerz an, so als ob ihnen ein Bein oder ein Arm fehlte. Kreutz fummelte den Schlüssel ins Schloss.

Lautlos schlichen sie in die Wohnung. Von einem kurzen Flur gingen zwei Türen ab. Hinter der ersten lag ein winziges Bad, die zweite führte zu einem etwa vier mal fünf Meter großen Zimmer. Engelhardt knipste das Deckenlicht an. An der Fensterwand stand ein zerschlissenes Schlafsofa, rechts gab es eine kleine Küchenzeile mit Herd und Spüle. Ein Tisch, zwei Stühle und ein alter Röhrenfernseher komplettierten die Einrichtung. An den Wänden hingen Poster von Oldtimern – Bugatti, Ford und Maybach.

Rasch durchsuchten sie das Apartment. Sie fanden keinen Computer, keine elektronischen Datenträger und keinen Hinweis darauf, dass Veit seine Taten in irgendeiner Weise geplant hatte. Kreutz war dennoch sicher, dass sie das Phantom aufgespürt hatten.

„Er hat die Benzinpumpe des Spiders manipuliert und dabei den GPS-Sender entdeckt. Den hat er entfernt und ist Helen nachgefahren", überlegte Engelhardt.

Kreutz nickte. „Es passt alles zusammen – er lebt als Einzelgänger, kennt sich mit Motoren aus und ist ein

Fall für die Klapse. Jetzt wissen wir wenigstens, nach welchem Wagen wir suchen müssen."

„Sie sind auf der falschen Fährte." Meinhard stand in der Diele.

„Sie sollten doch in der Tankstelle warten."

„Wenn es stimmt, was der Tankwart behauptet, und Veit geistig zurückgeblieben ist, kann er die Morde nicht begangen haben", beharrte Meinhard. „Die Verbrechen erfordern ein planvolles Vorgehen, und dazu ist Veit nicht in der Lage."

„Aber es passt alles."

„Ich halte ihn für einen Trittbrettfahrer."

„Das werden wir wissen, wenn wir ihn geschnappt haben. Bis jetzt ist er unser einziger Verdächtiger. Wir kennen seinen Namen, also können wir auch sein Umfeld und seinen Lebensweg unter die Lupe nehmen. Daraus werden sich Antworten ergeben."

„Meiner Meinung nach verschwenden Sie Ihre Zeit."

Engelhardt presste sein Handy ans Ohr und forderte ein zweites KTU-Team an. Er gab Veits Namen weiter. In Kürze würden sie wissen, wer er war.

Meinhard tupfte sich mit einem Taschentuch den Schweiß von der Stirn.

„Geht es Ihnen nicht gut?", fragte Kreutz.

„Der plötzliche Wetterwechsel wahrscheinlich. Ich reagiere empfindlich auf feuchtkalte Luft. Wenn Sie mich einen Moment entschuldigen würden?" Er stand auf und verließ die Wohnung.

Engelhardt trat ans Fenster und sah ihm nach. „Komischer Vogel. Verträgt keine Kälte und rennt dann in das Schneetreiben raus. Mit dem stimmt doch was nicht."

„Im Augenblick interessiert mich mehr, was mit Achim Veit nicht stimmt“, sagte Kreutz. „Typen wie Meinhard kenne ich. Sie halten sich für unfehlbar und teilen ordentlich aus, können aber nichts einstecken. Wenn du sie kritisierst, rasten sie aus und brechen zusammen. Dieser Klugscheißer kann es sich nicht eingestehen, dass er sich geirrt hat.“

„Wir haben andere Probleme“, sagte Engelhardt. „Uns läuft die Zeit davon. Lass uns noch mal den Tankwart befragen. Keiner kennt Veit so gut wie er.“

Kreutz biss sich auf die Lippen. Es musste einen zweiten Unterschlupf geben, in den Veit seine Opfer verschleppte. Oder tötete er die Frauen in seinem Camper und vergrub sie dann auf Straßenbaustellen? An der Tankstelle hielten jeden Tag Dutzende Lastwagen. Die Fahrer verbrachten den größten Teil ihrer Zeit auf den Straßen und Autobahnen. Niemand außer ihnen kannte besser all die lästigen Umleitungen und Baustellen im Westerwald. Vermutlich wusste Veit von ihnen, wann am nächsten Morgen wo eine Teerdecke aufgebracht wurde. Kreutz ließ suchend seine Blicke durch den Raum schweifen. Irgendwo hier musste ein Hinweis darauf verborgen sein, wo Veit jetzt steckte. Niemand wusste, wie viel Zeit ihnen blieb, bevor dieser Irre Helen tötete.

17

Helen richtete sich langsam auf. Sie wollte nicht auf den Knien vor diesem Irren herumkriechen. Auf keinen Fall sollte er glauben, dass sie sich vor ihm fürchtete, auch wenn sie vor Angst kaum einen klaren Gedanken fassen konnte. Mühsam unterdrückte sie das Zittern ihrer Hände und umklammerte ein senkrecht an der Wand verlaufendes Heizungsrohr. Die Wärme kroch tröstlich in ihre Fingerspitzen. Sie musste Veit beschäftigen, Zeit gewinnen. Je mehr sie über ihn und seine Motive erfuhr, desto größer war die Chance, ihn zu einem Fehler zu verleiten.

„Warum ich?" Sie erschrak über den Klang ihrer Stimme, heiser und rau wie das Krächzen einer Krähe.

„Bleib unten", befahl Veit.

„Nein."

Er grinste und entblößte zwei Reihen schlecht gepflegter Zähne. Sein Atem roch faulig. Bevor sie reagieren konnte, zog er die Waffe aus seinem Hosenbund und presste die kalte Mündung gegen ihre Stirn. Er bewegte sich schnell und zielsicher wie eine Kobra, sein linkisches Auftreten war nichts weiter als eine einstudierte Maskerade gewesen.

„Ich bin nicht so dumm, wie alle glauben. Es ist sehr nützlich, wenn die Leute einen für einen Vollidioten halten." Er strich über die Konturen ihrer Kehle. Seine Hand wanderte an ihrem Schlüsselbein hinab und legte sich schwer auf ihre Brust. „Bumm-bumm, bumm-bumm, bumm-bumm", sang er.

Helen biss sich auf die Lippen, um nicht schreien zu müssen. Ging es ihm um Sex? Abartigen Sex? Hinter den meisten Serienmorden steckten sexuelle Motive. Hatten die Täter einmal den Rausch des Tötens empfunden, trieb sie der krankhafte Zwang, das Erlebte zu wiederholen, zur nächsten Tat. Es war wie eine Droge, von der man nicht genug bekam und die schnell süchtig machte. Um Befriedigung zu erlangen, musste die Dosis ständig gesteigert werden. Doch jedes Mal fehlte der letzte Kick, das erlösende Nirwana. Es folgte Mord auf Mord, bis der Täter unweigerlich Fehler beging, Spuren hinterließ, die ihn schließlich überführten. Helen hatte Dutzende Fälle untersucht und sich mit den psychologischen Profilen der Mörder auseinandergesetzt. Veit gehörte eindeutig zur unberechenbaren, kranken Kategorie eines Ted Bundy oder Richard Trenton Chase. Sie dachte an die Leiche, die sie unter der Baustelle gefunden hatten. Das Herz fehlte. Was hatte er damit angestellt? Welche perversen Wünsche trieben ihn an?

„Verrätst du mir, warum du mich ausgesucht hast?", fragte sie.

Neugierig drehte er die Pistole in den Händen, offenbar fasziniert von der tödlichen Macht, die von der Waffe ausging. „Er hat dich gewählt. Nicht ich.“

„Wer?“

„Azrael. Ich bin nur sein Diener.“ Veit hielt sich die Walther unter das Kinn. „Peng!“ Er verdrehte die Augen und kicherte kindlich.

„Spiel nicht damit herum. Eine geladene Pistole ist gefährlich. Du willst doch nicht sterben, oder?“

Er legte die Waffe auf den grob gezimmerten Tisch. „Ich kann nicht sterben.“

„Hat Azrael das gesagt?“

„Ja. Solange ich ihm diene, beschützt er mich.“

„Und wenn er gelogen hat?“

„Azrael lügt nicht. Du bist mein Herz, das schlägt.“

„Redet er oft mit dir?“

„Ja, oft.“

„Und … wird er auch mit mir reden?“

Veit blickte sie erschrocken an, als hätte sie etwas Lästerliches, Unerhörtes gesagt. „Nein, nein, nein.“

„Wieso nicht?“

„Azrael spricht nur mit mir.“

„Warum hat er mich gewählt?“

Er näherte sich ihr mit tänzelnden Schritten, streckte seinen Arm aus und fuhr mit den Fingern durch ihr Haar. „Weil du schön bist. Du bist mein Herz, das schlägt.“

Sie wich vor ihm zurück und stieß mit dem Hinterkopf gegen die Kellerwand. Seine Berührung löste Brechreiz in ihr aus.

„Sie werden mich suchen. Ich bin Polizistin.“ Sie drehte sich von ihm fort und blickte zu dem vergitterten Fenster hinüber. „Da draußen ist jetzt die Hölle los. Sie werden die Tankstelle auseinandernehmen. Es wird keine Stunde dauern, und sie wissen alles über dich. Sie werden dein Versteck finden und mich befreien."

Veit legte den Kopf schief und sah sie an wie ein staunendes Kind, das den Weihnachtsmann entdeckt hat.

„Ich kann das verhindern. Lass mich dir helfen, Achim."

Er kicherte, breitete die Arme aus und drehte sich im Kreis. „Niemand kennt mein Versteck, niemand kennt mein Versteck", sang er.

„Noch nicht, aber bald", sagte Helen.

„Sie werden dich nicht finden. Niemand wird dich finden." Plötzlich taumelte er und stöhnte, als würden ihn Schmerzen quälen. Er schwankte und presste die Hände an die Schläfen. Dann rieb er kreisförmig über seine Brust und wisperte: „Eins, zwei, drei ..." Er begann unkontrolliert zu zittern, krümmte sich zusammen, stürzte und wälzte sich dann zuckend auf dem Boden. Veit war krank. Die Anzeichen wiesen auf Epilepsie hin. Das erklärte auch die Stimmen, die er hörte. In einem früheren Fall hatte Helen sich mit der Erkrankung auseinandersetzen müssen, um ein Täterprofil zu erstellen. Sie wusste, dass die Ursache der Anfälle in Fehlfunktionen der Schläfenlappen lag. Die Betroffenen litten an heftigen Déjà-vus, Halluzinationen und hatten häufig religiöse Visionen. Und es bedeutete auch, dass Veit zeitweise die Kontrolle über sich verlor.

Sie kletterte von der Matratze und hetzte auf den Tisch zu, auf dem ihre Waffe lag. Die Kette um ihr Fußgelenk beendete ihren Fluchtversuch auf schmerzhafte

Weise. Sie rutschte aus und fiel platt auf den Steinboden.

Der Schlüssel, mit dem Veit die Schelle um ihren Knöchel verschlossen hatte, hing, mit einem kleinen Karabinerhaken befestigt, an seinem Gürtel. Wenn einer seiner Krampfanfälle tödlich enden sollte, würde sie in diesem Kellerloch verhungern.

Sein Anfall dauerte nur eine Minute. Veits Glieder erschlafften, er atmete zunehmend ruhiger. Sein Blick klarte sich, und er kehrte in die Wirklichkeit zurück.

„Du bist krank. Du brauchst Hilfe", sagte Helen.

Veit zog sich am Tisch hoch. Er schwankte wie ein Grashalm in einem Sommergewitter. Wieder bewegten sich seine Hände in kreisförmigen Bewegungen über seine Brust, und er begann lautlos zu zählen. Helen hatte keine Ahnung, was er damit bezweckte, auf jeden Fall schien ihn das Ergebnis seiner Bemühungen zu erschrecken.

Der Typ hatte eine Schraube locker – nein, sein Gehirn bestand aus einem Sack lockerer Schrauben. Er war total irre und unberechenbar. Nur eines war er nicht: dumm oder geistig zurückgeblieben. Er hatte bereits bewiesen, dass er es meisterhaft verstand, sich zu verstellen und planvoll vorzugehen.

Durch den Türspalt schlich eine pechschwarze Katze mit einem weißen Fleck auf der Brust, der einer Teufelsfratze ähnelte. Geziert lief sie die Stufen hinab und strich an der Wand entlang, als suche sie Veits Aufmerksamkeit.

Veit taumelte aus dem Keller. Sie hörte, wie er die Treppe zum Erdgeschoss hinaufstieg. Die Walther lag noch immer auf dem Tisch. Sie versuchte, die Pistole zu erreichen, aber die Kette ließ ihr keinen Spielraum. Ihre Fingerspitzen erreichten kaum die Tischkante. Fieberhaft suchte sie nach einer Möglichkeit, Veit zu überraschen, wenn er zurückkehrte. Er hatte sich nicht einmal die Mühe gemacht, die Tür zu schließen. Aber wozu auch? Die Kette erlaubte ihr nur Bewegungen in einem Halbkreis von etwa zwei Metern. Sie konnte das Waschbecken und die Campingtoilette erreichen, alles andere blieb für sie so weit entfernt wie die Rückseite des Mondes. Doch selbst, wenn sie sich im Keller hätte frei bewegen können, hätte sie keinen Vorteil daraus ziehen können. Der Raum war leer, es gab nichts, das ihr als Waffe dienen könnte.

Aus dem Augenwinkel beobachtete sie die Katze, die auf einer der Stufen saß und gelangweilt ihre Pfoten leckte. Welche Bedeutung hatten die Katzen, die sie draußen bemerkt hatte, für Veit? Vielleicht gar keine, vielleicht vermehrten sie sich einfach unkontrolliert. Obwohl es dunkel gewesen war, glaubte Helen die Umrisse eines Gehöftes oder eines Bauernhauses erkannt zu haben. Wahrscheinlich war Veits Versteck ein abseits gelegener Hof inmitten der Einöde. Kreutz und Engelhardt würden Jahre brauchen, um sie zu finden.

Veit kehrte zurück, er schien sich schnell von seinem Anfall erholt zu haben. Was dann geschah, würde Helen niemals in ihrem Leben wieder vergessen. Er ging zum Tisch, steckte die Walther in den Hosenbund und setzte sich neben die Katze auf die Steinstufe. Leise redete er auf sie ein und kraulte ihren Nacken. Es war ein surreales Bild. Veit war ein brutaler Mörder, ein Wahnsinniger, der keinen Funken Mitleid mit seinen Opfern hatte. Dennoch war er in der Lage, einfühlsam und zärtlich auf das Tier einzugehen. Die Katze entspannte sich und begann zu schnurren. Veit griff in seine Jackentasche. Mit einem scharfen Schnappen sprang die fünfzehn Zentimeter lange Klinge eines Stiletts aus dem Griff. Veit liebkoste die Katze weiter mit der Linken. Plötzlich presste er ihren Kopf auf die Stufe und schnitt ihr mit einer schnellen Bewegung die Kehle durch. Blut spritzte empor, in wenigen Sekunden erschlaffte die Gegenwehr des Tieres. Veit drehte die Katze auf den Rücken, ritzte ihre Brust kreuzförmig ein und krallte seine Finger in die Wunde. Dann riss er der Katze das Herz aus dem Leib und aß es.

Helen beobachtete die Szene wie einen Albtraum, aus dem es kein Erwachen gab. Veits Gesicht und seine Kleidung waren mit Katzenblut beschmiert. Er stand auf, schob den Kadaver mit dem Fuß zur Seite und schien mit offenem Mund angestrengt zu lauschen. Blut tropfte an seinen Mundwinkeln herab.

„Azrael kommt!", flüsterte er.

Ohne sie zu beachten, durchquerte er den Keller und schloss die Tür an der hinteren Wand auf. Auch diese Tür war aus massivem Holz und mit schweren Eisenbeschlägen und modernen Riegeln aus rostfreiem Stahl gesichert. Helen erhaschte einen Blick in den Raum dahinter. Sie erkannte eine Art Podest mit einem Tisch oder einem Altar, auf dem Dutzende Kerzenstummel standen. Der Gestank nach Tod und Verwesung, der durch die Öffnung wehte, nahm ihr den Atem.

Kurz darauf erschien Veit wieder. Er schleifte eine nackte Frauenleiche hinter sich her. Leise sang er: „Bumm-bumm, bumm-bumm, bumm-bumm."

Helen starrte auf das graue Gesicht der Leiche. Sie hatte es schon einmal gesehen, auf einem der Fotos der vermissten Frauen. Die Tote war Elfie Georg, die vor einer Woche an der B292 spurlos verschwunden war. In ihrer Brust klaffte ein tiefes Loch. Das Herz fehlte.

18

Der Mann, der sich als Kriminalrat Berthold Kain vorgestellt hatte, lehnte mit verschränkten Armen am Empfangstresen der Praxis. Elinor Cox konnte ihn vom ersten Augenblick an nicht leiden. Er gab sich Mühe, charmant aufzutreten, aber sie war eine geübte Beobachterin. Kain würde seine Rolle nur so lange spielen, bis er hatte, was er wollte. Er schien geradezu besessen davon zu sein, Funke zur Strecke zu bringen, denn er konnte seine Ungeduld nur mühsam bezwingen. Vielleicht sollte sie ihn ein bisschen zappeln lassen. Wie lange würde es wohl dauern, bis er die Beherrschung verlor und sich wie das Arschloch aufführte, das er offensichtlich war? Den Polizisten, der ihn begleitete, behandelte er jedenfalls wie ein Stück Dreck.

„Hat er gesagt, was er vorhat?", fragte er.

„Nein, er hat mir seine Pläne nicht verraten."

Kain schnippte mit den Fingern. „Bender, suchen Sie nach Spuren. Kann sein, dass er irgendetwas hiergelassen hat, das uns weiterhilft."

Der dicke Polizist, der stumm neben der Eingangstür gewartet hatte, flitzte los und steckte seine Nase in die Toilette und die Behandlungszimmer.

„Er kam also wegen einer Schussverletzung zu Ihnen?", fragte Kain.

„Sie haben mich schon zweimal danach gefragt, und die Antwort ist immer noch die gleiche: ja."

„Sie wissen, dass solche Verletzungen meldepflichtig sind?"

„Warum, glauben Sie, habe ich Sie angerufen? Der Kerl hat meine Schwester auf dem Gewissen."

Kain begann auf und ab zu stolzieren und blieb dann vor der Voliere stehen. Ibn Sina, der Graupapagei, hielt den Kopf schief und beäugte ihn neugierig. Er krächzte, sträubte das Gefieder und drehte ihm dann sein Hinterteil zu.

„Wie gelang es Ihnen eigentlich, Funke in der Toilette einzuschließen? War Ihnen nicht bewusst, dass er gefährlich ist?"

Sie besaß zwar einen Waffenschein, verspürte aber keine Lust, Kain auf die Nase zu binden, dass sie eine Pistole in der Praxis aufbewahrte. „Er musste mal für kleine Jungs", log sie. „In einer Arztpraxis lassen sich alle Türen von außen öffnen und natürlich auch verriegeln."

„So, wie Sie es schildern, klingt es ganz leicht. Ich hörte, Sie verarzten unentgeltlich Patienten, die sich eine Behandlung nicht leisten können?"

„Wenn ein Obdachloser in Bad Ems gesundheitliche Probleme hat, kann er zu mir kommen, das ist richtig."

„Wohltätigkeit scheint ein Wesenszug Ihrer Familie zu sein."

„Stört Sie das?“

„Nicht im Geringsten. Und Funke hat wirklich nicht gesagt, was er vorhat? Möglicherweise hat er beiläufig einen Namen erwähnt oder sich auf andere Weise verraten.“

„Nein, hat er nicht.“

„Sehen Sie, ich frage mich, wie er denkt, welchen Schritt er als Nächstes unternehmen wird.“

„Tut mir leid, da kann ich Ihnen nicht helfen.“

„Vielleicht doch“, sagte Kain. „Ich bin darüber informiert, dass Sie gute Kontakte zu den Pennern im Lahntal haben.“

„Ich bevorzuge es, sie Obdachlose zu nennen. Ich wüsste nicht, was das mit Funke zu tun hat.“

„Nun, diese Pe... diese Stadtstreicher stehen in Ihrer Schuld. Sie werden sicher bereitwillig einen kleinen Auftrag für Sie ausführen, nicht wahr?“

„Können Sie mal zur Sache kommen?“

„Ich möchte, dass Ihre Freunde Funke eine Nachricht zukommen lassen.“

„Wozu soll das gut sein?“

„Ich könnte mir vorstellen, dass er sich nach Erhalt der Nachricht freiwillig stellt“, antwortete Kain. „Kennen Sie jemanden, der dafür geeignet ist?“

Sie blickte Kain abschätzend an. Obwohl Funke der Mörder ihrer Schwester war, hatte sie sich in seiner Gegenwart wohler gefühlt als in der von Kain. „Sokrates kann das übernehmen.“

„Ein würdiger Name für einen Obdachlosen. Wo finde ich diesen Sokrates?“

Elinor beschrieb ihm einen Treffpunkt der Stadtstreicher am Lahnufer in der Nähe des Spielcasinos.

Kain rang sich ein Lächeln ab. „Vielen Dank. Sie haben mir sehr geholfen." Er drehte sich suchend im Kreis. „Bender?"

Der dicke Polizist tauchte aus dem Wartezimmer auf. „Was gefunden?"

„Nein."

„Dann kommen Sie mit. Wir sind hier fertig. Bis bald, Frau Dr. Cox."

Kain verließ mit seinem stummen Adjutanten die Praxis. Ibn Sina krächzte zum Abschied.

„Ganz recht", sagte Elinor. „Mir gefällt er auch nicht."

Ihr Blick fiel auf die Garderobe. Die Lederjacke, die Funke zurückgelassen hatte, hing noch immer an einem der Haken. Der dicke Polizist hatte sie offensichtlich nicht mit ihm in Verbindung gebracht, sie selbst hatte nicht mehr an sie gedacht. Sie beschloss, die Jacke in ihre Kleiderkammer zu bringen, aus der sie ab und zu Sachen an die Obdachlosen verteilte. Die Jacke entglitt ihren Fingern und fiel zu Boden. Ein blinkender Gegenstand purzelte aus einer der Taschen. Der Schock raste wie ein Stromschlag ihre Nervenbahnen entlang. Sie starrte auf das goldene Ankh-Kreuz mit den bunten Glaseinlagen und vergaß zu atmen. Sie hatte dieses Kreuz schon einmal gesehen. Es war so still in der Praxis, als hätte das herausgefallene Schmuckstück die Zeit angehalten. Elinor bückte sich nach dem Kreuz und hob es auf. Fast erwartete sie, die Berührung würde ihre Finger verätzen, so wie die Erinnerung einen Teil ihrer Seele aufgefressen hatte.

Die tiefe Kerbe auf der Rückseite und der gesplitterte Obsidian ließen keinen Platz für Zweifel, es war dasselbe Kreuz mit denselben hieratischen Schriftzeichen.

Ihre Gedanken kehrten an einen brütend heißen Sommertag im Sudan zurück. Vierundzwanzig Jahre waren seit jenen schrecklichen Stunden vergangen. Hatte der Gott, zu dem sie seit damals nie mehr gebetet hatte, ihren Wunsch nach Vergeltung endlich erhört? Es konnte kein Zufall sein, dass das auffällige Schmuckstück gerade jetzt ihren Lebensweg zum zweiten Mal kreuzte; ausgerechnet an dem Tag, von dem an sie die letzte Überlebende der Familie Cox war. Sie war plötzlich sicher, dass Funke die Wahrheit gesagt hatte.

Elinor streifte eine warme Jacke über, steckte die Glock und das Kreuz ein und lief in die kalte Oktobernacht hinaus. Sie hatte einen Fehler begangen. Sie musste Sokrates finden, bevor Kain mit ihm gesprochen hatte.

19

„Er ist da drin.“

Der Obdachlose, den sie Sokrates nannten, schlug den Kragen seines Mantels hoch und drückte seinen formlosen Hut in die Stirn. Ein kalter Wind fegte von Norden her durch das Lahntal und trieb Nebelschwaden vor sich her wie vom Himmel gefallene Wolken.

„Und Kain?“, fragte Elinor.

Sokrates kicherte. „Der sucht ihn am anderen Ende der Stadt.“ Er deutete mit dem Daumen über die Schulter. „Ich hab ihm gesteckt, was der Bulle mir aufgetragen hat. Ich dachte, er soll's wissen. Aber es is nix Gutes.“ Er rieb sich den struppigen Bart. „Ich mag Kain nicht. Die Menschen tragen ihre Namen oft zu Recht.“

„Was für eine Nachricht solltest du Funke überbringen?“

„Das fragense ihn mal lieber selber.“

Sie steckte ihm einen Fünfzig-Euro-Schein in die Jackentasche. Auf ihr Netzwerk konnte sie sich verlassen.

„Was woll'n Se denn von dem? Der is gefährlich. Hat 'ne Frau abgemurkst und jetzt suchen se ihn.“

„Danke für die Warnung. Ich kann selbst auf mich aufpassen.“

„Ich mein ja nur. Aber wennse mich fragen – wie’n Mörder sieht der nich aus. Trotzdem, man kann ja nie wissen.“ Er zog geräuschvoll die Nase hoch. „Sie tun ’ne Menge für unsereins. Wir würden Se nur ungern verliern. Ich kann ein paar Kumpels zusammentrommeln.“

„Nein. Ich will alleine mit ihm reden.“

„Es is nur, weil … ich hab ihn ja selber aus der Lahn gefischt. Am Ende bin ich noch schuld, wenn Ihnen was passiert.“

„Nein, bestimmt nicht. Mach dir keine Sorgen.“

Im Schutz der Dunkelheit überquerte Elinor den Platz vor der Kirche und stieg die Stufen der Freitreppe hinauf. Rasch schlüpfte sie durch eine Tür im Portal und betrat das Kirchenschiff. Von den steinernen Bodenplatten kroch Grabeskälte in ihre Stiefel, im Innern des Gotteshauses war es kaum wärmer als auf dem eisigen Vorplatz.

Die Bankreihen zu beiden Seiten des Mittelgangs waren leer. Funke saß im rechten Seitenschiff in der Nähe eines kleinen Altars. Vor einer Marienstatue brannten Kerzen wie glimmende Seelenlichter. Elinor schob sich die Bankreihe entlang und setzte sich neben Funke. „Sie haben etwas in meiner Praxis vergessen.“

Sie reichte ihm die Lederjacke. Funke reagierte nicht. Den Blick starr auf die flackernden Kerzenlichter gerichtet, schien sein Geist bereits jenseits dieser Welt zu verweilen.

„Das ist so ziemlich der letzte Ort, an dem ich Sie vermutet hätte. Wer hätte gedacht, dass Sie ein gläubiger Christ sind?"

„Bin ich nicht", antwortete er.

Elinor betrachtete sein Profil. Seit sie ihm vor zwei Stunden in der Praxis zum ersten Mal begegnet war, schien Funke um Jahre gealtert zu sein. Er hockte mit hängenden Schultern da wie ein alter Mann. Auf der Bank neben ihm stand eine halb volle Schnapsflasche. Er griff mit zitternden Fingern danach und trank einen Schluck. „Was wollen Sie von mir?"

„Das weiß ich selbst nicht so genau", seufzte sie. „Ihnen helfen, schätze ich. Außerdem ... können Sie mir helfen. Eine Hand wäscht die andere." Widerstrebende Gefühle tobten in ihrem Herzen. Sie wusste nicht mehr, wem sie trauen sollte. Ließ sie sich mit dem Mörder ihrer Schwester ein oder war Funke unschuldig?

„Sehe ich so aus, als wäre ich in der Lage, jemandem zu helfen? Ich kann mir nicht mal selber helfen", erwiderte er.

„Sind Sie noch sauer auf mich, weil ich Sie verpfiffen habe?"

Funke nahm einen Schluck aus der Flasche und zuckte mit den Schultern. „Sie hatten wohl allen Grund dazu."

„Warum sind Sie vor der Polizei geflohen, wenn Sie's nicht gewesen sind?" Sie lachte auf. „Das ist doch skurril, oder nicht? Ein Polizist haut vor der Polizei ab, weil er ihr nicht zutraut, die Wahrheit ans Licht zu bringen."

Eine Weile war nur sein keuchender Atem zu hören. „Berthold Kain, der ermittelnde Beamte, wird es nicht zulassen", sagte er.

„Warum sollte er nicht an der Wahrheit interessiert sein?"

„Sie verstehen das nicht."

„Dann erklären Sie es mir."

„Wozu? Es ist vorbei. Ich werde mich stellen."

„Ich hätte nicht gedacht, dass Sie ein Mann sind, der schnell aufgibt."

Endlich wandte er ihr das Gesicht zu. Überrascht bemerkte sie, dass in seinen braunen Augen Tränen schimmerten. „Wie sehe ich denn aus?"

Wie ein gebrochener Mann, dachte Elinor entsetzt. Jedenfalls nicht wie der zu allem entschlossene Kämpfer, dem sie vorhin begegnet war. Seine Haut war grau und wächsern, die blutunterlaufenen Augen stumpf und glanzlos. Er atmete stoßweise, hielt sich krumm und litt augenscheinlich starke Schmerzen. Und er war betrunken.

„Sie sehen aus, als ob Sie gleich zusammenklappen. Sie brauchen ärztliche Hilfe."

„Gute Idee. Kennen Sie zufällig einen Arzt, der Schusswunden behandelt und den Mund halten kann?"

Elinor ignorierte seinen Sarkasmus. „Was ist passiert? Ist es die Nachricht, die Sokrates überbracht hat?"

„Und wenn es so wäre, könnten Sie auch nichts daran ändern."

„Es tut mir leid, dass ich Sie verdächtigt habe, meine Schwester ermordet zu haben. Ich glaube inzwischen, dass Sie nichts damit zu tun haben. Und wenn Sie mich unterstützen, kann ich das vielleicht auch beweisen."

Funke hob die Flasche an die Lippen und trank.

„Sie sind Polizist. Sie wissen, wie man Menschen aufscheucht, die nicht gefunden werden wollen", fuhr sie fort. „Helfen Sie mir, und ich helfe Ihnen."

„Ich weiß nicht, was Sie von mir wollen. Lassen Sie mich in Ruhe."

Verärgert zog sie die Brauen zusammen. Sie war es nicht gewohnt, abgewiesen zu werden. Und sie mochte keine Versager. „Es kann Ihnen doch nicht gleichgültig sein, wenn die Welt Sie für einen Mörder hält."

„Mir war schon immer egal, was die Leute über mich denken."

„Ist das Ihr letztes Wort?"

„Ja."

„Sie geben tatsächlich auf, ich fasse es nicht. Sie erschienen mir wie ein Mann, dem man besser nicht auf der Nase herumtrampelt. Einer, der nach Gerechtigkeit sucht", sagte sie kopfschüttelnd. „Aber wenn Ihnen nichts Besseres einfällt, suhlen Sie sich doch in Ihrem Selbstmitleid! Ich werde den Scheißkerl, der meinen Vater und meine Schwester umgebracht hat, auch alleine finden!"

„Ihr Vater wurde ebenfalls ermordet?"

„Ja, verdammt. Sind Sie auch noch schwerhörig oder kommt das von der Sauferei?"

„Woher wollen Sie wissen, dass es sich um denselben Täter handelt?"

Abwehrend verschränkte sie die Arme vor der Brust. „Interessiert Sie meine unmaßgebliche Meinung nun doch? Erst verraten Sie mir, was Sokrates Ihnen gesagt hat."

Funke ballte die Hände zu Fäusten und öffnete sie wieder. Mit gesenktem Kopf sagte er: „Ich habe eine

Tochter. Nora. Sie ... wurde im vergangenen Jahr Opfer eines Verbrechens.“

„Ist sie tot?“

„Nein. Sie lebt. Zumindest das, was von ihr übrig ist. Man könnte sagen, ihre Hülle läuft noch herum, aber ihre Seele ist zerstört. Ob sich dieser Zustand jemals wieder ändern wird, weiß niemand. Sie wurde in dieser Kirche getauft. Ich bin gewissermaßen aus Nostalgie hier gelandet.“

„Sie verhält sich autistisch aufgrund des durchlebten Traumas.“ Elinor kannte solche Schicksale. Sie war vier Jahre lang für die Organisation Ärzte ohne Grenzen im Sudan und in Somalia tätig gewesen. Schließlich war sie nach Deutschland zurückgekehrt, weil das Elend ihre eigene Psyche anzugreifen begann.

„Ja, autistisch“, sagte Funke. „So nennt man das wohl. Nora ist auf meine Hilfe angewiesen. Sie braucht mich. Außer mir und meiner Putzhilfe lässt sie niemanden an sich heran.“

„Und was hat das mit Kain zu tun?“

„Kain und ich ... wir sind alte Freunde. Oder vielleicht sollte ich besser sagen: alte Feinde. Er hat mir durch Sokrates mitteilen lassen, dass er mir das Sorgerecht entziehen wird. Sie werden Nora in ein Heim für psychisch Kranke stecken. Ohne den Kontakt zu mir wird sie eingehen wie eine Blume, die kein Wasser mehr bekommt.“

„Ich verstehe. Es sei denn ...“

„Es sei denn, ich stelle mich und lege ein Geständnis ab.“

„Entschuldigen Sie, ich wollte nicht ... das tut mir leid.“

„Ist schon okay.“

„Wir werden einen guten Verteidiger finden. Er wird Ihre Unschuld beweisen“, sagte Elinor.

„Nein, wird er nicht. Die Beweislage ist erdrückend.“

„Wenn Sie aufgeben, werden Sie den Rest Ihres Lebens im Gefängnis verbringen. Damit helfen Sie Ihrer Tochter auch nicht.“

„Sie haben recht. Ich werde mich vor einen Zug werfen, das ist einfacher. Oder warten Sie … he, Sie sind doch Ärztin. Besorgen Sie mir eine lustige bunte Pille, und zack“, er schnippte mit den Fingern, „das war’s dann.“

„Sie wollen sich also einfach – zack – Ihrer Verantwortung entziehen? Sie machen es sich verdammt leicht.“

„Ich mag’s nicht, wenn es kompliziert wird.“

„Hat Ihnen schon mal jemand gesagt, dass Sie schrecklich zynisch sind?“

„Das passiert mir laufend. Ich habe Sie nicht gebeten, sich in meine Angelegenheiten einzumischen.“

„Aber verarzten durfte ich Sie.“

„Ich dachte, Sie seien so altruistisch eingestellt, dass Ihnen Geld nichts bedeutet?“ Er stöhnte und verlagerte sein Gewicht.

Sie legte ihre Hand auf seine Stirn. Seine Haut war eiskalt und mit Schweiß bedeckt. „Seit wann hat sich Ihr Zustand verschlechtert?“

Er hustete trocken und zitterte in einem Anfall von Schüttelfrost. „Weiß nicht, seit ’ner Stunde oder so.“

„Sie haben hohes Fieber. Sie müssen sofort in ein Krankenhaus.“

„Es lohnt die Mühe nicht.“

„Sie können einen rasend machen! Sie sind nicht der
einzige Mensch auf der Welt, der Probleme hat."

„Warum fragen Sie nicht den Pfarrer, ob Sie hier eine
Predigt halten dürfen? Sie haben Talent."

„Springen Sie von mir aus doch in die Lahn. Nur eins
sollten Sie dabei bedenken."

„Was?"

„Carolas Mörder wird nie gefasst werden, wenn Sie
für ihn ins Gefängnis gehen. Sie sind der Einzige, der
ihn überführen kann."

„Was macht Sie da so sicher? Vielleicht bin ich ja die
größte Niete, die je als Polizist ihre Brötchen verdient
hat."

Sie schüttelte energisch den Kopf. „Nein, das sind Sie
nicht. Ich jedenfalls werde den Kopf nicht bei der ersten Niederlage in den Sand stecken. Und außerdem
mag ich keine Jammerlappen."

Funke lächelte schwach. „He, die mag ich auch nicht."

„Gerade eben wollten Sie noch freiwillig in den Knast
gehen."

„Sie sind verflucht hartnäckig." Er betrachtete sie prüfend.

Sie ärgerte sich über seine abschätzenden Blicke.
„Und? Gefällt Ihnen, was Sie sehen? Soll ich mich gleich
ausziehen?"

Funke grinste. „Eigentlich sind Sie ganz okay. Ja, Sie
gefallen mir. Sie sind ein Dickschädel, genau wie ich.
Und Sie ähneln Carola. Fast könnte man meinen, Sie
wären Zwillinge. Sie kamen mir gleich bekannt vor,
aber ich hab nicht weiter darauf geachtet. Dabei hätte
ich es sofort bemerken müssen. Ich bin wohl ziemlich
durch den Wind."

„Das ist doch schon mal ein Anfang. Geben Sie mir ein paar Minuten. Wenn ich Sie dann nicht überzeugt habe, können Sie sich immer noch vor einen Zug werfen.“

„Ich kann mich nicht einfach mit Ihnen in ein kuscheliges Café setzen und plaudern. Es ist nur eine Frage der Zeit, bis ich einer Streife in die Arme laufe.“

„Dann bleiben wir eben hier. So eine Kirche ist doch der richtige Ort, um sein Herz auszuschütten. Was lief da zwischen Carola und Ihnen?“

„Sie war etwas Besonderes, ein Mensch, den man nur einmal im Leben trifft. Ich hatte das Gefühl, schon immer nach ihr gesucht zu haben, und plötzlich hatte ich sie gefunden. Ich weiß, dass sie genauso empfand. Wir begegneten uns und verliebten uns ineinander. So simpel, wie es sich anhört, war es auch. Carola wollte ihren Mann verlassen, weil sie todunglücklich war. Sie bereute es, ihn geheiratet zu haben. Am Tag ihres Todes rief sie mich an. Sie war aufgeregt, und es schien mir, als ob sie große Angst hätte. Also trafen wir uns in dem Haus am See. Sie wollte mir etwas sagen, etwas Wichtiges, aber sie kam nicht mehr dazu.“

„Warum nicht?“

„Weil ich …“

„Die Wahrheit, Funke.“

„Weil ich … nur an Sex gedacht habe.“ Er ließ den Kopf hängen. „Es tut mir leid. Ich meine … Carola war eine aufregende Frau. Ich liebte nicht nur ihre Seele, sondern auch ihren Körper. Ich war ausgehungert nach Zuneigung, nach Liebe. Das können Sie nicht wissen … oder gar verstehen. Wenn ich ihr zugehört hätte, könnte sie vielleicht noch leben. Damit ist Carolas Tod in gewisser Weise auch meine Schuld."

„Erzählen Sie mir, was in jener Nacht geschah."

„Ich weiß es nicht. Jemand hat mir eins über den Schädel gezogen. Als ich aufwachte, konnte ich mich an nichts erinnern. Überall war Blut, es gab Spuren eines Kampfes."

„Warum haben Sie nicht die Polizei gerufen?"

Funke schwieg und setzte die Schnapsflasche an.

„Ich muss wissen, ob ich Ihnen vertrauen kann. Wenn ich Ihnen helfen soll, müssen Sie mir die Wahrheit sagen", drängte Elinor.

„Das kann ich nicht."

„Also doch. Sie haben Carola ..."

„Nein, ich habe sie nicht getötet. Aber wenn ich Ihnen alles erzähle, werden Sie mir nicht mehr helfen. Sie werden zu Kain gehen und ihm verraten, wo er mich finden kann."

„Versuchen Sie es. Ich schätze, Sie haben keine Wahl. Dann wissen Sie wenigstens, ob Sie mir vertrauen können."

Er reichte ihr die Flasche. „Wollen Sie auch einen?"

Sie stieß seinen Arm fort. „Hören Sie mir der Sauferei auf und sagen Sie mir, was passiert ist."

„Sie werden das Zeug noch brauchen."

„Reden Sie schon."

„Ich wachte neben Carola auf. Sie war tot, erschossen mit meiner Dienstwaffe, die ich noch in der Hand hielt. Verstehen Sie jetzt, warum ich nicht die Polizei rufen konnte?"

„Es wäre also denkbar, dass Sie meine Schwester getötet haben, ohne sich daran zu erinnern."

Funke schwieg lange. „Ich … ich habe Angst, dass ich ein Mörder bin, das ist richtig. Aber ich … ich habe Carola so sehr geliebt, ich hätte ihr nie etwas zuleide tun können. Ich glaube … nein, ich bin überzeugt, dass noch jemand im Haus war. Er schlug mich nieder und tötete Carola mit meiner Waffe."

„Was macht Sie so sicher?"

Er hustete trocken. „Da ist noch etwas. Als ich aufwachte, war ich stockbetrunken."

„Sie haben ein kleines Alkoholproblem, wie?"

Funke stellte die Flasche auf dem Boden ab. „Nein, es ist nicht, wie Sie denken. Ja, ich habe getrunken. Viel. Zu viel. Nora war ein Jahr lang in der Hand eines Psychopathen, und das war meine Schuld. Ich hätte besser auf sie aufpassen müssen. Ich war davon überzeugt, dass sie tot war. Aber von dem Tag an, an dem wir sie befreiten, habe ich keinen Tropfen mehr getrunken."

„Warum taten Sie es in jener Nacht?"

Funke zitterte in einem Fieberschub. „Das habe ich nicht."

„Eben sagten Sie, Sie können sich nicht erinnern und wären besoffen aufgewacht."

„Ja, das stimmt. Und ich konnte mir meinen Zustand nicht erklären. Am nächsten Morgen entdeckte ich in meiner Armbeuge eine Einstichstelle. Sie könnte von einer Injektionsnadel stammen." Er blickte sie mit traurigen Augen an. „Kann man einen Menschen auf diese Weise betrunken machen? Indem man ihm den Alkohol direkt in die Vene spritzt?"

„Davon habe ich noch nie gehört."

„Wäre es möglich?"

Sie dachte nach. „Ja, im Prinzip wäre es möglich."

„Zunächst habe ich geglaubt, dass Wesseling Carola gefolgt ist, uns beobachtet und sie aus Eifersucht umgebracht hat. Anschließend hat er mir den Mord in die Schuhe geschoben. Aber inzwischen bin ich mir nicht mehr sicher. Der Täter muss medizinische Kenntnisse besitzen. Er weiß, wie man eine intravenöse Spritze setzt, hat mir den Alkohol injiziert und mich neben die Leiche gelegt. Nachdem ich bewusstlos war, meldete sich ein Anrufer bei der Polizei und gab an, er hätte Lärm und Streit im Wochenendhaus gehört. Ich habe am nächsten Morgen die Nachbarn befragt. Niemand hat die Polizei angerufen. Also kann es nur der Mörder gewesen sein. Hätte mein Kollege mich nicht informiert, sondern wäre selbst zum See gefahren, wäre der Plan aufgegangen. Er hätte mich mit der Waffe in der Hand neben der Leiche gefunden und verhaftet. Verstehen Sie jetzt, warum mir keine andere Wahl blieb?"

„Kain hat mich darüber informiert, dass die Leiche verschwunden ist."

Funke reichte ihr die Schnapsflasche. „Ich hab Ihnen gesagt, Sie werden das Zeug brauchen."

Sie nahm die Flasche, trank aber nicht. „Wo ist Carola?"

„Hören Sie, ich weiß nicht, ob ..."

„Wo ist sie?"

„An einem würdevollen Ort."

Elinor nahm einen großen Schluck aus der Flasche und rang nach Luft. „Sie haben sie ..." Sie konnte es nicht aussprechen. Der Gedanke war zu entsetzlich. Neben ihr saß der Mann, der ihre tote Schwester irgendwo wie einen Hundekadaver vergraben hatte.

„Ja. Hab ich. Und glauben Sie mir, es hat mir keinen Spaß gemacht." Funke schwitzte wie ein Malariakranker. „Wenn Sie jetzt zu Kain gehen, dann ... kann ich das verstehen."

„Halten Sie den Mund, ich muss nachdenken."

Funke schwieg und starrte in die Flammen der Opferkerzen.

„Sie machen es einem nicht leicht", seufzte Elinor.

„Ich habe Sie gewarnt. Mir blieb keine Wahl. Wenn ich ins Gefängnis muss, hat meine Tochter niemanden mehr. Verstehen Sie das nicht?"

„Ich hab's kapiert. Und Sie haben wirklich gedacht, Sie kommen mit der Nummer durch?"

„Ja. Wäre ich. Leider habe ich eine Kleinigkeit übersehen."

„Was denn?"

„Jürgen Harder – einen Kollegen, der scharf auf meinen Posten ist und hinter mir her schnüffelte. Er wusste von meinem Verhältnis mit Carola."

Sie öffnete die Faust, in der sie die ganze Zeit das Ankh-Kreuz verborgen hatte. „Wo haben Sie das gefunden?", fragte sie.

„Spielt das eine Rolle?"

„Ob Sie von hier aus in den Knast wandern oder nicht, hängt von Ihrer Antwort ab."

„Ich verstehe nicht."

„Antworten Sie."

Funke schloss die Augen. Sein Gesicht war grau wie Asche. „Überall im Haus gab es Kampfspuren. Carola muss sich verzweifelt gewehrt haben. Ich fand das Kreuz in ihrer Faust. Sie muss es dem Mörder abgerissen haben."

„Ich habe dieses Schmuckstück schon einmal gesehen. Es gehört dem Mann, der meinen Vater ermordet
hat.“

„Wusste Carola um die Bedeutung des Kreuzes?“

„Ich bin nicht sicher. Sie hat nie über den Tag gesprochen, als unser Vater ermordet wurde. Ja, es wäre möglich. Sie könnte es wiedererkannt haben. Vielleicht war
es das, was sie Ihnen erzählen wollte, denn Sie sind Polizist. Sie hätten entsprechende Schritte einleiten können.“ Sie sah ihn an. „Und darum halte ich Sie für unschuldig. Vielleicht musste Carola sterben, damit ein altes Verbrechen ungesühnt bleibt. Wenn Sie mir helfen,
den Mörder meines Vaters zu finden, werden Sie auch
Ihre Unschuld beweisen können.“

Funke nahm das Kreuz in seine zitternden Hände.
„Und Carola?“

„Wenn das alles vorbei ist, werden Sie dafür sorgen,
dass sie ein ordentliches Begräbnis bekommt. Wie Sie
das anstellen, ist mir egal.“

Funke nickte. „Das ist auch mein Wunsch.“

„Okay. Dann sind wir uns einig.“

„Da ist noch etwas“, sagte Funke. „Ich komme nicht
an meine Tochter heran, ohne dass Kain davon Wind
bekommt. Er wird Vorkehrungen getroffen haben, um
mir eine Falle zu stellen.“

„Wo befindet sich Nora?“

„In einer Tagesklinik in der Nähe von Hachenburg.“

„Ich kann nicht einfach dort hineinmarschieren und
ein Mädchen entführen. Ich weiß nicht mal, wie sie
aussieht.“

„Das brauchen Sie auch nicht. Ich beschäftige eine Haushaltshilfe, Swetlana. Wenn mein Dienst es verhindert, holt sie Nora ab. Sie vertraut ihr."

Elinor zog ihr Handy aus der Jackentasche. „Haben Sie die Nummer im Kopf?"

Funke nickte. „Ja, ich denke schon."

„Dann rufen Sie sie an. Und sagen Sie ihr, sie soll mir das Mädchen übergeben."

Funke nahm das Telefon mit zitternden Fingern entgegen und wählte.

Die Tür im Portal fiel ins Schloss. Der dumpfe Knall hallte durch die leere Kirche wie ein Schuss. Schritte näherten sich. Funke beendete das Gespräch. „Seien Sie in einer Stunde in Hachenburg. Swetlana wartet auf Sie in dem Café am Alten Markt." Er drehte den Kopf und spannte die Muskeln an. „Aus unserer Mörderjagd wird wohl nichts, Dr. Cox", murmelte er.

„Einen wirklich würdigen Ort für deine Verhaftung hast du dir da ausgesucht, Ben." Polternd schritt Kain den Mittelgang entlang und quetschte sich in die Bankreihe.

„Sind Sie bewaffnet?", fragte Elinor leise.

„Was spielt das für eine Rolle? Die haben längst die Kirche umstellt."

Kain stolperte über einen Stapel Gesangsbücher und fluchte.

„Wir brauchen einen Plan", flüsterte Elinor.

„Ich hasse Pläne."

Sie lächelte und steckte ihm die Glock zu. „Nehmen Sie mich als Geisel."

„Sind Sie verrückt?"

„Nicht mehr als Sie.“ Sie griff in ihre Jackentasche und schob ihm die kleine Pistole zu, mit der sie ihn in der Praxis bedroht hatte.

Kain rieb sich das Schienbein und blieb überrascht stehen, als er Elinor entdeckte.

„Los, machen Sie schon“, flüsterte sie. „Oder gönnen Sie diesem Rotzlöffel den Triumph, Sie zu verhaften?“

„Ah, Sie haben ihn bereits kennengelernt.“

Funke schlang seinen Arm um Elinors Kehle und hielt ihr die Glock an die Schläfe. „Bleib stehen, Berthold!“

Kain verlangsamte seine Schritte. „Mach keinen Quatsch, Ben. Du kommst hier nicht raus.“

„Ich hab nichts mehr zu verlieren. Es war ein Fehler, mir mit dem Entzug des Sorgerechts für Nora zu drohen.“

„Wir können über alles reden.“

„Dafür ist es zu spät. Zieh den Mantel aus. Langsam und vorsichtig! Dann geh rückwärts bis zum Mittelgang und leg deine Waffe auf den Boden.“

„Ben, hör mit diesem Räuber- und Gendarmspiel auf.“

„Glaub mir, Berthold, das ist längst kein Spiel mehr.“

Funke zwang Elinor aufzustehen. Ihr Herz raste. Sie spielte mit dem Feuer. Vielleicht war ihr verrückter Plan die dämlichste Idee, die sie je gehabt hatte.

Betont langsam warf Kain seinen Mantel über eine Bank, zog seine Pistole aus dem Holster und legte sie im Mittelgang ab. Mit unverhohlenem Hass sah er Funke an. „Du hast keine Chance. In ein paar Minuten ist die Stadt abgeriegelt.“

„Rüber zum Altar!“

Elinor spürte den Druck des kalten Pistolenlaufs. Hoffentlich wusste Funke, was er tat. Er war bleich wie die Gipsstatue hinter dem Altar und konnte sich kaum noch auf den Beinen halten. Wenn eine seiner gebrochenen Rippen seine Lunge durchbohrte, würde er kollabieren. Und mit ihm würde sie die einzige Chance verlieren, endlich die Wahrheit zu erfahren.

„Wer hat draußen das Kommando?", fragte Funke.

„Bender."

„Sag ihm, er soll seine Leute abziehen, sonst gibt es Tote."

„Das hat doch keinen Sinn. Gib auf."

Funke schlang seinen Arm fester um Elinors Nacken und humpelte mit ihr auf den Mittelgang zu. Er kickte Kains Waffe in das Dunkel unter den Bankreihen und richtete die Glock auf ihn. „Man kann auch ohne Kniescheiben leben, nicht wahr, Dr. Cox?"

Kain erblasste.

„Hast du die Hosen voll, Berthold? Jemand hat mich reingelegt, und ich werde rausfinden, wer diese Schweinerei angezettelt hat. Wenn du daran beteiligt bist, mach ich dich fertig. Diesmal werde ich nicht die Klappe halten, verlass dich drauf. Alles wird ans Licht kommen. Dann kannst du dir eine Zelle mit mir teilen. Was hältst du davon? Wir beide zwanzig Jahre aneinandergekettet?"

Elinor biss sich auf die Lippen. Worauf hatte sie sich eingelassen? Funkes Zorn war nicht gespielt. Wenn sie ihn falsch einschätzte, würde sie zwischen die Fronten geraten. Etwas Schreckliches verband diese beiden Männer, etwas, das ihre Lebenswege maßgeblich beeinflusst hatte und einen unüberwindlichen Graben zwischen ihnen gezogen hatte. Etwas, das Funke unberechenbar machte.

„Was hast du jetzt vor?", fragte Kain lauernd.

„Ich sag's nicht noch mal. Zieh deine Leute ab." Funke griff in Elinors Manteltasche und warf Kain den Autoschlüssel zu.

„Wo steht Ihr Wagen?", fragte er.

„Auf dem Platz vor der Kirche – der schwarze Mazda."

Funke nickte Kain zu. „Bender soll unbewaffnet zum Hauptportal kommen. Er wird den Wagen vor dem Nebeneingang der Sakristei abstellen."

„Du kommst niemals aus der Stadt raus."

„Wenn du versuchst, mich aufzuhalten, gefährdest du das Leben der Geisel. Und jetzt beeil dich!"

Kain zog sein Handy aus der Hosentasche und gab Funkes Befehle weiter. „Sie brauchen zehn Minuten", sagte er.

Funke stützte sich schwer auf Elinors Schultern und wankte. Wenn er noch hier in der Kirche zusammenbrach, war ihr verrückter Plan gescheitert, bevor er richtig begonnen hatte.

„Noch ist es Zeit, aufzugeben. Du wirst einen fairen Prozess bekommen", sagte Kain.

„Hör auf zu quatschen. Geh jetzt zum Portal." Mit der Linken umklammerte er Elinors Kehle, die Rechte hielt die Glock, die er abwechselnd auf ihren Kopf und Kain richtete.

Elinors Zweifel wuchsen. Sie hatte diesen Mann erst vor zwei Stunden kennengelernt. Niemand wusste, wie er unter dem Druck, sein Kind zu verlieren, reagieren würde. Warum zum Teufel konnte sie niemals ihre große Klappe halten?

Langsam bewegte sich Funke mit ihr auf den Mittelgang zu. „Durchsuchen Sie Kains Mantel nach Handschellen", sagte er.

Er lockerte den Griff um ihre Kehle. In einer der Manteltaschen fand sie, wonach Funke suchte.

Widerwillig setzte Kain einen Fuß vor den anderen. Immer wieder wanderten seine Blicke lauernd zwischen Funke und ihr hin und her. Er schien geradezu flehentlich darauf zu hoffen, dass sich Elinor selbst befreite, Funke überwältigte und den ganzen Spuk beendete. Aber sie dachte nicht daran, ihm den Gefallen zu erweisen. Kain erreichte das Hauptportal. „Was jetzt?"

„Bleib stehen. Dreh dich nicht um!"

Funke wischte sich den Schweiß von der Stirn. Er war aschfahl und zitterte.

Die Tür im Portal öffnete sich quietschend. Der dicke Polizist stand unschlüssig im Halbdunkel des Vorraums.

„Er soll reinkommen. Gib ihm den Autoschlüssel", krächzte Funke.

„Warum nimmst du keinen von unseren Wagen?", fragte Kain.

„Den ihr mit einem Peilsender präpariert habt? Los, mach schon!"

Bender trat mit erhobenen Händen durch die Pforte im Portal und blieb in der Nähe des Weihwasserbeckens stehen. Kain reichte ihm den Schlüssel.

„Fahren Sie den schwarzen Mazda vor den Eingang zur Sakristei und stellen ihn mit der Beifahrertür zur Kirche ab. Ich will, dass beide Türen offen sind und der Motor läuft. Haben Sie das verstanden?", sagte Funke.

Bender nickte, nahm die Schlüssel und zog sich zurück. Fünf Minuten später rollte der Wagen vor den Buntglasfenstern vorbei.

„Fesseln Sie ihn an das Gitter!" Funke ließ Elinor los und stieß Kain auf ein Ziergitter zu, das einen Teil des Seitenschiffs vom Hauptschiff abtrennte. Sie schloss die Handschellen um Kains Handgelenk und kettete ihn an das Gitter. Funke zog sie zum Altarraum. Von dort führte eine Tür zur Sakristei. Die Außentür war unverschlossen.

Auf dem Seitenhof wartete ihr schwarzer MX 5. Beide Türen waren geöffnet, der Schlüssel steckte. Auf dem Kirchenvorplatz standen fächerförmig drei Streifenwagen. Es war gespenstisch still. Selbst das allgegenwärtige Rauschen des Stadtverkehrs schien verstummt zu sein. Trockenes Laub raschelte im Wind und sammelte sich in den Ecken des Gebäudes. Ein Rabe krächzte heiser in einer der alten Platanen im Park.

„Ob die Scharfschützen postiert haben?", fragte Elinor leise.

„Darauf können Sie wetten. Gehen Sie zur Fahrertür und machen Sie keine hastigen Bewegungen. Auf mein Zeichen steigen Sie ein."

Sie blickte zu den Streifenwagen hinüber. In der Dunkelheit konnte sie nicht erkennen, ob sie besetzt waren. Im Park gab es Dutzende Verstecke, von denen aus man den Kirchplatz im Auge behalten konnte. Hinter jeder der Platanen konnte sich ein Scharfschütze verbergen. Ihr waghalsiger Plan erschien ihr plötzlich selbstmörderisch.

„Gehen Sie jetzt los."

Funke wankte, hielt sich am Türrahmen fest und zielte auf ihren Kopf. Die Schusswunde an seiner Seite hatte wieder zu bluten begonnen, der Blutfleck auf seinem Sweatshirt wurde größer.

Elinor ging zur Fahrertür, Funke trat aus dem Schatten der Kirche.

„Nehmen Sie die Hände hoch und lassen Sie die Waffe fallen!"

Wie aus dem Boden gewachsen stand plötzlich der dicke Polizist vor der Motorhaube des Mazdas. Er musste hinter einem der Stützpfeiler des Kirchengebäudes gewartet haben.

Funke fuhr herum, die Waffe noch immer auf Elinor gerichtet. „Das ist ein verdammt schlechter Zeitpunkt, um bei Kain Pluspunkte zu sammeln."

„Kain kann mir den Buckel runterrutschen. Ich brauche Ihre Hilfe."

„Bitten Sie jeden mit einer Waffe in der Hand um einen Gefallen?"

Bevor Bender antworten konnte, schlug die Tür im Kirchenportal mit einem lauten Knall zu.

„Hauen Sie ab, Bender! Sie gefährden das Leben der Geisel", brüllte Kain.

Elinor verharrte regungslos neben dem Wagen, ihre Muskeln schmerzten und protestierten vor Anspannung. Um sie herum wartete ein Dutzend nervöser, bewaffneter Männer darauf, dass Funke die Nerven verlor und losballerte.

„Helen ist weg", sagte Bender.

„Wie, weg?", fragte Funke.

„Das Phantom hat sie geschnappt.“ Er deutete zur Kirche hinüber. „Kain hat sie so lange provoziert, bis sie sich als Lockvogel angeboten hat.“

„Was wollen Sie von mir?“

„Sie kennen den Westerwald. Sie wissen, wo man sich verstecken kann. Sie sind der Einzige, der sie finden kann.“

„Und Kain?“

„Kain ist ein Arschloch. Sie haben doch erlebt, wie er mich behandelt. Er ist froh, dass Helen aus dem Rennen ist. Eigentlich sollte sie die SoKo nach Starbachers Abgang leiten, und plötzlich taucht Kain auf. Er weiß genau, dass sie ihn in jeder Hinsicht in die Tasche stecken kann. Deshalb reißt er sich nicht gerade ein Bein aus, um nach ihr zu suchen.“

„Ich verstehe.“

Bender legte vorsichtig die Waffe auf den Boden und wich mit erhobenen Händen zurück. „Hauen Sie ab, Funke. Finden Sie Helen.“

Funke hielt sich an am Dachholm fest und ließ sich in den Wagen sinken. „Fahren Sie los!“

Elinor stieg in den Mazda, trat das Gaspedal durch und raste durch den Park auf die Uferstraße zu.

Bender schrie: „Nicht schießen! Nicht schießen!“

„Haben Sie Ihren Führerschein auch in Afrika gemacht?“, fragte Funke. Er war kaum noch bei Bewusstsein.

Sie lenkte den Wagen mit der Rechten und tastete gleichzeitig ihre Jackentaschen ab. Der Mazda rumpelte über die Bordsteinkante und landete krachend auf der Lahnuferstraße. Elinor riss das Steuer herum und zwang den schlingernden Sportwagen in die Spur zurück.

„Wollen Sie bei dem Höllentempo etwa auch noch telefonieren?"

Sie tippte mit dem Daumen eine Nummer ein. Funke verdrehte die Augen.

„He, Funke! Hierbleiben!"

Sie bremste und kuppelte gleichzeitig und wich gekonnt einem Paket-Transporter aus. Elinor rüttelte Funke an der Schulter. „Sie müssen wach bleiben! Nicht einschlafen! Was wird Kain jetzt unternehmen?"

Funkes Augenlider flatterten. „Sie ... werden überall Straßensperren errichten. Wir müssen in den nächsten zehn Minuten aus der Stadt raus. Kain ... hat nicht genug Leute, um die Ausfallstraßen so schnell abzuriegeln. Und ... Sie ... den Wagen ... nach einem Sender absuchen."

Rücksichtslos trieb Elinor den Mazda durch den abendlichen Stadtverkehr. Am Westende der Stadt überquerten sie die Lahn. Ungeduldig zählte sie die Rufzeichen. Einer der wenigen Menschen, denen sie vertraute, war Dr. Abu Sambesi. Sambesi war mit ihr zusammen aus Afrika nach Deutschland gekommen. Der Kenianer war ein hervorragender Chirurg und leitete eine Privatklinik in Nassau. Außerdem schuldete er ihr noch einen Gefallen. Erleichtert vernahm sie seine sanfte Stimme.

Funke klappte mühsam die Augen auf. „Nicht ... in den Tunnel! Oh, verdammt."

„Was ist los?"

„Ich ... kriege keine ... Luft mehr." Seine Lippen waren blau angelaufen.

Im Nebel glühten die Bremslichter eines Lastwagens auf. Elinor vermied knapp einen Zusammenstoß. Bremsen quietschten, wütende Autofahrer strapazierten ihre Hupen. Elinor ignorierte eine rote Ampel, überholte in halsbrecherischem Tempo einen Bus und gab Sambesi Anweisungen.

Dann warf sie das Handy in die Mittelkonsole und bog in die Westeinfahrt des Malbergtunnels ein. Funke hatte das Bewusstsein verloren. Wenn seine Lungen kollabierten, gab es keine Rettung mehr für ihn.

In dem dichten Feierabendverkehr kam sie nur langsam vorwärts. Sie wagte es nicht, in der Tunnelröhre zu überholen, und war gezwungen, im Verkehr mitzuschwimmen. Die vorausfahrenden Fahrzeuge bremsten plötzlich ab, blaues Blinklicht fetzte über die Tunnelwände. Sie begriff jetzt Funkes Warnung, die Polizei hatte die östliche Einfahrt abgeriegelt. Der Verkehr kam zum Stillstand, die Falle schnappte zu. Zumindest würde Kain das glauben. Doch Elinor hatte nie beabsichtigt, den Tunnel wieder zu verlassen. Der MX5 quetschte sich an einem überladenen Kombi vorbei und rollte in eine Nothaltebucht.

„Funke! Wachen Sie auf! Sie dürfen jetzt nicht schlappmachen. Wir haben es gleich geschafft!"

Schläfrig hob er die Augenlider. „Hat Ihnen schon mal jemand gesagt, dass Sie wie ein Kameltreiber Auto fahren? Ich glaube, ich kotze Ihnen den Wagen voll."

Elinor stieg aus, lief um den Mazda herum und riss die Beifahrertür auf. Sie löste den Sicherheitsgurt und zog Funke aus dem Wagen. Er atmete flach und stoßweise, sein Gesicht war aschgrau. „Sie ... haben den Tunnel abgesperrt", presste er hervor.

„Unwichtig. Halten Sie durch."

Mit der Schulter schob sie eine Fluchttür auf und schleppte Funke in den Gang dahinter. Von den Betonwänden des Treppenschachtes, der zum Notausgang führte, hallten Schritte wider. Erleichtert entdeckte sie das runde Gesicht von Dr. Sambesi. „Mir dir wird es nie langweilig, Elinor. Was hast du diesmal angestellt?"

„Hilf mir. Schnell!"

Sambesi schlang sich Funkes Arme um den Nacken. Gemeinsam schleppten sie ihn die Stufen hinauf. Vor dem Ausgang wartete ein Krankenwagen.

Elinor warf einen Blick über das Lahntal. Vor dem oberen Tunnelende blitzten die Lichter der Streifenwagen durch die Dunkelheit. Sie stieg zu Sambesi in den Notarztwagen und lehnte erschöpft den Kopf an den Sitz. Warum ging sie ein solches Risiko ein? Sie musste nicht lange über den Grund nachgrübeln. Der Mann, der vor neunzehn Jahren ihren Vater getötet hatte, war wieder aufgetaucht. Und diesmal würde er nicht entkommen. Aber dazu brauchte sie Funke. Lebend.

„Herzstillstand!", rief Sambesi.

20

Der Katzenkadaver lag auf der untersten der vier Stufen, die zu der Kellertür hinaufführten. Während Helen sich darauf konzentriert hatte, Veits Handeln und Denken zu analysieren, war die Angst aus ihrem Fokus verschwunden. Doch nun, in der Einsamkeit des Kellerlochs mit der toten Katze als Gesellschaft, konnte sie die aufsteigende Panik nicht mehr unterdrücken.

Veit war einer der schlimmsten Psychopathen, denen sie je begegnet war. Er war eindeutig geisteskrank, aber das hinderte ihn nicht daran, gerissen und umsichtig vorzugehen. Er hatte es verstanden, eine perfekte Tarnung aufzubauen. Wenn er nicht aus Leichtsinn einen Fehler beging, würde er noch jahrelang weitermorden, ohne dass ihm die Polizei auf die Spur kam.

Helen hatte ein Dutzend Serienmörder überführt und war in stundenlangen Verhören in ihre kranke Psyche vorgedrungen. In der Sicherheit des Untersuchungsgefängnisses war sie bestrebt gewesen, zu begreifen, was in ihnen vorging. Sie hatte verstehen wollen, was diese Männer zu ihren Taten trieb. Die Fragen und Antworten kamen ihr nun vor wie ein harmloser Zeitvertreib.

Denn jetzt war sie nicht mehr unbeteiligter Zuschauer, sondern selbst Teil eines mörderischen Spiels. Die übermächtige Angst vor Schmerz und Tod war allgegenwärtig.

Sie hockte mit angezogenen Beinen auf der schimmeligen Matratze und schlang die Arme um die Knie. Plötzlich begann sie hemmungslos zu weinen, krümmte sich zu einem furchtsamen kleinen Ball zusammen und wünschte sich, unsichtbar zu sein, sich aufzulösen und eins zu werden mit der Dunkelheit.

Irgendwann siegte die Erschöpfung über die Angst, und sie fiel in einen unruhigen Schlummer. Als sie aus quälenden Albträumen hochschreckte, hatte der Schlaf ihre Nerven so weit beruhigt, dass in einem Winkel ihres Gehirns der Überlebenswille aufflammte. Sie begann, ihre Umgebung systematisch zu erkunden. Sie wusste nicht zu sagen, wie lange sie antriebslos vor sich hingedämmert hatte und ob sie noch genug Zeit hatte, bevor Veit zurückkam. Aber sie musste es versuchen. Ihre Hände waren noch immer mit dem Kabelbinder auf den Rücken gefesselt. Es wurde Zeit, das verdammte Ding loszuwerden.

Sie kroch über die Matratze und setzte sich auf die Bettkante, die Kette um ihr Fußgelenk folgte rasselnd ihren Bewegungen. Das massive Bettgestell bestand aus Eisenrohren und sah aus, als hätte es ein Riese zusammengeschweißt, um sich eine Schlafstatt zu bauen. Es stand in einer Art Nische, die kaum größer als das Bett war. In Helens Reichweite befanden sich nur die Campingtoilette, eine Rolle Klopapier und der Wassereimer. Der Keller war solide aus Bruchsteinen und gebrannten Ziegeln gemauert. Das Fenster an der vorderen

Wand lag dicht unter der Decke und war für sie ohnehin nicht zu erreichen. Bis auf den Tisch und das Bett war der Raum leer. Und dann war da noch die geheimnisvolle Tür in der Rückwand.

Helen verspürte das dringende Bedürfnis, ihre Blase zu entleeren. Der Gedanke, dass Veit zurückkehren konnte, während sie die Campingtoilette benutzte, ekelte sie an, aber ihr blieb keine Wahl. Die gefesselten Hände erschwerten jeden Handgriff, aber schließlich schaffte sie es, den Deckel der Toilette hochzuklappen, ihre Jeans über die Hüften zu streifen und sich zu erleichtern. Die Hose hochzuziehen, erwies sich als der schwierigste Teil, aber auch das gelang ihr. Ihr Zorn auf Veit wuchs und drängte die Furcht weiter zurück.

Sie hatte Durst, ihr Magen knurrte. Dass sie hastig an der Tankstelle ein Croissant verschlungen hatte, schien ihr Tage her zu sein. Der Eimer war bis zum Rand mit Wasser gefüllt. Zunächst widerstand sie der Vorstellung, wie ein Kalb aus einer Viehtränke zu saufen, aber sie würde alle ihre Kräfte brauchen, um zu fliehen. Also kniete sie sich auf den Boden und probierte das kalte Wasser. Er hatte einen kupfernen Beigeschmack, war aber trinkbar.

Als Nächstes inspizierte sie das Bettgestell und die Matratze. Die Stahlkette, die Veit an ihrem Knöchel befestigt hatte, endete in einer mit einem Vorhängeschloss gesicherten Schlaufe an einem der hinteren Bettpfosten. Wenn es ihr gelang, das Gestell nach oben zu drücken, würde die Kettenschlinge freiliegen. Helen legte sich auf den Bauch, robbte unter das Bett und machte einen Katzenbuckel, um das Bett anzuheben. Obwohl sie all ihre Kraft einsetzte, bewegte sich das

Rohrgestell keinen Millimeter. Erschöpft sank sie auf den Boden und erkannte schließlich den Grund für die Aussichtslosigkeit ihrer Fluchtversuche. Die Vierkantrohre endeten in Eisenplatten, die mit dem Untergrund verschraubt waren. Sie kroch unter dem Bett hervor und erhob sich auf die Knie. Es musste einen Weg aus diesem Gefängnis geben, es gab immer einen Weg.

Sie drehte sich auf die Seite, zog die Beine an, schob mit den Fingerspitzen ihre Jeans hoch und begutachtete die eiserne Schelle. Sie lag eng um ihren Knöchel und hatte die Haut aufgescheuert. Ohne passenden Schlüssel würde sie die Fessel niemals lösen können.

Immer wieder spießte sie mit ihren Blicken jedes Detail im Keller auf – gestampfter Lehmboden, kahle Steinwände, der grob behauene Tisch ... und ein rostiger Mauerhaken in der Wand über dem Bett. Sie kletterte auf die Matratze, um den Haken besser in Augenschein nehmen zu können. Die Kette ließ ihr gerade genug Spielraum dazu.

Der Maueranker hatte die Aufgabe, der Wand zusätzliche Stabilität zu verleihen. Vermutlich war er beim Bau des Hauses angebracht worden, denn er schien so alt wie das Gemäuer selbst. Das Mauerwerk ringsum um den Haken war bröckelig, Mörtel war aus den Fugen geplatzt und hatte die scharfen Kanten des Hakens freigegeben. Helen drehte den Rücken zur Wand und begann, den Kabelbinder, mit dem ihre Arme gefesselt waren, über das Eisen zu reiben.

Es dauerte zehn Minuten, bis das zähe Plastik durchgescheuert war und riss. Ihre Hände waren frei.

Erschöpft ließ sie sich auf die Matratze sinken. Die uralten Federelemente drückten sich durch den fadenscheinigen Stoff und hatten ihn an manchen Stellen bereits durchbohrt. Helen erweiterte mit den Fingern einen Riss in der Matratze und bog eine der Spiralfedern hin und her, bis der Draht brach. Mit klopfendem Herzen betrachtete sie das Schloss an ihrem Knöchel. Es war ein Bügelschloss mit einem modernen Sicherheitszylinder. Der Draht des Federelements war zu dick, um mit ihm den filigranen Öffnungsmechanismus knacken zu können.

Sie glitt von der Matratze und kroch unter das Bett. Das zweite Schloss, mit dem die Kette am Bettpfosten gesichert war, unterschied sich erheblich vom ersten. Der Schließzylinder war einfach und grob. Helen begann, den Draht in die richtige Form zu biegen. Dazu klemmte sie ihn zwischen den Auflagerahmen der Matratze und das Rohrgestell und benutzte eins der Kettenglieder als Biegewerkzeug. Nach einigen missglückten Versuchen hatte sie einen primitiven Dietrich zurechtgebogen und kroch wieder unter das Bett. Während ihrer Ausbildung hatte sie gelernt, wie man mit einer Büroklammer oder einem Draht das Schloss einer Handschelle öffnete. Der Mechanismus war simpel, aber effektiv. Helen brauchte eine halbe Stunde, bis der Haltebügel klickend aus dem Zylinder sprang.

Als sie die Kette aus dem Bügel fädelte, glaubte sie, das Poltern schwerer Stiefel auf der Kellertreppe zu vernehmen. Sie lauschte angestrengt, ob sich die Geräusche wiederholten, aber alles blieb still. Danach sollte sie für lange Zeit nichts mehr hören außer ihrem eigenen angsterfüllten Atem.

21

Funke erblickte ein Stück vom tiefblauen Himmel. Über den Zweigen eines Kirschbaums zogen flauschige weiße Federwölkchen dahin. Fast erwartete er, dass ein Windstoß die Blüten auseinandertreiben würde wie einen Schwarm bunter Schmetterlinge. Er hörte leise Stimmen, jemand stellte ihm eine Frage. Funke versuchte zu antworten, aber es gelang ihm nicht. Die schützende Dunkelheit senkte sich wieder über sein Bewusstsein.

Er wusste nicht, wie viel Zeit seit seinem letzten Erwachen vergangen war. Der friedliche Ausschnitt des blau-weißen Himmels war jedenfalls noch da, als er wieder erwachte. Er entpuppte sich als ein raffiniert beleuchtetes Bild, das einen Teil der Decke ausfüllte. Funke versuchte, den Kopf zu heben, und löste damit einen heftigen Schiwindelanfall aus. „Durst", krächzte er heiser.

Schritte näherten sich, jemand schob eine Hand unter seinen Nacken, und kühles Wasser benetzte seine ausgetrockneten Lippen. Nie hatte er etwas Köstlicheres getrunken.

„Wie geht es Ihnen?", fragte eine weibliche Stimme.

Funke versuchte sich aufzurichten. Die Welt drehte sich um ihn, als flöge er auf der Schaukel eines Kettenkarussells dahin. „Zum Abgewöhnen. Mir ist kotzübel."

„Das sind die Nachwirkungen des Narkosemittels. Es wird Ihnen bald bessergehen."

Narkosemittel? Wo zum Teufel war er? Er schielte auf seinen linken Arm, der sich so schwer anfühlte, als wäre er mit Blei ausgegossen worden. Aus einer Nadel in seinem Handrücken schlängelte sich ein Schlauch zu einem Infusionsbeutel. Vorsichtig drehte er den Kopf nach rechts und löste damit einen neuen Schwindelanfall aus. Als sich sein Blick klarte, erkannte er Dr. Cox. Sie trug einen Arztkittel, um ihren Hals baumelte ein Stethoskop. Ihr dunkelblondes Haar war im Nacken zu einem Pferdeschwanz zusammengebunden. Skeptisch betrachtete sie die tröpfelnde Infusionslösung und regulierte den Durchfluss mit einem Plastikventil.

„Was ... haben Sie mit mir angestellt?"

„Seien Sie froh, dass Dr. Sambesi Sie wieder zusammengeflickt hat. Die gebrochene Rippe hatte sich in Ihren Lungenflügel gebohrt. Sie sind noch in meinem Wagen kollabiert. Ohne eine Notoperation wären Sie nicht mehr am Leben."

„Wo bin ich? Die Polizei ..."

„... wird Sie nicht finden. Sie sind in einer Privatklinik in Nassau." Sie zwinkerte ihm zu, „eine Einrichtung, die Sie sich normalerweise nicht leisten könnten."

Die letzten Worte nahm Funke kaum mehr wahr. Erschöpft sank er in das Dämmerlicht seines Bewusstseins zurück.

Als er das nächste Mal erwachte, fühlte er sich besser und registrierte zum ersten Mal seit langer Zeit seine Umwelt. Die Wände des Zimmers waren in einem warmen Terrakottafarbton gehalten, es gab einen kleinen Tisch mit zwei Stühlen und einen Flachbildschirm an der Wand gegenüber dem Bett. Funke sah aus dem Fenster. Die Vorhänge gaben einen Spalt der Welt außerhalb seines Krankenzimmers preis. Die Sonne stand hoch am Himmel, vergoldete die spätherbstlichen Berghänge im Westen und zauberte glitzernde Reflexe an die Zimmerdecke.

Leise öffnete sich die Tür. Er reckte den Hals, um den Besucher erkennen zu können. Erleichtert stellte er fest, dass die Schwindelanfälle aufgehört hatten. Auch sein Magen schien sich erholt zu haben. Er hatte Hunger wie ein Berglöwe.

„Dr. Sambesi sagte mir, dass Sie wach sind."

Elinor Cox legte die Tageszeitung auf den Tisch und setzte sich auf einen Stuhl. Sie hatte ihren Arztkittel abgelegt und trug Jeans und einen braunen Rollkragenpullover. „Wir sind die Helden des Tages", sagte sie lächelnd. „Fast so berühmt wie Bonnie und Clyde. Wie geht es Ihnen?"

„Besser als ..." Angestrengt versuchte er sich zu erinnern, wie viel Zeit seit seinem letzten Erwachen vergangen war. Er wusste es nicht. „Wie lange bin ich schon hier?"

„Seit fast zwei Tagen. Es ist jetzt Samstagvormittag."

„Zwei Tage?" Funke schlug die Decke zurück. „Ich muss aufstehen. Helfen Sie mir aus diesem verdammten Bett heraus. Ich muss mich um meine Tochter kümmern."

Der Versuch, sich aufzurichten, machte ihm sofort klar, dass er nirgendwohin gehen würde. Ein scharfer Schmerz schnitt durch seinen Brustkorb und zwang ihn ins Bett zurück. Er fühlte sich hilflos wie ein Neugeborenes. „Okay, Sie haben gewonnen. Aber ich fahre nie wieder mit Ihnen in einem Auto", sagte er.

Elinor lachte. „War es so schlimm?"

„Wenn mich meine Verletzungen nicht umbringen, dann schaffen Sie es. Wie steht es um mich?"

Besorgt runzelte sie die Stirn. „Sie haben unglaubliches Glück gehabt, uns aber trotzdem ziemliche Sorgen bereitet – was nicht an dem harmlosen Streifschuss lag. Ich weiß zwar nicht, wie Sie es angestellt haben, aber Sie haben sich zwei Rippen gebrochen, wie ich schon vermutet hatte. Bei Ihrer überstürzten Flucht aus meiner Praxis und dem Sturz auf das Garagendach haben Sie sich wahrscheinlich den Rest gegeben. Die gesplitterte Rippe hat sich in Ihre Lunge gebohrt. Es hat nicht viel gefehlt, und Sie wären innerlich verblutet. Dr. Sambesi hat Sie noch am selben Abend operiert. Ihr Kreislauf war so schwach, dass wir Sie vorübergehend in ein künstliches Koma versetzen mussten. Seien Sie froh, dass Sie überhaupt wieder aufgewacht sind."

„Ich nehme an, die Fahndung nach mir läuft noch immer."

„Darauf können Sie wetten. Dieser Kain hat Sie ganz besonders ins Herz geschlossen. Haben Sie ihm mal die Freundin ausgespannt?"

„Wir sind wie gesagt nicht gerade das, was man alte Freunde nennt. Hat er Sie in die Mangel genommen?"

„Ich habe ihm versichert, dass ich freiwillig mit Ihnen gegangen bin. Als Ärztin sei es meine Pflicht, Menschen zu helfen, und Sie brauchten dringend Hilfe. Ich habe behauptet, dass Sie im Tunnel aus dem Wagen gesprungen und durch den Notausgang abgehauen sind."

„Und das er hat Ihnen abgekauft?"

„Es kümmert mich nicht, was er glaubt. Das Gegenteil kann er mir nicht beweisen und Sie nicht wegen Entführung einbuchten."

Funke grinste und zuckte zusammen. Seine Lippen waren ausgetrocknet und rissen bei der kleinsten Bewegung auf. „Sie sind ganz schön clever." Er schloss erschöpft die Augen und riss sie sofort wieder auf. Nora! Er hatte sie zwei Tage allein gelassen.

Elinor schien seine Gedanken erraten zu haben. „Draußen wartet übrigens jemand, der Sie unbedingt sehen möchte. Wenn Sie sich kräftig genug fühlen, hole ich ihn herein."

„Solange es nicht Kain ist."

Elinor zwinkerte ihm zu. „Nein, gewiss nicht." Sie verließ das Zimmer und kehrte in Begleitung zurück.

„Nora!"

Das Mädchen kam näher und setzte sich auf das Bett. Funke streichelte ihre Hand. Er glaubte, ein Lächeln auf ihrem Gesicht zu erkennen, aber wahrscheinlich bildete er sich das nur ein. Nora ließ nur selten eine Gefühlsregung erkennen. Immerhin rückte sie nahe an ihn heran und erlaubte, dass er ihre Hand umfasste. Berührungen gestattete sie auch ihm nur, wenn sie in der Stimmung dazu war. Eine Annäherung zur falschen Zeit konnte einen Panikanfall auslösen. Es hatte ihn unendlich viel Einfühlungsvermögen gekostet, zu erkennen, wann sie zugänglich war.

„Hatten Sie keine Probleme mit ihr?", fragte er.

„Nein, keine. Wieso?" Elinor lachte. Nora blickte sie an und verzog die Lippen zu einem angedeuteten Lächeln.

Funke richtete sich mühsam auf und achtete nicht auf die Schmerzen. Was er da sah, war ein größerer Fortschritt, als die Therapeuten in der Tagesklinik innerhalb eines Jahres erreicht hatten. Ungläubig sah er, wie Nora es zuließ, dass Elinor ihr über den Kopf strich und ihr Haar zerzauste.

„Wie haben Sie das geschafft?"

„Was meinen Sie?"

„Sie lässt normalerweise keine Berührungen zu."

Elinor zuckte mit den Schultern. „Wir verstanden uns auf Anhieb, nicht wahr?"

Nora lächelte bestätigend.

Funke versuchte erneut aufzustehen. „Ihr bringt alles durcheinander, während ich vor mich hindöse. Es wird Zeit, dass ich wieder mitspiele."

Sie drückte ihn sanft auf das Bett zurück. „Alles zu seiner Zeit."

„Wo ist Joker?"

„Joker? Ist das der Name des Hundes? Ich habe ihn vorübergehend in meiner Praxis untergebracht. Er war kaum von Nora zu trennen. Ich hoffe, er frisst meinen Papagei nicht auf."

„Nein, er mag kein Geflügel", sagte Funke. „Was ist inzwischen geschehen?"

„Die Polizei sucht Sie noch immer. Kain scheint geradezu besessen davon zu sein, Sie hinter Gitter zu bringen. Verraten Sie mir endlich, was Sie zu solch intimen Todfeinden gemacht hat?"

„Erst will ich wissen, wo Helen Stein ist."

„Sie meinen die verschwundene Polizistin? Die Zeitungen überschlagen sich mit Mutmaßungen. Offenbar wollte sie dem Phantom eine Falle stellen, aber die Aktion endete in einer Katastrophe. Dieser Verrückte schnappte sich die Ermittlerin, die von Kain wohl als Lockvogel eingesetzt worden war. Inzwischen haben sie die Suche nach ihr abgebrochen. Niemand weiß, ob sie noch lebt.“

„Ich muss hier raus.“

„Wollen Sie sich umbringen?“

„Mich haut so schnell nichts um.“

Sie stopfte die Bettdecke in die Ritze zwischen Matratze und Bettgestell. „Sie bleiben liegen. Anweisung der behandelnden Ärztin.“

Verwundert sah er zu, wie Nora ihrem Beispiel folgte und die Decke feststopfte. „Und hören Sie auf, dem Kind Flausen in den Kopf zu setzen, Frau Doktor“, brummte Funke.

„Den Doktor schenke ich Ihnen. Ich heiße Elinor.“ Sie untersuchte ihn mit geübten Griffen, leuchtete seine Augen mit einer kleinen Taschenlampe aus und schien mit dem Ergebnis zufrieden zu sein. „Können Sie sich noch immer nicht an die Nacht erinnern, in der meine Schwester starb?“, fragte sie.

„Ich weiß noch, dass ich in die Küche ging, um für Carola eine Flasche Wein zu öffnen. Beim Ziehen des Korkens brach ein Stück Glas ab, und ich schnitt mich daran. Ich wickelte ein Küchentuch um meine Hand, um die Blutung zu stoppen und warf das Tuch dann in den Mülleimer.“

Funke schloss die Augen und sah Carola vor sich. Er dachte an das Unfassbare. An den unbegreiflichen, endgültigen Tod. An alles, was sie verbunden hatte, was sie gemeinsam gefühlt und erlebt hatten. Er sah ihr Lachen und die steile Falte, die sich auf ihrer Stirn bildete, wenn sie zornig gewesen war.

„Ich glaube ... ich hörte ein Geräusch ... es kam von draußen. Ich ging zur Tür, die zum Garten hinausführt und ... was dann geschah, ist einfach weg."

Er fühlte einen schmerzhaften Stich im Herzen. Elinor war Carola so ähnlich wie eine Zwillingsschwester. Da waren die gleichen agilen Bewegungen und Gesten, die gleiche Ungeduld und die gleichen braunen Augen.

„Was ist? Warum starren Sie mich so an?", fragte sie.

„Sie erinnern mich an Carola." Er blickte sich um. „Was ist das für eine Klinik?"

„Eine private Einrichtung, die von einer Stiftung betrieben wird. Niemand stellt hier überflüssige Fragen."

„Wie haben Sie die Klinikleitung überredet, einen gesuchten Verbrecher zu verstecken?"

„Ich kenne Dr. Sambesi aus meiner Zeit in Afrika. Er war mir einen Gefallen schuldig. Keine Angst, niemand außer Abu und mir weiß, dass Sie hier sind."

„Sie haben wirklich in Afrika gearbeitet?"

„Ja. Und ich bin dort aufgewachsen – in Kenia, Äthiopien und dem Sudan. Darum habe ich das hier sofort wiedererkannt." Sie legte das Ankh-Kreuz auf die Bettdecke.

Funke ließ es durch seine Finger gleiten. „Erzählen Sie mir die ganze Geschichte. Was macht Sie so sicher, dass es dasselbe Schmuckstück ist?"

„Sehen Sie die Riefen auf der Rückseite? Und hier, der Obsidian ist gesplittert, ein winziges Stück abgebrochen. Es gibt keinen Zweifel."

„Sie glauben also, dass Carola den Mörder anhand des Schmuckstücks wiedererkannt hat. Er geriet in Panik und beschloss, sie zu beseitigen, bevor sie reden und ihm gefährlich werden konnte."

„Ja. Darum hat er Sie überfallen und Carola ermordet. Sie waren einfach zur falschen Zeit am falschen Ort. Und Sie gaben einen prächtigen Sündenbock ab: der abgewiesene Liebhaber, der in einem Anfall von Eifersucht seine Geliebte erschießt."

„Bisher ist das nur eine Theorie. Sie haben keinen einzigen Anhaltspunkt dafür."

„Sie sind der Polizist. Es ist Ihre Aufgabe, die Wahrheit herauszufinden. Ich sorge dafür, dass Kain Sie nicht aufspürt, und Sie finden den Mörder meines Vaters und meiner Schwester. Sie beweisen Ihre Unschuld, und den Toten widerfährt Gerechtigkeit. Das ist der Deal."

„Erzählen Sie mir alles, von Anfang an."

22

Am Samstagabend gegen viertel vor sechs kehrte Veit zurück. Helen war seit achtundvierzig Stunden in dem Keller unter dem alten Bauernhaus gefangen. Außer dem brackigen Wasser aus dem Plastikeimer hatte sie seit Donnerstagnachmittag nichts zu sich genommen. Sie fühlte sich schwach und einem Kampf kaum gewachsen, und doch war er unvermeidlich, denn sonst würde sie sterben. Helen wollte leben.

Sie rollte die Kette zusammen und schob sie unter das Bett. Dann hockte sie sich auf die Kante der Matratze und verschränkte die Arme hinter dem Rücken, ihre Finger krampfhaft um den gebogenen Draht geschlossen, der ihr als Waffe dienen sollte. Angespannt wie eine der alten Matratzenfedern, wartete sie auf Veit, bereit, jederzeit aufzuspringen und ihn anzugreifen. Alles hing davon ab, ob es ihr gelang, ihn zu überraschen und ob ihre verbliebene Kraft ausreichte, um ihn zu überwältigen.

Veit hatte – wenn man Carola Wesseling dazuzählte – fünf Frauen bestialisch gequält und ermordet. Er besaß also inzwischen eine gewisse Routine, die ihn vielleicht unvorsichtig werden ließ. Keines seiner Opfer hatte das Martyrium überlebt, aber noch nie hatte er eine ausgebildete Polizistin überfallen. Helen hoffte, dass er sie unterschätzte. Es war ihre einzige Chance.

Schritte näherten sich, die schwere Bohlentür wurde entriegelt und aufgestoßen. Veit stieg die Stufen hinab. Sein Gesicht war vor Kälte und Anstrengung gerötet, seine graugrünen Augen leuchteten vor Erregung.

„Du warst lange fort", sagte sie.

„Deine Freunde waren in der Tankstelle", antwortete er, „sie haben nach mir gefragt und in meiner Wohnung herumgeschnüffelt."

„Ich habe dir gesagt, es war ein Fehler, dass du mich ausgesucht hast."

„Was werden sie jetzt machen?"

Helen überlegte fieberhaft. Vielleicht könnte sie Veit zum Aufgeben bewegen.

„Was hast du mit dem GPS-Sender angestellt?", fragte sie.

Veit lachte. „Er war direkt unter der Motorhaube angebracht. Das war nicht besonders klug. Ich habe ihn abgenommen und zerstört. Was wird jetzt geschehen?"

„Sie können das Gebiet, in dem ich verschwunden bin, eingrenzen. Wahrscheinlich haben sie meinen Wagen gefunden. Sie werden Straßensperren errichten, Kontrollpunkte einrichten und den Wald rings um den Fundort durchkämmen. Sie werden Hubschrauber mit Wärmebildkameras einsetzen. Und wenn sie in der Tankstelle waren und in deiner Wohnung geschnüffelt haben, werden sie unweigerlich auf dich gestoßen sein. Es ist nur eine Frage der Zeit, bis sie hier auftauchen."

„Niemand weiß von diesem Haus. Sie werden dich nicht finden.“

„Sie wissen bereits alles über dich. Sie werden über Kleinigkeiten stolpern, die ihren Verdacht erregen. Dann setzen sie alle Erkenntnisse zu einem Bild zusammen, das immer klarer wird. Du hast keine Chance. Wenn du jetzt aufgibst und mich freilässt, kann ich ein gutes Wort für sich einlegen. Ich kann –“

Veit lachte.

„Denkst du wirklich, sie werden je aufhören, dich zu jagen, nachdem du eine Polizistin gekidnappt hast?“, rief Helen wütend. Ein beunruhigender Gedanke blitzte in ihrem Kopf auf. Wenn sie Veit tatsächlich erwischten und er sich weigerte, ihr Versteck preiszugeben, begann ein Wettlauf gegen die Zeit. Ein Wettlauf, den sie leicht verlieren konnte, wenn er sich weigerte zu reden.

Veit kam auf sie zu und blieb unvermittelt stehen, wie ein Roboter, dessen Stromzufuhr unterbrochen wurde. Sein Blick wurde starr, er zitterte krampfartig. Der epileptische Anfall dauerte nur Sekunden, aber der nächste war vielleicht schon tödlich. Wenn Veit vor ihren Augen starb, würde sie in diesem Kellerloch elendig verhungern.

„Az… rael ist da“, stotterte er.

„Spricht er mit dir?“ Helen dachte an die Stimmen, die sie gehört hatte. War eine reale Person im Haus oder halluzinierte Veit, ausgelöst durch den epileptischen Anfall?

Veit zuckte und lächelte. „Er will dich sehen.“

„Ich bin schon ganz gespannt auf ihn", murmelte Helen. Sie musste ihn näher heranlocken, um ihn überwältigen zu können.

„Du bist das Herz, das schlägt", sagte er.

In ihr reifte ein Plan – gefährlich, aber ihre einzige Chance. „Willst du es hören?"

„Was?" Er blinzelte irritiert.

„Willst du hören, wie es schlägt? Du kannst es fühlen. Komm her zu mir." Fast hätte sie lockend den Arm ausgestreckt und sich verraten.

Veit näherte sich unschlüssig. Er stand in der Mitte des Kellers, dicht neben dem massigen Tisch – noch immer zu weit entfernt, als dass sie ihn hätte überraschen können.

„Es schlägt. Nur für dich", sagte sie. „Leg dein Ohr an meine Brust und höre, wie es schlägt. Du kannst es fühlen."

Sie saß noch immer auf der Bettkante und umklammerte den scharfkantigen Draht hinter ihrem Rücken. Veit starrte sie wie hypnotisiert an und bohrte seine Fingernägel in die eigene Brust. Er war jetzt so nahe, dass sie seinen Atem im Gesicht spüren konnte.

„Bumm-bumm, bumm-bumm", flüsterte er.

Helen schnellte hoch. Ihre Hand, in der sie den abgebrochenen Draht verborgen hielt, fuhr wie ein Enterhaken durch die Luft und schlitzte Veits Wange auf. Er schrie überrascht auf und taumelte zurück. Sie packte die Stahlkette mit beiden Händen und schwang sie wie ein Lasso, bis sie sich um Veits Waden wickelte. Ruckartig zog sie ihm die Beine weg. Veit kippte nach hinten, prallte mit dem Hinterkopf auf den Boden und rührte sich nicht mehr.

Helen streifte hastig die Kette von seinen Unterschenkeln und stürzte die vier Stufen zur Kellertür hoch. Entsetzt stellte sie fest, dass die Tür mit einem Schnappschloss versehen war. Ohne Schlüssel war es unmöglich, den Keller zu verlassen. Vergeblich rüttelte sie an der Klinke und verspielte so ihren Vorsprung.

Veit schlug die blutunterlaufenen Augen auf, drehte sich auf den Bauch und zerrte an der Kette. Helen verlor den Halt und stieß mit dem Kinn auf die oberste Treppenstufe, bunte Sterne tanzten vor ihren Augen. Veit holte Hand über Hand die Kette ein. Er blutete aus der klaffenden Wunde, die ihm der improvisierte Dietrich in die Wange gerissen hatte, und knurrte und winselte wie ein verletzter Wolf.

Helen drehte sich auf den Rücken, trat mit dem freien Bein nach ihm, aber ihr Angriff lief ins Leere. Veit bückte sich und streckte die Hand nach ihrer Jeans aus. Wutentbrannt trat sie auf ihn ein und erwischte ihn an der Schläfe. Er keuchte erstickt auf und verdrehte die Augen, bis nur noch das Weiße zu sehen war. Dann begann er unkontrolliert zu zucken, brach in die Knie und schlug mit der Stirn gegen die Kante des Tisches. Helen drehte ihn auf den Bauch und riss den Karabinerhaken mit den Schlüsseln von einer Schlaufe seiner Hose. Sie wagte es nicht, Zeit damit zu vergeuden, die Kette zu lösen, und hetzte auf die Kellertür zu. Die Glieder holperten rasselnd hinter ihr her wie die Kette eines Schlossgespensts.

Veit kam stöhnend wieder zu sich. Helen probierte hektisch einen Schlüssel nach dem anderen aus. Der dritte passte. Sie drückte die schwere Holztür auf und stürzte in den dunklen Gang hinaus. Dann schlug sie die Tür hinter sich zu, aber sie ließ sich nicht schließen, die Kette hatte sich zwischen Rahmen und Türblatt verklemmt. Sie zog die Tür einen Spalt auf. Veit torkelte mit vor Wut verzerrtem Gesicht auf die Stufen zu. Im letzten Moment, bevor er das Ende der Stahlkette erwischte, zog sie die Kette durch den Spalt, schlug die Tür zu und schob die Riegel vor. Veit war in seinem eigenen Folterkeller gefangen. Er schrie und tobte und hämmerte mit den Fäusten gegen das dicke Holz. Helen ließ sich erschöpft zu Boden sinken und löste die Schelle von ihrem wundgescheuerten Knöchel. Dann wankte sie die Treppe hinauf ins Erdgeschoss.

Azrael ist hier.

Fantasierte Veit oder handelte er nicht allein? Die Hillside-Stranglers, Clark & Bundy, sie alle waren zu zweit gewesen. Mörderpaare waren häufiger, als gemeinhin angenommen wurde. Konnte das auch auf Veit zutreffen?

Sie erreichte das obere Ende der Kellertreppe und trat in den düsteren Korridor.

Fahler Lichtschein drang von draußen durch die Milchglasscheibe der Haustür und schälte die Silhouette eines kräftigen Mannes aus der Dunkelheit.

23

„Mein Vater war Nathan Cox, ein kanadischer Arzt“, begann Elinor zu erzählen. „Meine Mutter war Deutsche und studierte in Hamburg Medizin. Die Universität bot ihr ein Auslandspraktikum an, und so flog sie nach Toronto, wo sie meinen Vater kennenlernte. 1976 heirateten die beiden und bereisten 1977 zum ersten Mal Afrika. In Kenia verliebten sich meine Eltern in den Schwarzen Kontinent. Ein Jahr später bot die Organisation Ärzte ohne Grenzen meinem Vater eine Stelle in Nairobi an. Meine Mutter stimmte begeistert zu, und so ließen sie sich in Kenia nieder.

Ich wurde 1982 in Nairobi geboren, meine Schwester Carola – eigentlich Carol – kam ein Jahr später zur Welt. Meine Eltern bereisten die Länder Zentralafrikas und arbeiteten für verschiedene Hilfsorganisationen, unter anderem für eine Schweizer Stiftung, über die ich nichts Genaues weiß. Die Stiftungsleiter boten meinem Vater den Posten als Chefarzt einer Krankenstation in Khartum an. Er nahm an und arbeitete zwei Jahre lang im Sudan. In den letzten Monaten vor seinem Tod gehörten vor allem Soldaten und Milizen zu seinen Patienten. Darunter befanden sich viele Jugendliche, oft Kinder von nicht einmal zwölf Jahren, die vom erzwungenen Kriegsdienst traumatisiert waren. Mein Vater legte Wert darauf, sich mit ihrer Psyche zu befassen, aber er war damit völlig überlastet. Darum forderte er von den Verantwortlichen der Stiftung ausgebildete Psychiater und Spezialisten, die aber nie eintrafen.“

„Wie alt waren Sie zu diesem Zeitpunkt?“

„Neun Jahre.“

„Woher wissen Sie so genau über die Hintergründe Bescheid?“, fragte Funke.

„Nach dem Tod meines Vaters kehrten Carola und ich mit meiner Mutter nach Deutschland zurück. Als ich älter wurde, stellte ich Fragen. Ich wollte wissen, was passiert war. Kurz vor seinem Tod erhielt mein Vater Besuch von einem Mann, den ich nie zuvor gesehen hatte.“

„Könnte er im Auftrag der Stiftung nach Afrika gereist sein? Um die Arbeit Ihres Vaters zu kontrollieren?“, fragte Funke.

„Ich weiß es nicht. Mein Vater redete nicht über den Grund seines Besuchs. Sie hatten einen fürchterlichen Streit, den ich zufällig mit anhörte, obwohl ich damals nicht verstand, worum es ging. Mein Vater war danach sehr erregt. Er wollte uns zurück nach Deutschland schicken. Er behauptete, wir wären in Gefahr. Meiner Mutter gelang es kaum, ihn zu beruhigen.“

„Hat er den Namen dieses Besuchers Ihrer Mutter gegenüber erwähnt?“

„Nein, sie wusste von nichts. Mein Vater konnte sehr verschlossen sein. Wenn er Probleme hatte, machte er sie mit sich selbst aus. Drei Tage später wurde er bei einem Angriff südsudanesischer Rebellen auf die Krankenstation ermordet. Offiziell heißt es, eine islamistische Terrorgruppe habe einen Anschlag auf das katholisch geführte Krankenhaus verübt, aber bewiesen wurde das nie. Sie waren mit Macheten und Messern bewaffnet und schlachteten alle ab – Kranke, Pfleger und Ärzte. Mein Vater flehte die Angreifer an, das Töten zu beenden, aber sie hörten nicht auf ihn und schlugen ihn nieder. Er stürzte dicht vor dem Krankenbett, unter dem Carola und ich uns verkrochen hatten, zu Boden. Die Mörder müssen ihn für tot gehalten haben, denn kurz darauf verschwanden sie. Die Stille nach dem Überfall war das Entsetzlichste, was ich je empfunden habe.

Mein Vater lebte, er stöhnte und versuchte aufzustehen. Carola war paralysiert, völlig traumatisiert. Ich wollte unser Versteck verlassen, um meinem Vater zu helfen. Da hörte ich die Stimme des Mannes, mit dem er zuvor gestritten hatte. Er stieß ihn auf den Boden zurück, schimpfte ihn einen unverbesserlichen Träumer und Narren und behauptete, ihn gewarnt zu haben. Mein Vater beschuldigte ihn, den Überfall inszeniert zu haben, und behauptete, das auch beweisen zu können. Daraufhin trat der Fremde auf ihn ein, bis er sich nicht mehr rührte. In seiner Raserei verlor der Mann eine Halskette mit dem Ankh-Kreuz. Sie fiel unter das Krankenbett, unter dem wir lagen. Er bückte sich danach und hätte uns entdeckt, wenn er nicht von Regierungssoldaten gestört worden wäre. Als sie die Station stürmten, nahm er das Kreuz hastig an sich und floh unerkannt."

„Und neunzehn Jahre später taucht er plötzlich wieder auf. Ihre Schwester stirbt, und jemand will mir den Mord an ihr anhängen", überlegte Funke.

„Leider wissen wir so gut wie nichts über den Unbekannten", sagte Elinor.

„Im Gegenteil, wir wissen eine ganze Menge über ihn: Er hat mir den Alkohol in die Vene gespritzt, um vorzutäuschen, dass ich betrunken war. Er besitzt also medizinische Kenntnisse und weiß, dass ich zu viel trank. Wenn er derselbe Mann ist, der Ihren Vater ermordet hat, könnte er als Gutachter für eine Stiftung gearbeitet haben. Wenn wir den Namen dieser Stiftung herausfinden, lässt sich das überprüfen. Fehlt nur noch ein Motiv."

„Er muss bemerkt haben, dass Carola das Kreuz wiedererkannt hat."

Funke wiegte den Kopf. „Eine ziemlich dünne Theorie. Nach all den Jahren?"

„Mir war sofort klar, was ich in der Hand hielt."

„Wenn das Kreuz so wichtig für ihn ist, warum hat er dann den Verlust nicht sofort bemerkt?"

„Weil er aufgeregt war. Vielleicht hat er zu einem späteren Zeitpunkt danach gesucht, aber da hatten Sie es schon eingesteckt."

„Auf jeden Fall muss Carola ihren Mörder gekannt haben. Sie muss eine Gelegenheit gehabt haben, das Kreuz zu identifizieren – wahrscheinlich an dem Tag, als sie mich anrief. Wir müssen also in ihrem Umfeld nach dem Täter suchen."

Auf Elinors Stirn bildete sich eine steile Zornesfalte. „Warum schauen Sie mich so an? Glauben Sie etwa, ich hätte meine Schwester umgebracht? Und anschließend rette ich ihrem vermeintlichen Mörder die Haut und beauftrage ihn, mich zu überführen?"

„Ich habe nur festgestellt, dass der Täter über medizinische Kenntnisse verfügt", antwortete Funke.

„Und Wesseling? Er ist jähzornig und impulsiv. Wenn er von der Affäre Wind bekommen hat, dann ..."

„Er kam am Morgen nach dem Mord in meine Dienststelle und meldete Carola als vermisst. Ich habe ihn sehr genau beobachtet. Entweder ist er ein begnadeter Schauspieler und noch abgebrühter, als wir beide vermuten, oder er hat mit dem Mord nichts zu tun. Ich glaube nicht, dass er weiß, was geschehen ist."

„Dann scheidet er als Täter aus."

„Vielleicht, sehr wahrscheinlich sogar. Trotzdem sollten wir uns mit ihm beschäftigen. Warum hat Carola ausgerechnet ihn geheiratet?"

„Ich kann nur vermuten, was in ihr vorging. Als ich nach dem Tod meines Vaters nach Deutschland zurückkehrte, war ich angestaut mit Wut und Hass. Wenn mir etwas nicht passte, trat ich um mich, schrie und biss und kratzte wie eine Wildkatze. Ich war schon immer die freche Göre, die auf Bäume klettert und mit Steinen auf Jungs wirft. Carola dagegen war das angepasste, brave Mädchen."

„Sie werfen mit Steinen nach Jungs?"

Sie lachte. „Heute nicht mehr. Heute kratze ich ihnen die Augen aus."

Jetzt lächelte auch Funke zum ersten Mal. Sein Lachen ging in einen schmerzhaften Hustenanfall über.

„In meinem Zorn fand ich ein Ventil für meine Trauer. Carola dagegen fraß den Verlust in sich hinein. Sie hat das schreckliche Ereignis nie wieder erwähnt.

Vielleicht sah sie in Wesseling eine Art Vaterersatz und klammerte sich deswegen an ihn. Immerhin ist er zwölf Jahre älter als sie. Er versprach Sicherheit und Beständigkeit – Dinge, die sie dringend brauchte. Aber an seiner Seite verkümmerte sie, bis sie nur noch ein Vorzeigepüppchen war, das er bei öffentlichen Auftritten wie ein appetitliches Häppchen herumreichte. Ich stritt mich häufig mit ihr deswegen. Wir entfernten uns immer mehr voneinander, was ich sehr bedauerte, aber auch nicht verhindern konnte. So wie Carola den Tod unseres Vaters verdrängt hatte, verschloss sie die Augen vor dem Jähzorn ihres Mannes. Sie sprach es nie offen aus, aber ihre Ehe erwies sich als Katastrophe."

„Ja, sie war unglücklich", bestätigte Funke. „Aber sie kam nicht von ihm los. Jetzt verstehe ich auch, warum. Bevor Sie mir von dem Kreuz erzählt haben, glaubte ich, sie sei an jenem Abend so aufgeregt gewesen, weil Wesseling von unserer Affäre erfahren hatte."

„Nein. Sie hat den Mörder unseres Vaters getroffen und ihn erkannt." Ärgerlich schnappte sie sich das Ankh-Kreuz. „Das ist doch ein auffälliges Schmuckstück. Können Sie nicht die Datenbanken der Polizei danach durchsuchen und eine Verbindung zu seinem Besitzer herstellen?"

Funke zerrte an der festgestopften Decke. „Nein, kann ich nicht. Ich bin kein Polizist mehr, schon vergessen?"

„Was wollen Sie denn unternehmen?"

„Wir gehen davon aus, dass Carola sich zuvor mit ihrem Mörder getroffen hat. Also müssen wir ihre letzten Stunden rekonstruieren. Wo ist sie gewesen? Mit wem hatte sie Kontakt?" Endlich hatte er die Bettdecke gelöst. „Helfen Sie mir hier raus."

„Sie sind verrückt, Funke. Es bleibt bei meinem Nein.“

„Wie soll ich einen Mörder jagen, wenn ich mich nicht bewegen kann?“

„Sie sind zum Denken da, handeln werde ich.“

„Kommt nicht infrage.“ Er schlug die Decke zurück und setzte sich neben Nora auf die Bettkante. Verbissen ignorierte er das Schwindelgefühl. „Stopfen Sie mich mit Schmerzmitteln voll, lassen Sie sich etwas einfallen, aber ich gehe noch heute auf meinen eigenen Beinen hier raus.“

„Bitte. Wenn Sie sich unbedingt umbringen wollen.“

„Zwei gebrochene Rippen und ein Kratzer reichen nicht, um mich umzuhauen. Wir beginnen mit unserer Suche in Wesselings Wochenendhaus. Vielleicht habe ich etwas übersehen. Wir wissen jetzt, wonach wir suchen müssen.“

„Dein Vater ist ein Starrkopf“, sagte Elinor zu Nora.

Nora lächelte und griff zögernd nach ihrer Hand.

Funke sah verblüfft zu. „Außerdem muss ich Helen finden“, sagte er.

„Warum wollen Sie nicht gleich die ganze Welt retten? Überlassen Sie das der Polizei. Oder halten Sie Ihre Kollegen für dämlich?“

„Nein“, presste Funke hervor. „Aber ich bin Helen etwas schuldig.“

„Was es auch ist, es rechtfertigt nicht, dass Sie Ihr eigenes Leben aufs Spiel setzen.“

„Sie irren sich. Ich schulde ihr ein Leben, Noras Leben. Es wird Zeit, mich zu revanchieren.“

24

Die Silhouette hob sich schwach vor dem trüben Licht der Außenlampe über der Eingangstür ab. Der Mann, den Veit Azrael nannte, stand starr wie eine nachtschwarze Statue im Korridor und blockierte den einzigen Fluchtweg, der Helen bekannt war. Ihr kam der verrückte Gedanke, dass der Unbekannte genauso überrascht war wie sie selbst. Sie hatten immer wieder über den Charakter und die Motive des Phantoms diskutiert. Niemand im Team war auf die Idee gekommen, dass sie keinen Einzeltäter jagten, sondern ein mörderisches Paar.

Vielleicht war er der eiskalt planende Kopf des Duos, der verhindert hatte, dass sein durchgeknallter Partner längst erwischt worden war. Veit hatte an der Tankstelle rein intuitiv gehandelt und überhaupt keine Zeit gehabt, einen Plan zu entwickeln. Azrael hatte vermutlich keine Ahnung, dass er sich ein neues Opfer gesucht hatte.

Veit hämmerte gegen die Kellertür und brüllte in wahnsinniger Wut: „Du bist mein Herz, das schlägt. Mein Herz, das schlägt.“

Azrael stieß zischend die Luft durch die Zähne. Sie konnte beinahe hören, wie es in seinem Kopf arbeitete. Er versuchte, die unerwartete Situation zu beurteilen.

Helen schätzte ihre Chancen zu entkommen mehr als schlecht ein. Sie war unbewaffnet und angezählt. Seit Veit sie in den Keller gesperrt hatte, war ihre einzige Nahrung das abgestandene Wasser aus dem Plastikeimer gewesen – keine idealen Voraussetzungen, um es mit zwei starken Gegnern aufzunehmen. Der Kampf mit Veit hatte ihr die letzten Kraftreserven geraubt. Sie kannte weder das Haus noch die Umgebung und hatte jedes Zeitgefühl verloren. War es früher Morgen oder Mitternacht? Sie wusste es nicht. Wenn sie überleben wollte, musste sie sich etwas einfallen lassen, und zwar verdammt schnell.

Der Unbekannte machte einen Schritt auf sie zu. Sein Gesicht war eine glatte schwarze Fläche. „Du verdammtes Miststück. Was hast du mit ihm gemacht?", fragte er.

Der Bann brach. Es war kein Todesengel, der sie bedrohte, sondern ein Mensch aus Fleisch und Blut. Helen drehte sich um, rannte den Korridor entlang und stürmte durch die nächste Zimmertür. Wenn sie Glück hatte, lag dahinter die Küche, wo sie Dinge finden würde, die sich als Waffe eigneten, ein Küchenmesser oder wenigstens eine Schere.

Lose Bodenbretter knarrten. Sie hörte die Schritte ihres Verfolgers und schlug die Tür hinter sich zu. Von draußen fiel blasser Lichtschein durch ein Fenster. Im Halbdunkel schimmerten die Umrisse von Möbeln – ein Sofa, zwei Sessel und ein massiver Schrank. Es roch nach Schimmel, Staub und Mäusedreck. Sie schob einen wuchtigen Ohrensessel vor die Zimmertür und klemmte ihn unter die Klinke. Auf der Suche nach einem Fluchtweg irrte sie durch das unbekannte, dunkle Zimmer und rüttelte am Fenstergriff. Der Rahmen war von Feuchtigkeit aufgequollen und ließ sich keinen Millimeter bewegen.

Jemand stieß die Zimmertür einen Spalt auf, fluchte und stemmte sich gegen das Gewicht des Sessels. Veits Gebrüll klang näher als vorhin. Entweder hatte er einen Weg aus dem Kellerverließ gefunden oder sein gesichtsloser Partner hatte ihn befreit. Helen drehte sich panisch im Kreis. Auf der Suche nach einer Waffe riss sie Schubladen auf, öffnete Schranktüren und vergeudete so wertvolle Zeit. Der Sessel vor der Zimmertür kippte und landete polternd auf der Seite. Helen wich zurück und stieß gegen die Fensterwand. Wie ein Nachtalb bahnte sich Azrael einen Weg ins Zimmer.

Sie tastete sich an der Wand entlang bis in die Zimmerecke und stieß auf eine schmale Tür. Auf der anderen Seite fand sie einen altmodischen Drehschalter. Trübes Licht flammte auf, ausgetretene Stufen führten steil hinauf ins Obergeschoss. Wenn der obere Ausgang der versteckten Stiege verschlossen war, bedeutete das ihren Tod. Dennoch musste sie es versuchen, einen anderen Weg gab es nicht.

Veit kreischte vor der Zimmertür mit schriller Stimme: „Sie ist mein Herz, das schlägt. Herz, das schlägt.“

„Halt die Schnauze, du Idiot! Ich hab dir gesagt, ich suche die Frauen aus. Du hast eine Polizistin entführt. Hast du überhaupt eine Vorstellung davon, was da draußen los ist?“

„Sie werden uns nicht finden, werden uns nicht finden."

„Nicht finden? Die drehen jeden Stein im Westerwald um. Es ist nur eine Frage der Zeit, bis die Polizei hier auftaucht. Sie muss verschwinden, hörst du? Niemand darf jemals auch nur ein Haar von ihr entdecken!"

Helen zog die Tür hinter sich zu und suchte nach einem Schließmechanismus. In dem Blechkasten, der als Schloss diente, steckte ein einfacher Schlüssel. Sie drehte ihn, bis der Bart widerspenstig einrastete, und hetzte die Stiege hinauf. Auf halber Höhe stolperte sie und stürzte beinahe die Stufen hinab. Veit rüttelte an der unteren Tür und heulte vor Wut auf. Er schien völlig die Kontrolle über sich verloren zu haben. Wenn er sie erwischte, würde er keine Sekunde zögern und ihr das Herz aus dem Leib reißen.

Sie rappelte sich auf, Veits Schlüsselbund klirrte leise in ihrer Hosentasche. Helen erreichte einen Treppenabsatz und eine Brettertür, die der unteren ähnelte. Dahinter erstreckte sich ein Flur, von dem zwei Türen abzweigten. Helen schlug auf einen Lichtschalter. Eine Glühbirne, die in einem verstaubten Lampenschirm von der Decke baumelte, spendete trübes Licht.

Das Haus schien von seinen Bewohnern vor langer Zeit verlassen worden zu sein. Wahrscheinlich benutzte Veit den Hof nur als Versteck. Das Grundstück musste abseits von Straßen und Orten liegen, ein leer stehendes Gehöft, das in der Einsamkeit des abgelegenen Westerwalds vergessen worden war.

Das Splittern von Holz drang durch den Treppenschacht. Helen riskierte einen Blick die Stiege hinab. Die blitzende Schneide einer Axt fraß sich durch die dünne Türverkleidung. Veit hackte auf das morsche Holz ein, während der zweite Mann ihn mit Wut und unterdrückter Panik anfeuerte. „Sie darf den Hof niemals verlassen! Bring die Schweinerei in Ordnung, die du angerichtet hast!"

Helen hatte sein Gesicht bisher nicht gesehen, aber seine Stimme prägte sich in ihr Gedächtnis ein wie ein Brandzeichen. Sie war kräftig, tief und volltönend, wie geschaffen dafür, Menschen zu umgarnen. Auf unheimliche Weise kam ihr die Stimme sogar bekannt vor, aber sie konnte sich nicht erinnern, wo sie sie schon einmal gehört hatte.

Durch ein Dachfenster fiel Mondlicht und malte ein bleiches Dreieck auf den staubigen Dielenboden. Der Korridor war leer, es gab nichts, um die Tür hinter ihr zu blockieren. Helen gab ihr Vorhaben auf, die Zimmer im Obergeschoss zu durchsuchen, ihr fehlte die Zeit dazu. Sie wandte sich einer niedrigen Brettertür an der Längswand zu und schob den Riegel zurück.

25

„Sie sind verrückt, Funke? Im Westerwald wartet an jeder Kreuzung eine Polizeisperre auf Sie. Es wäre weniger umständlich, wenn ich Sie gleich in der JVA Koblenz abliefern würde."

Funke kämpfte gegen den Schwindel an und tappte unsicher über den kalten Linoleumboden. „Ich muss es riskieren. Jede Minute, die ich untätig verstreichen lasse, erhöht das Risiko, dass dieser Psychopath Helen umbringt."

„Vielleicht sollten Sie mal den Fernseher einschalten", antwortete Elinor. „Die Polizei sucht mit allen verfügbaren Kräften nach ihr. Verraten Sie mir, was Sie besser können als Hundestaffeln und Helikopter?"

Er biss die Zähne zusammen und griff nach seiner Jeans im Kleiderschrank. Sein wachsender Zorn verlieh ihm neue Energie. Elinor hatte recht, er konnte nichts für Helen tun, sich nicht einmal an der Suche beteiligen, und das war seine Schuld. Es war sein Entschluss gewesen, die Seiten zu wechseln. Nun war er ein Outlaw, ein Gejagter, der auf jeden seiner Schritte achten musste.

Nora saß noch immer auf dem Bett. Er hatte keine Ahnung, wie viel von der Unterhaltung zu ihr durchgedrungen war oder wie es in ihr aussah. Jedes Mal schmerzte ihn der nach innen gerichtete, leere Blick aufs Neue.

Elinor lehnte mit verschränkten Armen am Fensterbrett und verfolgte mit finsterem Blick seine Anstrengungen. Er versuchte seine Hose anzuziehen, sank kraftlos auf das Bett und fluchte. „Ohne Helen wäre ich in der Hölle für Junkies und Alkoholiker gelandet, und Nora wäre tot. Ich muss etwas unternehmen, ob es ihr hilft oder nicht. Verstehen Sie das nicht?"

„Sie können aber im Augenblick nichts für sie tun."

„Das weiß ich selbst, verdammt. Ich muss wenigstens das Gefühl haben, nicht absolut nutzlos zu sein. Könnten Sie mir mal helfen?"

Elinor schüttelte Kopf. „Dr. Sambesi hat Sie nicht wieder zusammengeflickt, damit Sie den Heldentod sterben. Sie sind auf dem besten Weg, sich umzubringen."

„Okay, wie wär's denn damit: Je länger wir nichts unternehmen, desto besser stehen die Chancen, dass wir Carolas Mörder nie finden." Er verzog das Gesicht vor Schmerz und mühte sich mit der Jeans ab. „Ich will meine Freiheit wiederhaben, und dazu muss ich herausfinden, wer ein Interesse daran hat, mir einen Mord anzuhängen. Und das werde ich nicht schaffen, wenn ich an die Zimmerdecke starre und warte, bis meine Rippen zusammengewachsen sind."

Elinor zuckte mit den Schultern. „Sie sind ein unverbesserlicher Dickkopf! Gut, es ist Ihre Entscheidung. Warten Sie hier und stellen Sie keinen Unfug an. Ich hole ein paar Sachen, die ich brauche, um Sie am Leben zu halten."

Nora half ihm beim Anziehen. Sie band ihm gerade die Schuhe zu, als Elinor mit einem Arztkoffer und zwei orangefarbenen Westen mit der Aufschrift Notarzt zurückkehrte.

„Jemand muss sich um Nora kümmern", sagte Funke.

„Das habe ich bereits arrangiert. Sie kann in der Klinik bleiben."

„Kain wird nach ihr suchen."

„Aber er wird sie nicht finden. Glauben Sie mir, Dr. Sambesi ist mir etwas schuldig, und er kann genauso dickköpfig sein wie Sie."

Das Zimmer drehte sich um Funke. Elinor reichte ihm zwei Tabletten und ein Glas Wasser. „Nehmen Sie die. Sie werden sich gleich besser fühlen. Und ziehen Sie eine der Notarztwesten an."

„Wozu?"

„Das ist unsere Tarnung. Oder haben Sie einen besseren Vorschlag, wie wir durch die Polizeisperren kommen?"

Funke grinste schief. „Nicht schlecht für eine Ärztin."

„Halten Sie die Klappe und folgen Sie mir unauffällig."

„Stecken Sie Ihre Waffe ein, man kann nie wissen, ob man nicht eine Entführung vortäuschen muss", sagte Funke.

„Ich habe nicht vor, mir noch eine Verfolgungsjagd mit der Koblenzer Polizei zu liefern. Ab jetzt spielen wir nach meinen Regeln."

Sie gaben Nora in die Obhut einer Krankenschwester, die bereits über alles informiert war. Auch für Joker fand sich ein Platz. Elinors schwarzer MX 5 stand auf dem Parkplatz hinter der Klinik.

„Zwei Notärzte in einem tiefer gelegten Sportwagen?", fragte Funke stirnrunzelnd. „Wer soll uns diese miese Verkleidung denn abkaufen?"

Sie ignorierte den Mazda und beschleunigte ihre Schritte. „Wir nehmen einen Wagen aus dem Fuhrpark", sagte sie.

Funke humpelte hinter ihr her. Er musste zugeben, dass Elinor ihm gefiel. Vielleicht hatte er sie unterschätzt, denn offenbar war sie gut vorbereitet. „Fahren wir wieder eine Rallye? Ich hoffe, Sie haben daran gedacht, dass ich Ihnen den Wagen vollkotzen werde."

„Unterstehen Sie sich oder ich pumpe Sie so mit Beruhigungsmitteln voll, dass Sie erst wieder wach werden, wenn alles vorbei ist."

„Wo haben Sie gelernt, Auto zu fahren wie ein Formel-Eins-Pilot?"

„Ich habe tatsächlich mal Rallyes gefahren – in Afrika."

„Jetzt wird mir einiges klar. In der Wüste gibt's wohl keine Verkehrsregeln."

„Halten Sie die Klappe und steigen Sie ein."

Funke grinste. „Dieser Sambesi scheint tief in Ihrer Schuld zu stehen."

„Ein wenig. Erzählen Sie mir zuerst, welch innige Freundschaft zwischen Ihnen und Kain besteht."

Sie stiegen in einen weißen VW Golf, auf dessen Seiten Werbebanner der Privatklinik klebten. Funke dachte an einen heißen Sommertag vor achtzehn Jahren zurück. An zwei Polizeischüler, die einer Herausforderung gegenüberstanden, die ihre Charaktere freilegte wie das Messer eines Chirurgen eine eiternde Wunde. Er setzte zu einer Erklärung an, kam aber über die ersten beiden Sätze nichts hinaus. Er war eingeschlafen, bevor Elinor die Stadtgrenze von Bad Ems hinter sich ließ.

„He, Funke! Wachen Sie auf, Sie haben sich genug ausgeruht."

Er blinzelte und öffnete die Augen. Die Sonne stand tief über den Hügeln rings um den Dreifelder Weiher, der sich wie jedes Jahr im Oktober langsam in eine Schlammpfütze verwandelte, nachdem das Wasser des künstlich angelegten Sees abgelassen worden war.

„Jetzt sind Sie dran. Für mich sieht jedes dieser Dörfer aus wie das andere."

Er fuhr sich mit der Hand über das Gesicht und ließ die Seitenscheibe herab. „Was für ein Teufelszeug haben Sie mir da verabreicht?"

„Ein Schmerzmittel, das leicht sedierend wirkt."

„Leicht? Dann will ich nicht erleben, was Sie den wirklich schweren Fällen verschreiben. Fahren Sie in den Ort hinein und biegen Sie links ab. Ich zeige Ihnen, wo das Wochenendhaus steht."

Elinor trat das Gaspedal durch. Kies spritzte unter den Reifen auf wie ein Hagelschauer.

„Können Sie auch normal fahren?"

„Das ist normal. Ich hab noch gar nicht richtig Gas gegeben", sagte sie grinsend.

Er streckte den Kopf aus dem Fenster und hoffte, dass der kalte Fahrtwind den Nebel aus seinem Kopf vertrieb. „Eine Ärztin, die Rallyes fährt und mit einem Papagei befreundet ist", sagte er. „Ich wette, Sie haben auch schon den Fluchtwagen bei einem Banküberfall gefahren.“

„Nein, aber für einen suspendierten Polizisten, der wegen Mordes gesucht wird.“

Funke lachte und wies ihr den Weg. Elinor bog an einer knorrigen Linde nach links ab.

„Fahren Sie weiter bis zum Waldrand und parken Sie den Wagen hinter dem Brennholzstapel dort. Wir werden das letzte Stück zu Fuß gehen, sonst weiß in spätestens einer halben Stunde jeder im Umkreis von zehn Kilometern, dass wir hier waren.“

Sie stiegen aus dem Wagen und näherten sich dem Holzhaus über den Uferweg.

„Wie kommen wir ins Haus?“, fragte Elinor.

„Durch die Garage.“

Funke spürte nach wenigen Schritten, wie schwach er war, und fühlte sich an die Zeit erinnert, in der er sich fast zu Tode gesoffen hatte. Als sie in der dämmerigen Garage standen, überfiel ihn ein verzweifeltes Déjà-vu.

„Wonach suchen wir überhaupt?“ Elinor blickte sich um.

„Ich weiß es noch nicht. Etwas, das uns auf die Spur des Mörders bringt.“

„Wo ist Carola gestorben?“

„Als ich aufwachte, lag sie im Wohnzimmer vor dem Kamin, dicht neben mir. Versuchen Sie Ihr Glück in der Küche und im Bad, ich sehe mich oben um.“

Funke biss die Zähne zusammen und stieg die Treppe hinauf. Trotz der starken Medikamente, die er eingenommen hatte, sandte jede Bewegung Schmerzwellen durch seinen Körper. Außerdem brauchte er Zeit zum

Nachdenken, und dazu musste er allein sein. Elinor verwirrte ihn. Seine Gefühle purzelten durcheinander wie Dominosteine, wenn sie in seiner Nähe war. Es kam ihm vor, als wäre Carola von den Toten zurückgekehrt. Elinor bewegte sich auf die gleiche impulsive Weise, ihre Stimme klang ähnlich, und sie sah aus wie eine ein Jahr ältere Kopie von Carola. Ihr Anblick brachte immer wieder die Bilder der Mordnacht zurück, die gebrochenen Augen der Frau, die ihm neue Hoffnung geschenkt hatte. Das offene Grab und die Erde, die er auf ihr totenbleiches Gesicht schaufelte. Gleichzeitig weckte Elinor in ihm Begehrlichkeit, und das verwirrte ihn noch mehr. Es kam ihm falsch vor, so als würde er Carola betrügen, aber sein Verlangen ließ sich nicht vertreiben.

Keuchend erreichte er die Schlafzimmertür. Alles war so, wie er es verlassen hatte. Systematisch durchsuchte er Schubladen und Schränke, ohne auf einen brauchbaren Hinweis zu stoßen. Schließlich betrat er den begehbaren Kleiderschrank. Auf der rechten Seite hingen ordentlich Wesselings Hosen, Hemden und Sakkos, links davon Carolas Garderobe – luftige Sommerkleider, Jeans und Blusen. In der Innentasche einer Steppjacke stieß er auf einen zusammengefalteten Zettel. Es war die Rechnung eines Privatdetektivs. Warum hatte Carola einen Detektiv engagiert? Hatte er ihren Verdacht bestätigen sollen, dass Wesseling von einem fremden Bett ins nächste sprang? Bei einer Scheidung wäre es um eine Menge Geld gegangen.

Nachdenklich strich Funke das Papier glatt. Es konnte durchaus sein, dass der Schnüffler namens Rick Brenner etwas entdeckt hatte, das in unmittelbaren Zusammenhang mit ihrem Tod stand. Musste Carola sterben, weil sie Wesseling erpresst hatte? Irrte Elinor sich und das Ankh-Kreuz war eine falsche Spur? Wesseling hatte den Mord nicht selbst begehen müssen, er besaß genug Geld, um einen Auftragsmörder zu kaufen.

„Haben Sie etwas gefunden?"

Funke wandte sich um. Elinors Gesicht lag im Schatten, aber ihre Bewegungen und die Körperhaltung erinnerten ihn schmerzhaft an Carola.

„Ja. Wir haben eine Spur", sagte er. „Aber ich fürchte, sie führt nicht zum Mörder Ihres Vaters."

Die auf der Rechnung angegebene Adresse lag in der Nähe des Lahnsteiner Rheinhafens in einem Industriegebiet. Elinor steuerte den Golf durch ein Labyrinth hastig geteerter Straßen. Neu errichtete Gebäude mit beleuchteten Firmenschildern wechselten sich mit Baulücken und leer stehenden Lagerhallen ab. Brenner hauste im ersten Stock eines unverputzten, würfelförmigen Hauses, das mehr einer Baustelle als einem Wohnhaus glich. Eine Betontreppe mit einem improvisierten Geländer führte zu einer Galerie mit vier Etagentüren. An einer der Türen entdeckte Funke ein Plastikschild mit schief aufgeklebten Buchstaben.

Rick Brenner
Privatdetektei
Ermittlungen aller Art

„Da scheint sich noch jemand für Brenner zu interessieren", sagte Funke.

Die Wohnungstür war mit roher Gewalt aus dem Rahmen gehebelt worden, der Einbrecher hatte sich keine Mühe gegeben, sein Eindringen zu verbergen.

„Geben Sie mir die Glock. Und bleiben Sie dicht hinter mir.“

Funke schob sich in die dunkle Wohnung. Rasch durchsuchte er die Räume – ein leeres Zimmer, in einem weiteren stieß er auf eine Matratze, Bettzeug und einen halb vollen Kasten Bier, das Bad sah unbenutzt aus. Brenner schien kaum eingezogen zu sein. Im letzten Zimmer standen ein billiger Schreibtisch, ein Drehstuhl und Dutzende von Umzugskartons mit Ordnern und Papierkram. Auf dem Fußboden lagen Unterlagen verstreut. Schubladen waren mit Gewalt aus ihren Halterungen gerissen worden. Ein Knäuel aus Computerkabeln wies darauf hin, dass der Einbrecher Brenners PC hatte mitgehen lassen. Auf der Fensterbank stand eine Telefonstation, das Licht des Anrufbeantworters blinkte. Funke drückte auf die Abspieltaste.

„Jürgen Gleiberg hier. Wenn Sie an dem Deal noch interessiert sind, melden Sie sich, sonst ist unsere kleine Pokerrunde beendet. Sie können mich am Freitag bis achtzehn Uhr in der Redaktion des Koblenzer Tageblatts erreichen. Das ist Ihre letzte Chance, Brenner. Sie sind ein harter Verhandlungspartner, ich würde mich freuen, Sie mal persönlich kennenzulernen.“

Funke stoppte die Aufzeichnung. „Kennen Sie die Zeitung?“, fragte er.

„Ja. Sie schicken mir immer wieder Freiexemplare fürs Wartezimmer. Das Tageblatt hat keine besonders hohe Auflage, aber die Redaktion hat sich einen Namen damit gemacht, ab und zu fette lokale Skandale aufzudecken. Vor einigen Jahren haben sie Wesseling ganz schön zugesetzt. Es ging um Beraterverträge und Geld aus der Fraktionskasse, das er regelwidrig verwendet haben soll. Er war damals Schatzmeister seiner Partei und musste daraufhin von seinem Amt zurücktreten.“

„Glauben Sie, die haben sich auf ihn eingeschossen?“

Sie zuckte mit den Schultern. „Wesseling ist schon oft über seine große Klappe gestolpert. Er tappt von einem Fettnäpfchen ins nächste und ist immer für eine Schlagzeile gut. Das Tageblatt hat ihn mal den Donald Trump vom Westerwald genannt.“

„Dann werden wir diesem Gleiberg einen Besuch abstatten.“

„Sehnen Sie sich so nach dem Untersuchungsgefängnis?“

Er wandte sich zum Gehen. „Ich denk nicht dran.“

Elinor lief ihm nach. „Sie können doch nicht einfach in die Redaktion hineinmarschieren. Ihr Fahndungsfoto ziert jede Titelseite der lokalen Presse.“

Funke humpelte die Betonstufen hinab. Seine Schritte klangen geisterhaft hohl in dem leeren Treppenhaus. „Ist Ihnen schon mal der Gedanke gekommen, dass Gleiberg Carolas Mörder kennt, ohne es zu wissen?“

„Wie kommen Sie darauf?“

„Brenner weiß etwas über Wesseling und will es an Gleiberg verkaufen. Und dieses Wissen stammt möglicherweise von Carola. Wenn wir wissen, was Brenner weiß, haben wir ein Mordmotiv. Im Zentrum von allem steht Wesseling. Carola hat etwas über ihn erfahren, von dem niemand etwas wissen darf.“

„Wie kommen Sie darauf?"

„Sehen Sie sich doch um. Es spielt jemand mit, der den Auftrag hat, um jeden Preis zu verhindern, dass Brenner sein Wissen verkauft, jetzt, da Carola nicht mehr reden kann. Oder haben Sie eine bessere Erklärung für das Chaos in seiner Wohnung? Ich wette, der kleine Schnüffler hat sich mit den falschen Leuten angelegt und einen hohen Preis dafür bezahlt." Er nickte bekräftigend. „Wir müssen herauskriegen, ob Carola am 21. Oktober Kontakt mit Brenner hatte. Ich bin jetzt sicher, dass sie mir etwas über ihren Mann erzählen wollte."

„Sie denken, Wesseling hat Carola umbringen lassen?"

Er blieb schwer atmend stehen. „Trauen Sie es ihm nicht zu? Wie wär's übrigens mit einer Ihrer bunten Pillen?"

„Das sind keine Pfefferminzbonbons, Funke." Sie legte ihm die Hand auf die Stirn. „Warten Sie lieber noch eine Stunde. Und um auf Ihre Frage zurückzukommen – ich traue ihm alles zu. Warum überprüft die Polizei nicht einfach die Anrufe auf Carolas Handy?"

Funke zögerte. „Das ... ist nicht so einfach."

„Sie haben das Telefon verschwinden lassen."

Er zuckte mit den Schultern. „War vielleicht ein Fehler. Aber mir blieb keine andere Wahl."

Das Treppenhaus drehte sich um ihn. Mit jedem Atemzug hatte er das Gefühl, jemand stochere ihm mit einem stumpfen Messer zwischen seinen Rippen herum.

„Ob Brenner auch tot ist?", überlegte Elinor.

„Ich weiß es nicht."

„Warum rufen wir diesen Gleiberg nicht einfach an?"

„Er hat mit Brenner bisher am Telefon verhandelt, also kennt er seine Stimme, zumindest seine Telefonstimme. Aber er weiß vermutlich nicht, wie er aussieht.“

„Gleiberg wird Ihr Täuschungsmanöver sofort durchschauen.“

„Lassen wir es darauf ankommen. Wenn ich erst mal in seinem Büro bin, werde ich ihn auch überzeugen. Notfalls mit Ihrer Glock.“

„Und wie wollen Sie in die Redaktion hinein- und auf freiem Fuß wieder hinausgelangen?“

Funke humpelte auf den Wagen zu. Dankbar sog er die kalte Abendluft ein. Die Dämmerung senkte sich rasch über das enge Tal der Lahn. Über die schroffen Hügel im Westen hatte die Nacht bereits ihren schwarzen Mantel ausgebreitet. „Gleiberg will das Gleiche wie wir: Er will wissen, was Brenner herausgefunden hat. Also wird er uns helfen, weil wir ihm helfen.“

„Das ist ein ganz toller Plan“, antwortete Elinor seufzend.

26

Helen zwängte sich durch die Öffnung und gelangte auf einen Scheunenboden. Der Bretterboden endete hinter einer schmalen Empore vor einem etwa acht mal fünf Meter großen Loch, das in unregelmäßigen Abständen von Holzbalken überspannt wurde. Bretter und Bohlen lagen in einem zufälligen Muster verstreut auf den Balken. Ein Kabel lief an den Dachsparren entlang und versorgte zwei Glühbirnen mit Strom. Ihr Licht drang kaum bis zum Boden hinab. Tief unter ihr zeichneten sich im Dämmerlicht die Umrisse rostiger Landmaschinen, Eggen und mit Messern besetzter Schleppwerkzeuge ab.

Aus dem Stiegenhaus drang das Poltern schwerer Schritte. Veit und sein gesichtsloser Partner kamen die Stufen herauf. Einer der beiden Männer schlug im Takt seiner Schritte mit der Axt gegen das Eisengeländer.

„Du bist mein Herz, das schlägt. Komm her, mein Herz! Bumm-bumm, bumm-bumm", sang Veit.

„Halt die Klappe und beeil dich, du Idiot!", schimpfte sein mörderischer Kumpan.

Hastig untersuchte Helen die Holztür, durch die sie auf den Scheunenboden gelangt war, aber der einfache Verschlag ließ sich nur von der Flurseite aus verriegeln. Einer Holzfälleraxt würden die dünnen Bretter ohnehin nicht lange standhalten. Da erblickte sie etwas, das ihr Herz schneller schlagen ließ. Auf der gegenüberliegenden Seite der Scheune stand der Feuerwehrwagen. Sein Dach befand sich etwa zwei Meter unter ihr. Wenn sie es schaffte, das Loch in der Zwischendecke zu überqueren, konnte sie vom Wagen aus den Erdboden erreichen und war frei.

Sie wagte sich an den Rand des Lochs, hielt sich an einer Fachwerkstrebe fest und prüfte den Halt der Bohle unter ihren Füßen. Sie knirschte, schien ihr Gewicht aber zu tragen. Kreutz hatte sie oft vor den Risiken gewarnt, die sie einging. Er behauptete, sie wäre süchtig nach dem Kitzel der Gefahr und des Unbekannten. Was er nicht wusste, war, dass sie Abgründe und große Höhen so sehr hasste wie eine leere Gummibärchentüte. Mehr als drei Sprossen auf eine Leiter steigen zu müssen, drehte ihr bereits den Magen um. Doch diesmal hing ihr Leben davon ab, ob sie ihre Angst überwand.

Den Blick starr geradeaus gerichtet, verlagerte sie ihr Gewicht auf die Bohle und lief bis zu deren Ende. Dann setzte sie mit einem Riesenschritt auf eine zweite Bohle über. Das dicke Brett ächzte und wackelte unter ihr. Helen ruderte mit den Armen, um das Gleichgewicht nicht zu verlieren. Sie durfte nicht nach unten schauen. Tat sie es, war sie verloren, denn dann würde ihr bewusst werden, welcher Gefahr sie sich aussetzte. Ein Fehltritt bedeutete das Ende. Die Haken und Dornen der

Schleppwerkzeuge tief unter ihr würden sie durchbohren und auf der Stelle töten.

Vorsichtig ließ sie sich auf die Knie hinab und zerrte an dem Brett, über das sie balanciert war. Kaum hatte sie damit begonnen, riss Azrael die Brettertür auf und zwängte sich durch die Öffnung. Nach den Befehlen zu urteilen, die er brüllte, schien er der Boss des Duos zu sein. Sie hatte sich nicht geirrt. Er war der planende Kopf, während Veit seine kranken Triebe auslebte. Aber welche Rolle spielte er in dem blutigen Spiel, und wie kontrollierte er den geisteskranken Veit?

Sie verdrängte die störenden Gedanken aus ihrem Kopf. Die Antworten mussten warten, jetzt ging es um ihre Haut. Sie zog die Bohle zu sich heran, bis das entgegengesetzte Ende über den Rand der Empore rutschte und polternd in die Tiefe fiel. Sie hatte Azrael den Weg abgeschnitten.

„Du kommst hier nicht mehr raus", schrie er wutentbrannt.

Noch vier Meter trennten sie von der Giebelseite. Sie schob die zweite Bohle in Richtung des Feuerwehrwagens und setzte vorsichtig einen Fuß vor den anderen. Als sie die Hälfte des Wegs zurückgelegt hatte, erzitterte der Balken unter ihren Füßen. Sie schwankte, glich das Beben aus und blickte zurück. Azrael hackte wie ein verrückt gewordener Specht mit der Axt auf den Strebebalken ein. Wenn er es auch vermutlich nicht schaffen würde, ihn ganz zu durchtrennen, bevor sie die andere Seite erreicht hatte, würden die Vibrationen sie aus dem Gleichgewicht bringen. Er hielt erschöpft inne und bedachte sie mit einer Reihe vulgärer Schimpfwörter.

Helen wagte sich weiter vor, als ein Gegenstand sie an der Schulter traf. Es war eine abgebrochene Dachlatte. Der Mistkerl fing an, alles, was er in die Finger bekam, nach ihr zu werfen. Ein zweites Holz traf sie an der Hüfte, ein rostiger Nagel riss eine blutige Furche in ihren Unterarm. Helen rutschte von der mit Staub und Taubenkot verdreckten Bohle ab, fiel und fand im letzten Moment Halt. Sie klammerte sich mit beiden Händen an das rutschige Holz und hing über einem mit rostigen Messern besetzten Schleppgeschirr.

Azrael brüllte triumphierend auf. War der Kerl überhaupt ein Mensch oder hatte sich Veit wirklich mit dem Todesengel verbündet?

Der Feuerwehrwagen war nur zwei Meter von ihr entfernt. Sie hangelte sich Hand über Hand auf den Wagen zu. In ihrem geschwächten Zustand würde sie sich nicht lange halten können.

Azrael begann wieder, den Balken mit der Axt zu bearbeiten, nun mehr aus Wut als in der Aussicht, sie aufzuhalten. Als ihre Füße über dem Dach des Campers baumelten, ließ sie los. Sie landete auf dem hinteren Teil des Wagens, kletterte die Leiter am Heck hinunter, rannte zur Fahrerseite und riss die Tür auf. Sie fummelte Veits Schlüsselbund aus der Hosentasche und kletterte auf den Sitz. Der dritte Schlüssel passte, der alte Dieselmotor sprang hustend an. Fluchend mühte sie sich mit der ungewohnten Schaltung ab und legte nach zwei Versuchen krachend den Rückwärtsgang ein. Der Wagen durchbrach mit dem Heck das Scheunentor und holperte auf den Hof hinaus.

Helen trat auf die Bremse. Hektisch probierte sie die verschiedenen Schalter aus, bis die Scheinwerfer aufflammten. Sie rammte den Schalthebel ins Getriebe und gab Gas. Kies spritzte unter den Reifen auf und prasselte gegen das Scheunentor wie Gewehrfeuer. Von Veit und Azrael fehlte jede Spur.

Sie steuerte den Camper auf einen Wirtschaftsweg zu und hoffte, dass er in die Landstraße mündete. Der dichte Nadelwald verschluckte sie, und der alte Feuerwehrwagen rumpelte durch die Dunkelheit. Der beschädigte Blechkasten, in den Veit sie während der Hinfahrt gesperrt hatte, schleifte scheppernd über den Waldboden und stieß gegen Feldsteine und Bodenwellen. Hinter dem Fahrersitz stürzte etwas Schweres krachend zu Boden, Helen bemerkte im Rückspiegel eine hastige Bewegung. Zwei graugrüne Augen starrten sie hasserfüllt an. Eine klaffende Wunde zog sich über Veits Wange vom Ohr bis zur Nasenspitze, wo sie ihn mit dem Draht erwischte hatte. Bevor sie reagieren konnte, schlang er ihr einen seiner verfluchten Kabelbinder um die Kehle und zog zu. Sie schaffte es, zwei Finger zwischen ihren Hals und die Plastikgarotte zu quetschen, bevor Veit sie erdrosseln konnte. Panisch drehte sie das Lenkrad hin und her, um den Wagen ins Schleudern zu bringen. Veit verlor den Halt. Er stürzte in die Dunkelheit und schrie vor Schmerz und Überraschung auf. Schneller als sie gehofft hatte, rappelte er sich jedoch wieder auf und griff erneut an.

Die Scheinwerfer rissen eine Weggabelung aus der Finsternis. Helen blieb keine Zeit, eine Entscheidung zu treffen. Sie rammte Veit den Ellenbogen gegen die Kehle. Der Camper holperte über eine Bodenwelle, das Lenkrad drehte sich unter ihren Fingern und versengte ihre Handflächen. Der Wagen raste nach links einen abschüssigen Kiesweg hinab, Buschwerk und Äste peitschten gegen die Frontscheibe. Veit gurgelte einen Fluch und versuchte, das Ende des Kabelbinders zu erwischen. Helen duckte sich unter ihm weg und trat mit aller Kraft auf die Bremse. Veit stürzte zwischen den Sitzen hindurch in die Fahrerkabine. Sie gab erneut Gas, sodass Veit mit der Stirn gegen die Türverkleidung auf der Beifahrerseite krachte. Er blutete aus mehreren Platzwunden im Gesicht und verdrehte die Augen, aber er war noch immer nicht besiegt. Hasserfüllt zog er sich am Sitz hoch.

„Du ... bist mein Herz, das ... schlägt.“

Er streckte die Hand aus und erwischte den Kabelbinder. Helen spürte, wie sich die Plastikschlinge enger um ihre Kehle zog.

Die Scheinwerfer bohrten sich in die Finsternis. Der Motor heulte auf, und die Antriebsräder fanden keinen Halt mehr. Helen hatte das flaue Gefühl, abzuheben und durch die Luft zu fliegen. Sie trat das Gaspedal durch, aber der Wagen reagierte nicht. Langsam neigte sich die Front, als wolle sich der alte Wagen vor der Nacht verbeugen.

Der Aufprall trieb ihr die Luft aus den Lungen. Die Beifahrertür sprang aus dem Rahmen, Veit verschwand schreiend in der Dunkelheit. Die Windschutzscheibe verwandelte sich in ein milchiges Netz aus Glasscherben. Helen stieß mit dem Kopf gegen den Türholm und verlor das Bewusstsein.

27

Die Redaktion des Koblenzer Tageblatts befand sich in einem Geschäftshaus in der Nähe des Hauptbahnhofs. Elinor stellte den Golf auf dem Parkplatz eines Supermarkts ab. „Soll ich den Motor laufen lassen und im Fluchtwagen warten?“

Funke ging nicht auf ihren Spott ein. „Nein. Vielleicht brauche ich Sie, um Gleiberg zu überzeugen. Aber binden Sie ihm nicht sofort auf die Nase, dass Sie Carolas Schwester sind. Es kann nie schaden, noch einen Trumpf im Ärmel zu haben.“

Die Empfangsdame im Foyer hatte die fünfzig überschritten, bemühte sich aber krampfhaft, wie eine Dreißigjährige aufzutreten. Sie musterte Funke so kritisch, als spreche er für einen Termin beim amerikanischen Präsidenten vor. „Es ist nur Mitarbeitern gestattet, die Redaktionsräume zu betreten“, erklärte sie.

„Herr Gleiberg erwartet uns.“

„Wie war doch gleich Ihr Name?“

„Brenner. Ich bin Privatdetektiv.“

„Können Sie sich ausweisen?“

„Wollen Sie wirklich, dass Ihr Chef von der Konkurrenz erfährt, woran unsere Detektei seit Monaten arbeitet?", fragte Funke.

„Ich habe meine Anweisungen."

Elinor musterte sie mitleidig. „Glauben Sie, Sie finden in Ihrem Alter noch mal einen Job?"

Die Frau lief rot an wie ein Hahnenkamm. Bevor sie Elinor mit ihren giftgrün lackierten Fingernägel die Augen auskratzen konnte, fragte jemand hinter Elinors Rücken: „Kann ich Ihnen helfen?"

Funke drehte sich um. Vor ihm stand ein untersetzter Mann um die fünfzig mit hellen Augen und rotblondem Haar. Seine Wangen waren von einem Netz aus feinen Äderchen durchzogen. Funke erkannte auf den ersten Blick, dass der Mann zu viel trank. „Kommt darauf an, wer Sie sind", sagte er.

„Jürgen Gleiberg. Gehen wir doch in mein Büro." Er wandte sich an die Empfangsdame. „Ich möchte nicht gestört werden."

Sie zog die Mundwinkel herab und nickte pikiert.

Gleiberg führte sie durch ein Großraumbüro, in dem ein Dutzend Redaktionsmitarbeiter auf Computertastaturen hämmerte oder lautstark telefonierte. Neben einem der Arbeitsplätze hielt er kurz inne, riss einen Post-it-Zettel von einem Block und kritzelte eine Nachricht darauf. „Sofort!" Er pappte den Zettel an den Computermonitor des Mitarbeiters und strebte eilig auf ein verglastes Büro zu.

„Wir kommen hier nie wieder raus", flüsterte Elinor. „Was ist, wenn Sie jemand erkennt? Ihr Gesicht ziert das Titelblatt jeder Zeitung!"

„Bis Kain seinen Beamtenapparat in Bewegung gesetzt hat, sind wir längst weg“, antwortete Funke ebenso leise.

Gleiberg bat sie in sein Büro und schloss die Tür. Die Glasabtrennung dämpfte die Geräusche des betriebsamen Großraumbüros. „Nehmen Sie Platz. Darf ich Ihnen etwas zu trinken anbieten?“

Funke lehnte ab.

„Einen Kaffee bitte“, sagte Elinor.

Gleiberg goss Kaffee aus einer Thermoskanne in eine Tasse, stellte sie auf seinen Schreibtisch und nahm in einem bequemen Ledersessel Platz. Das Telefon klingelte, er entschuldigte sich und nahm den Hörer ab. Misstrauisch beobachtete Funke das Geschehen vor der Glasscheibe. Der Reporter, dem Gleiberg den Zettel zugesteckt hatte, erwiderte seinen Blick kurz, wandte sich dann hastig ab und legte den Telefonhörer auf die Gabel.

„Entschuldigen Sie bitte die Störung.“ Gleiberg musterte Funke interessiert.

„Stimmt etwas nicht?“

„Ehrlich gesagt, hatte ich Sie mir anders vorgestellt.“

Funke biss sich auf die Unterlippe. Wenn Brenner und Gleiberg sich doch persönlich kannten, war er geradewegs in eine Falle getappt.

Gleiberg lehnte sich zurück und verschränkte die Arme hinter dem Kopf. „Dann legen Sie mal auf den Tisch, was Sie anzubieten haben, Herr Brenner.“

Funke blickte durch die Glasscheibe. Der Redakteur hob den Arm und signalisierte. Fünf Finger – noch fünf Minuten. Als er Funkes Blick bemerkte, ließ er seine Hand schnell hinter seinem Kopf verschwinden und kratzte sich hinter dem Ohr. Gleiberg hatte Funke sofort erkannt und die Polizei alarmiert. In der nächsten Ausgabe würde er sich rühmen können, zur Festnahme des mutmaßlichen Mörders von Carola Wesseling beigetragen zu haben.

„Okay, beenden wir das Versteckspiel", sagte Funke. „Welche Information wollte Brenner Ihnen verkaufen?"

Gleiberg wandte sich Elinor. „Beantworten Sie mir zuerst eine Frage. Was bringt Sie dazu, mit dem Mörder Ihrer Schwester gemeinsame Sache zu machen?"

„Ich hab gleich gesagt, dass es nicht funktioniert", sagte Elinor. „Woher wissen Sie ...?"

„Sie sind immer einen Artikel wert, Frau Dr. Cox. Die karitative Arbeit Ihrer Schwester war allgemein bekannt und geschätzt. Durch ihren bedauernswerten Tod ist auch Ihr Engagement für Obdachlose ins Licht der Öffentlichkeit gerückt. Außerdem sehen Sie ihr verblüffend ähnlich. Also?" Er deutete mit dem Kinn auf Funke. „Warum decken Sie ihn?"

„Er hat Carola nicht ermordet."

„Die Polizei ist davon überzeugt."

Funke zog den Reißverschluss seiner Lederjacke auf und gewährte Gleiberg einen Blick auf die Glock. „Jemand hat mich reingelegt. Ich will mein altes Leben wiederhaben, und dazu muss ich meine Unschuld beweisen. Brenner weiß wahrscheinlich, wer der Mörder ist und warum Carola sterben musste. Darum werden Sie mir jetzt sagen, was er Ihnen angeboten hat."

„Tut mir leid, aber das kann ich nicht."

„Sie werden."

„Er hat es mir nicht verraten. Er behauptete, Beweise in der Hand zu haben, die Wesseling von seinem selbst gezimmerten Thron stürzen und einen Riesenskandal auslösen würden. Brenner wollte einen Haufen Geld für seine Informationen, mehr als unsere kleine Zeitung sich leisten kann. Ich versuchte ihn runterzuhandeln, aber seit drei Tagen hat er sich nicht mehr gemeldet. Danach ging ich davon aus, dass seine angeblichen Beweise nichts als heiße Luft waren. Aber inzwischen sehe ich das anders.“

Funke wischte sich mit dem Jackenärmel den Schweiß von der Stirn. Es war heiß und stickig in dem Glaskasten. „Ich muss Brenner finden!“

„Ich weiß nicht, wo er steckt.“

„Dann denken Sie nach. Und zwar schnell.“

Gleiberg zuckte mit den Schultern. „Ich habe gehört, er haust in einer Bruchbude in Lahnstein.“

„Dort waren wir bereits“, sagte Elinor, „jemand hat alles durchwühlt. Von Brenner fehlt jede Spur.“

„Halten Sie es für möglich, dass Wesseling seine Leute auf ihn angesetzt hat, um ihm ein bisschen einzuheizen?“, fragte Funke.

„Dem traue ich alles zu.“

„Das habe ich heute schon mal gehört. Auch einen Mord, um den Deckel auf seinen Schweinereien zu halten?“

„Ja, auch das.“ Er blickte an Elinor vorbei durch die Glasscheibe. Funke fuhr herum und zuckte zusammen, als ein scharfer Schmerz durch seine Rippen fuhr. Kain rüttelte an der Glastür, die zum Großraumbüro führte. Endlich schien er zu begreifen, dass sie sich nach außen öffnen ließ. Drei Uniformierte folgten ihm im Laufschritt durch den Mittelgang.

„Sie sollten jetzt besser verschwinden“, sagte Gleiberg. „Tut mir leid. Wären Sie mit Ihrer Geschichte sofort herausgerückt, hätte ich mich anders verhalten. Ihre Theorie ist ... sehr interessant.“ Er wies auf eine Tür, die in den rückwärtigen Gebäudetrakt führte. „Am Ende des Ganges rechts und dann über die verglaste Brücke. Am hinteren Ende der Druckerei führt eine Treppe nach unten. Folgen Sie einfach den Fluchtwegschildern. Sie kommen direkt an den Bahngleisen heraus. Mehr kann ich nicht für Sie tun.“

Kain war mit einem Büroboten zusammengestoßen, der einen Gestellwagen mit Aktenordnern durch den Gang schob.

„Was wusste Brenner?“, fragte Funke eindringlich. „Hat er irgendwelche Andeutungen gemacht, welcher Sauerei er auf der Spur war?“

„Ich weiß es wirklich nicht.“ Gleiberg runzelte die Stirn. „Er versuchte, den Preis in die Höhe zu treiben. Inzwischen trinke er eine Tasse vom teuersten Kaffee der Welt, sagte er.“

„Was meinte er damit?“

„Ich habe nicht die geringste Ahnung. Brenner liebt solche Anspielungen. Wie gesagt, ich begann, ihn für einen Aufschneider und Wichtigtuer zu halten. Offenbar habe ich ihn unterschätzt.“

Kain hatte den Büroboten zur Seite gestoßen und stürmte auf die Glastür zu.

„Lassen Sie uns abhauen!“ Elinor hetzte den Korridor zur Druckerei entlang. Funke folgte ihr und kippte einen Aktenschrank hinter sich um. Seine gebrochenen Rippen protestierten.

„Wäre nett, wenn ich Ihre Story als Erster bekommen könnte!", rief Gleiberg ihm nach.

Funke rannte den Gang entlang und erreichte die Abzweigung des Korridors.

„Bleiben Sie stehen, Funke!"

Kains Stimme hallte über den Gang. Funke lief auf die überdachte Brücke zu, die über den Innenhof zur Druckerei führte. Elinor hielt die Tür am anderen Ende auf. Kain schrie eine Warnung, eine Kugel schlug in den Türrahmen ein. Funke schob Elinor durch die Tür in die Druckerei. Sie flüchteten durch ein Gewirr von Druckmaschinen und Papierrollen. Kain und seine Helfer teilten sich auf und versuchten, ihnen den Weg abzuschneiden. Im Laufen zog Funke die Glock und feuerte einen Warnschuss ab. Sofort gingen ihre Verfolger in Deckung.

Sie erreichten die Nottreppe, die Gleiberg beschrieben hatte, bevor Kain die Druckereihalle zur Hälfte durchquert hatte. An ihrem Fuß führte eine Tür ins Freie. Lose aufgestellte Absperrgitter sicherten das Grundstück des Verlagsgebäudes zum Bahngelände hin. Funke quetschte sich zwischen den Gittern hindurch.

„Sind Sie verrückt? Wollen Sie etwa über die Gleise fliehen?", rief Elinor atemlos.

Funke blieb auf den Bahnschwellen stehen. „Sie haben viel für mich getan. Und dafür bin ich Ihnen zu Dank verpflichtet. Gehen Sie jetzt zurück."

„Ich denk nicht dran."

„Sie machen sich strafbar, wenn Sie mir helfen. Vielleicht können Sie Kain aufhalten und mir einen Vorsprung verschaffen."

Sie wand sich durch den Spalt zwischen den Absperrgittern. „Ich will den Mörder meiner Schwester und meines Vaters finden, und ich brauche Sie dafür. Kain weiß längst, auf welcher Seite ich stehe."

„Okay. Wie Sie wollen. Sie haben Mut. Den werden Sie auch brauchen."

Die Bahnschwellen unter seinen Stiefeln begannen zu vibrieren. Von Norden her näherte sich ein Güterzug. Funke rannte über die Bahngleise. Die Schienenstränge fächerten sich auf einer Breite von hundert Metern zu einem Dutzend parallel verlaufender Gleise auf. Der Hauptbahnhof lag nordöstlich auf der gegenüberliegenden Seite der Bahntrasse.

Die Blechtür am Fuß der Nottreppe fiel scheppernd in ihren Rahmen zurück. Kains zornesroter Kopf tauchte auf. Funke schätzte die Entfernung und die Geschwindigkeit der Güterlok ab und hetzte über die Gleise. Elinor hielt sich dicht an seiner Seite. „Sie sind total irre!", rief sie atemlos.

Die Lok stieß ein ohrenbetäubendes Hupen aus. Funke mobilisierte seine letzten Kräfte und rannte schräg über die Trasse auf den Bahnsteig zu. Er hatte etwa die Hälfte der Strecke zurückgelegt, als eine Kugel dicht an seinem Hals vorbeisurrte. Der herandonnernde Güterzug schluckte den Knall des Schusses, aber der heiße Luftzug war eine eindeutige Warnung.

„Die schießen auf uns!", schrie Elinor.

Funke konzentrierte sich auf den rutschigen Schotter unter seinen Stiefeln. Wenn er jetzt stürzte oder das

Tempo des Güterzuges falsch eingeschätzt hatte, brauchte er sich um Kain keine Sorgen mehr zu machen. Entsetzt stellte er fest, wie schwach er war. Mit den Armen rudernd, versuchte er das Gleichgewicht zu halten. Elinor griff nach seiner Hand und stützte ihn. Dicht vor der heranrasenden Lok überquerten sie das letzte Gleis. Der Fahrtwind des Güterzugs riss Funke von den Beinen. Instinktiv ließ er sich auf die rechte Seite fallen und hoffte, dass der Druckverband hielt und seine angeknacksten Rippen ihm nicht den Rest verpassten. Er presste sich flach auf den Schotter und drehte den Kopf. Durch die wirbelnden Räder des Zuges konnte er Kain und zwei Uniformierte sehen.

„Schnell! Wir müssen weiter.“

Ungehindert erreichten sie den Bahnsteig. Elinor zog an seinem Ärmel. „Da ist eine Unterführung!“

„Dort laufen wir in eine Falle. Kommen Sie, hier entlang!“

Ein Trans-Regio-Express hielt am Bahnsteig. Funke wartete, bis die Türen sich öffneten, und stieg ein.

„Wir haben keine Tickets“, sagte Elinor.

„Wie können Sie jetzt an so etwas Dämliches wie Fahrkarten denken?“

„Ich bin eben gut erzogen worden.“

Die Fahrt zur nächsten Haltestelle Ehrenbreitstein dauerte zehn Minuten. Kurz bevor der Zug hielt, näherte sich ihnen ein Schaffner. „Die Fahrausweise, bitte.“

Funke verschob seine Lederjacke so, dass der Mann die Pistole im Schulterholster sehen konnte. „Kripo Koblenz. Wir haben es eilig. Machen Sie uns keine Schwierigkeiten.“

Der Regio stoppte, die Türen glitten auf.

„Darf ich Ihren Ausweis sehen?"

„Aber klar doch." Funke richtete die Glock auf den verblüfften Schaffner, schob Elinor aus dem Zug und tauchte auf dem überfüllten Bahnsteig unter.

„Kommen Sie immer mit solchen Geschichten durch?", fragte sie atemlos.

„Keine Ahnung. Es war das erste Mal, dass ich so etwas ausprobiert habe."

„Irgendwann werden Sie damit auf die Nase fallen."

„Ich schätze, da könnten Sie recht haben."

„Ich weiß nicht, ob ich mir wünschen sollte, dabei zu sein, wenn es so weit ist", sagte sie. „Auf jeden Fall können Sie was aushalten. Sind Sie okay?"

„Sieht so aus." Er blickte sich um. „Wir brauchen einen Wagen."

Elinor wählte eine Nummer auf ihrem Handy. „Dr. Sambesi wird jemanden schicken, der uns abholt."

„Ich glaube nicht, dass wir mit der Notarztnummer noch mal durchkommen", zweifelte Funke.

„Sie können den Wagen der Klinik nicht mit uns in Verbindung bringen."

„Unterschätzen Sie Kain nicht."

„Ich werde ihm die Hölle heiß machen. Niemand schießt auf mich. Niemand, hören Sie?"

„Okay." Funke hatte verstanden. Wer in einer Krankenstation im Sudan aufgewachsen war, wusste, was Schusswaffen anrichten konnten.

Zwanzig Minuten später hielt ein Notarztwagen am Rheinufer. „Wo hast du denn den Krankenwagen aufgetrieben?", fragte Elinor.

„Dein Einfall mit den Notarztwesten hat mich auf eine Idee gebracht", antwortete Sambesi. Er betrachtete Funke stirnrunzelnd.

„Mir geht's gut", knurrte der.

„Ich habe Sie nicht zusammengeflickt, damit Sie sich umbringen."

„Hab ich nicht vor."

„Gib's auf, Abu. Er macht sowieso, was er will", sagte Elinor.

Sie fuhren von Koblenz Richtung Lahnstein, um am Fluss entlang nach Nassau zurückzukehren.

„Was hat Brenner damit gemeint, er trinke den teuersten Kaffee der Welt?", überlegte Funke.

„Vielleicht wollte er damit sagen, dass Gleiberg einschlagen sollte, weil sonst der Preis für sein Wissen immer weiter steigt."

„Nein. Wir müssen noch mal Brenners Wohnung durchsuchen."

Elinor stöhnte. „Und was hoffen Sie dort zu finden?"

„Das, was er Gleiberg verkaufen wollte."

Sambesi stoppte den Wagen vor dem Rohbau im Lahnsteiner Gewerbegebiet. Funke durchstöberte die Wohnung. In einem Küchenschrank stieß er auf eine Blechdose mit Kaffeepulver. Er kippte den Kaffee in die Spüle und zog einen USB-Stick aus dem braunen Pulver. „Bingo!", sagte er. „Wir brauchen einen Computer."

Sambesi brachte sie in die Klinik zurück und stellte ihnen seinen Laptop zur Verfügung. Funke steckte den Stick in einen Port. Auf dem Datenträger befand sich ein Videoclip.

Nach zwanzig Sekunden wandte Elinor sich ab. „Ich kann mir das nicht ansehen."

Funke wusste, was sie meinte. Trotzdem sah er den zehnminütigen Film bis zum Ende und klappte dann den Laptop zu. Die Falle war zugeschnappt, Wesseling geliefert. Das Video war offenbar heimlich durch ein Kellerfenster aufgenommen worden. Die Qualität war schlecht, reichte aber, um ihn einwandfrei zu identifizieren. Wesseling war nicht der Einzige, den Funke auf dem Video wiedererkannte. Auch das Opfer war ihm vertraut. An der Wand hinter seinem Schreibtisch in der Hachenburger Dienststelle hingen Fotografien der vier vermissten jungen Frauen, die vermutlich dem Phantom zum Opfer gefallen waren. Die Frau auf dem Video war eine davon.

Er startete den Film noch einmal.

„Warum wollen Sie sich dieses perverse Zeug noch mal anschauen?", fragte Elinor.

„Ich will etwas überprüfen, um ganz sicherzugehen. Ich glaube, ich weiß, wo sich die Vergewaltigung zugetragen hat. Jetzt wäre der richtige Zeitpunkt, um mir zu zeigen, was Sie hinter dem Steuer wirklich draufhaben. Wir müssen uns beeilen. Ich zeige Ihnen den Weg."

28

Helens Instinkt für Gefahr rettete ihr das Leben. Sie konnte nicht lange bewusstlos gewesen sein, denn als sie erwachte, saß sie noch immer hinter dem Steuer des Feuerwehrwagens, nichts hatte sich verändert. Der alte Wagen knirschte protestierend, rutschte über loses Felsgeröll und kam ruckartig zum Stillstand. Helen tastete nach dem Türgriff, aber bevor sie ihn fand, wurde die Fahrertür aufgerissen.

„Du bist mein Herz, das schlägt, Herz, das schlägt!", kreischte Veit. Wutentbrannt packte er sie an der Schulter und zerrte sie vom Sitz. „Mir! Du gehörst mir!"

Helen stürzte ins Bodenlose, Veit klammerte sich an sie wie eine übergroße Zecke. Zusammen rollten und rutschten sie über faustgroße Kiesel, Dreck und Geröll einen steilen Abhang hinab. „Lass mich los, du krankes Schwein!", schrie sie wutentbrannt.

Sie grub ihre Finger in ein Büschel Haare und zerrte daran. Veit schrie vor Schmerz auf und ließ sie los. Helen überschlug sich, schürfte sich am groben Schotter die Handflächen blutig und landete in einer tiefen Pfütze. Sie schluckte brackiges Wasser und schlug mit der Stirn gegen einen harten Gegenstand. Bunte Sterne tanzten in der Dunkelheit vor ihren Augen. Sie richtete sich auf die Knie auf und hielt Ausschau nach Veit. Hoch über ihr ragte der Feuerwehrwagen auf. Er war über einen Bergkamm gerast und hatte seine stumpfe Schnauze in zwei große Felsbrocken gebohrt. Der unversehrt gebliebene Scheinwerfer tauchte die Landschaft in surreales Licht. Der Steilhang gehörte offenbar zu einem alten Steinbruch, dürre Birken und trockenes Gras wuchsen zwischen Steinen und Geröll. Eine schattenhafte Gestalt humpelte den Hang hinab auf sie zu.

„Herz, das schlägt, Herz, das schlägt!", kreischte Veit.

Helen grub die rechte Hand in den Kies und spürte einen faustgroßen Stein unter ihren Fingern.

Plötzlich blieb Veit stehen. Der Scheinwerfer schälte seine schlanke Silhouette aus der Dunkelheit. Er legte den Kopf schief, als lausche er angestrengt in die Stille hinein. Helen presste die Finger um den Stein und hob langsam den Arm.

Die Lichtfinger von Autoscheinwerfern glitten über Veits blutüberströmtes Gesicht hinweg. Er knurrte wütend und verschwand lautlos in der Dunkelheit.

Helen hielt noch immer den Stein in der Hand. Sie stand auf und drehte sich wachsam im Kreis. Das leise Motorengeräusch erstarb, eine Autotür schlug zu. Eine ärgerliche Frauenstimme schallte durch die Nacht. „Sie werden sich noch umbringen, Funke! Setzen Sie sich irgendwo hin, wo Sie keinen Schaden anrichten können, und lassen Sie mich das erledigen!"

Helen ließ den Stein fallen. Hatte sie richtig gehört? „Funke? Sind Sie das?"

Der Scheinwerfer des Feuerwehrwagens erhellte ein vertrautes Gesicht. „Es wird langsam zur Gewohnheit, Sie zu retten."

„Mensch, Funke, sehen Sie beschissen aus", entfuhr es ihr.

„Vielen Dank für das Kompliment. Sie sehen auch nicht aus, als hätten Sie zwei Wochen Mauritius hinter sich."

Hinter ihm schlitterte eine Frau mit dunkelblondem Haar den Abhang hinab. Wie Funke trug auch sie eine Warnweste mit der Aufschrift Notarzt.

„Sind Sie unter die Mediziner gegangen, Funke?"

„Das ist eine lange Geschichte." Er reichte ihr die Hand und verzog vor Schmerz das Gesicht. „Kommen Sie aus dem Wasser raus, bevor Sie sich den Tod holen."

„Veit hat es nicht geschafft, mich fertigzumachen, dann wird es eine dreckige Pfütze auch nicht."

Die Frau telefonierte und orderte einen Notarztwagen.

„Ich bin nicht verletzt", sagte Helen trotzig.

„Sagen Sie nicht, dass Sie ebenso starrköpfig sind wie Funke", sagte die Frau. „Wer hier verletzt ist, entscheide ich."

„Darf ich vorstellen", sagte Funke, „Dr. Elinor Cox. Tun Sie, was sie sagt, sonst nimmt Dr. Cox Sie eine Runde in ihrem Wagen mit. Spätestens dann haben Sie einen Grund, sich ärztlich versorgen zu lassen."

„Ich kann mich nicht erinnern, dass Sie jemals mehr als drei Worte am Stück geredet haben. Was ist mit Ihnen passiert, Funke?"

„Ich habe gewissermaßen die Seiten gewechselt."

„Der Notarztwagen wird in zehn Minuten hier sein“, sagte Dr. Cox.

„Ich brauche keinen ...“ Plötzlich wurde ihr schwarz vor Augen.

„Sie stehen unter Schock. Um das zu erkennen, braucht man kein Medizinstudium absolviert zu haben.“

„Und wenn ... we... wenn scho... o... on?“ Sie klapperte vor Kälte und Erschöpfung mit den Zähnen. „Rufen Sie Ver... verstär... stärkung, Funke. Veit kann no... noch nicht wie ... weit gekommen sein. Diesmal schnappen wir ihn.“

„Wer ist Veit?“, fragte Funke.

„Das Phantom. Ich durfte eine Wei... eile seine Gastfreu... eundschaft genießen.“

Funke zögerte. „Ich weiß, Sie sind eine gute Polizistin. Aber Sie müssen sich irren. Ich habe Beweise, dass ...“

„Sie sind zu zweit“, sagte Helen. „Veit steht unter der Kontrolle eines Komplizen. Sie kennen den Westerwald, Funke. Zusammen werden wir sie aufspüren.“

„Ich fürchte, ich werde Ihnen keine große Hilfe sein.“

Ihre Blicke wanderten zwischen ihm und Dr. Cox hin und her. „Was ist hier eigentlich los? Wieso tauchen Sie gerade im richtigen Moment auf, um mir das Leben zu retten?“

„Der alte Bauer, der den Hof früher bewirtschaftet hat, war ein Dauerkunde der Hachenburger Polizei. Ich war mehr als ein Dutzend Mal hier. Darum habe ich das Haus auf dem Video sofort wiedererkannt.“

„Welches Video?“

„Eins nach dem anderen. Sie haben jetzt erst einmal Pause. Und ich verdrück mich lieber, bevor Kain eintrifft.“

„Hören Sie schon auf, mich zu bemuttern. Was haben Sie mit Kain zu tun?“

„Das ist eine lange Geschichte.“

„Die Polizei fahndet nach ihm“, sagte Dr. Cox.

„Was haben Sie angestellt? Wer hat die Fahndung ausgelöst?“

„Mein alter Freund Kain.“

„Kain hat keine Freunde.“

„Sehe ich auch so. Er glaubt, dass ich einen Mord begangen habe.“

„In Ordnung, Funke. Ich will alles wissen, von Anfang an. Scheiße …“ Helen zitterte am ganzen Körper.

„Dazu fehlt mir leider die Zeit. Es ist besser für uns beide, wenn niemand weiß, dass wir uns getroffen haben. Erzählen Sie ihm, Sie wären dem Mistkerl einfach entwischt.“

„Und was werden Sie jetzt anstellen? Lassen Sie mich raten – Sie wollen den Helden spielen und Ihre Unschuld selbst beweisen, habe ich recht?“

„Kain zwingt mich dazu.“

„Sie müssen sich stellen, am besten jetzt und hier. Das ist Ihre einzige Chance, mit einem blauen Auge aus der Sache rauszukommen.“

„Meine Tage bei unserem Verein sind längst gezählt. Ich werde mir so oder so einen neuen Job suchen müssen.“

„Und was wollen Sie machen? Als Kaufhausdetektiv Ladendiebe fangen?“

„Detektiv …“, Funke rieb sich den Nacken. „Keine schlechte Idee. Okay, ich schlage Ihnen einen Deal vor.“

„Und wie soll der aussehen?“

„Sie versorgen mich mit allen Informationen aus dem Polizeiapparat, die ich brauche. Dafür liefere ich Ihnen den Komplizen des Phantoms.“

„Ich kann Sie nicht einfach laufen lassen, wenn Sie auf der Fahndungsliste stehen.“

„Ich lege noch einen drauf. Es gibt da ein paar Dinge, die Sie über Kain wissen sollten. Das könnte sich als äußerst nützlich erweisen, um ihm seine Grenzen aufzuzeigen.“

Helen zog eine Augenbraue hoch. „Sie schaffen es wirklich, mich neugierig zu machen.“

Auf der Zufahrtsstraße zum Hof fetzte Blaulicht durch die Nacht. Ein Notarztwagen näherte sich.

„Es wird Zeit, mich zu verabschieden. Kommen Sie morgen Mittag Punkt zwölf Uhr zur Zahnradbahn in Bad Ems und steigen Sie in eine Kabine.“ Funke verschmolz mit der Dunkelheit. „Geben Sie mir endlich eine Ihrer rosa Pillen“, hörte Helen ihn schimpfen.

„Das sind keine Karamellbonbons, verdammt noch mal.“ Dr. Cox brummte unwillig. „Wenn Sie sich nicht umbringen, dann werde ich es irgendwann tun.“

Funkes Lachen ging in ein ersticktes Husten über.

„He, warten Sie!“, rief Helen.

„Seien Sie pünktlich“, rief Funke.

„Warten Sie, verdammt!“

Sie begann den Hang hinaufzuklettern und rutschte auf lockerem Geröll aus. „Fun…!“

Reiß dich zusammen, es ist vorbei. Das letzte Wort schallte von den unsichtbaren Wänden ihres

Bewusstseins wider, bis ihr Schädel von dem Lärm zu platzen drohte. Sie hatte gewusst, dass der Schock kommen würde ... eines Tages, wenn sie nicht damit rechnete. Aber warum jetzt? Es war noch nicht vorbei.

Vorbei, vorbei, vorbei.

Jemand berührte sie sanft am Oberarm. Helen schrie gellend auf und schlug um sich, traf auf Fleisch und Knochen und brüllte, bis sie heiser war. Die Stimmen trieben sie in den Wahnsinn, sie plapperten, johlten und schrien in ihrem Kopf durcheinander: „Du bist mein Herz, das schlägt! Herz, das schlägt! Bumm-bumm, bumm-bumm!"

Es war vorbei. Nur die Dunkelheit blieb.

Ein grelles Licht blitzte auf und verschwand wieder, wie die unterbrochenen Mittelstreifen einer abschüssigen Straße, die sie hinunterraste. Die Bremsen ihres Verstandes waren längst ausgefallen. Etwas quietschte und klapperte nervtötend, jemand schrie. Seltsamerweise besaß er ihre eigene Stimme. Da waren Menschen, die sie nur als Schemen wahrnahm, aber ihre kräftigen Hände waren real. Sie drückten ihre Unterarme auf den Boden, bis sie sich nicht mehr rühren konnte, was ihre Panik noch verstärkte. Sie versuchte aufzustehen, wollte fliehen, aber ihre Beine gehorchten ihr nicht. Ihr Körper fühlte sich an, als stecke er in Sirup. So sehr sie auch kämpfte, sie bewegte sich nicht vom Fleck ... wie ein gallertartiges Gummibärchen in einem quälenden Albtraum.

Lichtstreifen wechselten sich mit Dunkelheit ab. Jemand leuchtete ihr mit einer Taschenlampe in die Augen. Seine Stimme dröhnte in ihrem Kopf, bis sie vor Schmerz schrie.

Sie wehrte sich gegen die Hand eines Angreifers, der ihren Oberarm zusammenpresste, bis ihr klar wurde, dass es nur eine Blutdruckmanschette war. Gesichter tauchten auf und gingen, manche waren ihr bekannt, andere fremd und verzerrt. Kain stellte ihr eine Frage und wiederholte sie endlos. Sie glaubte zu ersticken, versuchte Luft zu holen, aber etwas schnürte ihre Kehle zu. Dann stürzte sie wieder in die Dunkelheit zurück. Diesmal blieb sie. Für lange Zeit.

29

Das leise Quietschen von Gummisohlen, die abgewetztes Linoleum berührten, weckte Helen. Sie schlug die Augen auf, es war heller Tag. Über ihrem Kopf erblickte sie ein verchromtes Rohr, an dem eine durchsichtige Plastikflasche hing. Eine farblose Flüssigkeit tropfte in einen Schlauch, der in ihrem Handrücken verschwand. Kabel schlängelten sich von einem leise piepsenden Kasten unter die Bettdecke. Ihre Unterarme steckten in sauberen Mullverbänden. Es roch nach Bohnerwachs und Desinfektionsmitteln.

„Wo bin ich?"

Die Frage war an niemanden gerichtet, denn sie war allein. Das Quietschen näherte sich, ein Rollstuhl tauchte in ihrem Gesichtsfeld auf, zwei kräftige Hände und endlich Starbachers Bulldoggengesicht. „Im Stift in Koblenz. Die Ärzte hielten es für angebracht, dich eine Weile hierzubehalten."

Helen schloss die Augen. Die Versuchung, wieder in das kühle, erfrischende Dunkel einzutauchen, war verlockend. Nichts mehr denken, nur schlafen und vergessen.

„Sie haben dir ein starkes Beruhigungsmittel gegeben.“

Ihr Magen knurrte vernehmlich. „Gibt's hier auch ein
Frühstück?“

Starbacher lächelte. „So gefällst du mir schon besser.“

„Besser als was?“

„Du hast uns ganz schön Sorgen gemacht. Immerhin
hast du nicht gerade eine Woche Urlaub am Meer hinter dir.“

„Wie lange bin ich hier?“

„Du hast fast achtzehn Stunden geschlafen.“

„So lange?“ Sie schlug die Bettdecke zurück. „Ich muss
hier raus.“

„Langsam, Mädchen.“

„Ich bin nicht dein Mädchen.“ Ärgerlich zerrte sie an
den Elektroden, die mit Klebeband an ihrem Körper befestigt waren. Auf dem Display des Kontrollgeräts
blinkte eine Warnlampe.

„Du darfst dich nicht überanstrengen.“

„Es geht mir gut, Georg.“ Rasch rechnete sie nach, wie
viel Zeit seit ihrer Flucht vergangen war. Wenn sie
achtzehn Stunden geschlafen hatte, musste es etwa
fünfzehn Uhr sein. „Funke“, murmelte sie. „Verfluchter
Mist.“ Ihr Treffen in Bad Ems war längst überfällig.

Starbacher runzelte die Stirn. „Hattest du Kontakt zu
ihm?“

„Wer, glaubst du, hat mich vor Veit gerettet?“

„Funke muss sich stellen, das ist seine einzige
Chance.“

„Das wird er niemals tun.“ Sie setzte sich auf die Bettkante.

„Wie fühlst du dich?“, fragte er besorgt.

„Gut. Ich habe einen Mordshunger."

Eine Krankenschwester stürmte ins Zimmer, aufgeschreckt von dem Alarm, den die Kardioüberwachung ausgelöst hatte. Sie sammelte die Kabel ein und drückte Helen sanft aber bestimmt auf das Bett zurück. „Legen Sie sich sofort wieder hin." Sie warf Starbacher einen strafenden Blick zu. „Ich hole einen Arzt."

„Machen Sie, was Sie wollen." Helen stand auf und schwankte. Sie steckte in einem unförmigen Krankenhausnachthemd. Mit unsicheren Schritten tappte sie zum Schrank und öffnete die Türen, bis sie auf ihre Sachen stieß. Sie warf Jeans und Jacke auf das Bett und begann sich anzuziehen. Klappernd folgte ihr das Gestell mit dem Infusionsbeutel.

„Und nehmen Sie mir das Ding ab!", brüllte sie.

„Helen, sei doch vernünftig!" Starbacher rollte mit seinem Rollstuhl ungeduldig vor und zurück.

„Ich bin vernünftig. Sag mir lieber, was in der Zwischenzeit passiert ist."

„Sie haben Veits Hof auseinandergenommen."

„Irgendeine Spur von ihm oder seinem Komplizen?"

„Nein, beide sind wie vom Erdboden verschluckt."

Helen sah sich nach der Schwester um und streckte den Arm mit der Kanüle aus. „Muss ich das selbst machen? Ich kann kein Blut sehen, und Sie wollen doch nicht, dass ich umkippe, oder?"

„Was ist hier los?" Ein junger Arzt mit schwarzen Locken und Dreitagebart betrat das Zimmer.

Helen plumpste kraftlos auf das Bett. „Ich verlasse die Klinik auf eigene Verantwortung."

„Davon muss ich Ihnen dringend abraten."

„Wieso? Mir fehlt nichts. Nur ein paar Kratzer."

„Das sehe ich anders. Sie stehen unter Schock."

Unvermittelt rasten Bilder durch ihren Kopf, Veit, der Keller, Leichen ohne Herz, eine tote Katze, und überall Blut.

„Wenn ich hier tatenlos herumliege, wird es nicht besser. Ich bin die Einzige, die Veits Komplizen schnappen kann."

„Kannst du ihn beschreiben?", fragte Starbacher.

„Nicht sein Gesicht, aber ich kenne seine Stimme. Und die werde ich niemals vergessen."

„Ich werde den Polizeipräsidenten bitten, dich von dem Fall abzuziehen", sagte Starbacher.

„Du bist pensioniert, schon vergessen?"

„Aber ich habe immer noch einen gewissen Einfluss. Es ist nur zu deinem Besten."

„Wenn du das wagst, säge ich die Speichen deines Rollstuhls an", zischte sie. „Wir sind kurz davor, beide Täter zu schnappen."

Der Arzt nickte der Krankenschwester zu. „Ich kann sie nicht gegen ihren Willen festhalten, obwohl ich nichts lieber täte." Die Schwester entfernte kopfschüttelnd die Kanüle aus Helens Handrücken.

„Eine weise Entscheidung", erwiderte Helen.

Sie kämpfte gegen die Benommenheit an, zog ihre Sachen an und warf einen Blick aus dem Fenster. Der Tag war grau und farblos. Auf den Dächern der Stadt war über Nacht eine feine weiße Schicht gewachsen. Aus den tief hängenden Wolken sickerten noch immer feine Schneeflocken, die Gehwege waren mit glitzerndem Reif überzogen. Sie spürte die Kälte durch die Fensterscheibe.

„Wenn du etwas für mich tun willst, halt mir Kiesner vom Leib", sagte sie zu Starbacher. „Das Letzte, was ich jetzt gebrauchen kann, ist ein Psychiater, der an meiner Dienstfähigkeit zweifelt. Klär mich lieber über die Geschichte mit Funke auf."

Der pensionierte Kommissar berichtete, was er wusste.

„Jetzt wird mir alles klar. Das ist ein gefundenes Fressen für Kain", sagte sie. „Was verbindet ihn und Funke?"

„Ich weiß es nicht. Weißt du, wo er steckt?"

„Nein. Aber ich werd's herausfinden."

„Sei vorsichtig, Helen."

„Wir wissen beide, dass Funke Carola Wesseling nicht ermordet hat."

„Ich weiß nicht, was ich glauben soll. Die Indizien sprechen gegen ihn, vor allem seine Flucht. Jeder kann zum Mörder werden, es kommt nur auf die Umstände an. Ich werde sehen, was ich für ihn tun kann."

Helen seufzte. „Kannst du nicht etwas unternehmen, was andere Rentner auch tun?"

Starbacher lachte. „Ja, kann ich. Aber es macht nicht so viel Spaß."

„Ich muss los." Sie streifte ihre Jacke über. Die einzige Medizin, die sie brauchte, war das Klicken der Handschellen, die sich um Veits Arme schlossen.

Sie ließ sich von dem Stationsarzt ein Schmerzmittel geben. Er wiederholte seine Warnung, die sie geflissentlich ignorierte. Immer wieder blitzten Bilder in ihrem Kopf auf, Bilder von aufgeschlitzten Katzen und knochigen Fingern, die sich durch Risse im Straßenasphalt bohrten.

Du bist mein Herz, das schlägt. „Was hat er damit gemeint?", murmelte sie.

„Bitte?" Der Stationsarzt blickte sie stirnrunzelnd an.

„Alles okay. Ich hab nur laut gedacht."

Sie fuhr mit dem Lift ins Erdgeschoss hinab und bat die Empfangsmitarbeiterin, ihr ein Taxi zu bestellen. Ruhelos wanderte sie in der kühlen Eingangshalle auf und ab.

Du bist mein Herz, das schlägt.

Ihr war kalt, auf ihren Armen bildete sich eine Gänsehaut. Trotzig durchquerte sie die Halle, steckte eine Münze in den Kaffeeautomaten und wartete, bis der Becher in den Ausgabeschacht plumpste. Dem Frösteln folgte ein leichter Anfall von Schüttelfrost. Warum befolgte sie nicht den Ratschlag des Arztes? Niemand würde ihr einen Vorwurf machen, wenn sie sich die Decke über die Ohren zog und die Welt aus Gewalt und Verbrechen eine Weile aussperrte. Hatte Kiesner, der arrogante Polizeipsychologe, der sie vergangenes Jahr zu einer Auszeit im Westerwald verdonnert hatte, recht mit seinem Verdacht? War sie davon besessen, Vergewaltiger und Mörder aus dem Verkehr zu ziehen, weil ihre kleine Schwester Opfer eines Junkies geworden war? War der fast selbstmörderische Drang, Veit zu fassen, nichts anderes als ein verdrängtes Schuldgefühl, weil sie nicht da gewesen war, als Nele sie gebraucht hatte?

Als Nele ermordet wurde, war Helen ein Kind von dreizehn Jahren, das für ein paar Tage einer drogensüchtigen Mutter mit ständig wechselnden Partnern entfliehen wollte. Dass einer ihrer Liebhaber sie und Nele im Ecstasyrausch getötet hatte, war nicht ihre

Schuld. Und überhaupt … was war falsch daran, wenn sie ihren Job ernst nahm?

Mit zitternden Fingern nahm sie den Becher aus dem Ausgabeschacht und nippte an dem heißen Kaffee. In diesem Moment wurde ihr klar, dass sie nicht weitermachen konnte wie bisher. Der nächste Zusammenbruch würde unweigerlich kommen und vermutlich noch schlimmer werden als der letzte. Sie betrieb Raubbau an ihrer Seele und hetzte sich zu immer waghalsigeren Einsätzen. Sie übernahm Fälle, die andere Ermittler aufgegeben hatten, und forderte vom Team und sich selbst mehr, als sie geben konnte. Kain hatte sie nur dazu provozieren können, sich als Lockvogel anzubieten, weil der innere Zwang, Veit zu fassen, die Kontrolle über ihr Handeln übernommen hatte. Die Besessenheit, mit der sie sich in die Arbeit stürzte, trug Züge einer Todessehnsucht. Irgendwann würde sie in einer Zwangsjacke enden, mit einer gewaltigen Dosis Valium im Blut.

Sie zitterte so sehr, dass sie den Becher mit beiden Händen festhalten musste. Trotzdem spritzte heißer Kaffee über den Rand und verbrühte ihre Finger. Helen biss sich auf die Unterlippe, bis der Schmerz unerträglich wurde. Nur noch dieser Fall, nur noch Veit und sein gesichtsloser Komplize. Sie musste durchhalten, bis sie die beiden Psychos gefasst und Funkes Unschuld bewiesen hatte. Verdammt, sie war es ihm schuldig. Er hatte ihr zweimal die Haut gerettet. Anschließend würde sie das große Weinfass am Ufer des Dreifelder Weihers mieten und mit ihm eine Flasche Basaltfeuer lehren. Funkes hochprozentiger Zaubertrank würde die Wunden in ihren Seelen auswaschen und für eine

Nacht verschließen. Sie wusste, dass Funke trocken war, aber wenn dieser Albtraum überstanden war, hatten sie sich ein Fest verdient.

Sie trank den Kaffee aus und warf den leeren Plastikbecher in einen Papierkorb neben dem Getränkeautomaten. Die gläsernen Eingangstüren glitten vor ihr auseinander, Helen trat ins Freie und sog tief die frische Luft in ihre Lungen. Der trübe Spätoktobertag war schneidend kalt, Schneekristalle schwebten wie winzige Vogelfedern zu Boden.

Ein Taxi näherte sich und stoppte. Helen lief die Zufahrt hinunter. Als sie die Hälfte der Strecke zurückgelegt hatte, rempelte sie ein Passant an. „He! Passen Sie auf doch auf!", rief sie ärgerlich.

Der Mann trug Jeans und einen marineblauen Kapuzenpullover. Ohne in seiner Eile innezuhalten, drehte er sich um. Das fahle Nachmittagslicht erhellte für einen Augenblick sein Gesicht. „Tut mir leid. Hab's eilig."

„Funke!"

„Siebzehn Uhr, Seilbahn am Deutschen Eck. Allein." Er wandte sich um, eilte eine Treppe hinab und stieg in einen schwarzen Mazda , in dem jemand auf ihn gewartet hatte. Der Wagen raste die Zufahrt zum Klinikgelände entlang und reihte sich in den Stadtverkehr ein.

Helen stieg in das wartende Taxi. „Zum Polizeipräsidium am Moselring ... nein, warten Sie. Bringen Sie mich zuerst irgendwo hin, wo es etwas zu essen gibt. Möglichst fett und ungesund."

Der Taxifahrer warf ihr einen fragenden Seitenblick zu. „Keine Polizei?"

„Immer schön eins nach dem anderen."

Er setzte sie vor einem Schnellrestaurant an der B9 ab und wartete, bis sie mit einer riesigen Papiertüte zurückkehrte. Helen biss in einen triefenden Hamburger. „Jetscht können Sie mich zum Präschidium fahren.“

Sie verdrückte noch zwei Cheeseburger, eine doppelte Portion Pommes frites und schlürfte einen Erdbeershake. Danach fühlte sie sich zum ersten Mal seit Tagen satt und zufrieden.

„Wo Sie herkommen, gibt's wohl nichts zu essen, was?“, fragte der Taxifahrer stirnrunzelnd.

„So wasch in der Art, ja.“

Sie spülte den letzten Bissen mit dem Milchshake hinunter und lehnte sich zufrieden zurück. Zehn Minuten später hielt der Fahrer vor dem Präsidium. Helen bezahlte das Taxi und lief durch das dichter werdende Schneetreiben. Der Gong erklang zur letzten Runde.

30

Das Wiedersehen mit Kreutz, Engelhardt und Bender verlief anders, als Helen sich vorgestellt hatte. Sie war sich bewusst, dass sie eine Einzelgängerin war, die keinen großen Wert auf Gesellschaft legte. Vielleicht kam sie deshalb so gut mit Funke klar. Sie brauchten keine Worte, um sich zu verstehen, weil jeder von ihnen instinktiv wusste, was der andere dachte und fühlte, wann er Gesellschaft bevorzugte und wann er allein gelassen werden wollte.

Dennoch fügte sich Helen gut in das Team ein. Sie schätzte die anderen als gleichwertige Partner und wurde von allen mit Respekt behandelt. Überrascht hatte sie festgestellt, dass die anderen sie inzwischen als ihren inoffiziellen Boss akzeptierten, ohne dass sie diese Stellung angestrebt hätte. Eine engere Bindung ließ sie allerdings nicht zu und fuhr die Krallen aus, wenn ihr jemand zu dicht auf den Pelz rückte. Engelhardt hatte sich bei dem Versuch, sie zu einem Feierabendbier einzuladen, eine Abfuhr eingefangen, die er so schnell nicht vergessen würde. Umso mehr überraschte Helen die erste Begegnung nach ihrer Flucht aus Veits Keller.

Engelhardt rubbelte ihr durch das Haar und verteilte freundschaftliche Knüffe. Kreutz strahlte wie ein Junge, der ein riesiges Schokoladeneis verdrücken darf, und Bender drückte sie unbeholfen an sich. Er ließ es sich nicht nehmen, eine Runde Donuts und Kaffee auszugeben. Allen war die Freude und Erleichterung anzumerken, dass sie Veits Folterkeller unverletzt wieder verlassen hatte. Sie redeten durcheinander und schilderten die vergangenen Tage aus ihrer Sicht. Helen aß zwei Schokodonuts und trank einen halben Liter Kaffee. Langsam verblassten die düsteren Erinnerungen. Die Stimmung war ausgelassen, bis Kain in den Besprechungsraum trat. Helen hatte das Gefühl, als fiele schlagartig die Temperatur.

Zum ersten Mal schoss ihr die Frage durch den Kopf, ob der Respekt und die Freundschaft der Teammitglieder ihm ein Dorn im Auge waren und er sie deshalb ständig attackierte. Vielleicht war er eifersüchtig und wünschte sich insgeheim, dazuzugehören, konnte aber nicht über seinen Schatten springen. Statt sich darum zu bemühen, Teil der Mannschaft zu werden, trampelte er auf allen herum und kratzte den Kitt aus den Fugen, der das Team zusammenhielt. Hatte er sie deshalb so lange provoziert, bis sie sich als Lockvogel anbot? Hatte er gehofft, dass sie sich eine blutige Nase holte, oder insgeheim sogar darauf gewettet, dass sie die Aktion nicht überlebte? Bender hatte erwähnt, dass Kain ein Problem mit starken Frauen hatte. Auch das konnte ein Grund für seine Feindschaft sein.

Er warf einen Pappordner auf den Besprechungstisch und steckte sich eine Zigarette an. „Was machen Sie hier?", fragte er lauernd.

„Ich melde mich zum Dienst zurück", antwortete sie.

„Hat Kiesner Sie denn für dienstfähig erklärt?"

„Reine Formsache."

„Dann hüten Sie das Bett, bis diese Formsache erledigt ist."

Keine Frage nach ihrem Befinden, kein Ausdruck von Erleichterung, dass sie die achtundvierzig Stunden heil überstanden hatte. Es schien ihn noch nicht einmal zu interessieren, wie ihr die Flucht gelungen war.

„Was ich inzwischen über Veit weiß, kann helfen, ihn zu fassen", sagte sie.

„Wenn Sie meinen, Sie schaffen das? Geben Sie nur nicht mir die Schuld, wenn Sie schlappmachen oder durchdrehen." Er schlug die Akte auf, entnahm einem Umschlag zwei Dutzend Fotografien und fächerte sie auseinander.

Helen brach der Schweiß aus. Das hastig verschlungene Essen lag ihr wie ein Ziegelstein im Magen. Unfähig, den Blick abzuwenden, starrte sie auf die Bilder. Sie zeigten Teile von Veits Hof – Innenräume, die Scheune, den Keller ... und den hinteren Kellerraum, den sie nur schemenhaft wahrgenommen hatte. Er barg eine Art Altar, über und über mit geronnenem Blut bedeckt. Die Erinnerung an die tote Katze und die Leiche, die Veit aus dem Keller transportierte, schnürte ihr die Kehle zu. Sie spürte, dass sie zu zittern begann, und versuchte, ihre Schwäche zu verbergen, aber es gelang ihr nicht. Paralysiert hockte sie auf ihrem Stuhl.

„Das reicht." Bender schlug mit der flachen Hand auf den Tisch.

Kain fuhr überrascht auf, sein Grinsen gefror. Bender sammelte die Fotografien ein und steckte sie in den Umschlag zurück.

„Sind Sie verrückt geworden? Sie haben weiß Gott zu viel Mist gebaut, um die Klappe aufreißen zu können", sagte Kain drohend.

„Horst hat recht", sagte Engelhardt. Kreutz nickte zustimmend. „Wir brauchen Helens Informationen dringend, um Veit zu fassen. Aber das Spiel wird ab sofort nach unseren Regeln gespielt", sagte Kreutz.

„Ah, Sie proben den Aufstand. War es nicht Ihre eigene Nachlässigkeit, die Frau Stein in tödliche Gefahr brachte?"

„Schluss jetzt!" Helen schlug mit der Faust auf den Tisch. Drei Kaffeebecher fielen um, Kain zuckte zusammen. Der Anblick belohnte sie für das Grauen der vergangenen Tage. „Wir arbeiten als Team oder gar nicht." Sie wandte sich ruhig an Bender. „War es das, was du sagen wolltest, Horst?"

„Ja, war es."

„Ein Teamchef ohne Mannschaft kann nicht gewinnen, was, Kain?", sagte Kreutz.

Kain spitzte seinen Schmollmund und griff nach seiner Zigarettenschachtel. Er war totenbleich geworden. Funke hatte recht, er war ein Feigling und kniff bei so viel Gegenwehr den Schwanz ein.

„Gut, das hätten wir also geklärt", sagte Helen. „Ab sofort wird von allen Teilnehmers eines Meetings das Rauchverbot im Besprechungsraum eingehalten." Sie wandte sich an Engelhardt. „Was habt ihr herausgefunden?"

Der begann zu berichten. Kurz darauf waren sie in eine rege Diskussion vertieft, an der sich Kain nur sporadisch beteiligte.

Die Fahndung nach Veit lief seit der Nacht, in der Helen verschwunden war. Beim ersten Tageslicht nach ihrem Wiederauftauchen hatte ein zwanzigköpfiges Team den Hof durchsucht. Wie Helen nun erfuhr, lag das Anwesen in der Nähe von Westerburg, keine zehn Kilometer von dem Waldstück entfernt, in dem Veit sie überfallen hatte.

„Wir haben jedes Brett umgedreht, aber nichts Brauchbares gefunden", erklärte Engelhardt.

„Er hat das alte Haus wohl nicht als Wohnsitz genutzt, sondern als Versteck, um seine Opfer ungestört foltern zu können", ergänzte Kreutz. „Der Hof gehörte einem Alban Leyendecker. Unsere Ermittlungen ergaben, dass Leyendecker Achim Veit vor sieben Jahren als Aushilfe beschäftigt hatte. Der alte Bauer war ein verbiesterter Einzelgänger. Er bewirtschaftete den Hof alleine und mied jeden Kontakt zu seinen Mitmenschen. Seine Exfrau und die beiden Söhne wollten nichts mit ihm zu tun haben. Veit muss schnell erkannt haben, welche Chance sich ihm bot."

„Was willst du damit sagen?"

Kreutz blätterte in der Akte. „Wir haben nicht nur das Haus auf den Kopf gestellt, sondern auch das Grundstück mit Leichenspürhunden abgesucht – das volle Programm eben. Rate mal, wen wir gefunden haben.

„Leyendecker", sagte Helen.

Kreutz nickte. „Er lag in einer flachen Grube in der Nähe des Fischteichs. Dr. Bischoff hat ihn durch Röntgenbilder eines alten Beinbruchs identifiziert. Er schätzt, dass die Leiche vor sechs bis sieben Jahren dort abgelegt wurde. Leyendeckers Rente wurde übrigens weiter ausgezahlt und auch von seinem Konto abgehoben.“

„Veit hat ihn umgebracht und den Hof fortan als Versteck genutzt. Hatte er eine Vollmacht für das Konto?“

„Vermutlich. Wir arbeiten daran“, sagte Bender. „Strom- und Wasserrechnungen wurden automatisch abgebucht. Da Leyendecker ein ausgeprägter Menschenfeind war, fiel niemandem auf, dass er nicht mehr unter den Lebenden weilt.“

„Habt ihr keine Frauenleichen gefunden?“, fragte Helen.

„Nein“, antwortete Engelhardt. „Aber wir haben in einem Kanalschacht eine zweite Leiche entdeckt, die uns Kopfzerbrechen bereitet – männlich, etwa vierzig Jahre alt. Todesursache war ein Schlag gegen den Nacken, vermutlich mit einem Spaten oder einer Hacke. Der Mann trug keine Ausweispapiere bei sich. Er hat noch nicht lange in dem Schacht gelegen, höchstens drei oder vier Tage. Irgendeine Erklärung dafür?“

Helen schüttelte den Kopf. „Nein.“

„Wenn du etwas gesehen oder gehört hast, das uns weiterhelfen könnte ...“, begann Kreutz.

„Ihr braucht mich nicht mit Samthandschuhen anzufassen“, erwiderte Helen. „Ich bin okay.“

„Hat Veit dir verraten, warum er die Frauen entführt und getötet hat?“

„Nein." Sie blickte durch die anderen hindurch. „Ich bin dein Herz, das schlägt", flüsterte sie.

„Hat er das gesagt?"

„Immer wieder. Und er war nicht allein."

„Wie meinst du das?"

„Sie sind zu zweit. Wie die Hillside Stranglers."

Plötzlich redeten alle durcheinander. Selbst Kain erwachte aus seiner Starre. „Haben Sie den zweiten Täter gesehen?", fragte er. „Können Sie ihn beschreiben?"

„Nein, aber ich würde seine Stimme wiedererkennen."

„Immerhin besser als nichts. Die Fahndung nach Veit läuft, aber der Kerl hat sich in Luft aufgelöst." Er blickte Helen an. „Ebenso wie Funke. Als hätte ihn der Erdboden verschluckt."

„Wir checken Veits Umfeld", sagte Kreutz, „aber bisher ohne Ergebnis."

„Jeder Mensch hat soziale Kontakte", konterte Kain.

„Veit offenbar nicht", entgegnete Kreutz. „Seine Eltern kamen bei einem Brand ums Leben. Ob er Verwandte hat, überprüfen wir derzeit noch. Außer dem Tankwart in Steinen, der ihm das Zimmer vermietet hat, weiß niemand etwas über ihn. Die Leute im Ort halten ihn für einen geistig zurückgebliebenen Sonderling."

„Veit ist alles andere als beschränkt", sagte Helen. „Er spielt diese Rolle nur. Und zwar verdammt gut."

„Erwiesen ist bis jetzt nur, dass er die Frauen an der Tankstelle auswählte, ihre Autos manipulierte und ihnen dann folgte, um sie zu überwältigen", sagte Bender.

Kain stand auf und klappte die Akte zu. „Bleiben Sie an ihm dran. Wenn wir Veit haben, kennen wir auch den zweiten Täter."

„Am ersten Abend meiner Gefangenschaft schleppte Veit eine Leiche aus dem Keller", sagte Helen.

„Ein weiteres Opfer?", fragte Engelhardt.

„Elfie Georg aus Enspel. Ich habe mich sofort an ihr Foto erinnert. Sie war es, ich bin mir sicher."

Kreutz nickte. „Zeitlich könnte es passen. Sie verschwand vor einer Woche. Außerdem wurde gestern in Freilingen die Teerschicht aufgebracht."

„Wir sollten die Straße aufreißen lassen", schlug Helen vor.

„Veranlassen Sie das. Wenn sich eine Spur zu Funke ergibt, will ich das sofort wissen." Kain fixierte Bender. „Sofort heißt nicht nach zwei Stunden, sondern unverzüglich. Ist das klar?"

Bender mied seinen Blick und stierte auf die leere Donutschachtel. Kain verließ wortlos den Besprechungsraum.

„Das war klasse, Leute." Kreutz grinste, als hätte er das entscheidende Tor im Endspiel der Fußballweltmeisterschaft geschossen.

„Wenigstens wissen wir jetzt, wie wir ihn nehmen müssen", sagte Engelhardt kopfschüttelnd.

„Er hat tatsächlich den Schwanz eingezogen", meinte Kreutz.

„Hab ich mir schon gedacht", sagte Bender. „Ich kenne Typen wie Kain. Sie teilen bei jeder Gelegenheit aus, können aber nichts einstecken."

Helen schob ihren Stuhl zurück. „Das glaubst du doch selbst nicht, Andi."

„Klar glaube ich das.“

„Typen wie Kain kämpfen nicht mit offenem Visier. Ich bin sicher, dass er uns die Gegenwehr heimzahlen wird.“

„Soll er doch“, sagte Bender. „Ich weiß auch was über ihn. Und ich krieg noch mehr raus, verlasst euch drauf.“

Sie bestürmten ihn mit Fragen.

„Sag schon, was hast du rausgefunden?“, fragte Helen.

„Kain und Funke waren zusammen in Stralsund auf der Polizeischule. Vor achtzehn Jahren kam eine Polizeihauptwachtmeisterin bei einem Einsatz unter nie ganz geklärten Umständen ums Leben. Komischerweise gibt’s nur eine kleine Aktennotiz zu dem Fall. War ganz schön schwer, die zu finden, ich bin nur zufällig darüber gestolpert. An der Aktion in Sassnitz auf der Insel Rügen waren zwei Polizeianwärter beteiligt. Ratet mal, wer.“

Helen erinnerte sich daran, dass Funke kein gebürtiger Westerwälder war. Er stammte von Rügen. „Kain und Funke“, sagte sie.

„So ist es. Der Tod der Polizeihauptwachtmeisterin Renz hat ziemliches Aufsehen erregt, das sich aber rasch wieder legte, denn man hatte einen Sündenbock gefunden.“

„Funke.“

„Richtig. Er bekam einen Verweis, durfte aber seine Ausbildung beenden. Kain hat es bis zum Kriminalrat gebracht, Funke nur zum kommissarischen Dienststellenleiter einer kleinen Polizeiinspektion. Habt ihr gewusst, dass Kains Vater mal ein hohes Tier im Innenministerium war?“

Engelhardt pfiff durch die Zähne. „Schau an, wie klein die Welt doch ist."

Bender zog den Reißverschluss seiner Bomberjacke auf und reichte Helen zwei eng beschriebene Kopien. „Hier steht nur die offizielle Version drin, aus der man nicht recht schlau wird. Man muss zwischen den Zeilen lesen. Irgendetwas ist damals unter den Teppich gekehrt worden, und es hat mit Kain zu tun."

Helen fächerte die Blätter auseinander. Deshalb verfolgte Kain im Mordfall Carola Wesseling keine anderen Spuren und hatte sich auf Funke eingeschossen. Funke wusste etwas, das Kains Karriere schlagartig beenden konnte. Eine bessere Chance, Funke loszuwerden, konnte sich ihm nicht bieten. Aber warum hatte Funke all die Jahre den Mund gehalten? Das Treffen mit ihm versprach äußerst spannend zu werden.

Sie sah auf ihre Armbanduhr, es war zwanzig nach vier. Zeit genug, um Funke am Deutschen Eck zu treffen. Aber das brauchte niemand zu wissen.

Sie rieb sich die Schläfen. „Vielleicht hat Kain gar nicht so unrecht, und ich lasse es mal locker angehen. Ich hab ziemliche Kopfschmerzen."

Die Mitglieder der SoKo kehrten an ihre Arbeitsplätze zurück. Es gab unzählige Spuren aus Veits Haus auszuwerten, die Identität des Toten, den sie in dem Kanalschacht gefunden hatten, musste geklärt werden, und tausend Dinge mehr. Helen blieb alleine im Besprechungsraum und las die Aktennotiz, die Bender ausgegraben hatte.

Der knappe Bericht beschrieb einen Polizeieinsatz, an dem neben der Polizeihauptwachtmeisterin Martina Renz zwei Polizeischüler beteiligt gewesen waren:

Berthold Kain und Benjamin Funke. Während einer Streifenfahrt war Renz über einen Einbruch in einer Lagerhalle im Hafen informiert worden. Keiner von ihnen hatte damit gerechnet, sich in Lebensgefahr begeben zu müssen, in diesem Fall hätte man erfahrenere Einsatzkräfte eingeteilt. Bei der Überprüfung der Halle waren Renz, Kain und Funke in einen Hinterhalt geraten. Einer der Täter hatte Martina Renz mit einem Messer angegriffen und schwer verletzt. Funke hatte ohne zu zögern die Verfolgung der Flüchtigen aufgenommen, während Berthold Kain bei der Verwundeten blieb. Bevor jedoch der Notarzt eintraf, war Renz an inneren Blutungen gestorben.

Helen fühlte sich an die verpatzte Aktion gegen Blechner erinnert. Wie viele solcher Einsätze waren schon in einer Katastrophe geendet?

Kain hatte später zu Protokoll gegeben, Funke habe überstürzt gehandelt und ihn mit der sterbenden Ausbilderin allein gelassen. Er gab an, dass sich in dem Gebäude ein vierter Täter verborgen hatte, der die Gelegenheit zur Flucht nutzte und ihn überraschte. Angeblich schlug er Kain nieder und nahm ihm Waffe und Handy ab, was das Todesurteil für Renz bedeutete. Funke indessen verursachte auf seiner stürmischen Verfolgungsjagd ein Chaos, bei dem ein Taxi, zwei Polizeiwagen und ein Baukran in Schrott verwandelt wurden.

Eine interne Untersuchungskommission kam zu dem wenig überraschenden Ergebnis, dass Martina Renz die Katastrophe selbst zu verantworten hatte. Sie hätte Verstärkung anfordern müssen, war aber mit zwei unerfahrenen Polizeidienstanwärtern in die Halle eingedrungen, ohne zu wissen, was sie erwartete.

Helen spürte, dass mehr hinter dieser Geschichte steckte. Kains Rolle in dem Drama wurde nur verschwommen dargestellt. In den Minuten, die er alleine mit der verwundeten Ausbilderin verbracht hatte, war etwas Entscheidendes geschehen, das nicht im Bericht vermerkt war. Benders Warnung kam ihr in den Sinn: „Kain hat ein Problem mit Frauen." Nur Funke wusste offenbar, was passiert war. Kain lebte fortan in der ständigen Angst, dass Funke irgendwann die Wahrheit ans Licht bringen würde. Warum hatte er bis heute den Mund gehalten? Während Kains Vater, Staatssekretär im Innenministerium, seine schützende Hand über die Karriere seines Sohnes hielt, kämpfte Funke zunehmend mit Schwierigkeiten. Helen kannte den stoischen Mann gut genug, um sich auszumalen, was geschehen war. Niemals schlug er mit den gleichen Waffen zurück, wenn ihm ihr Gebrauch unfair erschien. Stattdessen fraß er Zorn, Wut und Trauer in sich hinein und bekämpfte seine inneren Dämonen mit Alkohol.

Helen steckte die Kopien ein und fuhr mit dem Lift ins Erdgeschoss hinab. Auf Höhe der Pforte hielt sie Kains Stimme zurück. „Frau Stein? Auf ein Wort noch."

Er schlenderte scheinbar gelassen auf sie zu. Wie immer umgab ihn eine Wolke aus kaltem Zigarettenrauch, die auch sein Aftershave nicht überdecken konnte. „Sie sollten meinen Rat annehmen", sagte er.

„Welchen Rat? Mir die Decke über den Kopf ziehen und anderen die Arbeit überlassen?"

Er lächelte und hob entschuldigend die Hände. „Wenn ich versuchte, Sie ein wenig grob von Ihrem Job abzuhalten, geschah dies nur zu Ihrem Schutz. Sie verlangen viel von sich, das tue ich auch. Jeder Mitarbeiter meines Teams muss volle Leistung bringen, jederzeit. Wenn Sie also weiterhin Teil der SoKo sein wollen, muss ich wissen, ob Sie dazu in der Lage sind."

„Keine Sorge. Auch ein Psychopath wie Veit wirft mich nicht so leicht aus der Bahn."

„Sie haben eine Menge durchgemacht", sagte Kain, „Es gibt keinen Grund, die Heldin zu spielen. Jeder hat Verständnis dafür, wenn Sie ein bisschen Zeit brauchen, um Ihre Batterien wiederaufzuladen. Einen Termin beim Polizeipsychologen kann ich Ihnen ohnehin nicht ersparen. Und Ihr Verhältnis zu Dr. Kiesner ist nicht das Beste, wie ich hörte."

„Ich komme klar. Und mit Kiesner werde ich auch fertig."

Kain wippte auf den Schuhspitzen. „Genau das hatte ich befürchtet. Kiesner wird Sie provozieren, und Sie werden explodieren wie eine Handgranate – wie immer. Ich brauche Sie, Frau Stein. Und ich habe einen gewissen Einfluss auf Dr. Kiesner."

„Was wollen Sie?", fragte Helen lauernd.

„Was wohl? Wo steckt Funke?"

Sie zog überrascht eine Augenbraue hoch. „Wenn Sie's nicht wissen ... dann weiß es keiner von uns. Ich hatte in Veits Keller wenig Gelegenheit, den Mörder von Carola Wesseling zu suchen."

„Natürlich." Kain zupfte eine Fluse von seinem Sakko. „Wenn er versucht, Kontakt mit Ihnen aufzunehmen, würden Sie es mir sagen."

„Ich glaube nicht an Funkes Schuld."

„Es geht hier nicht um Glauben, sondern um Tatsachen. Warum sollte er vor der Polizei flüchten, wenn er nichts zu verbergen hat?"

„Ja, warum wohl? Vielleicht, weil Sie nicht an der Wahrheit interessiert sind und er bei der Beweislage keine Chance hat."

„Ich weiß, dass Sie mit Funke seit dem Fall Kaminsky befreundet sind. Seien Sie gewarnt. Wenn Sie ihn decken, setzen Sie Ihren Job aufs Spiel. Überlegen Sie sich gut, ob Funke das wert ist. Er ist ein Taugenichts und wird sich niemals ändern."

Sie blickte in Kain eisgraue Augen. „Sie müssen es ja wissen. Wie man so hört, kennen Sie ihn am besten von uns allen."

In seinem Mundwinkel zuckte ein Nerv. Volltreffer, dachte Helen. Ohne ihm Gelegenheit für eine Antwort zu geben, wandte sie sich dem Ausgang zu. Als sie an der Pförtnerloge vorbeilief, schnappte sie Wortfetzen der Radionachrichten auf.

„Können Sie uns etwas über die Umstände des Todes Ihrer Frau mitteilen?"

„Die Polizei hat einen der Tat dringend Verdächtigen ermittelt, konnte ihn jedoch noch nicht fassen. Wie Sie wissen, fordere ich seit Langem eine Aufstockung der Mittel für die rheinland-pfälzische Polizei, sowohl was die Ausrüstung betrifft als auch ..."

Helen blieb vor der Glasscheibe stehen. Ihr Blut gefror zu rotem Eis. „Stellen Sie das lauter! Schnell!"

Der Pförtner reagierte träge. „... hätte die Opposition meine Vorschläge nicht torpediert."

„Die Stimme." Sie drehte sich zu Kain um. „Die Stimme im Radio. Wer ist das?"

„Holger Wesseling, der designierte Nachfolger des Innenministers und Ihr zukünftiger oberster Chef – übrigens auch meiner. Munkelt man jedenfalls hinter vorgehaltener Hand.“

„Er ist es. Wesseling ist Veits Komplize.“

Kain bog den Kopf in den Nacken und lachte schallend. „Holger Wesseling? Sind Sie verrückt geworden? Ich werde Ihnen umgehend einen Termin bei Kiesner besorgen. Allerdings steht zu befürchten, dass er Sie in die Schublade mit der Aufschrift gemeingefährlich – wegsperren steckt.“

„Beantragen Sie einen Haftbefehl beim Staatsanwalt.“

Kain versenkte die Hände in den Hosentaschen und schüttelte belustigt den Kopf. „Sind Sie sicher, dass mit Ihnen alles in Ordnung ist? Möglicherweise sollten Sie doch mal über eine Auszeit nachdenken, und dabei habe ich nicht den Westerwald im Sinn, sondern eine bequeme Gummizelle im Nettegut.“

„Ich irre mich nicht.“

„Haben Sie überhaupt eine Vorstellung davon, wen Sie da beschuldigen? Wesseling ist ein Ziehsohn des Innenministers. Schon ein Anfangsverdacht gegen ihn käme einem politischen Erdbeben gleich. Bevor er auch nur eine Aussage macht, sind wir alle unseren Job los.“

„Ich irre mich nicht. Ich würde diese Stimme unter Millionen wiedererkennen.“

„Also gut. Nehmen wir einen Moment an, Holger Wesseling ist der Komplize des Phantoms.“ Kain unterdrückte ein Grinsen. „Liefern Sie mir Beweise, und ich gehe zum Staatsanwalt. Ein einfaches ‚Ich habe seine Stimme erkannt.‘ reicht dafür nicht. Wesselings

Anwälte würden zweimal husten und die Behauptung vom Tisch wehen."

„Sie werden Ihre Beweise bekommen. Heute noch." Sie ließ Kain stehen und verließ hastig das Präsidium. Nein, sie irrte sich nicht. Diese Stimme würde sie nie wieder vergessen. Es wurde Zeit, sich anzuhören, was Funke von ihr wollte.

Kain zog sein Handy aus der Innentasche seines Sakkos und wählte eine Nummer. Er wartete, bis sich am anderen Ende der Leitung eine spröde Stimme meldete.

„Lass sie nicht aus den Augen. Und besorg dir Verstärkung. Wenn mich nicht alles täuscht, werden wir Funke in einer halben Stunde festnehmen."

31

Kreutz hatte Helens Spider nach Koblenz bringen und von der KTU untersuchen lassen. Sie holte ihn in der Fahrbereitschaft ab und fuhr zum Rheinufer. Gerade rechtzeitig zur verabredeten Zeit kam sie an der Talstation der Seilbahn an, die über den Fluss zur Festung Ehrenbreitstein hinaufführte. Von Funke fehlte jede Spur. Sie wartete fünf Minuten, schlenderte dann zu dem kleinen Park am Deutschen Eck und stieg die Stufen zum Kaiser-Wilhelm-Denkmal hinauf. Von hier oben konnte sie unauffällig die Passanten und Touristen beobachten. Aber so sehr sie sich auch bemühte, sie konnte Funke nirgends entdecken. Schließlich umrundete sie die Landzunge und kehrte zur Talstation zurück.

Die Uferpromenade war leer bis auf vereinzelte Spaziergänger, die ihre geröteten Nasen hinter Wollschals und hochgeschlagenen Mantelkragen verbargen. Eine Gruppe Obdachloser drückte sich in der Nähe des Kassenhäuschens herum. Sie rieben die Hände aneinander, um sich zu wärmen, und ließen eine Schnapsflasche kreisen. Helen blickte über den träge dahinfließenden Rhein zu den steilen Felsen hinauf, auf denen die Festung Ehrenbreitstein thronte. Hatte Funke seine Pläne geändert und wartete dort oben auf sie?

Sie kaufte ein Ticket und stieg in eine der Kabinen. An diesem bitterkalten und nebligen 27. Oktober war sie der einzige Fahrgast. In wenigen Tagen würde der Seilbahnbetrieb bis zum Frühling eingestellt werden.

Bevor sich die Schiebetür automatisch schloss, quetschten sich plötzlich die Obdachlosen in die Kabine. Helen setzte sich auf eine Bank und beobachtete sie misstrauisch. Die Männer redeten durcheinander, lachten über einen zotigen Witz und schlugen sich auf die Schultern. Die Flasche ging erneut im Kreis herum. Die Bahn glitt aus der futuristischen Talstation auf den nahen Rhein zu. Aus der Gruppe der Obdachlosen löste sich eine schlanke Gestalt und kam auf Helen zu. Der Mann schlug die Kapuze seiner Steppjacke zurück und setzte sich neben Helen auf die Holzbank. „Netter Ausblick. Das Wetter könnte besser sein."

„Funke!" Sie riss überrascht die Augen auf.

Auf seinen Wangen spross ein Fünf-Tage-Bart. Seine Augen glänzten fiebrig, sein Brustkorb hob und senkte sich stoßweise, das Luftholen schien ihm Schmerzen zu bereiten. Er roch wie eine explodierte Schnapsdestille.

„Woher wussten Sie vorhin, wo Sie mich finden können?"

„Ich habe mich als Polizist ausgegeben und die Kliniken abtelefoniert. Mir war schon bei unserem Wiedersehen auf Veits Hof klar, dass Sie zusammenklappen würden."

„War es nicht."

„War es doch. Ich brauchte dann nur noch auf Sie zu warten. Dachte mir schon, dass die Sie nicht lange behalten.“

„Alles in Ordnung mit Ihnen?“, fragte Helen.

„Wie sehe ich denn aus?“

„Nach Ihrer Basaltfeuer-Sauftour im vergangenen Herbst sahen Sie besser aus. Gute Tarnung übrigens.“

„Danke für das Kompliment. Ich schätze, Sie könnten auch sechs Wochen Urlaub in der Karibik vertragen.“

Helen lachte. „Wenn das hier vorbei ist, sollten wir zusammen hinfliegen.“

„Keine schlechte Idee. Aber Sie zahlen die Flugtickets.“

Sie deutete auf die Stadtstreicher. „Sind das Ihre neuen Freunde?“

„Wäre möglich. Auf jeden Fall kann ich mich auf sie verlassen. Sie gehören zum Netzwerk von Dr. Cox.“

„Was für ein Netzwerk?“

„Eins nach dem anderen. Warum ruhen Sie sich nicht ein Weilchen aus und lassen Kain die Arbeit machen?“

Sie versteifte sich und ballte die Fäuste. „Sie wissen, dass ich das nicht kann.“

Er nickte. „Hab ich mir schon gedacht. Sie hätten mein Angebot annehmen und in den Westerwald kommen sollen. Ich hatte Ihnen meinen Sessel schon angewärmt.“

„Dort ist es mir zu langweilig.“

Nun lachte Funke. Er verzog das Gesicht und hustete. „An Aufregung mangelt es Ihnen hier jedenfalls nicht.“

„Ist wirklich alles in Ordnung mit Ihnen?“

„Ja. Ich hab Kain zwei gebrochene Rippen und eine hübsche Schusswunde zu verdanken.“

„Hört sich übel an.“

„Mmh. Haben Sie das Phantom erwischt?“

„Noch nicht. Aber ich weiß jetzt, wer sie sind.“

„Sie?“

„Sie sind zu zweit. Achim Veit und …“

„Holger Wesseling.“

„Woher wissen Sie …?“, fragte sie überrascht.

„Es ergab sich zwangsläufig aus meinen Ermittlungen“, sagte Funke. „Was haben Sie gegen ihn in der Hand?“

„Ich habe seine Stimme wiedererkannt.“

„Mmh. Bisschen dünn für einen Haftbefehl.“

Die Kabine gewann stetig an Höhe und befand sich jetzt über dem Fluss.

„Wie geht es Nora?“ fragte Helen.

„Unverändert.“

„Geben Sie ihr Zeit. Sie wird das Trauma überwinden. Irgendwann, wenn der richtige Zeitpunkt gekommen ist.“

Funke zuckte mit den Schultern. „Wir sollten damit rechnen, dass es nie geschehen wird.“

„Sie dürfen die Hoffnung nicht aufgeben.“

„Hoffnung? Gibt es so etwas?“

„Sie sind noch immer derselbe Zyniker.“

„Kain macht es mir nicht gerade leicht. Er hat versucht, mir Nora wegzunehmen.“

„Ist sie an einem sicheren Ort?“

„Ja. Bei einer Freundin.“

„Die Frau, mit der Sie auf Veits Hof waren?“

„Mmh.“

„Dr. Elinor Cox.“

„Sie kennen sie?“, fragte Funke.

„Ich hab ein bisschen rumgeschnüffelt. Schließlich muss ich wissen, wie ich Ihnen am besten helfen kann."

„Doch nicht etwa eifersüchtig?"

„Hätte ich denn Grund dazu?"

„Wer weiß?" Er schniefte in der kalten Luft. „Sieht aus, als bräuchte ich Ihre Hilfe, Helen."

„Sie wissen, dass ich meinen Job riskiere, wenn ich Sie laufen lasse."

„Ich werd's Ihnen nie vergessen."

„Warum haben Sie nicht die Wahrheit gesagt? Alles hätte sich aufgeklärt."

„Nein, ich hatte keine Chance. Und ich sollte auch keine haben. Carola wurde mit meiner Dienstwaffe erschossen, auf der sich meine Fingerabdrücke befinden. Ich hatte ein Motiv und die Gelegenheit, sie zu ermorden. Aber das habe ich nicht. Ich bin unschuldig, und ich werde es mit Ihrer Hilfe beweisen."

„Wo ist die Leiche?"

„An einem würdigen Ort."

„Funke! Sie sind verrückt geworden? Warum um alles in der Welt lassen Sie eine Leiche verschwinden? Und ausgerechnet Wesselings Frau, mit der Sie ein Verhältnis hatten."

„Für Nora. Ich tu's für Nora. Wenn ich in den Knast gehe, steckt das Jugendamt sie in ein Heim. Das würde sie nicht überleben. Verstehen Sie das nicht?"

„Doch. Ja … Sie haben wohl recht. Vielleicht hätte ich genauso gehandelt."

„Hätten Sie. Also – helfen Sie mir?"

„Was soll ich tun?"

„Ich habe so gut wie keine Möglichkeit, irgendeine Spur zu verfolgen. Aber Sie haben Zugang zu den Polizeidatenbanken und können offiziell ermitteln."

„Von welcher Spur reden wir?"

„Von der Nadel im Heuhaufen. Wissen Sie, was ein koptisches Ankh-Kreuz ist?"

„So eine Art Lebenskreuz."

„Sehr gut. Durchsuchen Sie die Datenbanken nach einem solchen Schmuckstück. Vielleicht wurde es gestohlen oder ist bei einem anderen Verbrechen aufgetaucht." Er zog ein goldenes Kreuz aus der Jackentasche.

„Woher haben Sie das?"

„Am Tatort gefunden. Der Mörder muss es verloren haben."

Helen seufzte. „Keine besonders heiße Spur."

„Mehr hab ich nicht. Da wäre noch etwas. Dr. Nathan Cox, der Vater von Elinor, wurde 1992 im Sudan ermordet. Cox wurde für seine Arbeit von einer Stiftung bezahlt. Kurz vor seinem Tod stritt er sich mit einem Mann, der aus Deutschland angereist war. Drei Tage später wurde Nathan Cox von Rebellenmilizen ermordet. Einer der Mörder trug dieses Kreuz. Und nun taucht es neben Carolas Leiche wieder auf. Wenn Sie sich informiert haben, wissen Sie, dass Carola Wesseling Elinors Schwester war. Möglicherweise besteht hier ein Zusammenhang."

„Sie glauben, es ist derselbe Täter?"

„Es ist meine einzige Spur. Versuchen Sie herauszufinden, für welche Stiftung oder Organisation Cox gearbeitet hat. Der Mord an einem kanadischen Arzt muss Wellen geschlagen haben."

„Okay. Ich werde Bender darauf ansetzen. In Recherche ist er wirklich gut. Außerdem kann er Kain nicht ausstehen.“

„Sehr gut. Übrigens Wesseling … ich hab da was für Sie. Es könnte nützlich sein, um ihn hinter Gitter zu bringen.“ Funke griff in seine Jackentasche und reichte ihr einen USB-Stick. „Carola hatte einen Privatdetektiv engagiert. Vermutlich sollte er handfeste Beweise für Wesselings dauernde Affären sammeln, damit sie in einer Scheidung die besseren Karten hat. Dabei ist er dann zufällig auf eine viel größere Sauerei gestoßen. Er hat Wesseling durch ein Kellerfenster dabei gefilmt, wie er eins der Opfer des Phantoms vergewaltigt hat.“

Helen riss die Augen auf. „Dann ist Wesseling erledigt. Damit machen wir ihn fertig.“

„Seh ich auch so.“

„Ich brauche die Aussage dieses Privatdetektivs.“

„Kann ich Ihnen nicht besorgen. Brenner ist wie vom Erdboden verschluckt.“

„Vom Erdboden verschluckt?“ Sie dachte an den Leichenfund in dem Kanalschacht auf Veits Hof. „Ich befürchte, Veit und Wesseling haben ihn erschlagen und in einen alten Brunnenschacht geworfen. Wir haben auf Veits Grundstück zwei männliche Tote gefunden. Einer ist der frühere Besitzer des Hofes, der andere dürfte dann Brenner sein. Ich schätze, er hat seine Nase etwas zu tief in Wesselings Angelegenheiten gesteckt.“

„Glauben Sie, er hat ihn erpresst?“

„Möglich. Und Wesseling hat Veit überredet, den Schnüffler aus dem Weg zu räumen.“

Funke strich sich nachdenklich über den Bart. „Jetzt weiß ich endlich, was Carola mir erzählen wollte.“ Er berichtete von dem Abend in Wesselings Wochenendhaus. „Sie hatte unverkennbar große Angst. Ich schätze, sie hat Brenners Video gesehen. Sie muss entsetzt gewesen sein, als sie entdeckte, dass sie ein Monster geheiratet hat."

„Er kommt also auch als Mörder seiner Frau infrage."

„Am Morgen nach dem Mord meldete er Carola als vermisst. Ich glaube nicht, dass er sie umgebracht hat. Er schien wirklich keine Ahnung zu haben, was in der Nacht zuvor geschehen war."

„Aber er hat ein Motiv."

Funke nickte. „Ich hielt es zunächst für möglich, dass er ihr gefolgt war und sie aus Eifersucht tötete. Wenn er allerdings wusste, dass Carola im Besitz des Videos war, ergibt sich daraus ein ganz neues Bild. Vielleicht hat er Veit auf sie angesetzt."

„Die Vorgehensweise passt nicht zu Veit."

„Der Punkt geht an Sie. Vielleicht hat Wesseling auch einen Auftragskiller engagiert, der zuerst Brenner und dann Carola aus dem Weg geräumt hat."

„Und Sie sind nur ein Bauernopfer. Der Mörder hat Sie vermutlich observiert, schlug Sie im passenden Augenblick nieder und konstruierte eine Beziehungstat – das perfekte Verbrechen."

„Mhm. Jemand hat mir eine Dosis Alkohol injiziert, um mich schnell betrunken zu machen. Sie haben recht, das planvolle Vorgehen passt zu einem Profi. Können Sie bei Carolas Telefonprovider die Verbindungsdaten des 21. Oktober besorgen? Es könnte uns helfen herauszufinden, wie sie den Tag verbracht hat und wen sie getroffen hat."

„Ich vermute, Sie haben das Handy ebenfalls ent-
sorgt."

Funke nickte. „Es ging nicht anders."

„Und das Ankh-Kreuz?", fragte Helen.

„Ein ungewöhnliches Schmuckstück, das zu einem
exzentrischen Auftragsmörder passt – ein bezahlter
Killer aus dem Ausland, möglicherweise aus Ägypten
oder einem anderen afrikanischen Land, der auch für
den Tod von Cox verantwortlich ist."

„Sie müssen sich stellen, Funke. Vertrauen Sie mir,
ich werde den Fall aufklären."

„Und wenn nicht? Nehmen wir an, Wesseling ist der
Auftraggeber für die beiden Morde. Er hat Macht und
Einfluss. Er könnte Ihre Ermittlungen torpedieren. Es
wäre nicht das erste Mal, dass ein Typ wie er davon-
kommt. Sie haben selbst zugegeben, dass ich einen
prima Sündenbock abgebe."

„Und was wollen Sie dagegen unternehmen? Den einsamen Rächer spielen? Und dann liefern Sie uns den
Täter und nehmen wieder auf Ihrem Sessel in Hachenburg Platz? Funke, so läuft das nicht. Widerstand gegen
die Staatsgewalt, Flucht aus der Untersuchungshaft,
Behinderung polizeilicher Ermittlungen und ..."

Er ließ den Kopf hängen. „Ja, schon gut. Das weiß ich
selbst. Ich hoffe, zumindest um eine Gefängnisstrafe
herumzukommen. Meinen Job habe ich sowieso abge-
schrieben."

„Was wollen Sie denn stattdessen anfangen?"

Er zuckte mit den Schultern. „Mal sehen. Was ist, helfen Sie mir?"

„Sie haben mir zweimal die Haut gerettet. Klar helfe ich Ihnen. Außerdem halte ich Sie nicht für einen Mörder."

„Dann hätten wir das geklärt."

Die Kabine näherte sich den steilen Felsen unterhalb der Festung Ehrenbreitstein.

„Und Kain?"

„Was ist mit ihm?"

„Warum musste Polizeihauptwachtmeisterin Renz sterben?"

„Ah, Sie wissen bereits Bescheid?"

Die Flasche landete bei Funke. Er bot sie Helen an. Sie lehnte dankend ab. „Ich kenne nur die offiziellen Berichte. Trinken Sie wieder?"

„Nur aus taktischen Gründen – zur Tarnung gewissermaßen." Er nahm einen Schluck und wischte sich über den Mund. „Hauptwachtmeisterin Renz hat dem unwiderstehlichen Berthold Kain einen Korb gegeben."

„Und deshalb hat er sie verbluten lassen?"

„Ja, hat er. Kain hat ein Problem mit Frauen. Haben Sie das noch nicht bemerkt?"

Bender hatte also recht. Das war der Grund für seine Anfeindungen. „Sie meinen, er hat Angst vor ihnen?"

„So was in der Art. Er braucht das Gefühl, sie kontrollieren zu können. Gelingt ihm das nicht, beginnt er, das Subjekt seiner Begierde zu zerstören."

„Ich verstehe." Sie wandte sich angewidert ab. „Warum haben Sie nie gegen ihn ausgesagt?"

„Sein Vater war ein hohes Tier im Innenministerium. Er drohte mir unverhohlen, dass meine Karriere bei der Polizei sofort enden würde, wenn ich seinen Sohn ans

Messer liefere. Außerdem kann ich's nicht beweisen. Es stünde Aussage gegen Aussage."

„Trotzdem musste Kain all die Jahre damit leben, dass er sein Wissen mit jemandem teilte."

„So sieht's aus", sagte Funke.

„Er muss verdammt wütend auf Sie sein."

„Darauf können Sie wetten."

„Und darum hatten Sie keine Chance auf eine faire Untersuchung. Sie wussten, dass Kain als Chef der SoKo für Gewaltverbrechen im Fall Carola Wesseling die Ermittlungen leiten würde. Er würde sich an Ihnen rächen."

Funke nickte.

Helen blickte in den grauen Spätnachmittagshimmel. Heftiges Schneetreiben hatte eingesetzt. „Sie könnten Ihre Aussage noch immer widerrufen."

„Nach so vielen Jahren? Niemand wird mir mehr glauben. Jetzt erst recht nicht."

„Warum erzählen Sie mir die alte Geschichte dann?"

„Kain ist ein Feigling. Wenn er merkt, dass ich Sie eingeweiht habe, wird er den Schwanz einziehen. Ich schätze, das wäre ein Weg, ihn loszuwerden. Gut für Sie …und gut für mich. Wenn Sie die Ermittlungen übernehmen, kann ich mit einem fairen Verfahren rechnen."

Die Kabine fuhr in die obere Station ein.

„Zuerst muss ich mich um Wesseling kümmern", sagte Helen. „Aber Sie können auf mich zählen."

„Hab ich mir gedacht." Funke blickte auf das leere Hochplateau hinaus. „Bleiben Sie hinter mir. Kain hat seine Leute überall. Ich schätze, sie erwarten mich schon. Geben Sie mir ein bisschen Zeit, sie abzuschütteln.“

Die Kabinentür glitt zur Seite. Die Gruppe der Obdachlosen quoll wie eine Horde aufgedrehter Schulkinder aus der Seilbahn. Funke war zwischen ihnen so gut wie unsichtbar. Zwei Männer, offensichtlich Polizisten in Zivil, tauchten hinter den Betonstützen des Stationsgebäudes auf. Sofort wurden sie von den Stadtstreichern johlend umtanzt. Einer von ihnen stolperte und übergoss die beiden Fahnder mit Schnaps. Funke war schneller verschwunden als ein Schatten in der Mittagssonne.

Helen verließ die Seilbahnstation. Ein dunkelgrauer BMW raste über die Rasenflächen der ehemaligen Bundesgartenschau. Das abrupte Bremsmanöver des Fahrers versetzte den Wagen in eine unkontrollierte Drehung. Der BMW rutschte über die schneebedeckte Wiese und kam an einem Bordstein zum Stillstand.

Kain sprang aus dem Wagen und brüllte die Obdachlosen wütend an. Sie lösten sich von den beiden Zivilfahndern und umkreisten nun ihn in ausgelassener Partystimmung. Ohne sich dagegen wehren zu können, verschmolz er mit der Gruppe und wurde von den Stadtstreichern abgedrängt. Schließlich gelang ihm das Kunststück, sich unter Einsatz seiner Ellenbogen zu befreien. Wie ein angriffslustiges Frettchen stapfte er auf Helen zu. Sein eleganter Kaschmirmantel war mit Schnapsflecken übersät. „Wo ist er?“, rief er.

„Wo ist wer?“

„Funke, verdammt!“ Er zog seine Dienstwaffe, stürmte in die leere Seilbahnstation und drehte sich im Kreis. Die Kabine war längst auf dem Weg ins Tal hinab. „Wenn Sie ihm zur Flucht verholfen haben, sind Sie erledigt!", brüllte Kain.

„Ich bin rein privat hier. Ich dachte, ein kleiner Ausflug würde mir guttun. Die Luft hier oben ist nicht so verpestet wie in der Stadt."

Kain baute sich dicht vor ihr auf. Er musste den Kopf in den Nacken legen, um ihr in die Augen zu schauen. „Treiben Sie es nicht zu weit. Ich werde Sie fertigmachen, verlassen Sie sich drauf."

„So wie Polizeihauptwachtmeisterin Renz?"

Sein Gesicht verlor jegliche Farbe. Er klappte den blutleeren Mund auf und zu wie ein Silvesterkarpfen, der am Haken eines Anglers zappelt. Ohne ein weiteres Wort drehte er sich um und lief auf seine Begleiter zu.

Helen spazierte am Rand der Aussichtsplattform entlang und genoss die Aussicht über Koblenz. Sie hörte Kain noch eine Weile herumschreien, bis seine Wut verebbt war. Auf dem Waldweg unterhalb der Seilbahnstation bemerkte sie einen schwarzen Mazda, der sich unbemerkt entfernte.

Helen fuhr mit der Seilbahn zum Deutschen Eck hinab und lief von dort in die Deinhardtpassage. Oberstaatsanwalt Kai-Uwe Beringer saß noch in seinem Büro und arbeitete sich durch einen turmhohen Stapel Fallakten. Offenbar hatte Kain ihm Helens ungeheuerlichen Verdacht mitgeteilt, denn er konnte sich ein Grinsen kaum verkneifen, als sie ihn um einen Haftbefehl für Wesseling bat. Nachdem sie ihn mit dem Video auf dem USB-Stick konfrontiert hatte, lachte Beringer nicht mehr. Kurz darauf steckte Helen den Haftbefehl in die Innentasche ihrer Jacke.

„Sie werden Unterstützung brauchen“, sagte Beringer.

„Ja, könnte ich“, antwortete sie.

Als sie das Gebäude verließ, warteten zwei Streifenwagen und ihr Dienstwagen auf sie. Kreutz hielt ihr die Tür auf, Bender saß auf dem Rücksitz. „Wir wollten es uns nicht nehmen lassen, dabei zu sein, wenn du Holger Wesseling verhaftest“, meinte Kreutz.

„Stimmt“, brummte Bender. „Dafür lasse ich gerne den Feierabend sausen.“

Helen stieg in den Passat und stopfte sich eine Handvoll Gummibärchen in den Mund. Kreutz trat das Gaspedal durch und trieb den Passat Richtung Hachenburg.

Beringer hatte bereits in Erfahrung gebracht, wo sich Wesseling aufhielt. Er gab an diesem Abend eine Party für Parteifreunde in seiner Villa in der Nähe des alten Judenfriedhofs von Hachenburg.

Die Streifenwagen stoppten vor dem modernen Palast aus Glas und schwarz gebeiztem Holz, der wie die Burg eines Raubritters über der Stadt thronte.

Auf dem gepflasterten Hof parkten zwei Dutzend Luxuskarossen. Helen drückte auf die Klingel und wartete, bis sich der bullige Mitarbeiter einer Securityfirma dem schmiedeeisernen Gitter näherte. Sie wies sich aus, worauf er sie in eine Eingangshalle von der Größe eines Handballfeldes führte.

„Warten Sie bitte hier.“ Er schlüpfte durch eine Tür in der Wandtäfelung.

„Gehen wir?“, fragte Kreutz grinsend.

„Wir gehen“, sagte Helen.

Sie stieß die Tür auf und betrat einen kleinen Empfangssaal. Vier riesige Kronleuchter spendeten sanftes Licht. Etwa dreißig Personen hielten sich in dem Saal auf, Helen erkannte prominente Gesichter aus Politik, Wirtschaft und dem Showbusiness. Wesseling stand vor einem riesigen Kunstdruck von Kandinsky, einem wirren Durcheinander aus geometrischen Formen und Farben, und war in ein Gespräch mit einem bekannten Fernsehjournalisten vertieft. Er drehte sich unwillig um, als der Bodyguard ihm etwas zuflüsterte.

Das Gemurmel im Saal verstummte. Alle starrten auf die vier uniformierten Polizisten, die Helen begleiteten. Wesseling stellte sein Glas ab und kam mit ausgebreiteten Armen auf sie zu. „Die Polizei, dein Freund und Helfer." Er warf einen Blick in die Runde. „Ich wusste, es war kein Fehler, für eine bessere Ausrüstung unserer Beamten zu kämpfen – auch wenn unser Budget mehr als knapp war." Leiser fuhr er fort: „Ich nehme an, Sie haben meine Frau gefunden. Darf ich Sie in einen Nebenraum bitten? Dort können Sie mir berichten."

„Tut mir leid, Sie enttäuschen zu müssen", sagte Helen so laut, dass jeder im Saal ihre Stimme hören konnte. „Wir sind nicht wegen Ihrer Frau hier."

„Ach?" Wesseling zog fragend die Augenbrauen hoch.

Helen war ihm nie persönlich begegnet. Er sah älter aus, als er in den Fernsehaufzeichnungen wirkte. Sein Antlitz war durch die Narbe so zerrissen wie sein Seelenleben. Wesseling vereinigte zwei völlig unterschiedliche Charaktere in sich. Die Öffentlichkeit kannte ihn als eloquenten Politiker, als den Macher, der hemdsärmelig mit jungenhaftem Charme alle Problem löste. Aber Wesseling besaß noch eine dunkle Seite, von der niemand etwas ahnte und die ihn zwang, seine perversen Triebe hemmungslos auszuleben.

„Wir haben das Phantom geschnappt“, sagte Bender.

„Tatsächlich?“ Er fuhr sich mit der Hand durch das Haar. Helens forschenden Blick mied er. „Nun, herzlichen Glückwunsch. Ich muss sagen, Sie leisten hervorragende Arbeit.“

„Beide“, sagte Helen.

„Wie darf ich das verstehen?“ Er griff nach dem Glas, aus dem er getrunken hatte, um das Zittern seiner Hände zu verbergen.

„Sie waren zu zweit.“

„Wir müssen Sie bitten, mit auf das Präsidium zu kommen“, sagte Kreutz.

Wesseling lachte. „Wie Sie sehen, habe ich Gäste. Sie werden nicht von mir verlangen, dass ich meine Pflichten als Gastgeber vernachlässige.“

Helen zuckte mit den Schultern und faltete Beringers Schreiben auseinander. „Darauf kann ich leider keine Rücksicht nehmen. Aber ich schätze, spätestens morgen steht es sowieso in jeder Zeitung. Sie sind vorläufig festgenommen.“

Wesseling warf einen Blick auf den Haftbefehl. „Das … muss ein Irrtum sein“, sagte er lächelnd. „Ich wüsste nicht …“

„Nein, kein Irrtum“, antwortete sie. „Sie stehen unter dem dringenden Tatverdacht der Vergewaltigung und Beihilfe zum mehrfachen Mord.“

Es war so still im Saal wie auf dem Grund des Ozeans.

Wesseling straffte sich. „Das ist ungeheuerlich. Wie können Sie es wagen, mich mit derart infamen

Beschuldigungen zu konfrontieren? Ich werde mich beim Innenminister beschweren."

„Beschweren Sie sich von mir aus beim Papst ... oder bei Achim Veit. Sie glauben, ich habe Ihr Gesicht in der Dunkelheit nicht erkannt, aber Sie haben etwas vergessen – Ihre Stimme! Ich habe Ihre Stimme erkannt."

Wesseling erbleichte. Helen schnippte mit den Fingern. Bender legte ihm Handschellen an, Kreutz schob ihn aus dem Saal. Hinter ihnen brach die Hölle los.

32

„Setzen Sie sich.“

„Das kostet Sie Ihren Job“, keuchte Wesseling.

Helen wies unbeeindruckt auf den Stuhl, der gegenüber der Längswand mit dem großen, einseitig durchlässigen Spiegel stand. Sie fühlte sich großartig. Kain würde toben, wenn er von der Verhaftung erfuhr, bestimmt war er bereits auf dem Weg ins Präsidium. Aber verhindern konnte er Wesselings Untergang nicht mehr.

Bender legte einen Pappordner auf den Tisch. Jemand hatte eilig Phantom auf den Deckel gekritzelt. Kreutz setzte sich rittlings auf einen Stuhl und nippte an einem Automatenkaffee. Helen stellte ein digitales Aufnahmegerät auf den Tisch. „Alles, was Sie von jetzt an sagen, kann gegen Sie verwendet werden.“

Wesseling wirkte nicht mehr so selbstsicher wie vorhin in der Gesellschaft seiner illustren Freunde. Er war aschfahl, auf seiner Stirn glänzten Schweißtropfen. Bender hatte vor einer Stunde die Heizung aufgedreht, es war heiß und stickig in dem fensterlosen Verhörraum. Das Zimmer verfehlte seine Wirkung nicht.

Grauer Teppichboden, schwarze Schallschutzmatten an den vergilbten Wänden, durch ein Oberlicht sickerte Dunkelheit zähflüssig wie Teer in den Raum. Ein mit Brandflecken übersäter Tisch und vier Plastikstühle komplettierten die Einrichtung. Die nüchterne Atmosphäre signalisierte: Dies ist kein Spiel mehr, sondern tödlicher Ernst.

Das kalte Neonlicht enthüllte jede Pore in Wesselings Gesicht. Die hakenförmige Narbe in seinem Augenwinkel schien im Takt seiner Herzschläge zu pulsieren. Nichts war von dem Sonnyboy geblieben, der es mit markigen Sprüchen bis fast an die Spitze der Landespolitik geschafft hatte.

„Wenn Sie Ihren Anwalt anrufen wollen, haben Sie jetzt Gelegenheit dazu", informierte ihn Helen.

Er nahm ein Handy aus seiner Manteltasche und wählte. „Ja ... du solltest besser kommen ... ins Präsidium am Moselring. Die sind völlig verrückt geworden." Er legte auf. „Dr. Schneider wird in zehn Minuten hier sein. Wir warten."

Bender setzte sich auf einen Stuhl, der unter seinem Gewicht knarzte, und stellte eine Pappschachtel den Tisch. Er nahm sich einen Schokoladendonut. „Wir haben Zeit." Die Schachtel wanderte um den Tisch, jeder außer Wesseling griff zu. Helen schmatzte genießerisch und sah zu, wie er sich den Schweiß von der Stirn tupfte.

„Was zum Himmel versprechen Sie sich von Ihrer irrwitzigen Aktion? Wissen Sie überhaupt, wer ich bin und über welchen Einfluss ich verfüge?"

Helen sah plötzlich Funke vor sich, gehetzt wie ein Fuchs, den die Meute jagt. Es gab keinen Zweifel mehr, dass Wesseling mit Veit unter einer Decke steckte, aber hatte er auch Carola umgebracht oder ermorden lassen? Es spielte zwar keine Rolle, ob er für fünf oder sechs Morde ins Gefängnis ging, aber Funke nutzte nur ein Geständnis, um seine Unschuld zu beweisen. „Ja“, antwortete Helen, „ich denke, ich weiß, wer Sie sind. Ein eiskalter Vergewaltiger und Mörder.“

Engelhardt streckte den Kopf zur Tür herein und winkte Helen zu sich. Sie schob ihren Stuhl zurück und trat zu ihm auf den Korridor hinaus. Seit zwei Stunden stemmten Bauarbeiter den Asphalt der Straßenbaustelle in Freilingen wieder auf und gruben den Untergrund um.

„Habt ihr was gefunden?“, fragte sie.

„Ja. Eine Leiche.“

„Eins der Opfer?“

Engelhardt schüttelte den Kopf. „Es ist Veit. Jemand hat ihm den Schädel eingeschlagen.“

„Verdammt.“

„Sei doch froh, dass der Scheißkerl tot ist.“

„Die Welt ist ohne ihn sicher besser dran. Aber sein Tod schafft uns neue Probleme.“

„Er kann Wesseling nicht mehr belasten“, bestätigte Engelhardt.

Helen nickte. „Hätten wir Veit lebend geschnappt, hätte er ausgepackt, um ein paar Vergünstigungen für den Knast herauszuschlagen.“

„Wesseling musste seine Aussage um jeden Preis verhindern“, entgegnete Engelhardt. „Wir sollten also davon ausgehen, dass er Veit umgebracht hat, um seine eigenen Verbrechen zu verschleiern.“

„Sonst kommt niemand als Täter infrage. Verdammt, wie weisen wir Wesseling jetzt eine Beteiligung an den Morden nach?“

„Bender hat gesagt, wir haben ein Video, das ihn überführt.“

„Ja, haben wir. Aber es zeigt es nur, wie Wesseling eine Frau vergewaltigt, die zu Veits Opfern gehört. Ihm Mord oder wenigstens Beihilfe zum Mord nachzuweisen, wird nicht leicht sein.“

„Es läuft auf einen Indizienprozess hinaus.“

„Er wird ein ganzes Rudel Anwälte aufbieten. Ist Veits Leiche schon in der Gerichtsmedizin?“

„Sie liegt auf Bischoffs Tisch. Ich habe ihm ein bisschen Druck gemacht. Er weiß, was auf dem Spiel steht.“

„Hoffen wir, dass er DNA-Spuren von Wesseling sicherstellen kann. Habt ihr die Tatwaffe?“

„Bis jetzt nicht. Wir durchsuchen noch mal den Hof vom Keller bis zum Dach.“

„Okay. Ich beantrage bei Beringer die Erlaubnis für einen DNA-Abgleich. Wir müssen uns genau an das Prozedere halten. Wesselings Anwälte werden jeden noch so kleinen Verfahrensfehler gegen uns verwenden. Hast du etwas von Kain gehört?“

Engelhardt grinste. „Er hat getobt wie Rumpelstilzchen, als er von der Verhaftung erfuhr. Und er ist stinksauer, weil du ihn nicht vorher angerufen hast.“

„Wo er doch weiß, dass ich Handys nicht ausstehen kann. Hoffen wir, dass er das Verhör nicht an sich reißt. Er wird’s nur versauen.“

„Keine Chance, das wird er nicht. Er steckt im Stau auf der B9 fest. Draußen schneit es wie verrückt, selbst hier unten am Rhein. Keine Maus kommt mehr in die

Stadt rein oder raus. Wenn du dich ein bisschen beeilst, kannst du den Fall abschließen, bevor er sich einmischen kann. Ich sag dir sofort Bescheid, wenn es etwas Neues aus der Pathologie gibt."

Helen kehrte in den Verhörraum zurück und setzte sich. Sie schlug die Akte auf, die Bender in aller Eile über Wesseling angelegt hatte, und blätterte darin. Nicht um Informationen zu sammeln, sondern um ihre Hände zu beschäftigen und Zeit zu gewinnen.

„Schlechte Nachrichten?", fragte Wesseling beiläufig. Er schien ein gutes Gespür für die Stimmungen anderer Menschen zu besitzen.

Helen klappte den Ordner zu und blickte ihm in die Augen. Sie waren klar und blau wie Frostschutzmittel. „Wir haben Veit gefunden", sagte sie.

Ein Nerv zuckte in seinem linken Augenwinkel. „Meinen Glückwunsch."

Auf dem Korridor näherten sich Schritte, eine sonore Männerstimme blaffte die beiden Beamten an, die Helen dort postiert hatte. Die Tür wurde aufgerissen und ein Mann mit Geiernase und Glatze stürmte in den Verhörraum. Er trug einen dunkelgrauen Wintermantel, auf seinen Schultern glitzerte frisch gefallener Schnee. Seine Brillengläser beschlugen in der warmen Luft und verwandelten sein Gesicht in ein augenloses Zerrbild. Er nahm die Brille ab und knallte eine lederne Aktentasche auf den Tisch. „Ich bin Dr. Schneider. Was wird meinem Mandanten vorgeworfen?"

Helen lehnte sich zurück und verschränkte die Arme vor dem Körper. „Vergewaltigung, Beihilfe zum Mord und Mord in mindestens einem Fall. Die Ermittlungen sind noch nicht abgeschlossen. Gehen Sie davon aus, dass weitere Anklagen hinzukommen werden."

„Mit welchen Beweismitteln stützen Sie diese Anklage?"

Helen nickte Bender zu. Er klappte einen Laptop auf, steckte den USB-Stick in einen Port und startete das Video des Privatdetektivs. Wesselings Gesicht blieb ausdruckslos. Er starrte auf einen Punkt über Helens Schulter.

Nach fünfzehn Sekunden sagte Schneider: „Stoppen Sie bitte die Aufzeichnung. Ich verlange, mich mit meinem Mandanten unter vier Augen auszutauschen."

„Ich gebe Ihnen zehn Minuten", sagte Helen.

Kreutz führte Wesseling und den Anwalt in ein Nebenzimmer und kehrte in den Verhörraum zurück. „Er wird gestehen. Etwas anderes bleibt ihm gar nicht übrig."

„Abwarten."

„Will noch jemand einen Donut?", fragte Bender.

Kreutz schüttelte den Kopf. „Wie kannst du jetzt ans Essen denken?"

„Weil ich Hunger habe, deswegen."

„Du hast immer Hunger."

„Stimmt." Bender seufzte, sein Doppelkinn wackelte.

In Helens Jackentasche knisterte Plastikfolie. „Zeig's mir jetzt", sagte Kreutz.

„Was denn?"

„Ich will wissen, ob du's kannst. Ob du sie am Geschmack erkennst."

„Okay." Sie legte eine Handvoll Gummibärchen auf den Tisch und schloss die Augen.

„Streck die Hand aus", sagte Kreutz.

Helen spürte ein einsames kleines Bärchen auf ihrer Handfläche. Sie steckte es in den Mund, kaute darauf herum und begann sich zu entspannen. Irgendwann würde sie die Jungs von der KTU bitten, einige Gummibärchen zu analysieren. Sie musste unbedingt wissen, welcher Bestandteil die beruhigende Wirkung in ihr auslöste.

„Rot", sagte sie schmatzend.

Bender grunzte überrascht.

„Noch eins", sagte Kreutz. Er legte ein zweites Gummibärchen auf ihre Handfläche.

Sie kaute hingebungsvoll. „Grün."

„Das gibt's doch nicht", murmelte Bender. „Du schummelst."

„Tu ich nicht."

„Warte."

Bender nahm den Hut des Anwalts und drückte ihn Helen über Stirn und Augenpartie, bis er sicher war, dass sie nichts mehr sehen konnte. „Probier's noch mal."

Sie tastete nach einem Bärchen, steckte es in den Mund und kaute. „Das ist leicht. Weiß, das ist Ananas."

„Scheiße, sie kann's tatsächlich."

„Schade, dass ich nicht gewettet hab", sagte Helen und legte den Hut zurück auf den Tisch.

„Wir sind ganz schön kaputt", sagte Kreutz. „Nebenan sitzt ein Typ, der wahrscheinlich vier Frauen vergewaltigt, einen Privatdetektiv kaltgemacht und einem wahnsinnigen Killer die Lichter ausgedreht hat. Unsere Aufgabe ist es, ihn zu überführen, und wir spielen mit Gummibärchen."

„Weißt du auch, warum?", fragte Bender.

Kreutz schüttelte den Kopf. Eine ehrfürchtige Stille erfüllte den Verhörraum.

„Weil wir sonst durchdrehen würden. Weil wir jeden Tag mit Totschlag, Mord und sinnloser Gewalt konfrontiert werden." Bender bediente sich aus der Plastiktüte.

Helen grinste verlegen, um die Panik zu überspielen, die durch ihren Körper raste. Von einer Sekunde zur anderen pulsierte die namenlose Furcht, die sie in zahllosen Nächten dazu getrieben hatte, sich in Wäscheschränken oder auf dem Speicher hinter einer Barrikade aus Koffern und alten Kleidungsstücken zu verstecken, wie ein zweiter Herzschlag in ihren Schläfen. Der Drang, schreiend aufzuspringen und sich in einer dunklen Ecke zusammenzukauern, wurde übermächtig. Kaminsky, Veit, die sargähnliche Kiste im Wohnmobil, der Keller, das Blut und die Kette um ihren Knöchel, all die Bilder fetzten durch ihren überreizten Verstand wie das Stroboskoplicht in einer Diskothek.

„Alles in Ordnung?", fragte Kreutz. „Helen?"

Sie fuhr auf. Der Bann war gebrochen, sie kehrte zurück in die Wirklichkeit. „Was? Was ist los?"

Kreutz blickte sie besorgt an. „Du warst ein bisschen ... weggetreten. Geht's dir gut?"

Sie versteckte die Hände unter dem Tisch, um das Zittern zu verbergen. „Alles okay. Ich bin in Ordnung."

Die Tür wurde geöffnet, Wesseling und der geiernasige Anwalt kehrten zurück. Wesselings Augen flackerten fiebrig. Er schien zu begreifen, wie ernst es für ihn aussah.

„Mein Mandant ist bereit, mit Ihnen zu kooperieren und sich in vollem Umfang an der Aufklärung zu beteiligen. Er wird ein Geständnis ablegen."

Helen schaltete das Aufnahmegerät ein. „Protokoll zur Vernehmung von Holger Wesseling. Es ist achtzehn Uhr fünfundzwanzig. Anwesend sind KHK Helen Stein, KHK Andreas Kreutz, KK Horst Bender sowie der Verdächtige und sein Rechtsbeistand Dr. Schneider."

Sie nickte Wesseling zu. Der fuhr sich mit zitternden Fingern über den Mund. „Das Video ist echt. Ich habe mit dem Mädchen Sex gehabt, das bestreite ich nicht."

„Fangen wir vorne an", sagte Helen. „Wie haben Sie Achim Veit kennengelernt?"

„Meine Frau engagiert ... engagierte sich für minderjährige Opfer von Gewaltverbrechen. Ich hielt das für eine gute Sache und brachte sie mit Alexander Meinhard zusammen."

„Alexander Meinhard?", horchte Helen auf. „Der Buchautor?"

„Genau der. Ich treffe mich zweimal im Monat mit Oberstaatsanwalt Beringer in Dreifelden zum Golfen. Er brachte Meinhard ein paarmal mit. Ich kam mit ihm ins Gespräch und erzählte Carola davon. Da sie immer auf der Suche nach prominenten Gesichtern war, bat sie mich, den Kontakt herzustellen. Sie hatte einige seiner Bücher gelesen, weil sie sich für die Psyche von Gewaltverbrechern interessierte und glaubte, ihre Motive dann besser verstehen zu können."

„Weiter", drängte Helen.

„Meinhard plante ein neues Buch. Carola hatte ihn überredet, zwei Kapitel den Opfern von Sexualverbrechen zu widmen, darum trafen sie sich etwa ein

Dutzend Mal in seinem Haus in Hachenburg. Im März, ich glaube, es war der 15., holte ich meine Frau dort ab, nachdem sie zusammen an dem Manuskript gearbeitet hatten. Ich hielt es für eine gute Sache, die eine Menge Publicity bringen könnte. Meinhard bat mich, einen Augenblick zu warten, weil ich zu früh dran war und er mit Carola noch einige Punkte besprechen wollte. Ich schlenderte ein bisschen herum und entdeckte auf seinem Schreibtisch Notizen, die mich neugierig machten.“

„Warum?“

„Es war seltsames Zeug über Dämonen und blutige Rituale, der Name Azrael fiel mir sofort ins Auge. Offenbar hatte er sich mit einem Mann namens Achim Veit getroffen, der Rat bei ihm suchte, weil Meinhard in seinen Büchern immer wieder über Okkultismus schreibt. Veits hatte ihm ein paar sehr seltsame Fragen gestellt, die mich zugleich abstießen und faszinierten ... wirklich merkwürdige Dinge. Er hatte panische Angst davor, dass sich sein Herzschlag immer weiter verlangsamte und er sterben würde. Er erklärte Meinhard, er sei von einem Dämon namens Azrael besessen, der ihn kontrollierte. Und er behauptete, dieser Dämon bewirke, dass seine Organe im Körper herumwandern. Hört sich das krank an oder nicht?“

Du bist mein Herz, das schlägt.

„Ich sehe zwischen der geistigen Erkrankung von Achim Veit und den Beschuldigungen meines Mandanten keinen Zusammenhang“, mischte sich Schneider ein. „Warum befragen Sie Veit nicht selbst zu seinen Motiven?“

„Weil er tot ist. Jemand hat ihm den Schädel eingeschlagen. Und wir werden beweisen, dass es Ihr Mandant war. Dürfte ich jetzt, mit Ihrer gütigen Erlaubnis,
fortfahren?“

Schneider wedelte mit der Hand. „Bitte.“

„Wann war Ihre Frau zum letzten Mal bei Meinhard?“

Wesseling überlegte. „Am Tag, als sie ermordet
wurde. Sie wollte mit Meinhard zusammen das letzte
Kapitel des Buches überarbeiten.“

Helen machte sich eine Notiz. Sie hatte das Gefühl,
dass dieser Punkt wichtig war. „Sie lasen also schon im
März Meinhards Notizen“, sagte sie.

Wesseling nickte. „Es stand noch mehr krudes Zeug
darin. Veit fragte Meinhard, ob Katzen die Macht des
Dämons begrenzen könnten. Er faselte etwas von den
Herzen.“

Darum wimmelte es auf Veits Hof von Katzen. Es waren keine verwilderten Tiere, die sich unkontrolliert
vermehrt hatten. Helen schloss die Augen und sah Veit
auf der Treppe sitzen, das blutige Katzenherz in der
Faust. Er hatte die Tiere wie Schlachtvieh gehalten,
weil er von dem Wahn besessen war, der Verzehr der
Herzen könne seinen eigenen Pulsschlag aufrecht-
erhalten.

„Er beschrieb Gewaltfantasien, Albträume, in denen
er Frauen das Herz aus der Brust schnitt und diesem
Dämon opferte“, fuhr Wesseling fort.

„Warum nur Frauen?“

„Das weiß ich nicht.“

„Haben Sie mit Meinhard darüber gesprochen?“

„Warum sollte ich? Er schien Veits Fantasien nicht
ernst zu nehmen und hatte immer wieder ‚Spinner' an
den Rand gekritzelt."

„Aber Sie beurteilten Veits Aussagen anders?"

„Das hat mich erst mal gar nicht weiter interessiert.
Drei Wochen später war ich auf dem Weg von Hachen-
burg nach Mainz. Ich hielt an einer Tankstelle in Stei-
nen im Westerwald. Mir fiel ein linkischer junger
Mann auf, der den Kunden seine Dienste anbot – Scheiben säubern, Ölstand und Reifendruck kontrollieren.
Ich fand das ziemlich ungewöhnlich und sah genauer
hin. Da bemerkte ich ein Namensschild auf seinem
Overall, und mir wurde klar, dass er der Mann war, der
Meinhard aufgesucht hatte. Ich beobachtete, wie er am
Motor eines Wagens herumfummelte, während die
Frau, der das Auto gehörte, im Verkaufsraum der Tankstelle war. Irgendwie hatte ich ein komisches Gefühl
bei der Sache. Erste Gerüchte über einen Serienkillr,
der im November und März zwei Frauen entführt und
vermutlich ermordet hatte, geisterten gerade durch die
Presse. Als ich bezahlte und zu meinem Wagen ging,
sah ich Veit. Er stieg in einen umgebauten alten Feuerwehrwagen und fuhr der Frau nach. Also bin ich ihm
gefolgt."

„Warum?"

„Ich weiß nicht, ich war einfach neugierig."

„Weiter", drängte Helen.

„Ein paar Kilometer weiter hielt Veit an. Der Wagen,
an dem er rumgefummelt hatte, war liegen geblieben.
Ich fuhr langsam vorbei und sah, dass er ausstieg und
der Frau seine Hilfe anbot. Auf einem Waldweg habe
ich dann gewartet, bis der Feuerwehrwagen auftauchte

und vorbeifuhr. Veit saß hinter dem Steuer, er war allein im Fahrerhaus. Ich bin ihm bis zu dem alten Hof bei Westerburg nachgefahren.“

„War Ihnen zu diesem Zeitpunkt klar, dass Veit das Phantom war?“

„Nein. Ich glaubte, er hätte sich eine clevere Masche ausgedacht, um mit den Frauen ein bisschen Spaß zu haben. Mehr nicht.“

Kreutz unterdrückte ein erstauntes Lachen. „Sie lügen, Wesseling!“

„Jeder redet über den geheimnisvollen Killer“, stimmte Helen ihm zu. „Sie beobachten, wie Veit eine Frau entführt, und kommen trotzdem nicht auf den Gedanken, er könnte das Phantom sein?“

Wesseling zuckte mit den Schultern. „Nein.“

„Sie sind doch kein Dummkopf, Herr Wesseling. Und Sie sollten auch uns nicht für dämlich halten. Sie hatten Kenntnis von einem Verbrechen, wahrscheinlich von einer ganzen Serie. Sie sind Staatssekretär im Innenministerium, verdammt noch mal.“

„Mir kam der Gedanke nicht, Veit könnte der Phantomkiller sein“, beharrte er. „Er besaß offensichtlich einen niedrigen IQ und schien mir nicht in der Lage zu sein, einen Mord zu planen. Ich hielt ihn für einen Idioten, leicht zu manipulieren und nicht ganz richtig im Kopf.“

„Sollten Sie die Aussagen meines Mandanten anzweifeln, müssen Sie sie widerlegen, um Ihren Verdacht vor Gericht verwenden zu dürfen“, warf der Anwalt ein.

„Okay, noch mal von vorn.“ Helen atmete tief durch. „Aus welchem Grund verschwiegen Sie, was Sie beobachtet hatten?“

„Nun ... ich dachte, ich könnte auch ein bisschen Spaß haben. „Also bin ich wieder zu der Tankstelle und wartete, bis Veit sich anbot, meinen Wagen vollzutanken. Ich sprach ihn an und ...“

„Und was?“

Wesseling lächelte. „Ich hab ihm vorgegaukelt, ich wäre Azrael.“

„Sie haben ... was?“, fragte Kreutz.

„Er hat's sofort geschluckt. Ich wusste schließlich Dinge über ihn, die außer ihm niemand wissen konnte, das ganze Zeug mit dem Herzschlag und dem Dämon. Es war ein Kinderspiel. Ich musste aufpassen, nicht laut loszulachen.“

„Und er hat Ihnen geglaubt?“

„Klar hat er das. Ich hab ihm erzählt, ich wäre Azrael und könnte jede Gestalt annehmen. Um Augenblick steckte ich im Körper eines ... nun ja ... bekannten Politikers.“

Helen blickte Kreutz an. Der schüttelte den Kopf. „Das gibt's doch nicht.“

„Veit ist krank. Sie können ihn nicht mit einem gesunden Menschen vergleichen. Es hat nur geklappt, weil er völlig durchgeknallt ist. Zu Beginn war es ... ein Spiel.“

„Was geschah dann? Was wollten Sie von Veit?“

„Ich hab ihm gesagt, dass ich ab sofort die Opfer aussuche und er tun muss, was ich ihm sage. Zu meiner Verblüffung ging er sofort darauf ein. Dann wollte ich einfach herausfinden, wie weit ich die Sache treiben konnte.“

Helen dachte an die Zeit ihrer Gefangenschaft zurück. Wesseling sagte vermutlich tatsächlich die Wahrheit.

Veit hatte Angst vor Azrael gehabt, zumindest große Ehrfurcht empfunden.

Azrael kommt.

„Weiter."

„Ich habe dann eine Frau ausgesucht. Sie war … nun, rein zufällig hat sie in Steinen getankt. Veit brachte sie auf seinen Hof. Dort habe ich … Sex mit ihr gehabt. Nur dieses eine Mal. Es war die Frau auf dem Video. Außerdem hatte ich nicht den Eindruck, dass sie etwas dagegen hatte."

Helen presste die Lippen aufeinander. Wesseling gestand nur, was sie ihm nachweisen konnte. Ihm eine Beteiligung an den anderen Entführungen und Veits Bluttaten nachzuweisen, würde kompliziert werden. Zu wissen, dass er log, reichte nicht aus.

Dr. Schneiders Mundwinkel zuckte. „Ihnen ist klar, dass Sie beweisen müssen, dass der Geschlechtsverkehr gegen den Willen der Frau ausgeführt wurde?"

„Sie wissen genau, dass wir das nicht können. Die Frau ist tot."

Schneider zuckte mit den knochigen Schultern. „Sie sind in der Beweispflicht. Aus der Videoaufnahme geht nicht eindeutig hervor, dass mein Mandant die Frau zum Sex gezwungen hat."

Helen schwieg. Wesseling würde mit einer geringen Strafe davonkommen, wenn sie keine besseren Beweise aus dem Hut zauberte.

„Es war Ihnen also gleichgültig, was Veit anschließend mit den Frauen anstellte?", fragte Kreutz.

Wesseling antwortete nicht.

„Sie wussten, dass er krank ist. Und Sie wussten von seinen Gewaltfantasien. Sie hätten den Tod der Opfer verhindern können. Dass Sie es nicht taten, macht Sie zum Mittäter.“

„Haben Sie die Frau auf dem Video inzwischen identifiziert?“, fragte Schneider.

„Ja, haben wir. Sie heißt Karin Schönberger und wird seit dem 31. August 2017 vermisst“, erklärte Helen.

Schneider wandte sich an Kreutz. „Dann ist Ihre Aussage nicht korrekt. Mein Mandat bestreitet, etwas von Veits Verbrechen gewusst zu haben. Und selbst wenn er davon Kenntnis gehabt hätte, den Tod der anderen Frauen hätte er nicht verhindern können, weil sie bereits tot waren. Es bleibt also bei dem Vorwurf der Vergewaltigung, für die Sie noch eindeutige Beweise schuldig geblieben sind.“

„Ihr Mandant war am Abend des 24. Oktober in Veits Haus“, fuhr Helen unbeirrt fort. „Nachdem ich Veit überwältigen konnte, hat Holger Wesseling mich verfolgt, in der Absicht, mich zu töten.“

„Das hatte ich niemals vor.“

„Sie leugnen also, an jenem Abend bei Veit gewesen zu sein?“

„Nein. Ich war dort. Er rief mich an und sagte, er habe ein Geschenk für Azrael. Ich fuhr also zu ihm und stellte entsetzt fest, dass er eine Polizistin entführt hatte – Sie. Ich wollte ihn überreden, sich zu stellen, aber dazu kam es ja dann nicht mehr.“

„Sie haben mich gemeinsam mit Veit verfolgt.“

„Ich versuchte, Sie einzuholen, Sie zu beruhigen, aber Sie waren voller Panik, unfähig, einen klaren Gedanken zu fassen. Was ja verständlich ist, nach dem, was Sie erlebt hatten.“

„Sie lügen.“

„Beweisen Sie es.“

„War Ihnen bekannt, dass Ihre Frau einen Privatdetektiv engagiert hat, der Sie überwachen ließ?“

„Nein.“

„Das gehört wohl nicht hierher“, sagte Schneider.

Helen drehte den Laptop zu Schneider um und ließ den Film weiterlaufen. „Rick Brenner hat dieses Verbrechen gefilmt. Wir haben seine Leiche auf Veits Grundstück gefunden. Jemand hat ihm den Schädel eingeschlagen.“ Sie blickte Wesseling an. „Hat er Sie mit dem Video erpresst? Er wollte Geld, nicht wahr? Viel Geld. Mehr, als Sie bereit waren zu zahlen. Haben Sie Brenner selbst ermordet oder hat Veit das für Sie erledigt?“

„Ich habe keine Ahnung, wovon Sie reden.“

Schneider erhob sich. „Wenn Sie keine weiteren Beweise gegen meinen Mandanten haben, beantrage ich nach §116 der Strafprozessordnung Haftverschonung. Wir bieten entsprechende Sicherheiten an.“

„Ich bin noch nicht fertig. Setzen Sie sich.“ Helen wandte sich an Wesseling. „Wo waren Sie am Abend des 21. Oktober zwischen zwanzig und zweiundzwanzig Uhr?“

Wesseling schüttelte den Kopf. „Wollen Sie mir auch noch den Mord an meiner Frau anhängen?“

„Beantworten Sie meine Frage.“

„Ich war in Mainz. An diesem Abend fand eine Besprechung des Innenausschusses statt. Meine Sekretärin kann Ihnen die Namen und Telefonnummern der Anwesenden geben. War es das jetzt?“

Wesseling stand auf. Schneider erhob sich ebenfalls.

„Die Schwere der Vorwürfe lässt eine Haftverschonung nicht zu“, sagte Helen. „Er wird dem Haftrichter vorgeführt und wandert in U-Haft.“

„Das wird, wie Sie richtig bemerken, ein Richter entscheiden.“

„Bis das geschehen ist, bleibt Ihr Mandant hier im Präsidium.“ Sie stürmte zur Tür und riss sie auf. „Abführen!“

Zwei Vollzugsbeamte geleiteten Wesseling und Schneider aus dem Verhörraum. Wesseling ging dicht an Helen vorbei. „Das wird Ihnen noch leidtun“, murmelte er.

Kreutz sah ihnen nach. „Wir können ihm nicht mal die Vergewaltigung eindeutig nachweisen. Er wird mit einer Bewährungsstrafe davonkommen.“

„Nicht, wenn wir es verhindern können. Wir werden etwas finden, irgendetwas, das ihn mit den Morden in Verbindung bringt. Wenn wir ihm nur einen einzigen Mord nachweisen können, bekommt er lebenslänglich. Ich besorge uns einen Durchsuchungsbefehl für seine Villa in Hachenburg. Außerdem müssen wir Veits Hof noch mal auf den Kopf stellen.“

Kreuz stöhnte. „Wir haben dieses Rattennest vierundzwanzig Stunden lang durchwühlt und nichts gefunden.“

„Dann suchen wir eben so lange, bis wir etwas finden, das Wesseling belastet.“

„Den Mord an seiner Frau kann er jedenfalls nicht begangen haben. Wenn er am fraglichen Abend wirklich in Mainz war, hat er ein wasserdichtes Alibi.“

Helen biss sich auf die Unterlippe. Das würde Funke überhaupt nicht gefallen. Einen Auftragsmord konnte sie Wesseling schon gar nicht nachweisen.

33

Helen erwachte auf dem Sofa im Wohnzimmer. Ein weit entferntes Klingeln drang leise an ihre Ohren. Durch das Dachfenster über ihr sickerte grau-gelbes Zwielicht. Dicke Schneeflocken fielen lautlos auf das Glas und verschmolzen zu einer weißen Watteschicht.

Sie zog die Wolldecke über die Schultern und fröstelte. Träge kämpfte sie sich durch zähe Schichten ihres Unterbewusstseins in die Wirklichkeit zurück. Auf dem Glastisch neben ihr stand eine halb leere Flasche Bordeaux und eine angebrochene Packung Diazepam. In der Plastikhülle steckten noch drei Tabletten. Sie hatte keine Ahnung, wie viele von den Dingern sie geschluckt hatte.

Seit dem stürmischen Herbsttag vor einem Jahr, an dem sie Funkes Tochter aus der alten Mühle im Westerwald befreit hatte, hatte sie die Finger von dem Zeug gelassen. Dunkel erinnerte sie sich daran, dass sie gestern Abend keinen Schlaf gefunden hatte. Schloss sie die Augen, rasten Bilder von Blut und Gewalt durch ihren Verstand wie die Albträume eines Wahnsinnigen. Tote Katzen, Leichen, ausgeblutet wie geschlachtete

Schweine, und Veit, der sie mit seinen epileptischen Zuckungen verfolgte wie ein Zombie. Immer wieder wurde sie von einem Traum heimgesucht, in dem sie ihr eigenes Herz in den Händen hielt, das noch immer schlug. Das Pumpen des pulsierenden Herzens hämmerte unablässig in ihren Ohren wie ein Vorschlaghammer, der auf eine Stahlplatte kracht.

Du bist mein Herz, das schlägt.

Veits Herz schlug nicht mehr. Er war genauso tot wie seine Opfer, die er unter dem Asphalt der Westerwälder Straßen begraben hatte. Nun, da er nicht mehr aussagen konnte, wusste niemand, wo man nach den ermordeten Frauen suchen sollte. Sie würden nur durch Zufall irgendwann entdeckt werden.

Stöhnend setzte sich Helen auf und massierte ihre Schläfen. Ihr Schädel dröhnte wie eine Kesselschmiede. Schlaftabletten und Rotwein waren keine gute Mischung. Ihre Unruhe wuchs, als ihr klar wurde, dass sie eigentlich in ihrem Bett liegen sollte. Angestrengt versuchte sie sich zu erinnern, ob sie sich auf dem Sofa zusammengerollt hatte oder zuvor ins Schlafzimmer hinübergegangen war. Sie wusste es nicht mehr. Ihre Gedächtnislücken mochten vom Alkohol und den Beruhigungstabletten herrühren. Ebenso gut war es möglich, dass ihr Unterbewusstsein sie wieder zwang, nächtliche Ausflüge zu unternehmen. Immerhin war sie auf der Couch aufgewacht und nicht im Kleiderschrank oder in der Garage.

Die Türklingel läutete. Es war das gleiche Geräusch, das sie aus dem Schlaf gerissen hatte. Sie warf einen Blick auf die Digitaluhr des Fernsehers, es war kurz nach acht. Wer zum Teufel störte sie zu dieser nachtschlafenden Zeit?

Schlaftrunken tappte sie in die Diele und öffnete die Eingangstür einen Spalt. Die zusätzlichen Sicherheitsschlösser, die sie nach den sechsunddreißig Stunden in Kaminskys Gewalt angebracht hatte, fehlten. Nur eine stabile Vorlegekette zeugte noch von der unbestimmten Angst, die sie immer wieder überfiel.

Bender lugte durch den Türspalt.

„Horst. Was machst du denn hier?"

Der dicke Polizist trat unsicher von einem Bein aufs andere, was ihn aussehen ließ, als schwanke er auf dem Deck eines Schiffes in unruhiger See. „Du hattest mich doch gebeten, ein bisschen rumzuschnüffeln. Ich hab ein paar Sachen rausgefunden, aber ich will nicht, dass Kain davon erfährt."

„Okay, komm rein." Sie entriegelte die Tür und ging in die Küche, um Kaffee zu kochen.

„Hab ich dich geweckt? Tut mir leid." Bender folgte ihr und setzte sich auf einen Küchenstuhl.

„Ist schon okay. Trinkst du einen mit?"

„Gerne."

Das Wasser lief gluckernd durch die Maschine, Helen gähnte. Bender stierte sie an und wandte dann verlegen den Blick ab. Ihr wurde bewusst, dass sie nur einen Slip und das Bugs-Bunny-T-Shirt trug, das ihr zwei Nummern zu groß war.

„Ich zieh mir rasch was an", murmelte sie und verschwand im Schlafzimmer. Das Bett war zerwühlt. Sie war also doch zunächst in ihr Bett gekrochen, um irgendwann im Lauf der Nacht wie ferngesteuert nach einem Versteck zu suchen. Es fing wieder an.

Sie schlüpfte in eine Jeans und warf einen flüchtigen Blick in den Spiegel. Die Strapazen der letzten Tage und Nächte waren ihr anzusehen. Sie fühlte sich müde und zerschlagen, was nicht zuletzt die Nachwirkungen ihrer Rotwein-Schlaftabletten-Kur waren.

Sie kehrte in die Küche zurück, stellte zwei Tassen auf den kleinen Tisch am Fenster und goss Kaffee ein. Bender stellte eine Jutetasche neben dem Tisch ab, schaufelte drei Löffel Zucker in seine Tasse und rührte eine Ewigkeit darin herum. „Ich glaube, ich geh zurück nach Bad Ems", sagte er.

„In dieses Kaff? Willst du etwa wieder Streife fahren und Knöllchen verteilen?"

„Weiß nicht."

„Es ist wegen Kain, nicht wahr?"

Er nickte stumm und blickte gedankenverloren aus dem Fenster.

„Lass dir nicht vom ihm auf der Nase rumtrampeln", sagte Helen. „Du machst einen guten Job in der SoKo."

„Er findet immer etwas zu kritisieren. Ich hasse seine aufgeblasenen, selbstgefälligen Monologe. Kain führt über jeden Fehler, über jedes Versäumnis von uns Buch, wusstest du das?"

Sie trank einen Schluck Kaffee. „Woher weißt du das?"

„Ich hab seinen Schreibtisch gefilzt."

„Du hast was?"

„Ich brauchte eine paar Informationen, um mir die ganze Geschichte zusammenzureimen. Dabei bin ich auf sein schwarzes Notizbuch gestoßen. Du wirst nicht glauben, was da alles drinsteht. Er merkt sich jede Marotte – von Andi und Karsten, von dir, von uns allen. Er sucht gezielt nach Schwächen, um sie uns im passenden Moment unter die Nase zu reiben."

„Was für ein Kontrollfreak", sagte Helen kopfschüttelnd.

„Und dazu ein wandelnder Minderwertigkeitskomplex", bestätigte Bender. „Er muss sich krankhaft davor fürchten, dass andere mehr draufhaben als er. Und da er jede Menge Mist baut, duldet er nur Mitarbeiter in seiner Nähe, die ihm entweder in den Hintern kriechen oder noch unfähiger sind als er. Er hat jedenfalls gute Verbindungen nach oben. Den werden wir so schnell nicht mehr los."

„Vielleicht doch." Helen erzählte ihm, was sie von Funke über Kains Vergangenheit wusste.

Bender pfiff durch die Zähne. „Das ist ein Ding. Damit lässt sich etwas anfangen. Aber mit Meinhard stimmt auch etwas nicht."

„Was denn?"

„Ich hab mich gefragt, warum er so heiß darauf war, die Arbeit der SoKo aus nächster Nähe zu beobachten."

„Hat er doch gesagt: Er schreibt an einem neuen Buch."

„Das ist nur ein Vorwand. Ich glaube, er wollte an Blechner heran. Und er hat seine Beziehungen zum Oberstaatsanwalt und Wesseling dazu benutzt, um sich in unser Team zu schleichen. Und es steckt noch mehr dahinter."

Sie pustete in den heißen Kaffee. „Was denn?"

„Er hat uns über Veit belogen."

„Er hat nicht gelogen, sondern nur verschwiegen, dass Veit ihn aufgesucht hat. Er muss sich verdammt unwohl in seiner Haut gefühlt haben, als ihm klar wurde, dass Veit das Phantom ist."

„Ich habe das Gefühl, dass bei ihm alle Fäden zusammenlaufen. Erinnerst du dich an das auffällige Schmuckstück, dass die Tote um den Hals trug, die wir unter der Baustelle auf der B49 gefunden haben? Du hattest mich beauftragt, alles über den Skarabäus herauszufinden."

Die Morgensonne brach durch eine Lücke zwischen den schweren Schneewolken. Helen kniff die Augen zusammen, sie brauchte dringend ein Aspirin. Den Skarabäus hatte sie total vergessen. „Ja, ich entsinne mich. Es war ein kleiner goldener Käfer mit blauen Fayence-Einlagen. Sah ziemlich teuer und exotisch aus. Ich hab so etwas bisher nur im Museum gesehen." Plötzlich stutzte sie. Ein Skarabäus. Carola Wesselings Mörder hatte ein koptisches Ankh-Kreuz am Tatort verloren. Das konnte kein Zufall sein.

„Teuer?", unterbrach Bender ihre Gedanken, „das Ding ist unbezahlbar. Es hat ein bisschen gedauert, aber ich habe rausgefunden, woher der Skarabäus stammt. Er wurde im Januar 2017 auf einer Auktion in Frankfurt versteigert. Rate mal, wer der Käufer war."

Sie zuckte mit den Schultern. „Keine Ahnung, sag schon."

„Alexander Meinhard."

Sie stellte ihre Tasse ab. „Schau an."

„Silvia Schrey verschwand am 6. März 2017, also etwa acht Wochen später. Er hat zugegeben, dass er sie kennt, er nannte sie eine gute Freundin."

„Ob er ihr den Skarabäus geschenkt hat?", überlegte Helen. „Aber wer verschenkt sündhaft teure Antiquitäten an gute Freunde?"

„Eben. Ich schätze, die beiden waren mehr als nur Freunde", sagte Bender.

„Meinhard erwähnte, dass Funke die Ermittlungen im Fall Silvia Schrey leitete."

„Das stimmt", antwortete Bender. „Ich habe mir die Ermittlungsakten noch mal angeschaut. Meinhard war überzeugt davon, dass Blechner der Täter war. Ja, er war geradezu besessen von ihm. Bevor Blechner nach Koblenz zog, betrieb er in Hachenburg eine kleine Autowerkstatt. Silvia Schrey hatte zweimal ihren Wagen bei ihm reparieren lassen. Ansonsten gab es nichts, was Blechner mit ihrem Verschwinden in Verbindung brachte. Also ließ Funke ihn laufen. Meinhard warf ihm schlampige Polizeiarbeit vor, aber nach Aktenlage hat Funke alles getan, was möglich war, um das Verschwinden von Silvia Schrey aufzuklären. Es kam dann zu einer unschönen Szene in der Hachenburger Dienststelle. Meinhard machte Funke für den Tod von Silvia Schrey verantwortlich, weil er Blechner nicht aus dem Verkehr gezogen hatte. Er hat sich nicht gerade wie ein Mann aufgeführt, der seine Gefühle im Griff hat. Eher wie ein Tobsüchtiger. Er muss aggressiv gegen Funke vorgegangen sein, hat seine Verbindungen spielen lassen und sogar eine Dienstaufsichtsbeschwerde angestrengt – die aber im Sand verlief, weil man Funke keine Versäumnisse nachweisen konnte."

„So weit geht man nur, wenn starke Gefühle im Spiel sind. Sie war seine Geliebte, und Funke hatte sie seiner

Meinung nach auf dem Gewissen. Dann war die Aktion gegen Blechner vergangene Woche eine Racheaktion."

Bender nickte. „Wir müssen sein Alibi für den 21. Oktober überprüfen. Vielleicht hat er Carola Wesseling umgebracht und Funke den Mord in die Schuhe geschoben, um sich zu rächen." Er zog ein gefaltetes Blatt Papier aus der Jackentasche. „Du wolltest die Verbindungsdaten ihres Handys. Carola Wesseling hat gegen siebzehn Uhr mit Funke telefoniert."

„Also hat er die Wahrheit gesagt, sie hat ihn in das Wochenendhaus bestellt."

„Interessant ist die Funkzelle, in der sich das Handy zu diesem Zeitpunkt befand." Bender kramte in der Jutetasche und legte einen Stapel Taschenbücher auf den Tisch. „Die KTU konnte den Bereich ziemlich genau eingrenzen. Carola Wesseling war in Hachenburg in der Nähe des Judenfriedhofs."

„Wir wissen, dass sie Meinhard aufgesucht hat. Das bedeutet ja …"

Bender nickte. „Sie könnte Funke in Meinhards Anwesenheit angerufen haben. Er wusste also, dass sie sich mit ihm in Dreifelden treffen wollte."

Helen überflog die Buchtitel: Das Böse. Der Teufel im Gehirn. „Ein Leben für ein Leben", las sie laut.

„Darin geht's um unser Rechtssystem und die Bestrafung von Gewaltverbrechern. Meinhard vertritt ziemlich alttestamentarische Standpunkte nach dem Motto ‚Auge um Auge, Zahn um Zahn."

„Interessant." Sie blätterte rasch die Seiten durch.

„Ich hab noch mehr", sagte Bender triumphierend.

„Sag schon."

„Du hast erwähnt, dass der Täter Funke Alkohol intravenös verabreicht hat, um vorzutäuschen, dass Funke total betrunken war."

„Und?"

Bender griff nach einem Buch und schlug es auf. „In Die Ausbrecher beschreibt Meinhard spektakuläre Fluchten aus Gefängnissen. In einem Kapitel ist die Rede von einem Straftäter, der einen Blindarmdurchbruch markiert und umgehend in ein Krankenhaus verlegt wird. Dort gelingt ihm die Flucht, indem er einen Pfleger und einen Polizisten auf die gleiche Weise außer Gefecht setzt. Meinhard schreibt im Nachwort, dass er sechs Wochen lang intensiv vor Ort recherchiert hat und den Trick mit der Alkoholinjektion selbst ausprobiert hat."

Helen sprang wie elektrisiert auf und kippte den restlichen Kaffee in die Spüle. „Damit kriegen wir ihn! Und dazu werden wir ihn mit dem Ankh-Kreuz und dem Skarabäus konfrontieren."

„Ich hab noch was." Bender fächerte die Bücher auseinander und hob eines davon hoch. Helen starrte auf den Titel: Die Verlorenen.

„Meinhard war 1992 in Afrika. Er bereiste Uganda, Namibia und den Sudan. In diesem Buch beschreibt er das Schicksal afrikanischer Kindersoldaten."

„Du glaubst, Meinhard war der Mann, der sich mit Nathan Cox gestritten hat? Dann könnte er auch sein Mörder gewesen sein!"

„Vielleicht, wahrscheinlich sogar. Wir müssen beweisen, dass das Ankh-Kreuz Meinhard gehört, dann wird es eng für ihn", sagte Bender.

Helen schüttelte anerkennend den Kopf. „Horst, wenn dich mal wieder Zweifel plagen, ob du ein fähiger Kriminalist bist, dann erinnere dich an diesen Fall. Du hast verdammt gute Recherchearbeit geleistet. Wahrscheinlich ist Meinhard der Mörder von Dr. Cox und seiner Tochter Carola. Und wenn wir ihn überführen werden, haben wir das dir zu verdanken.“

„Und Kain?“

„Zerbrich dir über Kain nicht den Kopf. Ich hab das Gefühl, als ob er sein Gastspiel bei uns schnell beenden wird.“

Bender rutschte erwartungsvoll auf seinem Stuhl hin und her und strahlte über das ganze Gesicht.

34

Kain hatte die Festnahme von Wesseling zähneknirschend akzeptiert, weil die Beweislage erdrückend war. Noch in der Nacht war Veits Haus erneut durchsucht worden. Dabei war ein Handyvideo aufgetaucht, auf dem Wesseling ein weiteres Opfer quälte und vergewaltigte.

Helen war die Vermisstenfälle des vergangenen Jahres durchgegangen und hatte das infrage kommende Gebiet ausgeweitet. Dabei war sie auf drei weitere vermisste Frauen gestoßen, die in das Raster passten, die Mordserie war weitaus umfangreicher, als sie angenommen hatte. Sie waren im Mai, Juni und Juli verschwunden. Anschließend hatte sie Wesseling noch einmal vernommen. Er war unter der Last der Beweise schließlich zusammengebrochen und hatte ein umfassendes Geständnis abgelegt. Wesseling hatte sein Wissen über Veits kranke Psyche geschickt dazu benutzt, ihn zu seiner Marionette zu machen. Er wählte die Frauen aus, die Veit in den Keller unter dem Bauernhaus verschleppte, und lebte seine perversen Triebe aus, bis ihn die Frauen langweilten und er sie Veit überließ.

Was Veit anschließend mit den gebrochenen Frauen tat, schien Wesseling völlig verdrängt zu haben. Für ihn waren sie nicht mehr als lebende Spielzeuge, an denen er sich vergehen konnte. Veit hingegen unterzog die Opfer einem blutigen Ritual, bei dem er ihnen das Herz aus der Brust schnitt und es in dem Wahn verzehrte, seinen Herzschlag zu stabilisieren. Dann sorgte er dafür, dass die Leichen verschwanden.

Den Tod des Privatdetektivs schob Wesseling Veit in die Schuhe, denn der konnte die Anschuldigungen nicht mehr entkräften. Die Gerichtsmedizin suchte noch immer nach Spuren, die Wesseling mit den Morden an Veit und Brenner in Verbindung brachten – bisher ohne Ergebnis. Ob die Anklage von mehrfacher Vergewaltigung auf Mord erweitert werden würde, war ungewiss.

Helen schrieb ihre Berichte und warf sie auf Kains Schreibtisch. Widerstrebend gab er ihr nach einer heftigen Diskussion die Erlaubnis, Meinhard zu befragen. Er war dazu gezwungen, alle Spuren zu verfolgen, die zur Aufklärung des Mordes an Carola Wesseling führten, auch wenn sie Funke entlasteten. Weiter vereinbarten sie absolutes Stillschweigen über Wesselings Verhaftung und Veits Tod.

Bevor sie sein Büro verließ, hatte Kain ihr einen Waffenstillstand angeboten. Dass sie über die Umstände des Todes der Polizeihauptwachtmeisterin informiert war, schien ihn überaus nervös zu machen. Er entwickelte einen öligen Charme, mit dem er sie vom Rest der Truppe zu trennen hoffte. Helen ging indessen mit keinem Wort auf sein Angebot ein und ließ ihn im Ungewissen.

Am späten Nachmittag fuhr sie zu Meinhard nach Hachenburg. Seit den Mittagsstunden schneite es ergiebig. Der frühe Wintereinbruch verwandelte die Straßen in ein gefährliches Gemisch aus halb gefrorenem Matsch und tückischen Eisflächen, auf denen der Spider immer wieder ausbrach. Vor einer Stunde hatte sich Funke über ein Prepaidhandy gemeldet und Benders Verdacht bestätigt. Er erinnerte sich an Meinhard und seinen Wutausbruch in der Hachenburger Dienststelle. Aber er hatte die merkwürdige Pechsträhne, die ihn fortan verfolgte wie ein Fluch, nie mit dem Schriftsteller in Verbindung gebracht. Seine Ermittlungen waren auf unerklärliche Weise im Sand verlaufen oder wurden von höherer Stelle gestoppt, Akten verschwanden und fehlerhafte Berichte trugen seinen Namen – kurz: Bald hatte er das Gefühl, von einem Schatten verfolgt zu werden, der seine Arbeit sabotierte.

Nun ergab alles einen Sinn. Meinhard hatte seine Kontakte genutzt, um Funke zu schaden, wo er nur konnte. Silvia Schrey war in seinen Augen dem Phantom zum Opfer gefallen, weil Funke schlampig ermittelt hatte, und dafür sollte er bezahlen. Nur mit Mühe konnte sie Funke davon abhalten, die Wahrheit aus Meinhard herauszuprügeln.

Das Ankh-Kreuz konnte sie nicht Meinhard in Verbindung bringen, es war allenfalls ein Indiz, das auf die richtige Spur führte. Wahrscheinlich hatte er es 1992 während seiner Afrikareise auf irgendeinem ägyptischen Schwarzmarkt gekauft. Nur ein um-fassendes Geständnis konnte Funke entlasten. Helen hatte einen vagen Plan, wie sie Meinhard dazu bringen wollte, einen Fehler zu begehen, und dazu musste sie ihn bei seiner Eitelkeit packen. Bender hatte die Zeit genutzt und das Netz intensiv über Informationen nach Meinhard durchforscht. Der galt als exzentrisch und rechthaberisch und war in Autoren- und Verlagskreisen unbeliebt.

Fluchend lenkte sie den Spider wieder in die Spur zurück. Die Sommerreifen drehten auf der glatten Schneeschicht durch, der Wagen bewältigte die letzte Steigung nach Hachenburg hinauf nur mit Mühe.

Alexander Meinhard bewohnte einen luxuriösen Bungalow in der Nähe des alten Judenfriedhofs. Helen stellte den Spider vor dem Haus ab und klingelte. Meinhard meldete sich über eine Gegensprechanlage und öffnete ihr kurz darauf die Tür. „Treten Sie bitte ein, Frau Stein. Ich habe Sie bereits erwartet.“

Sie zog überrascht eine Augenbraue hoch. „Aus welchem Grund?“

„Nun, mir war klar, dass Sie über kurz oder lang meinen Rat suchen würden.“

„Ihren Rat?“

„Aber natürlich. Sie waren zweimal in der Gewalt von Serienkillern und sind mit heiler Haut davongekommen. Das können nicht viele Menschen von sich behaupten. Selbst die stabilste Psyche muss unter dem Druck dieser Erlebnisse irgendwann zusammenbrechen. Dass Sie sich an mich wenden, ist die richtige Entscheidung. Dr. Kiesner ist nicht kompetent genug, um Ihnen wirklich helfen zu können. Sie wollen wissen, was Männer wie Kaminsky und Veit zu ihren Taten treibt. Sie wollen, Sie müssen es verstehen, weil es Ihnen den Schlaf raubt. Von Kaminsky können Sie nichts mehr erfahren, denn er ist tot. Und vor Veit fürchten Sie sich verständlicherweise. Da mir Ihre Abneigung gegen Psychiater bekannt ist, erschien es mir nur allzu logisch, dass Sie mich aufsuchen würden. Ich habe Dutzende von Interviews mit Massenmördern und anderen netten Leuten geführt, bin in ihre Seelen vorgedrungen und habe mich bis ins Kleinste mit ihren Motiven auseinandergesetzt. Was liegt also näher, als mich um Rat zu fragen?“

„Ich muss Sie enttäuschen, mir geht es gut. Ich suche lediglich Antworten auf eine Reihe von Fragen, auf die ich noch keine Antwort habe“, sagte sie. „Und es geht dabei nicht um Veit.“

„Ach?“ Er ließ enttäuscht die Mundwinkel hängen. Helen verkniff sich ein Grinsen. Bender hatte recht gehabt mit seiner Einschätzung. Meinhard war ein arroganter Besserwisser und glaubte wohl tatsächlich, sie würde verzweifelt seinen Rat suchen, weil sie nicht weiterkam.

Er führte sie in ein geräumiges Arbeitszimmer, dessen Längswand vom Boden bis zur Decke verglast war. Im Augenblick jedoch wurde die Panoramasicht auf die bewaldeten Hügel von Nebelschwaden und umherwirbelnden Schneeflocken begrenzt. „Nehmen Sie Platz, Frau Stein. Darf ich Ihnen etwas zu trinken anbieten?“

Sie lehnte ab und wanderte in dem großen Raum umher. An den Wänden hingen großformatige Fotografien von altägyptischen Kunstgegenständen. Auf einem schwarzen Alabastersockel stand eine Replik der weltberühmten Totenmaske des Kindkönigs

Tutanchamun. In einer Vitrine stellte Meinhard antike Terrakottafiguren zur Schau. Zentraler Blickfang seiner kleinen Sammlung war der Deckel eines Mumiensargs. Er erinnerte Helen an die Kiste unter Veits Camper. Das Ankh-Kreuz würde die Sammlung perfekt ergänzen. Er musste den Verlust inzwischen bemerkt haben. Aber brachte das Kreuz ihn auch mit dem Mord an Carola Wesseling in Verbindung?

„Was kann ich also für Sie tun?", fragte Meinhard.

„Obwohl wir inzwischen wissen, dass Veit das Phantom ist, sind noch viele Fragen offen."

„Und Sie glauben, hier Antworten zu finden?"

„Davon bin ich überzeugt. Seit wann beschäftigen Sie sich mit Gewaltverbrechern?"

Meinhard nahm hinter dem wuchtigen Schreibtisch Platz. „Seit 1991, um genau zu sein."

„Sie verstehen eine Menge davon, wie die kranke Psyche von Typen wie Achim Veit arbeitet, sagen Sie?"

„So ist es."

„Woran erkennen Sie denn, ob jemand potenziell gefährlich für seine Mitmenschen ist?"

„Es gibt eine ganze Reihe von Ansatzpunkten. Wenn Sie sich über meine Arbeit informiert haben, wissen Sie, dass ich einen einfachen Test entwickelt habe, um Psychopathen zu entlarven."

Sie lehnte sich an die Wand, verschränkte die Arme vor dem Körper und sehnte sich nach einem Gummibärchen. „Der Dachverband der forensischen Psychiater lehnte eine Veröffentlichung Ihrer Thesen in seinem Fachmagazin ab."

Meinhard wischte unwillig über den Tisch. „Die Arroganz unter ihren Doktorhüten versperrt ihnen den

Blick auf das Wesentliche. Wissenschaftler können es nicht ertragen, wenn ein Laie ihnen einen Schritt voraus ist."

„Haben Sie Ihren Test auch bei Achim Veit angewendet?"

Er nahm eine Pfeife aus dem Gestell auf seinem Schreibtisch, holte eine Tabakdose aus poliertem Wurzelholz aus einer Schublade und begann, bedächtig die Pfeife zu stopfen. Er wollte Zeit gewinnen.

„Wir wissen inzwischen, dass Sie mit Veit in Kontakt standen", sagte Helen.

„Dann sind Sie falsch informiert. Veit drängte sich mir auf. Er quatschte meinen Anrufbeantworter voll, schrieb mir Mails und Briefe und bat mich intensiv um ein Treffen. Er behauptete, wertvolle Informationen zu den Themen des Okkultismus zu besitzen, die ich in meinen Büchern behandelt hatte – Beschwörungen, Dämonenanbetung und religiösen Wahn, der immer wieder Ursache von abscheulichen Verbrechen ist. Ich lud ihn schließlich ein, weil er mich neugierig gemacht hatte und – ich gebe es zu – damit er endlich Ruhe gab." Er zündete eine Pfeife an. „Es stört Sie hoffentlich nicht, wenn ich rauche?"

„Nein. Verraten Sie mir, wie Sie sich so vollständig in Veit irren konnten?"

„Ich habe mich nicht geirrt."

„Soll das ein Witz sein? Gegen Veits Fantasien sind die Horrorfantasien von Stephen King Lesestoff für einen Kindergeburtstag."

„Fantasien. Sie sagen es selbst. Wenn wir jeden Menschen, der ab und zu von gewalttätigen Träumen heimgesucht wird, einsperren wollten, wären unsere Städte entvölkert.“

„Du bist mein Herz, das schlägt.“

„Bitte?“

„Das sagte Veit zu mir. Du bist mein Herz, das schlägt. Was meinte er damit?“

„Er litt unter der Vorstellung, besessen zu sein. Er machte einen Dämon namens Azrael dafür verantwortlich, dass sich sein Herzschlag verlangsamt. Natürlich nichts weiter als eine psychotische Neurose – die aber körperliche Auswirkungen zeigte.“

„Und was wollte er von Ihnen?“

„Er hatte meine Bücher gelesen und glaubte wohl, ich könne ihn von diesem Dämon befreien.“

„Und was taten Sie?“

„Ich schickte ihn fort.“

„Wie reagierte er darauf?“

„Er nervte mich so sehr, dass ich daran dachte, die Polizei einzuschalten. Man könnte sein Verhalten als Stalking bezeichnen.“

„Warum taten Sie es nicht?“

„Ich hielt ihn für absonderlich, ein bisschen verrückt, aber nicht wirklich gefährlich. Der Stalking-Paragraf ist Ihnen geläufig, nehme ich an? Mir war klar, dass die Polizei nichts unternehmen würde, solange Veit mein Leben – wie heißt es so schön – nicht in erheblichem Maß beeinträchtigte. Die Sache hätte sich endlos hingezogen, also entschied ich mich für eine andere Lösung.“

„Und die wäre?“

„Ich lud ihn ein zweites Mal ein und ging auf ihn ein, ließ ihn reden und machte mir zum Schein Notizen. Dann unterzog ich ihm einem Fantasieritual und versicherte ihm, dass sein Dämonenproblem nun gelöst wäre.“

„Und Veit glaubte Ihnen?“

„Es hatte den Anschein. Ich hörte nie wieder von ihm.“

„Bis zu dem Abend in der Tankstelle in Steinen. Plötzlich wurde Ihnen klar, dass Sie einen Fehler gemacht hatten.“

„Ich pflege keine Fehler zu machen.“

Helen beugte sich angriffslustig vor. „Wissen Sie, was ich glaube, Meinhard? Sie haben Mist gebaut. Unglaublich großen Bockmist. Ihre geliebte Silvia verschwand spurlos, und sie war bereits das zweite Opfer. Schon im ersten Fall gab es einen Verdächtigen, den ein Ihrer Meinung nach unfähiger Dorfpolizist laufen ließ. Aber er war lediglich objektiv, während Sie völlig auf Ewald Blechner fixiert waren, Blechner, der Ihren Zorn und Starrsinn mit dem Leben bezahlt hat. Sie haben sich in die SoKo gedrängt, um an ihn heranzukommen, um ihn fertigzumachen, denn die Polizei war dazu ja nicht in der Lage. Sie wollten ein Geständnis von ihm, weil Sie nicht zugeben konnten, dass Sie sich geirrt hatten. Und Sie haben Kain benutzt, um Blechner so sehr in die Enge zu treiben, dass er keinen anderen Ausweg mehr sah, als seine Frau und sich selbst zu töten. Ihre Obsession, ihm den Mord an Silvia Schrey anzuhängen, war so beherrschend, dass Sie die Gefahr, die von Veit ausging, völlig übersehen haben. Es ging Ihnen nicht um Silvia und nicht um Gerechtigkeit, sondern nur um eins: Sie wollten um alles in der Welt recht behalten.“

„Hören Sie auf. Sie wissen gar nichts.“ Seine Stimme nahm einen scharfen, schneidenden Ton an, wie das warnende Knurren eines Hundes. Erregt paffte er seine Pfeife.

Helen schlenderte durch das Arbeitszimmer. Vor der Vitrine blieb sie stehen. „Da haben Sie eine hübsche Sammlung zusammengetragen. Die muss eine schöne Stange Geld gekostet haben." Sie betrachtete die Tonfiguren eingehend. „Ich vermute, es handelt sich um Originalfundstücke?"

„Ja. Ich gebe mich nicht mit Kopien zufrieden."

„Silvia Schrey trug ein ausgefallenes Schmuckstück an einer Halskette, einen goldenen Skarabäus. Warum haben Sie mir verschwiegen, dass es sich um ein Geschenk von Ihnen handelt? Wollten Sie Ihr wahres Verhältnis zu Silvia Schrey geheim halten?"

„Das geht Sie nichts an."

Helen nahm ihre Wanderung wieder auf. „Wenn Mord im Spiel ist, gehen mich eine Menge Dinge etwas an. Ich frage mich, warum Sie ihr ein so kostspieliges Geschenk machten."

„Nun, Silvia ... war etwas Besonderes."

„Ja, ich schätze, Sie haben recht. Sie sagten, sie wäre die Frau eines Freundes, eine gute Freundin. So drückten Sie sich aus, nicht wahr?"

„Kann sein."

„Hatten Sie ein Verhältnis mit ihr? Ein Verhältnis, das verborgen bleiben musste?"

„Das ist eine private Angelegenheit."

„Ich ermittle in einem Mordfall. Da gibt es keine privaten Angelegenheiten."

Meinhard stocherte mit einem Dorn im Pfeifenkopf herum. „Sie haben Ihren Mörder. Was wollen Sie noch?"

Helen blickte hinaus auf die wirbelnden Schneeflocken. „Ich spreche nicht von Veit. Wir wissen noch immer nicht, wer Carola Wesseling ermordet hat."

„Haben Sie diesen Polizisten ... wie heißt er gleich ... noch immer nicht gefasst?"

Sie blieb stehen und drehte sich um. „Funke. Er heißt Funke. Aber das wissen Sie ja längst, nicht wahr?"

Meinhard presste die Lippen zu einem harten Strich zusammen.

„Die Obduktion von Silvia Schrey ist abgeschlossen. Interessiert Sie der Bericht von Dr. Bischoff? Sie hat noch gelebt, als Veit ihr das Herz aus der Brust geschnitten hat. Kaum vorstellbar, nicht wahr?" Helen sah ihm in die Augen. „Sie musste entsetzlich leiden. Der Tod muss eine Erlösung für sie gewesen sein. Sie litt nicht, weil Funke einen Verdächtigen laufen ließ, dem er nichts nachweisen konnte, sondern weil Sie Achim Veit katastrophal falsch beurteilt haben. Der Mörder Ihrer Geliebten saß vor Ihnen, und Sie bemerkten es nicht. Sie hielten den Mann, der ihr das Herz aus der Brust geschnitten hat, für einen harmlosen Spinner. Ich frage mich, was das für ein Gefühl sein muss, wenn man die schreckliche Wahrheit erkennt. Alexander Meinhard, der große Experte für die kranke Psyche von Serienkillern, lässt den Mörder seiner Geliebten unerkannt entkommen."

Meinhard sprang auf. „Ich habe mich nicht geirrt! Ich pflege keine Fehler zu machen. Niemals. Geht das nicht in Ihren Polizistenschädel?" Er schmetterte die Pfeife in das Gestell zurück, das Mundstück aus Perlmutt brach ab und zersplitterte. Glimmende Tabakkrümel verteilten sich auf der Tischplatte. „Funke trägt die Schuld an Silvias Tod, niemand sonst. Schauen Sie ihn sich doch an! Menschen ändern sich nicht. Er war ein Versager und ist es noch immer." Meinhard keuchte und holte Luft wie ein an den Strand gespülter Fisch, sein Gesicht war vor Erregung dunkelrot angelaufen.

Helen beobachtete seinen Wutausbruch gelassen. „Sie finden also, dass Funke eine Strafe verdient hatte?"

„Ja." Er nickte heftig.

„Aber an ihn kamen Sie nicht heran." Sie strich mit den Fingern über das rissige Holz des uralten Sarkophags. „Ich versuche mir das vorzustellen. Sie waren überzeugt davon, dass Ihre geliebte Silvia noch leben würde, wenn Funke Blechner nicht hätte laufen lassen. Ich kenne Funke – ein stoischer, harter Hund, den so leicht nichts aus der Ruhe bringt. Durch seine Schuld haben Sie den Menschen verloren, der Ihnen am nächsten stand, und wie reagiert er?" Sie imitierte perfekt das maulfaule Auftreten Funkes. „Kann schon sein. Vielleicht auch nicht. Glaub nicht, dass es Blechner war. Hat Sie das belastet? Ich wette, es hat Sie wahnsinnig gemacht. Als Sie Funke in der Polizeiinspektion in Hachenburg aufgesucht haben, waren Sie jedenfalls außer sich vor Wut."

Meinhard lief um den Schreibtisch herum, hob den Stuhl an, der davor stand, und schmetterte ihn mit aller Kraft auf den Boden. „Hören Sie auf! Halten Sie den Mund!"

Erschrocken von dem plötzlichen Ausbruch von Jähzorn, wich Helen zurück.

Meinhard wischte sich mit einem Taschentuch über das Gesicht. Ihm schien plötzlich klar zu werden, welchen Eindruck sein aggressives Verhalten machen musste. „Entschuldigen Sie. Silvia stand mir sehr nahe. Es erregt mich, dass sie so leiden musste. Nun, immerhin entgeht Veit seiner Strafe nicht."

„Ich schätze, Sie irren sich schon wieder. Veit ist tot. Und Holger Wesseling wird Ihnen auch keine große Hilfe mehr sein. Er sitzt in U-Haft."

„Wesseling? Aber warum er?"

„Veit hat seine abscheulichen Taten nicht alleine begangen. Sie waren zu zweit. Wesseling hat sein Wissen über Veit dazu benutzt, ihn zu kontrollieren. Und dieses Wissen hatte er von Ihnen. Lassen Sie Ihre Notizen immer offen herumliegen, wo jeder in ihnen blättern kann?"

Meinhard blickte sie verständnislos an.

„Wesseling hat aus Langeweile in Ihrem Arbeitszimmer herumgeschnüffelt, als er seine Frau abholte. Mit seinem Wissen über Veits kranke Fantasien hat er ihn kontrolliert und zu immer neuen Morden angestiftet. Aber Sie machen ja keine Fehler. Nicht wahr?"

Meinhard starrte sie an. Langsam schien er zu begreifen. „Verlassen Sie auf der Stelle mein Haus oder ... oder ich ..."

„Oder was? Wollen Sie mich auch umbringen? So wie Carola Wesseling?"

Mit zitternden Fingern steckte Meinhard sein Taschentuch ein. „Wollen Sie damit andeuten, ich hätte etwas mit ihrem Tod zu tun?"

„Das Motiv des Täters war nicht Eifersucht oder Verlustangst, sondern blanker Hass, Ihr Hass auf Funke."

„Sie machen sich lächerlich. Kain wird ..."

„Kain wird gar nichts. Er hat Sie fallen gelassen. Die überraschende Bekanntschaft mit Carola Wesseling verschaffte Ihnen die Gelegenheit, Ihre Rachepläne endlich umzusetzen. Sie arbeiteten zusammen an Ihrem Buch und verbrachten viele Stunden zu zweit. Das schafft Nähe und Vertrauen. Hat sie Ihnen von ihrer unglücklichen Ehe erzählt? Und von ihrer Affäre mit Ben Funke? Sie erkannten sofort die Gelegenheit, sich an ihm zu rächen. Carolas Tod nahmen Sie dafür in Kauf. Sie war Ihnen gleichgültig.“

„Sie können nichts davon beweisen. Vermutungen und Fantastereien, sonst nichts. Die Besessenheit, mit der Sie Ihrer Arbeit nachgehen, ist mir bekannt, Frau Stein. Auch Ihr Zwang, sich immer größeren Gefahren auszusetzen. Man bezeichnet diesen Zustand auch als Todessehnsucht. Sie wollen sich selbst bestrafen, weil Sie sich für den Tod Ihrer Schwester verantwortlich fühlen.“

„Halten Sie den Mund.“

Seine Augen blitzten triumphierend. „Sie sind über das Ziel hinausgeschossen, Frau Stein. Sie sind krank.“ Er streckte seine Hand nach ihr aus. „Lassen Sie mich Ihnen helfen. Ja, ich kann Ihnen helfen, das alles zu vergessen, Helen. Ihre Schwester, Kaminsky und die Furcht, die Schmerzen und die schrecklichen Bilder in Ihrem Kopf. Sagen Sie mir, wie schlafen Sie, Helen? Wachen Sie noch immer an seltsamen Orten auf?“

Sie wich vor ihm zurück. Alles drehte sich plötzlich um sie, Meinhards Stimme veränderte ihren Klang. Sie glaubte, Kaminskys einschmeichelnde, seidenweiche Stimme zu hören. Woher wusste Meinhard das alles? Sie kannte die Antwort: von Kain.

„Carola Wesseling war am Tag ihres Todes bei Ihnen“, stieß sie keuchend hervor.

„Macht mich das etwa verdächtig? Wir arbeiteten das letzte Kapitel durch, das ist alles. Gegen siebzehn Uhr verließ sie mich. Sie wollte einkaufen für eine kleine Party, die in ihrem Wochenendhaus am Dreifelder Weiher stattfinden sollte.“

„Sie wussten also, dass Carola nach Dreifelden wollte?“

„Sie sprach davon, ja.“

„Wo waren Sie am Abend des 21. Oktober zwischen neunzehn Uhr und zweiundzwanzig Uhr?“

„Ich bin Ihnen keine Rechenschaft schuldig.“

„Das entscheide ich. Wo waren Sie zur Tatzeit?“

Meinhard kehrte zum Schreibtisch zurück und blätterte in seinem Terminkalender. „Ich war in Bad Marienberg. Im Wildparkhotel fand ein Vortrag der deutschen Gesellschaft für soziale Psychiatrie statt. Ich war als Gastredner geladen. Die Veranstaltung dauerte bis Mitternacht. Besorgen Sie sich von mir aus die Gästeliste, aber beschmutzen Sie meinen Namen nicht mit Ihren haltlosen Verdächtigungen.“

„Ich werde das überprüfen.“ Sie presste ihre Finger um den Asservatenbeutel mit dem Ankh-Kreuz in ihrer Jackentasche. Ihr Plan, Meinhard als Abschluss mit dem Schmuckstück zu konfrontieren, war fehlgeschlagen. Sein Alibi war unantastbar.

„Tun Sie, was immer Sie wollen“, sagte Meinhard. „Aber jetzt gehen Sie. Ich habe zu arbeiten.“

„Ich werde wiederkommen. Und wieder und wieder, bis Sie einen Fehler machen. Das machen sie alle.“

„Ich sagte bereits, dass ich mich niemals zu irren pflege.“

„Das haben Sie bereits“, sagte Helen. „Ihre Arroganz wird Sie zu Fall bringen.“

35

„Er hat ein Alibi." Helen griff in ihre Jackentasche und stopfte sich eine Handvoll Gummibärchen in den Mund.

Funke breitete eine Straßenkarte auf der Motorhaube des Spiders aus. Elinor blickte ihm über die Schulter und trat von einem Fuß auf den anderen, um sich zu wärmen. Ein eiskalter Nordwestwind wehte über die Hochebene.

„Meinhard behauptet also, er wäre in Bad Marienberg auf einem Kongress gewesen?" Funke klemmte sich eine Zigarette zwischen die Lippen und kämpfte mit der widerspenstigen Karte.

„Am Abend des 21. Oktober fand tatsächlich eine Tagung im Wildparkhotel statt. Wir haben ein Dutzend Zeugenaussagen, dass Meinhard dort war und einen Vortrag gehalten hat", sagte Helen.

„Haben Sie überprüft, von wann bis wann er seine Rede gehalten hat? War er den ganzen Abend dort? Wenn er seine Anwesenheit nicht lückenlos belegen kann, bedeutet sein Alibi gar nichts. Mit einem schnellen Wagen braucht man von Bad Marienberg bis

Dreifelden höchstens fünfzehn Minuten. Er hatte genügend Zeit, in Wesselings Wochenendhaus einzubrechen, mich auszuschalten und Carola zu erschießen."

„Das Ankh-Kreuz stammt todsicher aus seiner Sammlung." Helen berichtete ihm von Benders Recherchen. „Und er weiß, wie man Spritzen setzt. Ich wette, Meinhard hat Ihnen den Alkohol in die Vene injiziert." Sie berichtete ihm von Benders Recherchen.

„So könnte es gewesen sein", sagte Funke. „Zum Glück haben Sie ihm nichts von dem Kreuz verraten."

„Solange ich ihm den Besitz des Schmuckstücks nicht nachweisen kann, macht es keinen Sinn. Wir verlieren höchstens einen Trumpf, der noch im Ärmel steckt."

„Richtig gedacht", sagte Funke.

„Was haben Sie vor?"

„Wir werden ihm eine Falle stellen."

„Eine Falle?"

Funke faltete die Karte zusammen. „Ich werde ihm damit drohen, das Ankh-Kreuz der Polizei zu übergeben. Wenn es ihm tatsächlich gehört, wird er versuchen sich freizukaufen. Dann haben wir ihn."

„Darauf wird er sich niemals einlassen", antwortete Helen.

„Ihm wird keine andere Wahl bleiben."

„Ich werde gehen", sagte Elinor.

„Kommt nicht infrage." Funke versuchte vergeblich, sich in dem böigen Wind seine Zigarette anzuzünden. „Ich will nicht, dass Sie sich wegen mir in Gefahr begeben."

„Nach allem, was Helen herausgefunden hat, war Meinhard am Tod meines Vaters beteiligt, und er ist der

Mörder meiner Schwester. Außerdem bin ich die Einzige, die ihn zu einem Geständnis bringen kann."

„Und wie?", fragte Helen.

„Ich werde Meinhard glaubhaft machen, dass ich zurück nach Afrika gehe, um die Arbeit meines Vaters fortzusetzen. Dazu brauche ich Geld. Geld, das er mir geben wird. Dafür bekommt er das Kreuz."

„Das wird er niemals tun."

„Ich werde überzeugende Argumente haben, glauben Sie mir."

Zehn Minuten später hatte Elinor Helen und Funke überredet. Helen rief Kain an, der die Aktion überraschend schnell absegnete. Allerdings bestand er darauf, dass Funke sich stellte.

„Ich hätte nicht gedacht, dass in seinem Kopf ein vernünftiger Gedanke Platz hat", brummte Helen.

„Er spürt, wann er ein sinkendes Schiff verlassen muss. Kain hat die Seiten gewechselt."

„Ich muss Sie nach Koblenz bringen", sagte Helen. „Die U-Haft bleibt Ihnen nicht erspart. Wenn Meinhard gestanden hat, kommen Sie sofort frei."

„Dazu müssten Sie erst einmal wissen, wo ich mich aufhalte, richtig?"

„Funke, ich ..."

Er warf Elinor einen Blick zu. „Ich habe ein Versprechen einzulösen, und das gedenke ich einzuhalten."

36

Meinhard meldete sich nach dem dritten Freizeichen.

„Hier spricht Elinor Cox. Ich habe etwas gefunden, das Ihnen gehört."

„Ich wüsste nicht, was das sein soll."

„Etwas, das Sie an einem Ort verloren haben, an dem Sie nichts zu suchen hatten. Die Polizei interessiert sich brennend dafür."

„Ach, wirklich? So ein Pech, dass Funke es aufgehoben und mitgenommen hat."

„Sind Sie sicher, dass er das getan hat? Ich befürchte, dann wird eine eifrige Koblenzer Ermittlerin einen anonymen Tipp erhalten, wo sie das Kreuz finden kann – unter dem Sessel, neben dem Carola Wesseling starb."

„Ein äußerst platter Versuch, mich zu einer unbedachten Handlung zu bewegen, finden Sie nicht auch, Dr. Cox?"

„Ich war dabei, als Sie meinen Vater ermordeten. Als die Milizen in die Station stürmten, verkroch ich mich unter einem der Krankenbetten. Und ich war nicht allein. Carola war bei mir. Sie hat ebenso wie ich gesehen, wie mein Vater Ihnen im Todeskampf die Kette abriss und Sie sich nach dem Kreuz bückten."

„Niemand interessiert sich mehr für die alten Geschichten", sagte Meinhard kalt. „Lassen Sie die Toten ruhen, Dr. Cox."

„Und ich will, dass die Toten endlich Frieden finden. Sie waren 1992 in Afrika, weil Sie für Ihr erstes Buch recherchierten. Warum fasziniert Sie das Böse so sehr, Meinhard? Weil Sie selbst böse sind?"

„Sie reden dummes Zeug, Dr. Cox."

„Ich habe lange nach Ihnen gesucht, und nun kenne ich endlich Ihren Namen. Warum musste mein Vater sterben?"

„Sie können keine Ihrer Anschuldigungen beweisen. Oder glauben Sie, die Behörden im Sudan werden Sie nach all den Jahren unterstützen? Sie werden sich lächerlich machen."

„Carola war an jenem Nachmittag bei Ihnen. Hat sie Ihnen von ihrer unglücklichen Ehe erzählt? Und von ihrer Affäre mit Funke? Musste sie sterben, weil sie das Kreuz bei Ihnen gesehen hatte? Oder hassen Sie Funke so sehr, dass Sie ihm einen Mord anhängen wollen?"

„Sie wissen überhaupt nichts."

„Ach nein? Sie wussten, dass Carola und Funke sich in Dreifelden treffen wollten, weil Sie ihr Gespräch belauscht haben."

Meinhard schwieg. Sie hörte sein heftiges Atmen. Dann sagte er: „Verraten Sie mir auch, warum Sie mit Ihrem Wissen nicht zur Polizei gegangen sind, nachdem Carola Wesseling verschwunden war?"

„Das war zunächst auch meine Absicht, aber ich habe es mir anders überlegt. Wissen Sie, nachdem Carola geheiratet hatte, entfernten wir uns immer mehr voneinander. Trotzdem bleibt sie meine kleine Schwester. Andererseits dachte ich mir, warum nicht ein bisschen Kapital aus der Sache schlagen?“

„Was wollen Sie?“

„Ich will zurück nach Afrika, um die Arbeit meines Vaters fortzusetzen, eine Arbeit, die Sie zunichtegemacht haben. Dazu brauche ich ein kleines Startkapital, das Sie mir verschaffen werden.“

„Wie viel?“

„Hunderttausend dürften genügen. Ich will nicht gierig erscheinen.“

Meinhard zögerte.

„Es gibt noch eine kleine Zugabe“, sagte sie. „Ich verrate Ihnen, wo Funke sich versteckt hält. Er ist es doch, den Sie wollen, nicht wahr? Er verdient eine Strafe, und Sie wollen ihn bestrafen.“

„Ich brauche Zeit, um die Summe zu besorgen. Kommen Sie um achtzehn Uhr in mein Haus in Hachenburg.“

„Dort ist es mir ein bisschen zu einsam. Wir treffen uns auf dem Alten Markt vor der St.-Bartholomäus-Kirche. Bringen Sie das Geld mit, und ich gebe Ihnen das Kreuz zurück.“

„Heute findet der Katharinenmarkt statt“, sagte Meinhard.

„Umso besser. Ich fühle mich wohl in dem Gedränge.“

„Wer garantiert mir, dass es bei den Hunderttausend bleibt?“

„Niemand. Aber morgen früh sitze ich in einem Flugzeug Richtung Süden. Sie werden nie mehr von mir hören. Was ist jetzt? Schlagen Sie ein?“

„Ich werde da sein. Aber wenn ich den Schatten eines Polizisten sehe, ist unser Deal geplatzt.“

„Ich will das Geld, schon vergessen?“ Elinor legte auf. Kreutz stoppt die Audioaufzeichnung.

„Hast du alles?“, fragte Helen.

„Ja, aber das reicht nicht. Wir brauchen ein glasklares Geständnis.“

„Das werden Sie bekommen“, sagte Elinor. „Noch heute.“

Auf dem Alten Markt hatten Händler Dutzende von Buden und Verkaufsständen aufgebaut, es roch nach Waffeln, Reibekuchen und Glühwein. Die Besucher des Katharinenmarktes schoben sich einer behäbigen Schnecke gleich über das Kopfsteinpflaster. Es gab nirgendwo ein Durchkommen.

Helen stand in einem Torbogen am oberen Ende des ansteigenden Marktplatzes. Von hier aus konnte sie den von alten Fachwerkhäusern gesäumten Platz überblicken. Ihr Blick wanderte zu einem kleinen Fenster im zweiten Stock eines Geschäftshauses am unteren Ende des Marktes. Dort hatte Kain seine Kommandozentrale eingerichtet. Sie wurde das Gefühl nicht los, dass er etwas plante, über das er niemanden informiert hatte. Sie rieb die Hände aneinander, um die Kälte zu vertreiben, und drückte den winzigen Kopfhörer tiefer in die Ohrmuschel.

Engelhardt fluchte. „Wir werden sie in dem Gewühl aus den Augen verlieren.“

„Konzentriert euch auf die Stufen vor der Kirche“, sagte Helen. „Mach dir keine Sorgen, wir überwachen alle Gassen, die zum Alten Markt führen. Er kann uns nicht entwischen.“ Helen gab mehr Zuversicht vor als sie besaß. Der heftige Schneefall und das Gedränge erschwerten die Sicht.

Sie trat aus dem Schatten des Torbogens und blickte zur Kirche hinüber. Elinor stand vor dem Portal. Sie trug eine auffällige knallrote Steppjacke und ging unruhig auf und ab. Der Eingang zur Kirche war der einzige Ort, an dem sich die Leute nicht auf den Füßen standen. Unterhalb des Portals hatte man ein Zeltdach aufgebaut, unter dem eine Blaskapelle spielte. Funke hatte den Alten Markt als Treffpunkt vorgeschlagen. Die Besuchermengen des Katharinenmarktes, der alljährlich Anfang November stattfand, sollten eine schnelle Flucht Meinhards verhindern, falls er kalte Füße bekam. Helen war sich nicht sicher, ob der Plan funktionieren würde. Ein Moment der Unaufmerksamkeit reichte aus, und Meinhard würde in der Menge untertauchen.

Sie ließ ihre Blicke über die Menschenmenge wandern. Im überdachten Eingang eines Ladenlokals auf der anderen Seite drückte sich eine schmale Gestalt in die abendliche Dämmerung. Die Flammen eines riesigen Schwenkgrills loderten auf und beleuchteten eine Sekunde Funkes Gesicht. Ihr wurde auf einmal klar, dass er diesen Ort nicht ausgewählt hatte, um Meinhards Flucht zu verhindern, sondern um unerkannt in Elinors Nähe bleiben zu können.

Funke hatte sich verändert. War er früher schon ein maulfauler Einzelgänger gewesen, so glich er inzwischen einem misstrauischen alten Kettenhund, der einmal zu oft geschlagen worden war. Sie konnte es ihm nicht verdenken. Seit sie Nora lebend gefunden hatte, hatte er sich mit zäher Kraft aus der Hölle von

Depressionen und Alkohol herausgearbeitet. Und gerade in dem Moment, in dem er eine neue Zukunft sah, eine neue Liebe erlebte, tauchten rachsüchtige Geister aus der Vergangenheit auf und schlugen sein Leben erneut in Stücke.

Sie mussten Meinhards Geständnis haben, koste es, was es wolle. Funke hatte eine Chance verdient, ebenso wie Nora.

Eine hochgewachsene Gestalt in einem dunkelgrauen Wintermantel näherte sich der Kirche.

„Er kommt", sagte Helen. Ihr Ohrlautsprecher knackte und rauschte. „... erstanden. ... ehe ihn", antwortete Kreutz.

„Sie sind pünktlich. Das gefällt mir."

Elinor fuhr herum. Obwohl sie die ganze Zeit über wachsam gewesen war, hatte sie nicht bemerkt, wie Meinhard sich ihr genähert hatte.

„Haben Sie das Geld?"

„Nicht hier. Hat Ihnen Ihr Vater nicht beigebracht, dass man keine so große Summe mit sich herumträgt?"

„Mein Vater hat mich viele wertvolle Dinge gelehrt." Sie betrachtete ihn genauer. Er war etwa fünfzig, hatte scharf geschnittene Züge und graues, streng gescheiteltes Haar, wässrig-blaue Augen und ein kantiges Kinn. Er hielt sich gerade wie ein Stock und bewegte sich eckig, als plage ihn ein Rückenleiden. Stand sie nach all den Jahren endlich vor dem Mörder ihres Vaters? Angestrengt versuchte sie sich an den Mann zu erinnern, der mit ihrem Vater gestritten hatte, kurz bevor die Krankenstation überfallen worden war, und heftete ihren Blick auf Meinhards kalte Augen. Nein, sie irrte sich nicht. Es waren dieselben Augen, in die sie geblickt hatte, als sie sich in Todesangst unter einem der Krankenbetten verkrochen hatte.

„Gehen wir", sagte er.

„Wohin?"

„Sie wollen das Geld, oder nicht?"

„Es war vereinbart, dass Sie es mitbringen."

„Wir spielen nach meinen Regeln oder gar nicht. Kommen Sie mit, wir unternehmen einen kleinen Ausflug."

Er bewegte sich dicht an ihr vorbei und hakte sich bei ihr unter. Elinor spürte einen scharfen Schmerz in ihrem linken Oberarm.

„Halten Sie still und machen Sie keine hektischen Bewegungen", sagte Meinhard. „Sie spüren die Nadel einer Spritze, in der genug Propofol steckt, um ein Nashorn einzuschläfern."

„So wie Sie Funke den Alkohol injiziert haben? Sie wussten, dass er Alkoholiker gewesen war."

„Aber natürlich wusste ich das. Ich beobachte sein Leben schon seit dem Tag, an dem er die Suche nach Silvia einstellte."

Sie tauchten in der Menge unter und näherten sich einer Gasse, die zu den Parkplätzen oberhalb des Marktplatzes führte.

„Was haben Sie vor?", fragte Elinor.

„Wir holen das Geld. Dann geben Sie mir das Kreuz und verraten mir, wo Funke steckt."

„Was werden Sie mit ihm machen?"

„Nichts. Kain wird sich um ihn kümmern. Und jetzt tun Sie, was ich sage, sonst werden Sie sterben."

„Vor all den Zeugen? Das wagen Sie nicht!" Sie spürte einen stechenden Schmerz.

„Wirklich nicht?", fragte Meinhard. „Bevor jemand merkt, was passiert ist, sind Sie tot. Und ich bin weit fort."

„Warum bringen Sie es nicht einfach hinter sich?"

„Ich habe noch einen kleinen Auftrag für Sie." Er zerrte an ihrem Arm. „Halten Sie jetzt die Klappe und seien Sie schön folgsam."

Helen näherte sich dem Zelt der Blaskapelle. Es knackte in ihrem Ohrhörer. „Verdammt, wo sind sie?", fragte Engelhardt.

Ihren Beobachtungsposten zu verlassen, war ein Fehler gewesen. Die Menge keilte sie ein und schob sie in Richtung Bühne, während die Kapelle zu einem vorweihnachtlichen Intermezzo ansetzte. Jemand spießte sie fast mit einem Regenschirm auf und drückte sie gegen einen Stehtisch. Heißer Glühwein ergoss sich aus einem Plastikbecher über ihre Jacke. Sie fluchte und setzte ihre Ellenbogen ein, um die Bühne zu umrunden. Als sie die Stufen vor der Kirche erreichte, waren Elinor und Meinhard verschwunden.

„Habt ihr sie?", fragte sie in das Mikrofon an ihrem Jackenkragen.

„... eine Ahnung ... eiße!"

Helen spürte eine Berührung am Oberschenkel. Sie blickte nach unten. Ein Golden Retriever rieb seine Schnauze an ihrer Jeans und begrüßte sie schwanzwedelnd. Jemand legte seine Hand auf ihre Schulter und schob sie hinter eine der Verkaufsbuden. Er trug eine schwarze Kapuzenjacke.

„Funke!"

„Meinhards Landrover steht oberhalb des Schlosses. Wir schneiden ihm den Weg ab."

„Kain ist …“

Er bahnte sich einen Weg durch die Menge, der Hund folgte ihm und hielt sich dicht neben Helen. „Ich weiß, er sitzt da oben und beobachtet den Markt mit einem Fernglas.“

Sie blickte zur Fassade des Fachwerkhauses zurück. „Er heckt etwas aus, ich kann's spüren.“

„Konzentrieren wir uns auf Meinhard.“

Sie hatte Mühe, Funke nicht aus den Augen zu verlieren. Er glitt geschickt durch das Gedränge, vorbei an Bratwurstständen und Zuckerwattebuden. Wenige Minuten später gelangten sie an das östliche Ende der Altstadt. Nach dem Lärm und dem Treiben auf dem Alten Markt herrschte hier unnatürliche Stille.

„Dort!“, rief Helen.

Aus einer Parkbucht dreißig Meter vor ihnen schoss ein schwarzer Landrover und nahm Kurs auf die Hauptstraße. Joker bellte den Wagen an, als wüsste er genau, dass Elinor in Gefahr war.

Helen sprach in das Mikrofon an ihrem Kragen. „Habt ihr ihn in der Peilung?“

Engelhardt antwortete nicht.

„Karsten … habt ihr ihn?“

Auf der Kreuzung vor ihnen stoppte ein Streifenwagen. Bender ließ die Seitenscheibe herunter und winkte sie heran. „Der Wagen bewegt sich schnell in südöstlicher Richtung“, rief er.

Helen und Funke sprangen in den Wagen, der Retriever quetschte sich zwischen ihnen auf die Rückbank. Engelhardt saß auf dem Beifahrersitz und blickte auf das Display eines kleinen Laptops. „Fahr schon los!“, sagte er.

Bender trat das Gaspedal durch, der Wagen kam schlitternd in die Spur.

Helen nieste. „Muss dieser Köter unbedingt auf meinem Schoss sitzen?"

„Tut mir leid, in der Klinik wollten sie ihn nicht mehr haben."

„Welche Klinik?"

„Das ist eine lange Geschichte."

„Wenden! Du musst wenden!", rief Engelhardt.

Bender trat auf die Bremse und drehte eine Runde auf einem Busparkplatz.

„Da vorne links!"

Der Streifenwagen raste ein Steilstück hinab.

„Jetzt rechts!"

Bender fluchte und bremste. Der Passat rutschte ungehindert weiter, rammte eine Verkehrsinsel und mähte eine Warnbake um. Bender fuhr um den Kreisel herum und trieb den Passat dann eine steile Straße hinauf, die vor einem Krankenhaus endete.

„Wohin jetzt?"

Engelhardt drehte sich um. „Sie sind der Einzige, der sich hier auskennt, Funke. Was kann Meinhard vorhaben?"

„Auf keinen Fall will er bezahlen."

Helen überlegte angestrengt. „Wohin fährt man mit einem Geländewagen, wenn man nicht verfolgt werden will?"

„Dorthin, wo man bei diesem Mistwetter einen Allradantrieb braucht", sagte Bender.

Engelhardt starrte auf das Display. „Er hat angehalten, keine vierhundert Meter von hier."

Funke beugte sich zwischen den Sitzen hindurch. „Setzen Sie zurück. Links führt eine Straße den Berg hinauf."

Bender kurbelte am Lenkrad und gab Gas. Die Antriebsräder drehten wirkungslos auf dem schneeglatten Boden durch. Engelhardt öffnete die Beifahrertür. „Wir müssen zu Fuß weiter."

„Wohin führt dieser Weg?", fragte Helen.

Funke stieg aus und lockte den Retriever aus dem Wagen. „Oben auf der Hochebene werden neue Windkrafträder aufgestellt, aber die Arbeiten mussten wegen des schlechten Wetters auf das Frühjahr verschoben werden." Er wischte sich Schneeflocken aus dem Bart. „Vielleicht hat Meinhard ja von Veit gelernt. Ich habe die Baugruben für die Fundamente gesehen. Wenn die erst mal mit Beton gefüllt sind, taucht das, was darunterliegt, nie wieder auf."

„Schnell. Wir müssen uns beeilen", rief Helen.

Als hätte der Hund ihre Worte verstanden, preschte er den Berg hinauf. Funke hetzte ihm nach, während Helen Kain über die Lage informierte.

„Sagen Sie ihm, er soll einen Wagen nach Gehlert schicken", rief Funke über die Schulter. „Von dort führt ein geteerter Weg zur Baustelle."

Bender blieb zurück und stützte sich keuchend auf den Knien ab. Helen rutschte auf dem knöcheltiefen Schnee aus und fluchte. Funke lief unbeirrt weiter.

„He, Funke! Warten Sie!"

Nach wenigen Metern hatte ihn das Schneetreiben verschluckt.

Meinhard stieß Elinor vorwärts. „Weiter!"

Sie stolperte und stürzte. Unter der lockeren Schneeschicht lauerten Kies und scharfkantige Steine, an denen sie sich die Handflächen aufschürfte. Meinhard zerrte Elinor hoch und trieb sie tiefer in den Wald hinein. Dicke, weiße Flocken fielen so dicht vom grauen Himmel, dass sie kaum die Hand vor Augen sah. In wenigen Minuten würden ihre Fußspuren unter dem Neuschnee verschwunden sein. Sie musste Meinhard zu einem Geständnis bewegen, sonst war Funkes Plan gescheitert. Dann würde sie einen bitteren Preis dafür bezahlen, den Mörder ihres Vaters und ihrer Schwester überführen zu wollen. Endlich lichtete sich der Wald. Vor ihr öffnete sich eine Hochebene, deren Begrenzung sich in den wirbelnden Flocken verlor. Undeutlich sah sie die riesigen Flügel eines Windrads, die sich in dem anschwellenden Sturm drehten. Meinhard trieb sie zu einem Erdhaufen, hinter dem eine gewaltige Grube gähnte. Moniereisen und eiserne Flechtmatten ragten in die Höhe. Er warf die Spritze in die Grube, zog einen stumpfnasigen Revolver aus seiner Manteltasche und fuchtelte damit vor ihrer Nase herum.

Elinor wich langsam vor ihm zurück. „Warum mussten Sie auch noch Funkes Leben zerstören? Er konnte Ihnen nicht gefährlich werden. Mit Carolas Tod hatten Sie Ihr Ziel doch erreicht."

Meinhard verzog den Mund zu einem Grinsen. In dem grauen Zwielicht sah er aus wie eine grob geschnitzte Marionette. „Sie hat das verdammte Ankh-Kreuz gar nicht gesehen bis zu dem unseligen Moment, als sie mir die Kette abriss. Carola hatte keine Ahnung, wer ich bin."

Plötzlich sah Elinor klar. „Es ging nicht um sie ... es ging um Funke."

Meinhard hob die Waffe und zielte auf einen Punkt über ihren Augen. „Es ging immer nur um ihn. Er taugt nichts. Funke ist ein Versager, ein schwacher Charakter, der sich aufgegeben hat. Wegen dieses Narren musste die einzige Frau sterben, die ich jemals geliebt habe. Auge um Auge, Zahn um Zahn."

„Sie haben meine Schwester ermordet, um Funke zu bestrafen?"

„Sie hätte sich eben von ihm fernhalten sollen. Ich konnte mir die Gelegenheit nicht entgehen lassen. Genug geredet. Rein in die Grube!"

Helen kletterte in die Baugrube hinab. An einer der Erdwände lehnten Hacke und Schaufel.

„Fangen Sie an", schnauzte Meinhard.

„Womit?"

„Ich sagte doch, ich brauche Sie noch – um Ihr eigenes Grab zu schaufeln."

„Glauben Sie wirklich, Sie könnten mich dazu zwingen?"

„Sie werden ohnehin sterben. Wenn Sie die Arbeit selbst erledigen, leben Sie etwas länger."

Elinor griff nach der Schaufel. Der Stiel war mit Eis und Schnee bedeckt und fühlte sich unter ihren Händen eiskalt wie der Tod an. „Warum haben Sie meinen Vater ermordet?"

„Er war ein unverbesserlicher Narr. Hätte er den Mund gehalten und getan, was man von ihm verlangte, könnte er noch leben. Ich wollte ihm nur eine Lektion erteilen, aber seine Schützlinge prügelten sich in einen Blutrausch und schlugen ihn fast tot."

Elinor stieß das Schaufelblatt in die lehmige Erde. Der Winter hatte noch nicht genügend Zeit gehabt, den Boden gefrieren zu lassen.

„Worum ging es in dem Streit, den Sie mit meinem Vater vor seinem Tod führten?"

„Ich suchte einen Experten, jemanden, der wusste, was in den zerstörten Seelen von Kindersoldaten vorgeht. Niemand war besser dazu geeignet als Dr. Cox – so schien es mir. Aber seine Ansichten erwiesen sich als Träumereien. Ihr Vater war ein unverbesserlicher Idealist. Er glaubte, er könne aus den verrohten Wesen, die er betreute, wieder normale Menschen machen, faselte von Liebe und Zuwendung und Geduld. Ich widersprach ihm, denn ihre Seelen waren längst zerstört. In ihren kleinen Köpfen war nur noch Platz für Mord, Folter und Gewalt. Um ihm zu beweisen, dass er unrecht hatte, hetzte ich seine Lieblinge ein bisschen gegen ihn auf. Aber selbst ich unterschätzte ihre Gewaltbereitschaft. Als ich in die Station kann, war alles vorbei. Ich dachte, er wäre tot, aber in dem zähen Nathan steckte mehr Leben, als ich vermutet hatte. Irgendwie war er dahintergekommen, dass ich hinter dem Angriff steckte. Er drohte damit, mich auffliegen zu lassen. Das konnte ich natürlich nicht zulassen. Also vollendete ich, was diese Narren begonnen hatten. Der dumme alte Mann musste auf die harte Tour lernen, dass er sich geirrt hatte." Meinhard lachte. „Es trägt eine gewisse Tragik in sich, nicht wahr?"

„Sie haben ihn umgebracht, weil Sie ... recht behalten wollten?"

„Er war selbst schuld. Ich gab nur den Anstoß dazu."

Elinor stützte sich auf die Schaufel. „Sie haben Carola ebenso geopfert wie meinen Vater. Es geht Ihnen auch nicht um Funke, er ist Ihnen völlig gleich. Sie können es nicht ertragen, einen Fehler zu machen, sich zu irren. Sie sind wahnsinnig."

„Halten Sie den Mund und graben Sie."

„Sie hassen Funke, weil er Ihnen vor Augen führt, dass Sie nichts weiter sind als ein starrsinniger Idiot, der um jeden Preis recht behalten muss. Selbst wenn Sie dafür töten müssen. Funke ist ein Idealist wie mein Vater. Er glaubt daran, dass seine Tochter ihr Trauma eines Tages überwinden wird. Und er ist bereit, alles dafür zu opfern, weil er Nora liebt. Sie wollen keine Rache, weil Sie einen Menschen verloren haben, den Sie liebten, sondern weil Sie glauben, Funke hätte Ihnen durch seine Nachlässigkeit Ihren Besitz weggenommen."

„Sie sollen das Maul halten!" Meinhard machte einen drohenden Schritt auf den Rand der Grube zu.

„Aber Sie irren sich. Wieder und wieder. Und Sie wollen es noch immer nicht wahrhaben. Sie hielten Blechner für den Mörder Ihrer Geliebten, aber er war unschuldig. Funke erkannte, wozu Sie nicht fähig waren. Und Sie irrten sich wieder, als Sie in ihm nur einen Trinker und Versager sahen. Nachdem er Nora lebend in die Arme schließen konnte, sah er wieder einen Sinn im Leben und begann sich zu ändern. Er hörte mit der Sauferei auf und fand eine neue Liebe. Sie konnten nicht ertragen, dass er zu etwas in der Lage war, zu dem Sie nie fähig sein können: Fehler einzugestehen und sich zu ändern, zu entwickeln. Deshalb musste Carola sterben. Wann fassten Sie diesen irrsinnigen Plan?"

„Ich hörte am Nachmittag, wie Carola mit Funke telefonierte, und mir wurde klar, dass sie eine Affäre hatten. Eine bessere Gelegenheit konnte ich nicht bekommen. Der Teufel spielte mir das Date im Haus am See in die Hand." Meinhard streckte den Arm aus, sein Finger zuckte am Abzug. „Als ich am Dreifelder Weiher ankam, brannte Licht im Haus, die Tür zum Garten stand offen. Ich stieg über den Zaun und näherte mich dem Haus. Durch das Küchenfenster sah ich Funke. Er wickelte ein Küchentuch um seine Hand, weil er sich beim Öffnen einer Weinflasche geschnitten hatte. Ich schlüpfte unbemerkt ins Haus, nahm die Flasche und zog sie ihm über den Schädel. Dann stand plötzlich Carola in der Tür. Sie schrie, drehte sich um und floh. Ich lief ihr nach und fand auf der Kommode im Korridor Funkes Dienstwaffe. Er hatte sie dort achtlos abgelegt, nachlässig und faul wie immer. Ich musste Carola durch das halbe Haus jagen, bevor ich ihr endlich ein Loch in den Schädel blasen konnte. Dann schleppte ich Funke ins Wohnzimmer und legte Carola neben ihm ab. Ich spritzte ihm den Alkohol in die Vene und drückte ihm die Waffe in die Hand. Es war die einfachste Sache der Welt. Endlich würde er das bekommen, was er verdiente. Er sollte den Rest seiner elenden Tage im Knast verbringen."

„Aber Ihr grandioser Plan ist schiefgegangen. Egal, was Sie jetzt tun, Sie sind geliefert." Sie zog den Reißverschluss ihrer Steppjacke auf. Meinhard starrte auf das Kabel und den Sender. „Ich bin nicht die Einzige, die Ihr Geständnis gehört hat. Geben Sie auf oder wollen Sie noch einen Mord auf Ihre Schultern laden?"

Er hob die Waffe und zielte. Elinor schrie auf. Meinhardt antwortete mit wütendem Gebrüll und drückte ab.

37

Funke ließ Helen, Bender und Engelhardt hinter sich zurück. Jeder Atemzug fuhr wie ein Messer zwischen seine verletzten Rippen, aber die Angst um Elinor verlieh ihm neue Kräfte. Er hatte zu oft Menschen verloren, die ihm nahestanden oder die er geliebt hatte. Noch war ihm nicht klar, was er für Elinor empfand, aber er spürte instinktiv, dass sie beide mehr verband als nur das gemeinsame Ziel, Meinhard zur Strecke zu bringen.

Am Rand der Hochebene trat er aus dem schützenden Kiefernwald. Seine Lungen brannten vor Anstrengung, sein Brustkorb hob und senkte sich zitternd. Er kniff die Augen zusammen und versuchte, in dem dichten Schneetreiben Einzelheiten auszumachen. Auf dem freien Feld fegte der Wind den frisch gefallenen Schnee von Äckern und Wiesen und riss einen schwachen Schrei mit sich fort. Der Knall eines Schusses hallte über die Ebene.

Joker stellte die Ohren auf, soweit einem Retriever das möglich war, kläffte wütend den düsteren Wald an und rannte los. „Joker! Bleib hier!" Funke hetzte ihm nach, aber eine Stimme hielt ihn zurück.

„Keinen Schritt weiter. Du willst doch nicht, dass ich dich auf der Flucht erschieße, oder?"

Funke drehte sich langsam um.

Kain trat hinter dem Stamm einer Eiche hervor. Er hielt eine Waffe in der Hand und kam langsam näher.

„Willst du noch ein Menschenleben auf dein Gewissen laden?", rief Funke. „Elinor schwebt in Gefahr. Meinhard wird sie töten."

Kain zuckte mit den Schultern. „Das ist nicht mein Problem. Nimm die Pfoten hoch!"

„Was willst du?"

„Dich festnehmen, was sonst? Du bist mir schon mal durch die Finger geschlüpft, noch mal passiert mir das nicht."

Funke hob die Hände. „Wenn du mich festnehmen willst, musst du herkommen."

Kain wechselte die Pistole in die Linke. „Hältst du mich wirklich für so dämlich? Rüber zum Streifenwagen."

Funke kniff die Augen zusammen. Am Rand des Feldwegs, halb von einer Schneewehe verborgen, stand ein Polizeiwagen.

„Oder willst du dich der Festnahme widersetzen?" Kain wischte sich die Hand an der Hosennaht ab, hob die Waffe und zielte auf Funkes Stirn.

Funke ging langsam auf ihn zu. „Es ist nicht so leicht, einen Unbewaffneten zu erschießen, nicht war, Berthold? Jemanden verbluten zu lassen, ist dagegen ein Kinderspiel. Man braucht nur abzuwarten. Hat es dir Spaß gemacht, zuzusehen, wie sie starb?"

„Du hast es all die Jahre gewusst.“

„Ich hab es in deinen Augen gesehen. Wie kommst du damit klar?“

„Besser als du denkst. Du würdest es ohnehin nicht verstehen. Warum hast du geschwiegen?“

„Dein Vater hat mich unter Druck gesetzt, hat er dir das nicht gesagt? Ein Wort von mir und meine Laufbahn bei der Polizei wäre beendet gewesen, bevor sie begonnen hatte. Und was hätte es schon geändert? Außerdem … wir waren mal wie Brüder, oder nicht?“

„Das ist lange her.“

„Erinnerst du dich an den Tag, an dem ich dir die Haut gerettet habe? Du schuldest mir ein Leben.“

„Ich schulde dir gar nichts. Jeder muss selbst sehen, wo er bleibt.“

Funke nickte. „Ja, das hat dein Vater auch immer gesagt.“

„Du hast dich wie ein Parasit in unsere Familie gedrängt.“

Eine heftige Windbö fegte über die Hochebene. Funke sah plötzlich klar. So klar, wie er fast zwanzig Jahre lang nicht gesehen hatte. „Ach, so ist das! Es war nicht deine Angst, ich könnte eines Tages die Wahrheit sagen. Es war Eifersucht. Ben Funke, der alles eine Spur besser kann, der ein besserer Polizist ist und die hübscheren Mädchen abschleppte.“ Er lachte tonlos. „Ich hätte dir geholfen, wenn du es zugelassen hättest. Aber dazu warst du zu hochmütig. Immer sind es die anderen, die an deinem Versagen Schuld tragen, nicht wahr? Warum musstest du die Renz anbaggern? Um mir zu beweisen, dass du der coolere Typ von uns beiden bist? Du bist ein solcher Idiot gewesen.“

„Halt den Mund!"

„Das habe ich achtzehn Jahre lang getan. Der Grund für deinen Hass ist nicht die Angst, ich könnte aussagen, dass du eine Polizeihauptwachtmeisterin hast verbluten lassen, weil sie dich wegen sexueller Belästigung anzeigen wollte. Du kannst es nicht ertragen, dass ich die Wahrheit über dich kenne."

Kains Finger krümmte sich um den Abzug.

Elinor riss mit einer sinnlosen Abwehrbewegung die Schaufel hoch. Die Kugel sirrte so dicht an ihrem linken Ohr vorbei, dass sie den heißen Luftzug spürte. Meinhard packte die Waffe mit beiden Händen und legte erneut an. Bevor er ein zweites Mal abdrücken konnte, tauchte aus dem Schneegestöber ein Golden Retriever auf.

„Joker!", rief Elinor erleichtert.

Der Hund sprang Meinhard an und brachte ihn ins Straucheln. Ein Schuss löste sich. Die Kugel zerfetzte die Strebe eines Baugerüsts und prallte als Querschläger von einem Moniereisen ab. Meinhard wich vor dem überraschenden Angriff des Hundes zurück und stürzte über den Rand in die Baugrube. Ein senkrecht aufragendes Bewehrungseisen durchbohrte sein Herz und tötete ihn auf der Stelle.

„Wir haben ihn!"

Kain fuhr herum. Eine untersetzte Gestalt kämpfte sich durch den knöcheltiefen Schnee. Es war Bender. Kain ließ die Pistole sinken.

„Meinhard hat gestanden, Carola Wesseling ermordet und Funke belastet zu haben", japste der dicke Polizist. Offenbar war ihm nicht klar, welches Drama sich hier vor wenigen Sekunden abgespielt hatte.

„Gute Arbeit, Bender“, murmelte Kain. „Wirklich gute Arbeit. Nehmen Sie Funke fest. Und lassen Sie ihn um Gottes willen nicht wieder entwischen.“

Blaulicht blitzte durch die Dämmerung, zwei Streifenwagen näherten sich über den Feldweg entlang der Hochebene. Helen und Elinor stiegen aus dem ersten Wagen, zwei Frauen, die Funke viel bedeuteten.

„Meinhard ist tot“, sagte Helen. „Aber wir haben sein Geständnis aufgezeichnet.“ Sie wandte sich an Kain. „Es gibt keinen Grund mehr, Funke zu verhaften. Er ist unschuldig.“

„Das sehe ich anders“, antwortete Kain. „Wie wäre es zum Beispiel mit Entführung, Nötigung und Widerstand gegen die Staatsgewalt?“

„Er hat mich nicht entführt“, sagte Elinor. „Ich ging freiwillig mit ihm. Er war verletzt und brauchte einen Arzt. Es ist nun mal meine Pflicht, Menschen in Not zu helfen.“

„Machen Sie sich nicht lächerlich.“

Sie zuckte mit den Schultern. „Das nennt man Berufsethos. Sie wissen doch, dass jeder in meiner Praxis willkommen ist – ob er Geld hat oder nicht. Kein Richter wird meine Aussage anzweifeln.“

Funke stieg erschöpft in den Streifenwagen. Kain legte seine Hand auf das Dach und beugte sich hinunter. „Wir sehen uns wieder.“

„Kann sein“, sagte Funke und schloss die Augen. Er wollte nichts weiter als vierundzwanzig Stunden schlafen.

38

Vor dem großen Weinfass am Ufer des Dreifelder Weihers, das Touristen als ungewöhnliche Übernachtungsmöglichkeit diente, loderte ein wärmendes Feuer. Nach dem frühen Wintereinbruch hatte sich das Wetter wieder beruhigt. Gegen Mitte Dezember stiegen die Temperaturen an Rhein und Mosel auf über fünfzehn Grad, und selbst der raue Westerwald zeigte sich von seiner milden Seite. Der Weihnachtsabend war kühl, aber für die Jahreszeit dennoch zu warm.

Helen hockte im Schneidersitz auf einem gefütterten Schlafsack und zog sich eine Wolldecke über die Schultern. „Jemand wird noch Polizei und Feuerwehr alarmieren."

Funke stocherte in der Glut. „Na und? Wir sind die Polizei." Er stieg die Stufen zum Fass hinauf, ließ sich neben Helen nieder und stierte in die Flammen. Sie goss Basaltfeuer in zwei Schnapsgläser aus glasiertem Ton und reichte ihm eines. „Fröhliche Weihnachten."

Funke stieß mit ihr an und kippte den hochprozentigen Schnaps hinunter.

„Sie fangen doch danach nicht wieder an zu saufen, oder?", fragte Helen stirnrunzelnd.

„Nein. Aber Ausnahmen bestätigen die Regel. Schließlich haben wir etwas zu feiern."

„Was denn eigentlich?"

Funke zuckte mit den Schultern. „Weiß nicht. Die Freiheit wahrscheinlich."

„Sie werden trotzdem Ärger bekommen. Staatsanwalt Beringer wird zwar keine Anklage wegen Nötigung und Entführung erheben, aber immerhin haben Sie sich der Verhaftung entzogen. Dazu kommt Widerstand gegen die Staatsgewalt und ..."

„Damit kann ich leben."

„Vor zwei Wochen landete ein Zettel auf meinem Schreibtisch", sagte Helen. „Jemand hat sich anonym gemeldet und das Versteck der Leiche von Carola Wesseling preisgegeben."

Funke goss Schnaps nach. „Tatsächlich?"

„Woher er wohl wusste, wo die Leiche liegt?", überlegte sie. „Meinhard kann es ihm nicht mehr verraten haben."

„Vielleicht tat er es, bevor er ins Gras biss. Die meisten Mörder drückt das schlechte Gewissen."

„Warum haben Sie mir die Nachricht zugespielt, Funke? War es Ihr schlechtes Gewissen?"

Er ließ sich Zeit mit der Antwort und kippte seinen zweiten Schnaps. „Kann sein. Vielleicht hab ich's jemandem versprochen."

Helen kraulte Joker hinter den Ohren. Er hatte sich auf einer Decke zusammengerollt, seufzte und zuckte mit seiner schwarzen Schnauze, als träume er wild. Helen nieste.

„Immer noch allergisch gegen Hundehaare?", fragte Funke.

„Ja." Sie putzte sich geräuschvoll die Nase. „Haben Sie was mit ihr?"

„Mit wem?"

„Stellen Sie sich nicht dumm. Mit Dr. Cox."

„Mhm." Funke schwieg. „Noch nicht", sagte er dann. „Irgendwann vielleicht, wenn Gras über die Sache gewachsen ist."

„Wenn Sie herausfindet, dass Sie die Leiche ihrer Schwester versteckt haben, wird es wohl nichts mit einer heißen Affäre."

„Sie weiß es."

„Und sie hat Ihnen trotzdem geholfen?"

„Ich hab's für Nora getan. Alles. Elinor hat es verstanden."

„Wie geht es Nora?", fragte Helen.

„Elinor tut ihr gut. Die beiden verstehen sich prächtig. Zum ersten Mal scheint sie aus ihrem Schneckenhaus herauszukommen."

„Mhm", brummte Helen.

„Höre ich da eine Spur Eifersucht in Ihrer Stimme?"

„Nee, bestimmt nicht."

Funke lachte. „Hört sich aber so an."

Helen trank ihren Schnaps aus und schüttelte sich. „Das Zeug ätzt alles weg, schlechte Laune, böse Erinnerungen und Albträume."

„Wie schlafen Sie? Oder soll ich eher fragen, wo wachen Sie auf?"

„Mal hier, mal da." Sie reckte den Hals und suchte in der Dunkelheit nach den Überresten von Funkes abgebranntem Trailer. Die Flammen ihres Lagerfeuers erleuchteten flackernd verbogene Stahlstreben. Das Wrack ragte noch immer wie ein Mahnmal empor.

„Ein Funke genügt, und alles fliegt in die Luft", sagte sie. „Wann werden Sie Ihren Dienst wiederaufnehmen?"

„Warum fragen Sie?"

„Vielleicht habe ich ja endgültig die Nase voll davon, Serienkiller zu jagen, und ich lasse mich doch versetzen. In den Westerwald zum Beispiel. Diesmal war's mir ein bisschen zu knapp."

Funke wickelte sich in seinen Schlafsack. „Gar nicht", sagte er.

Helen richtete sich auf. „Was soll das heißen?"

„Was ich gesagt habe. Gar nicht."

„Das können Sie nicht. Sie sind ein hervorragender Polizist. Geben Sie jetzt nicht auf. Kain wird –"

„Es geht nicht um Kain. Haben Sie schon mal von einem Polizisten gehört, der Leichen verschwinden lässt?"

„Niemand weiß davon. Außer uns."

„Es reicht, dass ich es weiß. Ich kann nicht mehr als Bulle arbeiten. Nie mehr."

„Und was wollen Sie stattdessen anfangen? Als Privatdetektiv jobben oder als Wachmann?"

Funke rieb sich das stoppelige Kinn. „Privatdetektiv ... daran hab ich auch schon gedacht. Ein alter Freund von mir besitzt ein Hausboot an der Lahn in Bad Ems. Er will für ein Jahr nach Kanada gehen, um zu sehen, ob es ihm dort gefällt. Ich werde mich um sein Boot kümmern und kann seine Detektei weiterführen."

„Ist das Ihr Ernst?"

Funke hob sein Glas. „Kann schon sein. Wie werden Sie denn weitermachen? Bis ans Ende Ihrer Tage böse Buben jagen?"

„Ich weiß es wie gesagt nicht. Vielleicht kommt irgendwann wirklich der Tag, an dem ich das nicht mehr aushalte."

„Wäre möglich", sagte Funke. „In Hachenburg ist jedenfalls 'ne Stelle frei."

„Und der Haken bei der Sache?"

Funke grinste. „Harder wird Dienststellenleiter. Dahinter steckt Kain. Es ist sein Abschiedsgeschenk."

„Wie meinen Sie das?"

„Sagen Sie bloß, Sie haben noch nichts davon gehört. Kain hat ein Versetzungsgesuch eingereicht. Er geht nach Wiesbaden zum LKA."

Helen richtete sich auf. „Er zieht den Schwanz ein? Dahinter stecken doch Sie!"

Funke schmunzelte. „Ich habe ihn vor die Wahl gestellt. Entweder er haut ab und lässt sich nie wieder blicken oder ich mache eine detaillierte Aussage über die Vorgänge in Sassnitz."

„Ist die Sache nicht längst verjährt?"

„Kann schon sein. Aber es wird auf jeden Fall eine Menge Staub aufwirbeln. Kain ist ehrgeizig und will die Karriereleiter weiter hinaufsteigen. Mit so viel Dreck am Bein könnte das schwierig werden."

„Das wird Bender und die anderen freuen."

„Sie nicht?"

Helen stieß mit ihm an. „Aber klar doch. „Ich heiße übrigens Helen."

„Funke. Das reicht. Nenn mich bloß nicht Benjamin."

Helen trank ihren Schnaps, ließ sich auf den Rücken fallen und lachte aus vollem Hals."

„Was ist daran so komisch?", fragte Funke.

„Nichts. Ich lache, weil wir es wieder mal geschafft haben. Wir leben noch."

Joker richtete sich auf, gähnte und blickte Funke dümmlich an, als hätte er etwas Wichtiges verpasst.

„Fröhliche Weihnachten", sagte Funke.

„Fröhliche Weihnachten", sagte Helen.

39

In einer mondlosen Nacht im Januar erwachte Helen schreiend auf dem Dachboden über ihrer Koblenzer Mansardenwohnung. Neben ihr lagen ein Hammer und acht rostige Nägel. Die hölzerne Klappe mit der zusammengeklappten Scherentreppe war fest vernagelt. Es hatte wieder angefangen.

ENDE

Nachwort des Autors

Der bemerkenswerte Einfall, Mordopfer unter Straßenbaustellen verschwinden zu lassen, ist leider nicht meine Erfindung. (Obwohl die Idee eines Krimiautors würdig wäre.) Real ist die Geschichte dennoch. Der amerikanische Serienmörder Mack Ray Edwards arbeitete 1970 als Bediener von Schwerlastmaschinen im Straßenbau. Er wusste stets, wann die abschließende Teerschicht aufgebracht wurde, und vergrub seine Opfer in der Nacht zuvor unter den Baustellen. Am nächsten Morgen asphaltierte er die Leichen höchstpersönlich zu. Als ich davon las, fand ich die Idee so genial, dass ich sie unbedingt verwenden musste.
Auch für die Figur des Achim Veit gibt es ein reales Vorbild. Richard Trenton Chase, ein weiterer amerikanischer Serienkiller, war davon überzeugt, dass er von seiner Umwelt langsam vergiftet wurde und sein Blut sich in Pulver verwandelte. Nur fremdes Blut, so Chase, könne ihn retten. Auch glaubte er, dass seine inneren Organe im Körper umherwanderten und sein Herz aus Blutmangel schrumpfte. Er trank das Blut seiner Opfer aus einem Joghurtbecher.

Davon abgesehen gilt – wie in jedem meiner Bücher:
Ähnlichkeiten mit lebenden oder verstorbenen Personen sind rein zufällig und nicht beabsichtigt.
Ob Funke noch mal als Polizist ermitteln wird, steht
noch in den Sternen. Ich hatte das Gefühl, dass er eine
Veränderung braucht. Wie die aussehen wird, davon
mehr im nächsten Band.

Volker Dützer, August 2024

Danksagung

Wie immer gilt mein allerherzlichster Dank dem engagierten Team des dp Verlags, der Funke & Stein zu einem neuen Start verholfen hat. Ein besonderes Dankeschön geht an meine Agentin Anna Mechler von der Literaturagentur Lesen & Hören für Trostpflaster und Unterstützung. (Aufstehen, Krönchen richten, weitergehen.)